ユファ
シェリオン

ナタリー
カトリーナ

シルヴィア
キーラ

Kill Time Communication Presents
Beginning Novels Series

"Record of the Monster"

Story by Sakka Sanmon / Illustration by Sukage

Contents

序章　冥王の征服録

　世界の主役が人間であったとしても、この物語の主役は魔物である。魔物の敗北が不動の理《ことわり》で、人間の勝利が不変の結末であったとしても、これから語られる歴史の主役は魔物でなければならない。

　機械文明が滅びるよりも遥か昔。この世界には、魔物を統べる魔王がいた。往古から語り継がれる伝承によれば、魔王は人類を脅かす不滅の大災厄だった。最強の魔物として創られた魔王は、創造主に与えられた悪意に従って、幾多の国々を滅ぼし、数多の命を貪った。けれど、魔王が人類に勝利したことは有史以来、一度としてなかった。

　魔王は最強の魔物だった。しかし、最強の人間には勝てなかったのである。

　人類を守護する超絶的な存在を、人々は勇者と呼んだ。人類の危機に呼応して登場する勇者は、それこそ反則級の力を持つ者達だった。

　古代の勇者達は有無を言わせぬ圧倒的な暴力をもって、魔王を殺し尽くしたのである。不滅の恩寵により魔王は殺されても蘇った。そして、勇者達は蘇った魔王を殺し続けた。

　魔王の敗北と勇者の勝利。魔王と勇者の戦いは、永遠に続くように思われた。しかし、ある時を境にして、魔王は現れなくなった。

　賢明な勇者達は、不毛な戦いを終わらせるべく、不滅の魔王を世界から根絶したのである。人類は創造主の意に反逆し、世界から魔王という概念を消し去った。

　現代に魔王は存在しない。魔王の存在は時代の移ろいと共に、人々の記憶から失われていった。

　事実は歴史となり、歴史は神話となった。常に勝利者であり続けた人類にとって、魔王をこの世から消し去った行為は輝かしい偉業だ。しかし、世界を管理する創造主からすれば、人類の行為は許されないことであった。

　――すなわち、創造主は世界の均衡を維持するため、魔王に代わる新たな災厄を世界に出現させた。

第一章　冥王の眷族

冥王は娼婦の膣中に精液を流し込んだ。陰茎を根本まで挿入された娼婦の膣は、魔物の精子を子宮内に誘《いざな》う。

娼婦は自分が人外とセックスしていることに気付いていた。青年が射精をするのは、これで数十回を数える。薬を飲んでいたとしても、人間に可能な射精回数を超えている。大量の精液が娼婦の子宮に注がれていた。

普通であれば異常に勘付いた時点で逃げ出すだろう。しかし、甘く香しい瘴気のせいで、娼婦は正常な思考能力を失っていた。娼婦が浮かべる表情に、恐怖や痛みの色は見受けられない。

冥王に抱かれている娼婦は、至上の悦楽を堪能していた。娼婦という職業柄、彼女は性的快楽を熟知している。多くの男と夜を共に過ごし、己の美貌と肢体で虜にしてきた。その彼女ですら、この淫楽を前にしてしまうと、理性を維持できなかった。

女として生まれてきた者であれば、この快楽に抗うことはできないのだろう。強い心の持ち主であっても、冥王と交わってしまえば、性的快楽で心を蝕まれ、魔で肉体を穢され、魔物の子を身籠もる。

「――――見込みはあると思ったが、この女も壊れてしまったか」

冥王は落胆する。仲買人に大金を払って、この高級娼婦を買った。入念な下調べをした上での購入だった。それだけに期待はそこそこしていた。だというのに、もうこの娼婦は使い物にならなくなってしまった。

魔物の王に種付けされた娼婦の身体には、異変が生じていた。冥王の子種には、色濃い魔素が含まれている。膣内に出された精液は細胞に浸透し、人間性を塗り潰す。

冥王と交わった娼婦の瞳は濁りきり、しばらくすると表情は虚ろになっていった。

瞳の淀みは、魂の欠損を意味する。魄に欠損があれば人格の欠落が起こる。魂魄が狂った人間は、廃人も同然だ。肉体的には健康であろうと人格が失われれば、それは死と同義だ。冥王の伴侶となる資格を持っていなかった者は、必ずこうなってしまう。

この娼婦に器があれば、冥王の伴侶として、魔物に転生することができた。しかし、彼女は駄目だった。器を持たない人間は、魂が壊れて自我のない苗床に堕ちる。

「この雌は本国送りだ。これだけ種付けしてやったんだ。繁殖母体として役立ってもらう。今は人手不足ならぬ魔物不足だ。眷族になれずとも、苗床として血族を増やしてくれるのなら、支払った金も無駄にはならない」

娼婦は人間の女から、冥王の雌に堕とされた。眷族になれなかった雌は自我を失う。だが、すぐには死なない。母体としての機能が尽きるまで、魔物を産む苗床となる。

膣内射精された冥王の精子は、苗床の子宮内に留まり続け、排卵を誘発する。母体が保有する卵子を効率よく消費し、精子と掛け合わせ、冥王の血族を増やしていく。

苗床化すると子産みに適した肉体に変異し、一度に複数の受精卵を作ることができる。健康で若い繁殖母体なら、一度の妊娠で五胎児以上を出産することができるようになる。

最初の妊娠期間は一ヶ月。苗床の腹が大きく膨れ上がり、出産に適した子宮に変化を終えると、その後は約七日周期で赤子を産み続けてくれる。

苗床は受精と出産を、保有する卵子と与えられた冥王の精子がなくなるまで繰り返す。大半の場合、先に枯渇するのは卵子のほうだ。冥王の精子は、良質な卵子を選別するので、効率よく消費していっても、約一年で母体の卵子が枯渇してしまうのだ。

卵子の枯渇は、苗床としての終わりを意味する。繁殖母体は役目を終え、生命活動を停止し、安らかな死を迎える。


「これだけ精液を溜め込んでいれば、苗床としては十分だろう。そろそろ潮時だな」

冥王は娼婦の膣から生殖器を引き抜こうとした。

自我を失った娼婦は、両手で縋《すが》り付いてくる。苗床化した雌は、種付けと子産み以外の意欲を失う。今の彼女にとって、冥王とのセックスを終えることは、何よりも悲しいことだった。しかし、苗床となった雌に対して、冥王は関心を抱かない。

無慈悲に陰茎を引き抜いて、ベッドに横たわる娼婦に背を向けた。冥王の陰茎は、形状こそ人間のものに近いが、その大きさは膣口に裂傷が起きない限界の太さだ。

もっとも、形状は些細なことでしかない。冥王は自分の姿を自由自在に変身させることができる。冥王は、娼婦の膣に最適なサイズの陰茎を形成していた。

「シェリオン。後片付けを頼む。丁重に扱ってくれよ。苗床となってしまったが、その雌も冥王の臣下だ。優秀な子を産んでくれる可能性だってある。手荒には扱うな」

「承知いたしました。ご主人様」

シェリオンと呼ばれたメイドは、娼婦の女陰に魔術符を貼り付けた。

娼婦の下腹部は膨れ上がっている。膣内に注ぎ込まれた大量の精液で、娼婦の子宮は膨張していた。シェリオンが魔術符で女陰を覆ったのは、精液が逆流して漏れ出すのを防ぐための措置だ。冥王の精子は内部に取り付く性質があるので、大量に流れ出てきたりしない。それでも流し込んだ量が多すぎるので、少量は垂れ流れてしまう。

「この国にやってきてから、今のところ成果は得られていない。眷族の素質を持つ人間と出会うのは難しいようだ……」

これまでに冥王は数え切れないほど多くの女を犯してきた。けれど、眷族は数撃てば当たる、というものではなかった。

現在、冥王の眷族は四人しかいない。眷族となれず繁殖母体と成り果てた雌の数は三桁を超える。このことから分かるのは、手当たり次第に手を出しても眷族は作れないということだった。

「眷族適性を持つ者が、これほど希少とは思わなかった。シェリオンとユファに出会えたのは、実に幸運だった。これも冥王の悪運というやつなのか……」

「それって、前に言ってた創造主からの恩典にゃの？」

冥王に質問したのは、娼婦との淫事を見守っていたユファだ。

「俺自身もよく分かっていないから、明瞭に説明することはできない。創造主から与えられた恩典とやらは、あやふやな代物だ。人間として産まれた貴様達と違って、俺は最初からある程度の知識が与えられた状態で創られた。自分の能力であるとか……、使命についての知識は持ち合わせている。創造主から与えられた知識によると、冥王は幸運の持ち主だそうだ。特に絶体絶命の時は、運が味方してくれる。幸運というよりは悪運だな。実際、シェリオンとユファに出会った時は、かなりきつい状況だった。あの状況下なら、冥王の悪運が発動したとしてもおかしくない。しかし、この恩典がどれほどのものなのかは、分かりようがない。過信はしないほうがいいだろうな」

シェリオンとユファは、冥王が最初に作った眷族である。

シェリオンは、元奴隷の獣人族だ。牛の特徴を持つ牛族《シュティア》の獣人で、ある貴族が所有していた奴隷メイドだった。冥王の眷族となった後は、優秀なメイドとして仕えてくれている。身の回りの世話は、全てシェリオンに任せていた。一番最初に見出した始祖の眷族ということもあって、冥王からの信頼は厚い。

ユファも同じく元奴隷の獣人族だ。猫の特徴を持つ猫族《フェリス》の獣人で、病に侵されて死にかけていたところを冥王が拾った。元々は踊り子として、ある王家に召し抱えられていたが、病に罹《かか》って捨てられた過去を持つ。眷族となってからは、護衛として冥王の身を守っていた。

「眷族に転生できる条件ってにゃんだろ？　僕はおっぱいが大きいことが条件だと思ってたけど、あの娼婦が苗床堕ちしたってことは、巨乳だけが条件ってわけでもないらしいニャ」

ユファの言っていることは、笑い話のように聞こえる。バストサイズと眷族適性が比例しているというのは、あまりにも馬鹿馬鹿しい。だが、冥王は一時期その可能性を真剣に考えたことがあった。

実は眷族となった四人には、ある共通点があった。四人全員が豊満な乳房を誇っていること。つまりは巨乳であった。

特に最初の眷族であるシェリオンは、眷族の中で一番胸が大きい。牛の特徴を持つ牛族《シュティア》の女は巨乳であることが多いが、彼女は一際大きい。

シェリオンは冥王とセックスして数多くの子を孕み、そして産んできた。冥王の眷族となってから、胸がさらに大きくなったと言っているので、冥王の魔素が胸の発達具合に影響を与えている可能性も示唆されていた。

冥王としては不本意であったが、ユファの熱弁に流されて、眷族巨乳説をありえるのではないかと思うこともあった。しかし、眷族巨乳説は、ある眷族により強く否定されていた。

シェリオンは成長期に十分な栄養を得られなかっただけで、魔物となったことで本来の成長を遂げた。あるいは妊娠と出産で肉体に変化が生じただけである。そのように三人目の眷族サロメは、眷族巨乳説を切り捨てていた。サロメは理知的な女性だ。助言を与えてくれる相談役であり、今は冥王に代わって本国を管理していた。

「眷族巨乳説は、サロメが完全否定していた。俺もさすがにそれはないと思うぞ」

「一時期は賛同してくれたのに酷いニャ！」

「……あれは気の迷いだった」

珍しく冥王は、歯切れが悪かった。

「四人の眷族が全員同じ肉体的特徴を持ってるのに、それを軽視するなって非合理的ニャ。それに、ぶっちゃけた話、大きなおっぱいは大好きでしょ？」

「好きか嫌いかでいえば、大きいほうが好きではあるが……」

冥王は何気なくシェリオンに視線を向ける。シェリオンは苗床化した娼婦を木箱に入れて、セックスで汚れたベッドシーツを取り替えていた。

メイドが淡々と仕事をしているだけだというのに、目線の焦点は揺れる乳房に合ってしまう。シェリオンの超乳を眺めているだけで、欲求が高まっていくのが分かった。

「いくらなんでも俺の好みが、眷族化の必須条件だとは思わない。確かに眷族となった四人は、全員が巨乳だ。ユファの主張も理解できる。しかし、偶然四人ともそうだった。そういうことだって、十分に考えられる。この件については、サロメと一緒に散々話しただろう……」

　その討論があったのは、ユファとサロメの相手をしていた時であった。眷族巨乳説をユファが冗談っぽく言ったところ、面白半分でふざけたことを言うなとサロメが反論したのだ。

「サロメも大きいは大きいけど、四人の中だと一番小さいニャ。バストサイズが眷族の資質と比例しているなんて言ったら、そりゃ、あの子は否定するニャ。サロメはからかうと反応が豊かで面白いニャ〜」

「はあ……。頼むから、じゃれ合いは程々にしてくれ。身体の上で喧嘩をされるなんて、一度経験すれば十分だぞ」

　冥王は当時のことを思い起こす。夜伽のために呼んだはずが、眷族同士で喧嘩を初め、最後はなぜか冥王の精液をより多く搾り取ったほうが勝ちというよく分からない展開となった。

　余談であるがその夜、冥王は死にかけた。四人目の眷族エリカが寝室にやってこなかったら、腹上死していたかもしれない。

「兎《と》にも角《かく》にも、喫緊《きっきん》の課題は眷族が四人しかいないことだ。苗床に血族を産ませることはできる。だが、眷族が産んだ子供に比べると、苗床が産んだ子供はあらゆる面で劣っている。その上、苗床は数年もしたら卵子が枯渇して死んでしまう。持続的に冥王の血族を増やす体制を整えたい」

　冥王がシェリオンとユファを伴って、ラドフィリア王国にやってきた目的は眷族を作るためだ。

　まずは娼婦を買い漁って、眷族化を試みた。しかし、高級娼婦でさえ眷族の適性はなかった。

「ハーレムを作って、赤ちゃん工場建設ってこと？」

「ユファの言い方はアレだが……、一言で言うとその通りだな。冥王の権能は生殖能力だ。優秀な人間の雌を眷族化し、冥王の子を産ませる。ハーレムを築くのは必然の戦略だ。過去に存在していた魔王と違って、冥王は戦闘能力が低すぎる。冥王の身体能力は、眷族や血族に大きく劣っている。勇者どころか、普通の人間にも下手をすると負けてしまうくらいだ。正々堂々と戦っていたら、冥王は命がいくつあっても足りない」

　創造主が冥王に与えた権能は生殖能力であった。

　人間の雌を孕ませ、強力な魔物を作る。既に四人の眷族は多くの子を産んでいる。四人の眷族が産んだ血族は優秀な魔物だ。しかし、たった四人しかいない眷族を孕ませたままだと不都合なことがある。

妊娠中の眷族は、冥王を守るために戦えない。眷族を増やさないことには、身動きがとれない状況だった。

――――冥王ルキディスは、人類を滅ぼすために今日も頭を悩ませていた。

◇◇◇◇◇

冥王は、魔物の支配者だ。滅ぼされた魔王に代わる存在、新たな人類の天敵である。けれども、魔物の中では最弱と言っていいだろう。

ルキディスの身体能力は、平均的な人間を上回る程度であった。

「ご主人様。その積荷は私がお持ちします」

「すまないな。シェリオン。悪いが頼む。肉体労働はとことん向いていないようだ」

重たくて持ち上げられなかった木箱を、シェリオンは軽々と持ち上げ、危なげなく荷馬車に運び込んだ。

冥王には四人の眷族がいるが、冥王より身体能力が劣る者はいない。冥王の能力は、人間の雌に種付けをする生殖能力に特化している。戦闘は眷族や血族に任せるしかない。冥王の魔を受け入れた雌は、最上級の力を持つ眷族となって、冥王の身を守る最強の兵となる。けれども、眷族になれる素質がある者は少なかった。

「さすが牛族《シュティア》のメイドさんだ。女性でも力持ちだねえ。ところで、あの木箱には何が入ってるんだい？」

ルキディスとシェリオンのやりとりを見ていた荷馬車の御者が、半笑いで話しかけてきた。

「中身については教えられない。だが、貴重品だ。傾けないように注意してくれ。事故があっても木箱は絶対に壊れないようにしてあるが、杜撰《ずさん》に扱ってほしくはない」

荷馬車に積み込んだ木箱の中身は、苗床となった娼婦だ。荷馬車の行き先はサピナ小王国。人類は気付いていないが、サピナ小王国は冥王の支配下にある。娼婦は死ぬまで冥王の血族を産んでくれるだろう。

繁殖母体となった雌は箱に詰め、荷馬車でサピナ小王国に送ることになっていた。ラドフィリア王国で魔物を産まれても、後の処理に困るからだ。本国であれば生まれた魔物を隠すことは容易だ。

「重ねて言うが木箱の中には、我が国にとって貴重なものが入っている。事故にだけは気を付けてくれ。安全第一で頼む」

荷馬車の御者はルキディスの言葉に頷く。荷馬車はゆっくりと発進し、通りの向こうへと消えていった。

木箱を運んでいる荷馬車の御者は、サピナ小王国の正式な外交官である。

慣例上、外交官が運ぶ荷物は検査されない。木箱の中に魔物の赤子を宿した娼婦が入っているとしても、外交官が運ぶのなら関所で露見することはない。それでも、心配性の冥王は念のため、木箱を開封できないように魔術式を刻み込んでいた。

「本国のサロメとエリカは、上手くやっているだろうか……」

サピナ小王国は、ラドフィリア王国の隣にある小国である。約一年前、一斉蜂起した奴隷達によって革命が起こり、国王が処刑された。今は革命軍が女王を擁立し、新たな政府となってサピナ小王国を治めている。

――――表向きには、そうなっている。だが、実際は違う。

虐げられていた奴隷が蜂起したのは、ルキディスが裏で工作した結果だ。民衆の意思による革命ではなく、魔物の暗躍によって革命は起こった。サピナ小王国を支配していた愚かな王と貴族を、革命の名の下に皆殺しにして、ルキディスは自らの国を手に入れた。

革命が成功したのは、ルキディスが魔物を使って革命軍を支援したおかげであった。魔物の暗躍がなければ、革命は失敗に終わるどころか、始まりすらしなかっただろう。サピナ小王国の民衆は、この事実を知らない。そして、知る必要もない。

ルキディスは王侯を処刑した。けれど、国民に対しては寛大な統治を行っていた。身分差を解消することに努め、国全体が豊かになるような政策を実施している。革命以前の統治があまりにも酷すぎて、サピナ小王国の国家基盤は未だ脆弱《ぜいじゃく》だ。けれど、徐々に国民の生活は向上している。

革命から一年が経って、やっと混乱が収束しつつある状況だ。不思議と不満の声は少ない。人間という生き物は、希望があれば多少の苦労は気にしないようだった。

「さてと、祖国のため頑張るとしようか」

表向きのルキディスは、諸外国を放浪している学徒ということになっている。外国の優れた知識と技術を持ち帰ることを名目に、国費でラドフィリア王国に滞在していた。

実際のルキディスはサピナ小王国の支配者であり、その正体は魔物の支配者である。だが、そのことを知るのは眷族だけだ。何も知らずに木箱を運んでいる外交官など、多くの人間を利用して、魔物の王は暗躍していた。真実を知らない者はルキディスのことを、異国の地で奮闘している国士だと尊敬している。

その評価が大間違いというわけでもない。ルキディスはラドフィリア王国で学んだ知識を、本国に送り届けていた。ラドフィリア王国は、サピナ小王国とは比べ物にならない国力を誇る大国である。この国で学べることは多い。

　それだけではない。ルキディスはラドフィリア王国で見つけた優秀な職人や学者を、ヘッドハンティングしていた。大国では技術者や知識人が多く、競争に敗れて、優秀な能力を持っていても仕事にありつけないことがある。そういった人材を、サピナ小王国は必要としているのだ。

　長らく愚王の圧政が続いていたサピナ小王国では、教育というものがなされておらず文盲率が高い。外国から優秀な人材を招かないと、自国民の教育すらままならない状況だった。

「今日も職人組合で人材発掘をなさるのですか？」

「人材確保は急務だ。職人だけじゃないぞ。文官もだ。革命の時に官僚を少し殺しすぎた。確固たる支配体制を実現するためには、旧支配階級の粛清が必要だった。必要な措置ではあったが、国務に携わる人材に関しては、少しくらい残しておくべきだったな……」

「私達が産んだ子供では駄目なのでしょうか？」

　苗床化した繁殖母体が産む子供と違い、眷族が産む子供は能力が高い。妊娠期間が伸びるものの、人間に擬態できる魔物を産むこともできた。

「サピナ小王国は俺達の隠れ蓑だ。いくら化けるのが上手い魔物でも、ばれる時はばれる。冥王や眷族は完璧な擬態ができるが、血族はそうじゃない。ちょっとした失敗で、国を支配しているのが魔物だと露見したら、今までの苦労が水泡に帰す。今は人間の力だけで、サピナ小王国を復興させなければならない」

　冥王の使命は、人類を滅亡させることだ。

　その冥王が、人間の国を栄えさせるために腐心しているのは、実に皮肉なことであった。

◇◇◇◇◇

　ラドフィリア王国の都ペイタナ。王都の治安を守る兵士は二種類いる。憲兵と警備兵である。憲兵のほうが行政的な階級は上で、警備兵は重要ではない雑事などを主な職務としていた。

　憲兵になれるのは優れた出自の者だけ、平民出身者が憲兵に昇格することはまずない。一方で警備兵は武器が扱えれば誰でもなれる雑兵《ぞうひょう》だ。警備兵は出世しても憲兵に従う下っ端でしかなかった。

「娼婦の名前はアマンダ・ヘイリー。娼婦達によれば、消えたのは彼女で十四人目だそうだ。娼婦が行方知れずとなるのは、珍しいことじゃない。しかし、今回のような消え方はちょっと異常だ。何の前触れもなく、痕跡すら残さずに娼婦が次々にいなくなっている。それが、この一ヶ月で十四人だ。一度に複数人が消えたこともあるが、平均すると二日に一人のペースだ」

娼婦が犯罪の被害者になるというのは珍しくない。普通の暮らしをしている市民が、突然いなくなれば事件だ。しかし、娼婦が消え始めても最初は誰も騒がない。大事になってから、やっと世間が気付き始める。

この異常事態を警備兵団が把握したのは、娼婦アマンダ・ヘイリーが失踪してからだった。

「貧民街の犯罪組織が関与しているのでは？」

警備兵のシルヴィア・ローレライは、険しい表情で支部長に質問する。一ヶ月で十四人の娼婦を誘拐する理由は分からないが、組織的な犯行に違いない。

「さあな。今は何も分からない……。川に切り刻まれた娼婦の死体が浮いていれば、殺人鬼がいるということになるし、薬漬けの娼婦が発見されれば貧民街の犯罪組織ってことになる。だが、まだ何も分かってない。いいか、今回は消えているだけだ。死体だって一つも出てきていない」

「死体が出てきたら、憲兵団の管轄になるので好都合です」

「シルヴィア、絶対に憲兵団と諍いを起こすなよ。警備兵団は憲兵団の下っ端だ。身の程を弁《わきま》えろ。憲兵と張り合えるのは、王立騎士団くらいなんだ。俺達は騎士じゃない兵士でもない。使いっ走りでいいのさ。低い場所で、腰を低くして働く。それが良い警備兵ってもんだ」

「私はそう思ってませんから」

「ああ、そうかい。どうでもいいがね。とにかく、聞き込みで娼婦の足取りを追え。娼婦の中には、そこそこ稼ぎがあって自ら失踪するのは考え難い者もいた。いなくなった娼婦達に、これといった共通点はなし。失踪した娼婦同士に繋がりはなく、出身地域もばらばらだ。共通点があるとすれば、胸が大きくて若いというくらい……。おっと、こりゃ不味い！　つまりシルヴィアみたいなエロい身体だったわけだ。お前も気を付けろよ」

シルヴィアは上官を睨み付ける。

「そんな顔をするな。部下を心配してやってるんだぞ。犯人が胸の大きい娼婦を好んで拉致しているかもしれないだろ？」

「ブライアン支部長!!　いい加減にしてください。さすがに怒ります！　この事件は十四人も失踪しています。一般的に考えて、組織的な犯罪を疑います。なぜ警備兵団はもっと力を入れて捜査しないのですか!?」

「事件だって……？　まだ決まってないだろ。死体が出てきていない。消えているのは娼婦だぞ。どこぞの金持ちと仲良くやっているかもしれないだろ。警備兵団も憲兵団も、現段階で事件性があるとは考えていない。とはいっても、さすがに消えた人数が多い。そこで警備兵が情報を集めろと、憲兵団から命令が来た」

「通達と言うべきでは？　警備兵は憲兵の奴隷になったのですか？」

「通達ってのは、要するに命令だ。六日前に失踪したアマンダ・ヘイリーは、お前の担当地区で目撃されている」

「ペタロ地区で……？」

「王都ではそこそこ売れてる高級娼婦だったらしいぞ。こんなことになるなら、俺も一回くらい買っておけばよかった。二ヶ月分の給料が吹き飛ぶが……、惜しいことをした」

「支部長は結婚されて、お子さんもいたはずでは……？」

「あ〜、さっきのは冗談だ。今の発言は忘れろ。上官命令だぞ。命令は絶対だぞ？」

「……………」

「ごほんっ！　シルヴィアに頼みたいのは、聞き込みだ。情報収集以上のことはしなくていい。気になることがあったとしても首を突っ込むなよ。殺人事件に発展するなら、管轄は警備兵団じゃない。憲兵団だ」

警備兵になって二年目となるが、いつもそうだった。手柄を挙げる機会に恵まれても、いつだって憲兵団に成果を献上することになる。

「仕方ないだろう。何度も言わせるな。我々警備兵は雑兵だ。憲兵団を差し置いて、大事件を解決してしまったら、関係が拗れてしまう」

支部長は憲兵に服従することに慣れきっていた。若い頃はプライドがあったはずだ。しかし、この歳になるとそんなものはなくなる。

頭を下げて、腰を低くしていれば、それだけで面倒事は回避できるのだ。事を荒立てることなんか考えない。しかし、血気盛んな若い警備兵は、支部長が失った野心を瞳に宿していた。

「分かりました。それではペタロ地区の家々を訪問して、聞き込みを行います」

「シルヴィア。余計なことはするなよ？　やるのは聞き込みだけだからな」

「分かってます。支部長……」

「無茶もするなよ。犯罪組織が関与していると分かったら、すぐに支部に戻ってこい。それと、何があっても貧民街には近づくな。貧民街は担当の憲兵長が交代してから、治安が悪化しているらしい」

「支部長、くどいです!!　私はもう子供じゃありませんから！」

「大人の女だから、注意しろと言っているんだ。周りの男からどういう風に見られているか、自覚しておけ。不本意であろうが、自衛意識は必要だ。シルヴィアの腕っ節は認めるが、自分の力を過信するな」

「余計な心遣いありがとうございます」

シルヴィアは支部長から、事件に関する資料を奪い取る。その場で添付されたアマンダ・ヘイリーの写し絵を見た。支部長の言った通り、胸は大きめに見える。しかし、女性のシルヴィアは写し絵に描かれた彼女が、胸パッドでバストサイズを大きく偽っていることに気付いた。

（売り文句は美乳の娼婦……？　張り合うわけじゃないけど、この子より私のほうが大きいし、おっぱいの形だって整ってる気が……って、もうっ！　私ってば何考えてるのよ）

資料によると、アマンダは路上で客待ちをするような売り方はしていなかった。小金持ちの商人がわざわざ屋敷に呼ぶような高級娼婦だった。金銭的に困っていた様子はなく、失踪する理由が見当たらない。しかし、アマンダは六日前に出かけ、それきり行方不明となった。

アマンダの常客だった商人が、憲兵団に相談してやっと兵士が動いた。動いたといっても、憲兵団が警備兵団に調べておけと通達を出しただけである。だが、それでも何もしないよりはいい。シルヴィアは、アマンダが最後に目撃されたペタロ地区へ赴く。

ちょうどその頃、サピナ小王国に荷馬車が到着した。

荷台に積み込まれた木箱に箱詰めされているのは、冥王に種付けされた繁殖母体。苗床の胎は大きく膨張して、赤子を産むのに適した肉体へと変化しつつある。約一ヶ月かけて苗床の肉体は完成するだろう。

そして、死ぬまで冥王の子を生み続けるのだ。彼女は六日前までは人間だった。肉体的には生きているが、人格は失われ、廃人と化している。

人間だった頃、彼女には名前があった。その名はアマンダ・ヘイリー。

◇◇◇◇◇◇

王都の空が赤く染まり始めた夕暮れ時に、その客はやってきた。

革鎧を着た女警備兵は、名前をシルヴィア・ローレライと名乗った。髪は黄金色で、瞳は澄んだ緑色。顔立ちはとても端整で、美女と呼んで差し支えない容姿だ。年齢は二十歳手前といったところ。数年前の彼女は、美女ではなく美少女であったはずだ。

革鎧で胸部を押さえ込んでいるものの、ルキディスはシルヴィアのバストサイズを知覚できていた。

冥王には、種付け対象のポテンシャルを読み取る能力が備わっている。年齢だけでなく、身体がどれほど成熟しているかなどの情報を分析できる。

本音を言えばこんな能力よりも、普通に身体能力を高くしてもらいたかった。しかし、冥王の力は生殖に特化している。これも優秀な雌を選ぶための能力だ。

姿を自由自在に変化させる能力でさえ、人間を惹き付けるための力だ。冥王は〈変幻変貌《メタモル・フォーゼ》〉によって、様々な姿に変身できる。だが、強大な存在に化けても、所詮《しょせん》は張りぼての姿だ。

どんな姿であれ、基礎的な身体能力は変わらない。腕っ節の強い人間と腕相撲をして、ぎりぎりで負けるのが冥王の身体能力だ。それが冥王という最弱級の魔物だった。

「驚きました。ラドフィリア王国の都はとても治安がいいと聞いていたのに……。この女性が行方不明なんですか。可哀想に」

「東区の歓楽街に住んでいた女性で、六日前にこの近辺で目撃されています。彼女に見覚えはありませんか？」

自宅を訪ねてきた女警備兵は、行方不明者を探していた。見せられた写し絵には、数日前に本国送りにした娼婦の姿が精巧に描かれている。

この娼婦に何が起こって、今現在どうなっているか。ルキディスはこの世の誰よりも知っていたが、知らないふりをする。

「いえ。残念ながら、見かけていません」

「話は変わりますけど、ルキディスさんは一ヶ月前に引っ越してきたばかりと聞きました。出身は隣国のサピナ小王国とのことですが、なぜラドフィリア王国の都に引っ越してきたのですか？」

この数日間の聞き込みで、シルヴィアは有益な情報を得られていなかった。家々を訪ね回って、徹底的に聞き込みをした。しかし、アマンダ・ヘイリーについての情報は得られなかった。

娼婦はどこに消えたのか。依然として手がかりが掴めていない。しかし、ある住人が一ヶ月に引っ越してきた人物がいると教えてくれた。娼婦が消え始めたのも一ヶ月前である。何か関連があるのではないかと思ったシルヴィアは、隣国から引っ越してきたルキディスという青年が住む家を訪れることにしたのだ。

「国の仕事です。サピナ小王国は、革命が起こって政権が変わりました。今も改革の真っ最中です。有能な人材を見つけて、サピナ小王国で働いてくれないか勧誘をしています。技術者や知識人が不足していて、我が国はとても困っているのです。ラドフィリア王国と違ってサピナは小国です。国内で人材を育てるほどの余裕がありません。そうなると外部から招くほかない。祖国を復興させるためのヘッドハンティングですよ」

「移民を募集しているということでしょうか？」

「移民だけでなく、帰国事業もしています。かつてのサピナ小王国は、愚劣な王が統治をしていました。獣人を家畜扱いして、外国に売り飛ばす……、本当に酷い社会環境だった。まだ国の傷は癒えていません。売り飛ばされたサピナ小王国の民を買い戻し、自由を与える。民から奪ったものを全て返す日まで、サピナ小王国の傷は癒えません」

「売られた国民を連れ戻しているのなら……、たとえば娼婦を帰国させたりもしますか？」

「あると思いますよ。売られた先で娼婦に身を落とした獣人は多い。身体を売ることを強要された人もね。自分の肉親が、娼館に売られて行方知れずになっているというのは、珍しいことじゃありません。特にうちの国ではね。離れ離れになった家族を再会させる。そのための帰国事業でもあります」

「名簿などはありますか……？」

「それならサピナ小王国の大使館に問い合わせてください。俺は外部からサポートしているだけで、正式な外交官というわけじゃありません。外交官のようなことをしてますが、単純に人手不足ってだけです。そういった名簿は外交官が管理しています。大使館に行けば、すぐ分かると思います。移民の募集は、ラドフィリア王国の許可を得た上でやっているはずなので、移民や帰国の事業記録は絶対に保管されているはずです」

質問に対する答えは完璧だった。シルヴィアは怪しい点は特にないと思ってしまう。

ルキディスは、絵に描いたような好青年だ。屈託のない笑顔で、シルヴィアの質問に快く答えてくれた。嘘をついているような素振りはない。けれど、連続失踪事件が起こり始めたのは一ヶ月前。この青年がやってきたのも一ヶ月前だ。

そして、アマンダ・ヘイリーが最後に目撃されたのはこの近辺。全てを偶然であると言い切るのは早計に思えた。

「近所の方から聞いたのですが、ルキディスさんには同居人がいますよね？　その同居人からもお話を伺いたいのですが、よろしいですか？」

「同居人……？　ああ、シェリオンとユファのことかな？　彼女達に話を聞くのはかまいませんよ。俺が見ていないのなら、多分彼女達も知らないと思いますが……。しかし、聞いてみたら、何か知っているということもありえるかもしれない。そういうことなら、さあ、どうぞ。家に上がってください」

ルキディスはシルヴィアを家に招き入れた。シルヴィアは少し迷った。支部長の忠告が脳裏を掠める。もしルキディスが悪しき人物なら、家に入り込むのは危険だ。

「どうしたんですか、警備兵さん。我が家は土足でかまいませんよ」

「いえ、何でもありません」

仮にルキディスが悪人でも、強者ではないとシルヴィアは感じていた。いざとなれば逃げるくらいはできるだろうと考えて、シルヴィアは家に足を踏み入れる。

ルキディスが住んでいる家は王都では珍しく、広い庭付きだ。所有しているのはサピナ小王国で、国費で遊学している自分に貸し与えられていると、ルキディスは説明してくれた。

サピナ小王国の所有物件というだけあって、内装は綺麗で平民が暮らす家より遥かに豪奢だった。

「シェリオン。こちらは警備兵のシルヴィアさんだ。俺達の住んでいるペタロ地区を担当している」

「ようこそ、いらっしゃいました。私はルキディス様にお仕えしているメイドのシェリオンと申します。お見知りおきください」

現れたメイドの美貌に、シルヴィアは魅せられてしまった。シェリオンと名乗ったメイドは、牛の角が生えた獣人の美女だった。

この世界において、使用人の容貌は重要なステータスだ。容姿が優れているという理由だけで、出自や階級をすっ飛ばして、大貴族に召し抱えられる使用人だっている。使用人の見た目で、主人の階級が分かることもある。

シェリオンは高級感のあるメイド服を着用しており、その仕草は洗練されていた。

（ひょっとして、ルキディスさんは身分を隠した大貴族だったり……？）

家の中を観察すれば、ルキディスがどんな暮らしをしているのか分かる。間違いなく貧相な暮らしはしていない。

「ユファを客間に呼んできてくれ。シルヴィアさんは、二人に聞きたいことがあるそうだ」

ルキディスは、シェリオンにもう一人の同居人を呼んでくるように命じた。

「大丈夫ですか？」

「ん？　どうした……？　お茶と菓子くらいなら、俺でも出せるぞ。心配しなくても一人で大丈夫だ」

シェリオンの確認は、ルキディスの安全を考えてのことだった。

実は玄関でルキディスとシルヴィアが話している時も、シェリオンは近くに控えていた。正体がばれていないとはいえ、大切な主人を敵と二人きりにするのは、危険な気だと考えたのである。

「過保護だな。ティーポットをひっくり返したりはしないさ」

「かしこまりました。すぐにユファを連れて戻ってきます。少々、お待ちください」

シェリオンがユファを連れてくるまでの間、シルヴィアは客間で待たされることになった。ルキディスはシルヴィアにお茶と茶菓子を出して、サピナ小王国のことについて語った。

サピナ小王国は一年前の革命で混迷を極めた。その際、隣国ラドフィリアの支援のおかげで、国家の破綻という最悪の事態は回避できた。

もっとも、それが純粋な善意による支援でないことは、万民が知っている。緩衝国であるサピナ小王国の完全崩壊をラドフィリア王国が懸念したこと、さらに大量の難民が押し寄せることを嫌がったから、莫大な支援が実施された。

しかし、不純な動機であれ、ラドフィリア王国の支援がなければ、サピナ小王国は未だに混乱の渦中であったはずだ。ルキディスはサピナ小王国の人間として、感謝の言葉を重ねた。

「さっきのメイドさんは、ルキディスさんの奴隷なのですか？」

もしそうだとすれば、ルキディスはサピナ小王国でそれなりの地位を持つ人間ということになる。単なる学徒に家を与えて、さらに使用人まで付ける。それはちょっと不自然に思えた。

「いいえ。シェリオンは大切な家族です。サピナ小王国は、奴隷廃止を目標としています。シェリオンは奴隷でしたが、今は違います。と言っても困ったことに、彼女はこちらの努力に反発しているようで、様付けで呼ぶのは絶対に変えてくれません……。牛族《シュティア》の獣人は頑固なんですよ。シェリオンの気性はまさしく牛です。言っておきますが、これは褒め言葉ですよ。おとなしそうですが、怒ると恐ろしい。拘っていることに関しては、とても保守的で頑《かたく》なだ」

「ひょっとしてルキディスさんは、貴族なのですか……？暮らしぶりを見ている限りでは、とても平民とは思えません」

「貴族であり、貴族ではない。なので、どちらとも言えません。妙な言い回しに聞こえましたか？　俺は貴族の地位を捨てて革命に参加した人間なんですよ。地位を捨てたので、貴族の生まれですが貴族ではないということになります。革命後、サピナ小王国で富を持っていた貴族は、処刑されているか、国外へ亡命しています。そうでなければ、俺のように革命軍側に付いて貴族であることを捨てているかです」

もちろん、この説明は嘘だ。ルキディスは人間ではなく、魔物として生まれた。

ただし、サピナ小王国の貴族に成りすまして、革命を後押ししたのは本当である。

「ご主人様。ユファを連れてきました」

シェリオンが連れてきたのは、頭から猫耳を生やした猫族《フェリス》の少女だ。やはりと言うべきか、彼女もシェリオンと同じく美しい。

(二人ともすごく綺麗、それに胸が大きいわ。行方不明になった娼婦も胸が大きかったって聞いているけど……)

連れてこられたユファは、シェリオンと違って堅苦しいメイド服は着ていない。挑戦的な露出が多めの服装だ。着用している衣装で判断すると、使用人という感じはしない。

「僕はユファ。はじめましてニャ!」

態度もシェリオンと正反対で砕けている。見かけ通りの軟派な口調で挨拶してくれた。

「はじめまして。ユファさん。私はペタロ地区を担当している警備兵シルヴィアです。えっと……、ユファさんは失礼ながらメイドのようには見えませんね。お仕事は何を?」

「家事手伝いという名の遊び人なのニャ。昔は奴隷だったけど、革命のせいで失業しちゃった。どこかの誰かが奴隷解放宣言をしてしまったせいニャ~」

「はっはははは……。ユファは辛辣だな。ユファのように奴隷制廃止をよく思ってない者もいるんですよ。いきなり奴隷を辞めろと言われても、生まれた時から奴隷だった者は、どうしていいか分からなくなってしまう。本当は革命後すぐに奴隷を廃止するはずでした。今も完全廃止できないのは、こういった事情があるせいです」

「人間に必要なのは自由よりも衣食住ニャ~。それで、警備兵さんが僕達に聞きたいことって何なのニャ? ちなみに、迷子の猫探しなら僕はすっごく得意ニャ!」

「いえ、猫探しではありません。人を探しています。この近辺で行方不明になった女性です。こちらの写し絵を見てください。彼女はアマンダ・ヘイリー。六日前に失踪しました。彼女を含めて十四人の女性が行方不明となっています。有力な情報は乏しいのですが、六日前にアマンダさんは、ペタロ地区で目撃されています。シェリオンさんとユファさんは、どこかでこの女性を見かけたりしていないでしょうか？」

「いいえ。この近くでこのような女性を見たことはありません。ユファはどうですか？」

「僕も知らにゃい。どこかで見てても多分覚えてないニャ」

写し絵を見ながら、二人は首を横に振った。

「そうですか。それなら、ここ最近で何か変わったことはありませんでしたか？　どんな些細なことでもかまいません」

「変わったことと言われても、僕達は引っ越してきたばかりなのニャ。こっちに来てからは新しいことの連続ニャ。以前と違ったことを聞かれても、僕らには分からないニャ〜」

ユファの言うことはもっともである。三人はサピナ小王国から引っ越してきたばかりなのだ。何が変わったことであるかなど、分かりようがない。シルヴィアは自分の質問が、明らかな失当であったことを恥じる。

「この家の前に荷馬車がよく停まって、荷物を運んでいると近所の住人から聞きました。何かをサピナ小王国に運んでいるのですか？」

「運んでいるのは専門書です。最近は農薬だとか、農法の書籍を本国に送りましたね。とち狂った貴族が大書庫を燃やしてしまったので、技術書が不足しています。なので、こっちで買い付けた書籍を本国に送っています」

「なるほど。書籍ですか……」

ひょっとしたらと思って、この家に来ていたシルヴィアはちょっとだけ落胆する。

前のめりになって調べていたが、この三人からは何一つとして不審な点が見つからない。一ヶ月前にルキディス達が引っ越してきたこと、そして馬車で大きな荷物をどこかに運んでいると、近所の人達から聞いた時、これはもしかするのではと思った。

悪い予感が外れるのはいいことだ。けれど、憲兵団より先に、この事件の犯人を突き止めることができれば、警備兵シルヴィア・ローレライの評価は鰻登りとなったはず。それだけに空振りは残念だった。

「警備兵が動いているということは、この連続失踪事件は大事になっているんですか？」

「いいえ。もし大事になっていたら、私のような下っ端警備兵じゃなくて、憲兵団が動いてます。上は事件性があるとは思ってないみたいです。現段階では聞き込みをして、情報を集めているだけです」

「もっと大規模な捜索をしたほうがいいのではありませんか……？　十四人もの女性が消えている割には、ちょっと初動が鈍すぎる気がしますね」

「まだ行方不明ですから。死体が出てきたわけじゃないので、腰の重い憲兵団が動くはずありません。警備兵だって今も聞き込みをしているのは、私くらいなものです。こういう行方不明は、よくあることです。借金取りから逃げるためだとか、駆け落ちだとか、単なる家出とか……。行方不明になった十四人の女性達は、横の繋がりがないので単なる偶然ってこともありえます。協力いただきありがとうございました。お茶までご馳走になってしまって。この紅茶、とても美味しかったです。いつまでもお邪魔していたら、迷惑になってしまいます。私はもう帰りますね」

「いえいえ。迷惑だなんて、とんでもない。警備兵のお仕事、頑張ってください。この連続失踪に事件性があるにしろ、ないにしろ……、いなくなった『娼婦』が早く見つかることを祈ってます」

ルキディスは、意味有りげに微笑を作る。

――――警備兵シルヴィア・ローレライは、気付いてしまう。彼女はこの家に来てから、『娼婦』が行方不明になっているとは言っていない。

行方不明になった女性達の職業は、あえて話題に出さなかった。だというのに、ルキディスは『娼婦』と口にした。

「あの、すいません……。もう帰りたいのですけど、そこを退いてくれませんか？　シェリオンさん」

シルヴィアは客間から脱出しようとするが、退路をシェリオンが塞ぐ。不穏な空気をひしひしと感じていた。

立ち塞がるシェリオンは無表情で、シルヴィアに強い視線を向けている。

対照的に、ユファは蜘蛛の巣に引っかかった蝶々を眺める猫のようだ。ニタニタと嘲笑するかのような顔付きである。

家主のルキディスは、好青年の仮面を被ったままだが、室内の雰囲気は一変していた。

「こういう時は、二人一組で行動すべきだ。そして、相手に情報を与えるべきでもない。沈黙は金、雄弁は銀と言うだろう？　貴様が教えてくれた情報が事実なら、まだ憲兵団は動いていない。警備兵団すらも本腰で捜査していない。まあ、さすがに動き出す頃合いだとは思っていた。娼婦を短期間で使い潰しすぎた。そこは反省しなければな。教えてくれて本当に助かった。貴様が来てくれたおかげで色々なことが分かりそうだ。感謝する。ぜひ、礼をさせてくれ。――――シルヴィア・ローレライ」

身に迫る危機を感じ取ったシルヴィアは、腰のレイピアに手を伸ばした。しかし、敵意に反応したシェリオンは即座に距離を詰める。

「――――うぐっ⁉」

シルヴィアの腹部に、シェリオンの正拳が叩き込まれる。殴打の衝撃は革鎧を貫通し、鳩尾《みぞおち》を直撃した。

冥王の眷族となったシェリオンの筋力は、人間の限界を超えている。本気の一撃であったのなら、シルヴィアの内臓を破裂させるどころか、胴体を貫通する威力となっていただろう。

くらったシルヴィアにとっては重たい一撃であるが、シェリオンとしては手加減をした一撃だ。目的は生け捕りである。シルヴィアに死んでもらっては困るのだ。

「うぅっ……!!」

吐き気と痛みで、シルヴィアの意識が喪失していく。朦朧《もうろう》として視界が揺らぐ中、ユファの笑い声が頭に響いた。

「ニャハハハハハ。これで今日から君も家族ニャ!」

◇◇◇◇◇

――――俺の恋は、一目惚れで始まった。

最初に会った日のことは今でも覚えている。同じ地区に研修派遣された時、俺は彼女に出会った。

美しい金髪、透き通った緑色の目、凛々しい顔立ち。彼女にいいところを見せようとして空回りしてしまい、教官に叱られたのは苦い思い出だ。

あれから二年が過ぎた。まだまだ新人ではあるが、警備兵の仕事には慣れてきた。俺は今年で十八歳になる。そして彼女もきっと十八歳だ。恋人がいないことは既に調査済みだ。

「よし！　よし！　今日こそやってやるぞ!!」

俺は気合を入れる。彼女を食事に誘って、告白をするのだ。

計画は完璧だ。今日、この日のために、入念な準備をしたのだ。彼女は支部長の部屋で話し込んでいる。おそらくは噂になっている失踪事件の調査報告をしているのだろう。

聞くところによると、彼女の調査は不発に終わったそうだ。諦めずに、彼女だけはずっと聞き込みを続けていたそうだが、ついに心が折れたらしい。なら、傷心の彼女を慰めることにもなる。

「……遅いな。何を話してるんだろ?」

めぼしい情報を得られなかった割には、長く話し込んでいる。早く出てこないかと、そわそわしてしまう。支部長の部屋から出てきたら、すぐさま彼女に話しかけるつもりだ。

「――――それでは支部長、今までお世話になりました」

彼女が支部長の部屋から出てきた!

理由は分からないが、今日の彼女は私服で出勤してきた。ラドフィリア王国の警備兵に与えられる革鎧の制服を着ていない。今の彼女は、身体のラインが浮かび上がって、一層魅力的に見えた。

「な、なあ！　ちょっといいか？　実はさ！」

「ごめんなさい。今日は急いで帰らないといけないから……」

俺の完璧だったはずの告白計画は、始まって数秒で躓《つまづ》いた。

彼女は俺に顔すら向けずに、早歩きで出ていってしまった。こんなことは今まで一度もなかった。いつもの彼女らしくない。よく分からないが、今日の彼女は俺の知っている彼女とは違う気がした。

「はあ……。聞く耳持たずか。やれやれだな。おい、ジャン。お前は何か聞いてないか……？　お前はあいつと同期だったろ？」

俺が呆然と立ち尽くしていると、部屋から出てきた支部長が俺に尋ねてきた。

「何がですか……？」

「何がって……。呆れたもんだ。お前とは親しそうだったのに、何も聞いてなかったのか？　あいつは、警備兵を辞めるそうだ。何があったのかは知らないが、さっき辞表を出してきたよ。少し考えるように言ってやったんだが、押し付けられてしまった……」

「えぇえ⁉　辞表……っ⁉　はぁ⁉　なんで⁉　支部長！　辞めるってどういうことですかっ⁉」

「それは本人に聞いてくれ。辞表を突きつけられた俺だって困ってるんだ。何を聞いても一身上の都合としか言ってこなかった。しかも、職場や寮にある私物は全部処分してもらってかまわないと言うんだ。一体あいつに何があったんだ……？　ついこの間まで、失踪事件の聞き込みを熱心にやっていたと思ったら、今日はいきなり辞表だ。若い女の行動はさっぱりだ。ひょっとして、どっかの誰かと結婚でもするのかね」

「そぉ、そんなはずありません‼」

俺はすぐさま駆け出して、支部から出ていった彼女を追いかけた。後ろで支部長が、何かを言っていた気がするが、そんなことはどうでもよかった。

警備兵を辞めるなんて絶対にありえない。彼女は功績を立てて騎士になることを夢見ていた。その彼女が警備兵の仕事を放り出すなんて、何かの間違いに決まっている。

「――――――シルヴィア‼」

後を追いかけた俺は、『シルヴィア・ローレライ』らしき後ろ姿を大通りで見つけた。姿を視認して俺は安堵する。

このままだと俺は、シルヴィアと一生再会できない気がしたのだ。追いつけなかったら、俺の知らない遠くまで、シルヴィアが行ってしまう予感がした。

「お願いだ！　待ってくれっ！　俺はっ、俺はぁっ！　シルヴィアに言っておきたいことがあるんだ!!」

大声で名前を呼んでいるのに、シルヴィアは振り返ってくれない。俺の声は聞こえているはずなのに、立ち止まらず、前へ前へと彼女は進み続ける。

「頼む！　頼むから俺の話を聞いてくれ!!」

俺の声を無視するシルヴィアは、曲がり角の向こうへ消えてしまった。しかし、大丈夫だ。もう少しで追いつける。

「うあっ!?」

曲がり角の先に走り込んだ俺は、通行人にぶつかってしまった。弾き飛ばされた俺は、地面に尻もちをついた。

「すまないな。警備兵さん。ちょいと余所見をしていた。大丈夫かい？」

恰幅の良い白髪の男性が、俺に手を差し伸べてくれた。ぶつかったのは俺のほうだというのに、紳士な男性は文句の一つも言ってこなかった。

俺は警備兵の革鎧を着たままであることを思い出して赤面する。警備兵でありながら、市民に迷惑をかけてしまった。その上、この無礼をまだ詫びていない。

「申し訳ない。こちらこそ不注意でした！」

男性は怪我はないかと心配してくれる。彼の厚意はありがたいが、それよりも俺はシルヴィアの行方が気になった。だが、シルヴィアの姿はどこにもない。

シルヴィアは曲がり角の先にいるはずなのに、煙のように消えていた。近くにいる人間は、俺がぶつかった白髪の男性だけ。

「あれ？　シルヴィアは……!?」

「ひょっとして……、警備兵さんは誰かを追っていたのかな？」

「女の子がこっちに来ませんでしたか？　その、えっと、胸の大きな金髪の女の子なんですけど……」

「いいや。見ていないね。ぜひとも見てみたい子ではあるが、こっちに来たのなら私とすれ違っているはずだ。でも、私は誰ともすれ違っていない。警備兵さんとはぶつかったがね」

「そう……、ですか……。本当にすいません。見間違えたのかな。ははは……」

俺は力なく笑う。間抜けすぎる。

俺はありもしないシルヴィアの幻影でも追っていたのだろうか。あれが本当にシルヴィアの後ろ姿だったのなら、見失うはずがないというのに。

「ふむ。怪我もないようだ。それじゃ、私はもう行くよ。警備兵さん。私は都の治安を守っている警備兵を応援しているよ。今度は前をちゃんと向いておくようにね。何か辛いことがあっても、前を向いて歩くのは重要だぞ。お若い警備兵さん」

白髪の男性は、悪戯っ子のように笑っていた。俺は頭を軽く下げて、ぶつかってしまった無礼を重ねて詫びた。

それから俺は、シルヴィアを探して走り出した。見失ってしまったが、まだこの近くにいるはずだ。根気よく探せばきっと見つかるに違いない。俺は夜の王都を駆け回った。

しかし、シルヴィアを見つけることはできなかった。

次の日も、その次の日も、彼女を探し続けたが、彼女はどこにもいなかった。

◇◇◇◇◇

冥王は自分の姿を、自由自在に変化させることができた。

創造主に与えられた権能の一つ、〈変幻変貌《メタモル・フォーゼ》〉の力だ。巨大な物や小さすぎる物、複雑な構造物に化けることはできない。しかし、外見や服装を変えることは容易だ。一度でも会ったことのある人間ならば、そっくりに化けることができる。

「あの警備兵の男、何だったんだろう……?」

ルキディスは白髪の男性から、黒髪の青年の姿に変貌《へんぼう》した。

「もしかすると、シルヴィアの口調で怪しまれた可能性がある
な。彼女が職場でどんな風に振る舞っていたか俺は知らない。上司は気にしていなかったが、あの同僚とは親しげに話し合う関係だったのか……? ふむ、無視したのは不味かったかもしれない」

〈変幻変貌《メタモル・フォーゼ》〉で姿や形、声は模倣できる。しかし、精神まで真似することはできない。

この日、ルキディスはシルヴィア・ローレライに化けて辞表を出してきた。これで彼女が失踪しても、警備兵が探し回ることはないだろう。仕事が嫌になって辞めてくれたと思ってくれれば好都合だ。

ルキディスはシルヴィアが所持していた警備兵の身分証で、彼女の所属支部を知った。そして書き込まれていた署名から、シルヴィアの筆跡を知ることができた。

本人の姿で、本人の署名がされた辞表を出してきたのだ。筆跡は精巧に真似ている。あの辞表はまず簡単に見破れない。当面はこれで大丈夫だ。しかし、万全ではない。

辞職があまりに急であるし、同僚に対して支部長の執務室がどこにあるかなど、奇妙な質問をしてしまった。

姿や声がシルヴィアそのものだったから露見しなかったが、質問をされた同僚は不自然さを感じ取っていたはずだ。職場や寮にある私物を全部処分してかまわないとも伝えてあるが、普通では考えられないことだ。

シルヴィアに家族であるとか、親しい人間がいると、これまたややこしいことになる。誰にも相談をせず仕事を辞めたとなれば、何があったのかと心配される。

家の地下に軟禁しているシルヴィアから、家族構成や交流関係を聞き出す必要があった。情報を聞き出したら、彼女の姿に化けて、自然な形で人間社会から『シルヴィア・ローレライ』の存在を抹消しなければならない。

娼婦であれば、失踪は不自然と思われない。しかし、昨日まで真面目に警備兵をしていた女性が消えれば、それは事件性があると推認されてしまう。

娼婦と違って、細心の注意を払わなければならない。何か一つでもミスがあれば、ルキディス達のやっていることがばれてしまう。

「あの警備兵は、偽物のシルヴィアを怪しんでる感じじゃなかったニャ。あれは本当に、何か用があっただけのような気がする。にゃっはははっ♪　デートのお誘いだったら、寝取られちゃって可哀想ニャ！」

ルキディスを見守っていたユファは、全てを見ていた。

自衛手段の乏しい冥王を単独で活動させるのは、危険が大きい。なので、どんな時でも眷族が近くに控えている。

「あの警備兵がシルヴィアの恋人だったら面倒だな。いきなり仕事を辞めた挙句、どこかに消えたとなったら、絶対に騒ぐはずだ。必要があるなら、事故死か病死に見せかけて、あの警備兵は始末しなくては……」

ルキディスとユファは家に急ぐ。家ではシェリオンが尋問の用意を整える手筈となっていた。

◇　◇　◇　◇　◇

シルヴィアは、真っ白な部屋で目を覚ました。

その部屋は、正四角形の壁、床、天井で囲まれている不思議な場所だった。奇妙なことに出入りをする扉が、この部屋にはなかった。

明かりはシルヴィアの頭上にある円形の結晶灯だけ。たった一つの照明が、真っ白な部屋を照らしていた。

「ここはどこ………？」

手足は動かなかった。シルヴィアの両手両足は、革ベルトで椅子に固定されていた。

「なっ、何なの⁉　これっ⁉」

シルヴィアが座らされている椅子は、普通の椅子ではなかった。医術師の診断を受ける妊婦が、座る分娩台に似ていた。普通の分娩台と違うのは、座っている人間の四肢を拘束する器具が取り付けてあることだ。

手首は肘掛けに、足首は開脚台の足置きに固定されている。強制的に開脚させられているので、股を閉じることができなかった。革製の拘束具でしっかり固定されている。動かせるのは首だけだ。

「もう……っ！　ふざけないでよ。私なんで服を着てないの……？」

シルヴィアは服を脱がされていた。警備兵の制服どころか、下着すら着ていない。丸裸で拘束椅子に座らされていた。

胸は丸出しで、隠そうにも手は肘掛けから動かせない。抜け出そうと上半身をくねらせるが、乳が揺れるだけで拘束は緩まなかった。

陰部に至っては股を開いているので、前にさらけ出しているかのような状態だ。両足を拘束している開脚台は頑丈で、人間の脚力でどうにかなるようなものではなかった。

シルヴィアが座っている拘束椅子は、胸部と陰部を晒す構造になっていた。失禁してもいいように、尻の部分は便座のように切り取られていて、椅子の下からは尻穴すら観察することができた。

「本当に最悪。これが夢じゃなかったら、羞恥心で死にたくなるわ……」

シルヴィアが座っている拘束椅子は、素人が急造したものではなさそうだった。悪い意味で完成度が高い。拷問官が使っていてもおかしくない。シルヴィアは警備兵の研修で、これと似たようなものを博物館で見た気がした。

晒し者になっているのは最悪だ。だが、座り心地は見た目に反し、それほどきつくない。医療用の分娩台を改良したものなのかもしれない。改良とは言うものの、シルヴィアにとっては改悪だ。拷問用の椅子と違って、背もたれに鋭い棘があるだとか、以前に座っていた人間の血が付着していたりしないのが救いではある。

「これって、本当にどういう状況……？　なんで私、こんな目に遭ってるわけ……？」

シルヴィアは気を失う前のことを思い出そうとする。

（えーと。私は連続失踪事件を調査していて……、ペタロ地区で聞き込みをしてた。そこまではちゃんと覚えてるわ。それで……、確かルキディスって人が住んでる家を訪ねて、それから……、それから……？）

シルヴィアは、目線を下げて腹部を見る。こうすると晒されている自分の陰部を見ることになるので嫌になる。だが、腹部に強烈《きょうれつ》な一撃をくらって気絶したのを思い出した。

「この匂いは香水……？　いや、違う。この匂いはもしかして消毒液……？」

自分の身体と拘束椅子から、アルコール消毒液の匂いがした。聞き込みで一日中歩いたというのに、シルヴィアの肉体からは汗の臭いがしない。誰かが身体を綺麗に洗浄してくれたようだ。

「支部長の忠告、もっとちゃんと聞いておくべきだったかも……」

こんな拘束椅子がまともな用途に使われるはずがない。ここが医療院の病室ということは絶対にありえない。

この部屋には窓どころか扉すらない。夢の中の世界と言われたほうが納得できる場所であるし、自分の置かれている状況から考えても夢であってほしかった。しかし、現実感がある。夢ではなさそうだった。

「おはようございます。シルヴィア」

前方の白い壁が歪み、向こう側から見覚えのあるメイドがやってきた。

「シェリオンさん……？」

牛角が生えた獣人のメイドは軽く会釈をしてくれた。気を失った時の情景がフラッシュバックした。シルヴィアは、このメイドに正拳を叩き込まれて、失神させられたのだ。

「申し訳ありませんが、少々お待ちください。ご主人様は準備を終えたら、こちらにいらっしゃいます」

拘束椅子に横付けされた台車には、薬瓶や注射器などが置かれている。拘束椅子の上で動けないシルヴィアにとっては、精神的によろしくない器具が多数見受けられた。

「これはどういうことなんですか⁉　どうして、こんなことをしているんですか！」

「名誉なことですよ。シルヴィアはとても幸運です。ご主人様に選ばれたのですから。選ばれた後は、貴方の資質次第です。どちら側になったとしても、ご主人様のお役に立ってください」

シェリオンからは、要領を得ない意味不明な答えが返ってきた。しかし、はぐらかしている感じはしない。

「私が選ばれた……？　ちゃんと説明して！　貴方は私に何をする気なの⁉」

ちょうどその時、シェリオンが入ってきた白い壁の向こうから、ルキディスとユファがやってきた。壁の一部がすり抜けられるようになっていて、そこを通って出入りしているようだ。

「シルヴィア・ローレライ。元気そうでよかった。レイピアに手を伸ばしたのは、不味かったな。下手をすればシェリオンに殺されていた。ああ、そうだ。その椅子での寝心地はどうだった？　人体構造上、快適に過ごせるように設許してあるが、個人差があるらしい。今までに座った女から、感想を聞いているが評判はあまりよろしくない」

ルキディスは邪悪な笑顔で、シルヴィアに語りかける。家で応対していた時と同じ好青年の姿であるが、口調からは邪心が漏れ出していた。

シルヴィアは全てを理解した。眼前にいるルキディスこそ、娼婦を行方不明にしていた犯人であり、シェリオンとユファはこの悪漢の手先だと。

「最悪に決まってるじゃない！　このド変態‼」

「にゃっはははっ！　格好は君のほうが変態ニャ！　自分がどんな格好をしてるか、鏡で見せてあげたいニャ‼」

ユファは笑い転げている。それも無理からぬことだ。シルヴィアは隠すべき場所を異性のルキディスに晒しているのだ。ルキディスの位置からは膣穴を含めて全てが丸見えになっていた。この格好で悪態をついても滑稽であった。

「シルヴィアは気絶して、ずっと眠っていた。眠っている間に衣類はこちらで処分しておいた。悪いが返すことはできない。しばらくはその格好で我慢してくれ」

「……ふん！　好きなようにすればいいわ。でも、私に手を出したのは失敗だったわ。私がいなくなれば、貴方は絶対に疑われる。警備兵団は貴方達を捕まえるわ！」

「心配は無用だ。シルヴィアの代わりに警備兵の装備一式は返却しておいた。ついでに辞表も出しておいたぞ。支部長から色々と言われたが、最後は辞表を受け取ってくれた。辞めようとする部下を、引き止めようとするよい上官だったぞ。貴様の仕事ぶりが評価されていたというのもあるかもしれないな」

「へえ……。貴方、嘘が上手いのね」

「失礼な女だ。俺はちゃんと『ブライアン上級警備兵』に会ってきた。俺は嘘を言っていない。虚勢を張るのはかまわないが、虚しくなるだけだぞ」

シルヴィアは動揺を隠そうと、沈黙してしまった。『ブライアン上級警備兵』というのは、シルヴィアの上官である。ルキディスが知っているはずのない名前が出てきたことで、シルヴィアの精神は揺さぶられた。

「誰も貴様を探しに来ない。そもそも警備兵如きでは見つけることができない場所だ。この部屋は家の地下にある。地下室を異空間化させて、作り出した次元領域だ。分かりやすい言葉で説明すると、ここは〈迷宮《ダンジョン》〉だ。通常の方法で、この部屋に入ることはできない。逆も同じだ。俺の許可なく、ここから出ることはできない」

「何が目的でこんなことをしているの？」

「質問するのは俺だ。そして、答えるのは貴様だ。まずは、警備兵団がどこまで掴んでいるのかだ。大したことは分かっていないのだろうが、捜査される側としては気になって夜も眠れない。娼婦が十四人消えたことはもう把握しているようだな。行方不明者の捜査はどこまで進んでいる？　捜査している警備兵は、本当に貴様だけなのか？　教えてくれ、シルヴィア」

シルヴィアは顔を横に背ける。

「馬鹿馬鹿しい。そんなの教えるはずがないでしょ。貴方みたいな犯罪者は絶対に捕まるわ」

「素直に喋ってくれるとは、思っていないさ」

ルキディスは、シェリオンが運んできた台車の上に乗っている器具を手に取る。得体の知れない薬液を調合して、何かをするつもりのようだ。

（こんな男の玩具になるくらいなら、死んだほうがまし……！）

自力で脱出することは不可能だ。この先、シルヴィアに明るい未来は訪れないだろう。

それなら舌を噛み千切って死んでしまったほうがいい。どうせ殺されるのなら、自分で自分を殺すことをシルヴィアは選んだ。シルヴィアは前歯で舌を挟むが、力を入れられなかった。

「…………？」

恐怖心で躊躇《ちゅうちょ》しているわけではない。本気で噛もうとしているのに、なぜか力が出ない。噛み切るどころか、舌を甘噛《あまが》みしている。混乱しているシルヴィアを指差して、ユファは再び大笑いしている。

「自殺しようとしたって無駄ニャ。その拘束椅子には、座ってる人間の自傷行為を防止する呪いが施されているニャ。舌を噛み切ろうなんて思わないほうがいいニャ。間抜け面を晒すだけニャ。にゃっははは！」

「悪趣味が極まってるわね……。いいわ。何でもすればいいじゃない。それでどんな拷問をしてくれるわけ？　指の爪を全部剥がすの？　歯を一本ずつ抜いていくとか？　それとも眼球を熱した針で突き刺すのかしら？　こんな椅子を用意しているくらいだから、さぞかしすごい拷問で私を甚振《いたぶ》るんでしょうね」

「それは期待ではなく皮肉なんだろうが……、拷問官がやるようなことはしないぞ……？　俺は猟奇殺人犯というわけじゃない。必要ならそういう残酷なこともするが、必要でないなら相手を苦しませるようなことはしない。人間を嬲《なぶ》り殺す行為に、俺は価値を見出していない。そういう趣味を持つ者もいるにはいるが……、シルヴィアはそういうことをされたいのか？」

「まともな返答ね。ちょっと意外だったわ」

ルキディスの返答がまともすぎたので、シルヴィアは自分のほうが恥ずかしくなってしまった。

「サピナ小王国の話を貴様に聞かせただろう。俺はあの国を牛耳っていた王族や貴族よりは、まともってことだ。人間の中には、魔物よりも魔物にふさわしい心を持っている奴がいる。どうして、ああなってしまうんだろうな。自分の同胞を拷問して楽しいものか？　ああいう人間は、まったくもって理解に苦しむ」

「じゃあ、狂ってない貴方は、私にこれから何をしてくれるのかしら？」

「期待外れで悪いが、自白剤を投与するだけだ。投与する時に少し痛いかもしれないが、薬の効果で苦しむことはないと保証する。興奮してお喋りになる薬だ。ちょっとした副作用はあるがな」

　ルキディスは先端に細いチューブが付いた大きな注射器を、シェリオンに手渡した。注射器は半透明で、中に濃い青色の薬液が詰められていた。

「シルヴィア。力を抜いてください」

　大きな注射器を持ったシェリオンは、看護師のようだった。シルヴィアは観念して、腕の力を緩めた。自白剤の効力がどれほどのものかは分からない。だが、絶対に喋ってやらないという気構えを固めた。

「力を抜くのは腕じゃなくて、お尻のほうニャ。シェリオンの持ってる注射器をよく見るニャ。針が付いてない浣腸用の注射器ニャ。その注射器で腕の血管を刺すなんてできないニャ」

「えぇっ？　かっ、浣腸……⁉」

　ユファが言った通りであった。シェリオンの持っている注射器には針が付いていない。注射器の先端に付いているのは、半透明の細いゴムチューブだ。

「嘘でしょ。お尻から入れるの……？　口とかじゃ駄目……？」

「口から入れたら効き目が薄い。普通の人間なら自白剤を飲まされたら吐き出そうとするだろ？　血管から入れた場合は効き目が強く出すぎる。それに拒絶反応が起こった時が大変だ。血管に入った薬剤を取り出す方法がない。その点、浣腸は便利だ。効きやすく、いざという時は腸を洗浄してしまえばいい。肛門から入れるのが適切だ。悪意はないぞ。自白剤を入れる時は、誰が相手でもそうしてきた」

　注入するのが同性であるシェリオンというのは、ある種の配慮なのかもしれない。シルヴィアの肛門に、注射器の先端が添えられた。

　抵抗したところで、無理やり入れられるだけだ。それなら助言通り力を抜いて、浣腸を受け入れたほうが賢明である。しかし、得体の知れない薬液を、腸内に注入されるのは不安でならない。

「………っ⁉」

肛門の括約筋が押し広げられ、注射器のチューブが腸内に入り込んだ。チューブには潤滑性の薬が塗られているので、肛門を潜ってしまえば抵抗なく挿し込めた。

「うっ！　ぁあっ！　んっぁぁあぁあっ‼」

青い薬液がシルヴィアの直腸を満たしていく。この自白剤の素晴らしい点は、自白している最中の記憶が吹っ飛んでしまうことだ。

投与された人間は、自分が何を喋ったのか覚えていない。質問には従順に答えてくれることが多いが、多くの薬と同様に個人差がある。

特別な訓練を受けた人間だと質問に答えないことがあるが、シルヴィアは一般の警備兵でしかなく、自白剤に対する抗体を持っていない。薬剤に耐える訓練だって受けていなかった。一般の警備兵が、自白剤に耐えられるはずがないのだ。

こればかりは気力であるとか、気構えでどうにかできる代物ではない。

「まず年齢から聞くとしようか。シルヴィア・ローレライ。貴様は今年でいくつになる？」

「────じゅ、じゅうはちぃ」


潤んだ瞳でシルヴィアは答えた。シルヴィアの意識は夢と現実の狭間で、混濁している。直腸を満たした薬液の恍惚《こうこつ》が、シルヴィアの理性を排除してしまった。

「よし。いい子だ。シルヴィア。次の質問だ。家族はいるか？」

ルキディスはゆっくりと質問していく。

質問をしている最中、シェリオンとユファは尋問の補助を行っていた。自白剤の効果で意識が混濁しているシルヴィアは、副作用に襲われていた。

シルヴィアの口からは唾液が垂れ流れ、両目からは涙が溢れ出し、頬を伝って流れ落ちていく。自白剤の副作用とは、体液の異常分泌であった。

唾液や涙だけなら拭いてしまえばいいが、下半身から漏れてくるものはそれだけでは対処できない。

「ひゃぅあう……っ⁉」

「シルヴィアが痛そうな顔をしているぞ？」

「尿道に管を突っ込まれれば、多少の痛みはあるニャ。でもこうしないと、尿が飛び散るから後片付けが大変なのニャ。我慢してほしいのニャ」

ユファはシルヴィアの尿道に管を差し込み、措置を完了させた。最後に、膣から体液が大量に出るので、床を汚さないように鉄製の容器を設置する。膣液だけでなく、肛門から汚物が溢れ出たとしても、これで対応できる。加えて、シルヴィアが脱水症状に陥らないように、食塩水を飲ませて、水分を補給させる必要があった。

体中から、あらゆる体液を垂れ流すシルヴィアは、秘密をも漏らし続けた。年齢から家族構成、警備兵団での仕事や職場の環境、聞き込みで得た情報、あらゆる情報を素直に答えていった。

「最後になったが、シルヴィアはジャンという警備兵とどういう関係だ？」

「じゃんぅ？」

「支部にいる同僚の警備兵だ。シルヴィアと年齢は同じくらい。話したことくらいあるだろ？」

「んぁあぁぁ……。ぁあああっ、あのひぃとぉ、よくしらなぁいぃ。わたしぃのことぉ、みてぇるだけぇえ……。いつもぉ、かぉおが真っ赤ぁえぇ……。ぁああああ……んぁっ！」

「よく知らない……、か。それなら問題はない。さてと、次の質問も素直に答えろ」

ルキディスは、自白剤を投与したシルヴィアから、知りたい情報を全て聞き出した。尋問の結果、喜ばしい事実が二つ判明した。

憲兵団と警備兵団は、娼婦失踪を重大な事件とは考えていないこと。もう一つはシルヴィア・ローレライが孤児の生まれで、家族や恋人など親しい人間がいなかったことだ。

「くっくくくく。都合が良すぎるな。これも冥王の悪運かな？」

捜査機関は、娼婦の連続失踪を重大事件と考えていない。それなら、これ以上娼婦が消えなければ、事件として捜査されることはないはずだ。

シルヴィアは孤児であった。幼い頃に流行り病で両親を亡くしており、家族や親類はいない。育ての親だった孤児院の修道女は、一年前に死んでいるので気にする必要はなさそうだ。意外なことに恋人はいなかった。シルヴィアという女は、仕事一筋な生き方をしているようだ。娼婦の行方を追っていたのは、目覚ましい成果を上げて騎士の称号を得たいという彼女の野心が影響していたらしい。実際、着眼点は悪くなかった。

憲兵や警備兵が捜査をしたとしても、ルキディスの家には辿り着けないように情報をばら撒いていた。けれども、シルヴィアは探し当てた。警備兵としての資質、騎士になるという強い執念、そして運が味方して、シルヴィア・ローレライはルキディスの家を探し当てた。

ルキディスの家まで辿り着いたシルヴィアの捜査能力は優秀だ。しかし、功を焦るあまり一人で突っ込んでしまった。

「僕達に辿り着いたのはすごいけど、こういう結果で終わったらお間抜けニャ」

「ユファ、小馬鹿にするのはやめなさい。眷族になるかもしれない人間です。ひょっとしたら、長い付き合いになるかもしれません」

「んニャ。シルヴィアも巨乳だもんね。そういう可能性もありえるニャ」

シルヴィアの間違いはたった一つだ。単独で動いたこと、それに尽きる。

シルヴィアが上司や同僚に報告をしていれば、ルキディスは手を出すのをためらっただろう。さらに言えば、複数人で捜査していれば、このような状況に陥ることは絶対になかった。敗因は手柄を独り占めしたいという野心のせいだ。騎士になりたかったシルヴィアは、誰よりも成果を求めていた。その貪欲さが破滅を招いた。

「家族なし、親しい親類なし、恋人なし。これなら何もせずとも大丈夫だな。友人関係は職場の同僚に限定されている。いなくなっても騒ぐ人間はいないはずだ。しかし、アマンダ・ヘイリーは不味かったな。入れ込んでいる常客が、憲兵に捜索願を出しているとは……」

「その常客を殺してきましょうか？」

シェリオンの提案を、ルキディスは却下する。

「いいや。放っておこう。憲兵団は本気で動いていない。数ヶ月すればその男は別の娼婦を追いかけるようになる。余計なことはせず様子見だ。娼婦を買うのに使っていた仲買人は口が固い。金さえ払っていれば割り切ってくれる奴だ。しかし、今後はどう動くか分からないな。使い続ければ危険が増大する。娼婦を使うのは打ち止めだ。結局、苗床を十四匹作っただけだったな。シルヴィアは十五匹目にならないといいが……、さてどうなるか」

尋問を終えて、疲労困憊しているシルヴィアの頬を、ルキディスは優しく撫でた。

◇　◇　◇　◇　◇

尋問を終えたシルヴィアは、黒い部屋に運び込まれていた。身体の汚れは拭われ、清められている。

黒い部屋には、大きなベッドが置いてあり、シルヴィアは仰向けで寝かされていた。体液の異常分泌は収束しつつあるが、自白剤は抜けきっていない。まだ瞳が潤んでいるし、膣からは愛液が滴っていた。

この黒い部屋は、白い部屋と同様に地下室の異空間に存在する。白い部屋は尋問を行う部屋だ。そして今いる黒い部屋は、重要な儀式を行う部屋であった。

「娼婦とは匂いが違う。とても純粋で、綺麗な匂いがする」

冥王と交わった人間は、瘴気と魔素によって汚染される。転生して眷族となるか、繁殖母体となって死ぬまで子を産み続ける苗床となるかは、シルヴィアが適性を持つかどうかで決まる。

こればかりはやってみなければ、分かりようがない。眷族となってくれれば、人間を辞めて強力な魔物へと変異する。冥王の従順な下僕として、冥王の子を産み、そして冥王を守る最強の守護者となってくれる。しかし、眷族化したのは、今のところ四人のみ。資質を持つ者は希少だ。

「この子、おっぱいが大きいニャ～。シェリオンや僕よりは小さいけど、サロメくらいはあるっぽい。警備兵の革鎧を着ている時は目立たなかったけど、これは立派な巨乳なのニャ！」

ユファは、シルヴィアの乳首を指先でツンツンと弄《いじ》って遊んでいる。

「巨乳説はないと思うんだがな……」

「にゃらば！　僕は冥王陛下に、新たな説を提唱するニャ。ずばりっ！　巨乳処女説ニャ！」

「ご主人様。ユファが邪魔なら摘まみ出しましょうか？」

「気にしていない。それで、予想はしていたが、巨乳で処女なら眷族になると、ユファは言いたいのか？」

「その通りニャ！　今まで眷族になった四人は、巨乳以外に共通点があったニャ。それは、四人とも処女だったことニャ!!」

「それは……、あるのか？」

「あるニャ！　処女信仰って言葉があるくらい処女は特別ニャ!!」

「処女であることが条件だとすると優秀な雌を眷族化するのが難しくなる。できれば、俺としてはそうあってほしくないぞ……」

冥王としては、処女に特別の拘りがない。というより、条件なんてないほうがよかった。

今までに作った四人の眷族は、冥王を遥かに上回る最上級の魔物へと化けている。

シェリオンは奴隷メイドで、ユファは踊り子でしかなかった。しかし、眷族化した後は一流の騎士を瞬殺できる凶悪な魔物となった。

もし無条件で、眷族を作ることができれば、冥王は最強の軍団を作れていただろう。乙女であることが条件だとしたら、それは凄まじく厄介な条件だ。ユファの言う巨乳処女説が事実だとすれば、苦労して捕獲した女が、処女でなければ眷族にできないことになってしまう。

「今までも処女で試したことはあったんだ。仮にシルヴィアが眷族化したとしても、処女が条件だとは確定しない」

サピナ小王国でルキディスは、百人の貴族を使って眷族を作ろうとしたことがあった。

革命で処刑するはずだった貴族の妻や娘、愛人などから見込みがありそうな百人を選抜して種付けしたが、全員が苗床化してしまった。その中にはもちろん処女も含まれていた。下級血族を産む繁殖母体となってくれたが、誰も眷族化しなかったのだ。無駄ではなかったが、冥王にとっては残念な結果だった。

「それじゃ、気付け薬でシルヴィアの意識を呼び戻すニャ。ルキディスのチンポは臨戦状態になってるニャ？」

ルキディスは自らの生殖器を勃起《ぼっき》させる。雌に種付けするのが冥王の権能だ。目の前に雌がいるのなら、いついかなる時でも生殖することができる。

「よろしければ、私の口で下準備をいたしませんか？」

シェリオンの口調は提案というより、ねだっていた。自らの誇る巨乳をルキディスに押し付けて、媚びてくる。

「準備じゃなくなる可能性が高い。今回は我慢しろ」

露骨に残念そうな顔を作りつつも、シェリオンは引き下がった。

冥王の種付けは、眷族にとってこの上ないご褒美だ。主への奉仕であると同時に、己の欲望を満たすことができる。眷族の欲望は、冥王に奉仕することと、子を産むことを除けば、人を殺すことぐらいしかなかった。ラドフィリア王国にいる間は自由に人を殺せないので、冥王の肉棒を求めてしまいがちだ。

シェリオンは断られてしまったが、不満はけして口にしない。本国で留守番をしている三番目の眷族サロメや四番目の眷族エリカに比べれば、シェリオンとユファは恵まれている。

冥王の寵愛を受けられないサロメとエリカは、人間を殺して苦痛を紛らわせているはずだ。同伴を許されたシェリオンが不満を口にしたら、あの二人にどれほど恨まれることだろう。

「シルヴィアはどんな声で、啼《な》いてくれるのかな」

シルヴィアの意識は、苦々しい刺激臭によって無理やり叩き起こされた。

直腸に投与された自白剤のせいで、尋問中の記憶は欠けていた。自分が何を喋ってしまったのか、ちっとも覚えていない。言ってはいけないことを言ってしまった気もするし、何も喋っていないような気もした。実際には全てのことを暴露してしまっているが、シルヴィアには分かりようがない。

シルヴィアは忌まわしい拘束椅子から解放され、ベッドの上で仰向けになっている。自由の身となったが、その代わり特殊な首輪を着けられていた。

この首輪は、攻撃抑制の拘束具である。暴れたり、逃げようとすると、筋肉が弛緩《しかん》してへたり込んでしまうようになっている。

「お昼寝の時間は終わりニャ」

ユファは部屋の四隅《よすみ》に置いてある香炉に火を入れていった。黒陶製の香炉から、芳しい淫香が漂い出て、室内を満たしていく。

「あぅん……っ！」

何をされるかは、予想がついていた。服を脱がされた無防備な女がベッドに寝かされている。

そして服を脱いだ男が、勃起した陰茎を露わにしていた。性的なことに疎いシルヴィアだって、それくらいの知識があった。やることは一つしかない。

「犯す側の責任として、説明はしておいてやろう」

「犯罪者にしては紳士的なのね。まったく嬉しくないけれど……」

「その割には、顔が真っ赤ニャ。まんざらでもなさそうな顔をしてるニャ～」

「ユファ。もう茶化すのはやめなさい。シルヴィアにとって大切な儀式なのですから。これ以上続けるのなら、本当に摘まみ出しますよ」

シェリオンとユファは、助けてくれる気はなさそうだ。ルキディスに処女を捧げるのは不可避だ。覚悟を決めざるを得ない状況だった。

陵辱されるのなら、相手に対して嫌悪感が沸き起こるはずだ。けれども、シルヴィアの心は強い拒絶感を抱えていなかった。悔しいことに、ユファの言ったことは、的を正確に射ていたのだ。

自白剤の副作用だけではない。ユファが焚いた淫香の影響もあるだろう。けれど、一番の要因はそれらではない。犯してくる相手の容姿だ。ルキディスの容貌は美しい。賢そうな顔立ちをした黒髪の美青年だ。色恋沙汰を避けてきた仕事女の心をも動かす外見を持つ。黄金色の瞳は魅力的で、最初に家を訪れた時も、つい見惚《みほ》れてしまった。

警戒心を抱いていたのに、不用意に家に上がり込んでしまったのも、ルキディスの容姿に魅了されたせいだ。

「まずは正体を明かしておこうか。こういう種明かしは嫌いじゃない。ちょっとしたサービスだ」

顔に手をかざすとルキディスの容貌は、一瞬で黒狼に変貌した。

シルヴィアは、己の目を疑う。薬の影響で幻覚を見ててしまったのではないか。シルヴィアはそう思ってしまった。

しかし、そうではない。

「言葉すら出ないか？　面白いものだろう。百面相なんてものじゃないぞ」

ルキディスはどんどん顔を変貌させていく。狼の獣顔から、次はシルヴィアの顔になった。鏡越しに会っている自分とそっくりの顔だった。その次は上司のブライアン上級警備兵、その次は同僚の顔になる。顔や姿だけでなく、服装まで変えてみせた。身体どころか、服装まで瞬時に作り上げてしまう。

「どういうこと……？」

娼婦連続失踪事件で、情報が出てこなかった理由。それは犯人が、自由自在に姿を変えていたからだ。ある時は老人に成りすまし、ある時は少女となって、犯行に及んだ。

行方不明になった娼婦の姿に化けて、街をうろつけば、行方不明になった日にちを誤魔化すこともできた。

「これが俺の能力〈変幻変貌《メタモル・フォーゼ》〉だ。俺は自由自在に姿形を変化させることができる魔物だ。シルヴィアは俺を犯罪者と言ったが、俺は罪人じゃないぞ。人ではないからな。魔物には人権がないから、裁判を受ける必要がない。そもそも魔物は、人間が決めた法律や道徳を守る義務がない」

「魔物……!?　そんなはずがないわ！　魔物が人間の街で暮らしているなんてありえない」

ありえないことであるし、断じてあってはならないことだ。

「俺は冥王だ。魔物の頂点に君臨する絶対支配者。人間の都に入り込むくらい簡単だ。人間に化けるのは、俺の得意技なんでな」

得意気に言っているが、実のところ冥王にはそれしかできなかったりする。ユファが突っ込みをいれようとしたが、寸前のところでシェリオンが口を塞ぎ、事なきを得た。

かつて存在していた魔王であれば、人間の都に堂々と乗り込んで侵略することができた。魔王は最強の魔物だった。勇者にこそ勝てなかったが、普通の人間を蹂躙することは容易だった。けれど、冥王は魔王と違って最弱の魔物だ。

魔王のように大国と単独で戦おうものなら、瞬殺されてしまうだろう。

「シルヴィアは、今の今まで俺達の正体に気付かなかった。この世には、知能のない魔物しかいないとでも思ったのか？　残念ながら、この世には俺のような魔物が存在している。先入観というのは恐ろしいな。今日でそんなものは捨ててしまうべきだ。魔物であっても、高度な知能と擬態能力があれば、俺のように人間社会に溶け込める」

正体を明かした冥王ルキディスは、青年の姿に戻ってシルヴィアに語りかける。

「シルヴィアにやってほしいことは、簡単なことだ……。冥王の子を孕んで産む。子産みは創造主が雌に与えた特権だ。優秀な雌の胎からは、優秀な子が産まれる。シルヴィアの胎は、強い魔物を産み落としてくれそうだ」

ルキディスは、シルヴィアの乳房を掴む。

「そういう目的で娼婦を拉致していたのね……」

「全員期待外れだったがな……。いや、この言い方は彼女達に失礼か。娼婦達は立派な苗床になってくれた。シェリオンやユファのように眷族化しなかったが、役には立っている」

シルヴィアは、ルキディスの頬を叩こうと手を振り上げたが、振り下ろすことができない。首輪の呪力が、シルヴィアの行為を抑制しているせいだ。魔物はシルヴィアの抵抗を気にせずに、生娘の身体を優しい手つきで撫でている。

「警備兵だけあって腹筋が硬いな。引き締まっているのは鍛錬を続けている証拠だ。だが、胸と尻は雌らしく柔らかみがある。娼婦のような肉欲を受け入れ続けていた身体だって悪くないが……、シルヴィアのような無垢な身体というのも、これはこれでいいものだ。怖い顔をしてくれるな。口下手かもしれないが、俺なりに賛辞を送っているつもりだ。魔物の王から褒められているんだぞ。少しは喜んでほしいな」

「魔物なんかに褒められたって、ちっとも嬉しくないわ……!!」

「そうかそうか。言葉で足りないというのなら、身体を使って喜ばしてやろう」

シルヴィアは、ルキディスに押し倒される。股を押し開けられ、お互いの身体が重なり、脚が絡み合う。シルヴィアは太腿で、脈打つ陰茎の熱を感じ取る。ルキディスの男性器は、人間のモノより遥かに大きく膨張していた。

冥王は肉体の形状を自由自在に変えられる。その気になれば馬並みの凶悪な陰茎で、シルヴィアの処女膜を貫くことだってできた。しかし、下手をするとシルヴィアの膣口が裂けてしまうので、そんなことはしない。出産経験どころか、性経験すらない生娘だ。

無茶なことをする気はない。魔物であるが、ルキディスは抵抗できない人間を嬲って、愉しむような性格ではなかった。

亀頭がシルヴィアの膣口に接触する。シルヴィアの股座からは愛液が漏れ出し、処女だというのに、今にも雄の肉棒を飲み込もうとヒクついていた。

「眷族に転生するか、自我を失って苗床になるかは、シルヴィア次第だ。人間を辞める覚悟はできたか?」

魔物の王は、返事を待たなかった。

巨大な魔物の陰茎が、シルヴィアの膣に挿入される。ゆっくりと押し広げていき、亀頭が処女膜を破り捨てた。

「ちょっと、まっ――――――いゃっ!!」

シルヴィアの身体を掴みながら腰を下ろし、最奥まで亀頭を到達させる。一気に挿入されたシルヴィアは、鋭い痛みで身を強張らせた。

破瓜《はか》の痛みは女にとって特別なものだ。愛を育んだ異性に、純潔を捧げたのであれば我慢できよう。だが、シルヴィアは昨日会ったばかりの魔物に捧げてしまった。

意中の相手がいるわけではなかったが、言い表せない喪失感があった。深々と根本まで突き刺さったルキディスの陰茎が、膣内で蠢《うごめ》いているのをシルヴィアは感じ取る。

「あぁぁぁっ！　んぁあああああっ!!」

ルキディスは〈変幻変貌《メタモル・フォーゼ》〉で、シルヴィアの膣を調べていた。男性器の形状を変化させることで、犯している雌に、極上の快楽を与える。初体験の生娘では耐えきれないであろう増大させた快楽で、精神を陥落させる。

苗床化して人格が死ぬ可能性は大きいのだ。ならば、苦痛と恐怖の中で死なせるよりは、悦楽に溺れながら死なせるほうが情け深い。犠牲になった娼婦達は極上の愉悦に包まれて、苗床に堕とされていた。


「ぁあっぁ！　んぁっああ！」

陰茎が出し入れされる度に、シルヴィアは美声を上げる。肉棒を咥えている膣穴から、破瓜の血液と滲《にじ》み出た愛液が漏れて、ベッドシーツが汚れる。シルヴィアの意識が拒否しても、彼女の身体は性的快感を喜んで受け入れ、貪りつつあった。

(嘘でしょ……っ!?　もう処女膜を破られた痛みが消えてゆぅぅぅ……っ!?)

シルヴィアはルキディスの身体を押し退け、逃れようとする。だが、抵抗する両手には、力が入らなかった。その間もルキディスは腰を動かして、シルヴィアの女陰を蹂躙し続けた。亀頭で子宮を突き上げられた途端、シルヴィアの抵抗力は弱まる。

ルキディスを押し退けようとする両手を、彼の背中に回して抱きついたら、どれだけの快楽が得られるのだろう。シルヴィアは悪しき淫欲に飲み込まれそうになった。だが、シルヴィアは微《かす》かに残った理性で、踏み止まる。

「身体の相性は悪くない。こっちの動きに合わせてくれれば、もっと気持ちよくなれるというのに、強情な雌だ」

黄金色の瞳が怪しく光った。邪悪な魔獣は、シルヴィアが堕ちかけているのを感じ取っていた。

「なっ、何よ！　こんなのぉ……っ。思ったよりも普通じゃないぃっ……！　こんなのでぇ、私がどうにかなるとでも思ったのかしら……？　こんなことされたって、きっ、気持ちよくなんて、ならないんだからぁ……、んぁあっ、いひゃっ……！　なぁ、ぁああ、んぁっ！　な、ぁにこれぇっ♥」

冥王の両目には、相手の感情を操作する能力が備わっている。冥王が持つ数少ない権能、瞳術〈誘惑の瞳〉の力だ。互いの視線が重なった時、その人間の感情を操って、好意を向けさせたり、反対に憎悪を向けさせたりすることができる。冥王の思うがままに感情を動かせるのだ。

瞳術は強力な能力だ。しかし、完璧ではない。耐性の高い人間を相手に発動すると、効果を弾かれることがある。しかし、冥王の〈誘惑の瞳〉は、性交している相手に対しては、絶対に成功するようになっていた。

たとえ清らかな聖女であっても、冥王と交わっている最中ならば、瞳術で清廉な精神を貶め、淫女に堕落させることができる。

〈誘惑の瞳〉は有用な能力である。だが、やはり本音を言えば、幻覚を見せて相手を自由自在に操るだとか、睨んだ相手を呪殺するような瞳術が欲しかった。冥王に与えられた権能は、人間の雌を惚れさせることに特化している。〈変幻変貌《メタモル・フォーゼ》〉や〈誘惑の瞳〉は、戦闘では役に立たない。

けれども、ベッド上での戦いなら反則級の武器となる。〈変幻変貌《メタモル・フォーゼ》〉で相手が望む姿に化け、〈誘惑の瞳〉で相手の心を堕落させる。完璧かつ最強の合わせ技であった。

（んぃひぅう！　セックスってこんなに気持ちいいものだったのぉお……っ⁉　無理やり犯されてるのに、気持ちよすぎて脳が溶けちゃうぅ……‼　チンポが出たり入ったりしてるだけなのに、子宮がキュンキュンするぅうう‼）

喘ぎ声が漏れないように歯を食い縛る。しかし、シルヴィアの身体は正直になりたがっていた。ルキディスの上下運動に合わせて、腰を動かしてしまった。抵抗しようと暴れていた両足は大きく開かれて、ルキディスの下半身を歓迎する。

反応の機微で、シルヴィアの変化を感じ取ったルキディスは、舌を使って固く閉じた唇をこじ開ける。入り込んだ舌が、シルヴィアの口内を舐め回した。魔素を含んだ甘美な唾液が、シルヴィアの意地を崩壊させた。キスを終えた後、唇を結んで、沈黙を貫くことはできなかった。

「いやぁぁ、あっ！　あぁっ♥　来ちゃうぅぅ！　何か、来ちゃうぅうう‼　ひぃぃぃいっぐ！　いぃっ、ちゃぁう‼　いぐっ♥　ひぐうぅぅぅぅぅ！！！」

シルヴィアは臆面もなく吼える。快楽が絶頂に達し、人間の矜持《きょうじ》を捨て去って、雌のような嬌声《きょうせい》で叫んだ。もはや品性なんて存在しない。我が身を抱いている魔物が、愛おしすぎて狂いそうだった。

ルキディスとシルヴィアの激しい情交に、シェリオンとユファは聞き惚れていた。それはまるで演奏を聞いているかのようだ。冥王から溢れ出す瘴気は、眷族に快楽を与えてくれる。シルヴィアの声を聞きながら、冥王の瘴気を全身で感じ取っているのだ。できることなら、今すぐベッドに飛び込んで、冥王の寵愛を賜《たまわ》りたい。しかし、眷族化は特別な儀式なのだ。シルヴィアは命を賭して冥王の愛を受け入れようとしている。そんな雌を軽んじることは許されない。だから、シェリオンとユファは冥王と雌の情事を静かに見守っていた。

冥王はハーレムを築くことを前提とした魔物だ。独占欲が皆無ではないが、普通の人間よりは嫉妬心が抑制されている。眷族も同様。そうでなければ、眷族同士で争いが始まって、ハーレムが崩壊してしまう。

「んあはぁあんっ♥　いぃっ、んぃいいぃ♥　私の膣中でぇ、チンポぉが、ふくらんでうゅぅうー♥」

挿入された男性器は、膣壁の圧迫に反発し、徐々に膨れていった。巨大な陰茎を包み込んでいる膣穴は、暴発寸前の肉棒を締め上げる。

「あぁぅっ♥　いぐぅぃうぅぅうっ、あひぃんんんんひいぁあああぁーっ♥」

濃厚な精が勢いよくシルヴィアの膣中に注ぎ入れられた。ルキディスの射精と同時にシルヴィアの背が反り返り、快感で身を震わせていた。

冥王の射精を受け入れた雌が感じ得る悦びは、人間の感覚限界を超えている。人間性を残したままでは得られない禁忌の味。冥王の精子が子宮を満たした時、人間の女から魔物の雌へと堕ちる。

種付けの洗礼を終えたシルヴィアは、戻れぬ領域に足を踏み入れた。

子宮内に入り込んだ子種は、シルヴィアの身体を魔物の肉体へと変化させる。まずは子宮の構造が大きく変化して、多産に耐えられる丈夫な胎となる。

(おっ、お腹が熱い！　子宮に溶けた鉄が入ってるみたいに熱いぃっ……!!)

シルヴィアの子宮は、魔素で穢されていく。身体が変貌しつつあるというのに、不思議と恐怖心は感じなかった。

「魔素の汚染は順調に進んでいるな。子宮が熱を帯びている。両目は綺麗な深緑のまま。いい調子だぞ。瞳が濁っていないのは、魂魄が自壊していない証拠だ。見込みのない雌だと、最初の射精で苗床化の兆候が現れる。だが、シルヴィアにはその兆候がない。濁りが一切現れないのは有望だ。これは期待できそうだ」

冥王は種付けを施したシルヴィアに優しく語りかける。

シルヴィアの膣内は、太々とした魔物の陰茎で占領したままだ。これで終わりではない。まだまだ冥王の性欲は満たされていないし、シルヴィアの肉体も魔物の子種を求めていた。

「喜べ。これで終わりじゃない。腹が膨れ上がって、膣口から溢れ出るまで、子種をくれてやる」

「ひゃぁあん……っ♥」

ルキディスはシルヴィアのおっぱいに噛み付き、勃起した乳首を甘噛みで弄《もてあそ》んだ。ちょっとした刺激にさえ敏感になっていたシルヴィアは、愛らしい声を上げた。

結合した陰部を通じて、シルヴィアの感情が伝播してくる。膣穴は周期的に引き締まって、ルキディスの肉棒に射精をするように働きかけてきた。さっきまで男を知らぬ無垢な処女だったというのに、シルヴィアの膣穴は遊女顔負けの媚び方をしていた。

「いいひぐぅぅう♥　またぁ、いィかされちゃぅぅうぅうう――っ♥」

眷族化の儀式はまだ終わらない。ルキディスは、シルヴィアを背後から犯し始めた。四つ這《ば》いにさせて、むき出しの膣に肉棒を突き刺す。雌犬のような格好でシルヴィアは喘ぐ。

ベッドシーツを掴み、身体が動かないように踏ん張る。シルヴィアの尻肉とルキディスの下半身がぶつかって、心地よい肉音が部屋に響いた。突かれる度、身体が揺さぶられてシルヴィアの金髪が乱れる。

「ぁぁんっ！　んぁああんっ‼　もっとぉぉ！　もっとぉ、きもちぃいのがきぢゃうぅ……っ‼」

シルヴィアの膣は、ルキディスの陰茎に馴染みきっていた。興奮で溢れ出した愛液が泡立っていた。

前触れなく、ぶつかり合う肉音が不意に止まる。

「ふぇ……？」

ルキディスはシルヴィアの腰を掴んで、尻を強引に引き寄せた。女陰の奥の奥まで亀頭が押し込まれる。引き締まった膣内を突き進み、さらに深い領域へ侵入した。

「あっ！　ああっ‼　あぁんっ！　すぅっごいいのぉおっ♥　くるぅゥゥ……っ♥」

シルヴィアの子宮内に子種をぶち撒けられた。子宮と膣から精液が漏れないようにビッチリと陰茎で栓をしていたが、ついに決壊して逆流した精液が吹き出した。

絶頂に達したシルヴィアは、半透明の体液を膣から噴出させた。盛大に潮を吹いたシルヴィアは、両手の力が抜けてしまった。警備兵として、腕力を鍛えていたのに、もう上半身を支えられなかった。

ルキディスに尻を差し出したシルヴィアは、ベッドに顔を沈めながら、こみ上げる快楽の波に酔いしれる。

「いい感じに仕上がってきたな。膣穴はもう出来上がった。少し休憩をいれようかと思ったが、ここまで来たなら思う存分やってやろう」

シルヴィアの膣穴から、愛液で濡れた肉棒を抜き取る。子宮内に貯まった精液が勢いよく漏れ出して、太腿を伝って流れ落ちた。

「ひゃぁあぁん……っ♥」

凶悪な形状の陰茎は、愛液と破瓜の血で濡れている。亀頭や竿の太さは、人間の性器とは別次元だ。まさしく魔物の生殖器である。ルキディスは肉棒の矛先を変えた。

膣口ではなく尻の穴にあてる。肛門がゆっくりと押し開けられる感触を感じ取ったシルヴィアは声を上げる。

「ひゃ……っ⁉　そっちはだめぇえっ‼　らめぇえ――っ！！！」

口では嫌がるが、尻は突き出したままだ。ルキディスの硬くなった亀頭は、緩みきった門をこじ開ける。

「力むな。もっと力を抜け。王の命令だぞ。従僕」

ルキディスが命じる。冥王の命令は魔物にとって絶対だ。眷族化しつつあるシルヴィアは、冥王の命令に抗えない。


「ぁぁあん♥　んふぅうひゃあぁあぁ♥　あっ♥　ぁあぁん♥　太いのがきてるゅぅう……っ！　だめなのにぃ、お尻はらめぇなのぉ……‼」

膣穴を征服したルキディスは、尻穴の蹂躙を開始する。最初はゆっくりと動かし、次第に速度を上げて、奥へ奥へと入っていく。

初めてのアナルセックスだというのに、痛みはなかった。最初の抵抗は未知への恐怖でしかなく、処女を散らした時と違って痛みはなかった。

膣穴とは違う快楽で、シルヴィアの心は侵食されていった。昼過ぎから始まったセックスは、日付が変わる時間まで続いた。

眷族の誕生を喜んだルキディスは、シルヴィアが失神するまで犯し続けた。けれど、さすがにやりすぎてしまったと冥王は反省する。

やりすぎて壊れていないか心配になったが、シルヴィアの瞳は深緑のままだ。濁っていないのなら大丈夫であろう。

「さすがに疲れた」

最後はシルヴィアの顔面に精液をぶっかけて、眷族化の儀式を終えた。シルヴィアの膣穴と尻穴は精液が垂れ流しになっている。

美しい金髪は乱れて、顔は精液でずぶ濡れだ。意識はなく、反応もしない。だが、シルヴィアは目を閉じていない。恍惚とした表情で微笑んでいた。

「お疲れ様でした、ご主人様」

シェリオンは主人の労をねぎらった。もう一人の眷族ユファは、主人の汚れた性器を綺麗に舐め、汚れを取っている。他の雌を犯しまくった陰茎を、嫌な顔一つせず丁寧に舐める。

隙あらば子種を賜ろうと、いやらしい舌使いで誘ってみるが、ルキディスは反応してくれなかった。

ここからの連戦は厳しいものがある。ましてや相手がユファだとこちらの身が持たない。

「シェリオン。シルヴィアの股を開かせろ」

「淫紋《いんもん》を刻むのですね？」

「ああ、そうだ。シルヴィアに眷族の証を授けてやる。喜ばしい夜だ。ついに五人目の眷族が誕生した」

冥王は、指輪に保存していた魔導書を取り出す。

第一の魔導書〈レスレクティオ〉は、眷族の下腹部に淫紋を刻み、冥王と眷族の繋がりをさらに強化することができる。淫紋がなくとも眷族にはなれるが、淫紋を刻むことで眷族の管理が容易になる。

魔導書〈レスレクティオ〉は、登録された眷族の状態を記録してくれる。産んだ子供の数を把握でき、さらに眷族の居所を探すなどの機能がある。眷族化した雌は、全て魔導書に記録されている。

「これで貴様は冥王の眷族だ。冥王の祝福を受け取るがい い。シルヴィア・ローレライ」

魔導書が発動するとシルヴィアの下腹部に紋様が浮かび上がる。淫紋を除去する方法はない。服従の印は冥王との繋がりを証明する証だ。

シェリオンやユファの肉体にも淫紋が刻まれている。刻まれる淫紋には、古代数字が隠されている。最初の眷族であるシェリオンには〈一〉の数字があり、ユファには〈二〉の数字が刻まれていた。

――シルヴィアに刻まれた淫紋には、〈五〉の古代数字が秘められている。

◇　◇　◇　◇　◇

シルヴィアがルキディスに囚われてから一週間が過ぎた。冥王と交わった人間の雌は、苗床か眷族のどちらかに転生する。シルヴィアは冥王の瘴気と魔素を受け入れ、眷族化に成功した。

肉体的な変化はすぐに現れた。精液で膨れ上がっていた下腹部が、一段と膨らみを作り、妊娠中期の妊婦腹となっ

た。

シルヴィアの身体は、たった数日で母親になったのだ。ここまでボテ腹になったら、普通の服を着るのは難しい。そういうわけで、シルヴィアはルキディスが用意してくれた妊婦用のドレスを着ていた。

黒いマタニティドレスを着こなしているシルヴィアは、もはや警備兵ではない。子宝を授かった幼妻にしか見えなかった。

「似合ってるじゃないか。黒絹にするか、白絹にするかで、とても迷った。だが、やっぱり黒を選んでよかった。そうやって健気に睨んでいるところが、すごく可愛らしいぞ。そんな顔をしていても、シルヴィアは冥王の眷族だ。どんな形であれ、俺と貴様は夫と妻だからな。くっくっくっ！存分に可愛がって、子供を沢山産ませてやるぞ」

ルキディスは嬉しそうに笑っていた。その笑みに嘲りは含まれていない。本心からシルヴィアを褒めていたし、懐妊を喜んでいた。無邪気に喜んでいるので、シルヴィアは正面から罵詈雑言を吐きつけることができなかった。せめてもの抵抗として、シルヴィアは不機嫌そうな顔を作り、ルキディスを睨み付ける。とはいっても、眷族化したシルヴィアは、冥王であるルキディスに逆らえない。内心では主人の言葉に歓喜していた。

（——もっと、もっと私を愛してほしい。ルキデイスに抱きついて、淫欲を解放してしまいたい）

同じ部屋にいるだけで、子宮が疼いた。心中の奥底に潜む、もう一人のシルヴィアは、快楽を貪欲に求めている。まだ素直になれていないだけで、遠からず邪な自分に飲み込まれてしまうのは分かっていた。

◇　◇　◇　◇　◇

「赤ちゃん……。それも魔物を身籠もるなんて……」

シルヴィアは膨らんだ自らの下腹部に手を添えた。引き締まっていた腹筋はもうない。丸みを帯びた腹が出っ張っている。胎内では、ルキディスの精子とシルヴィアの卵子が結びついて、魔物の受精卵が誕生しているはずだ。

メイドのシェリオンが言うには、最初の出産までに約一ヶ月かかるそうだ。腹が大きくなったのは、子宮が肥大化したせいで、胎児はまだ受精卵の段階らしい。半月かけて内臓に耐えられるように変化し、さらに半月かけて魔物の赤子を子宮で育てる。そして出産に至る。

冥王の干渉で妊娠期間を短くしたり、延ばすことができるそうだ。何もしないなら、約一ヶ月でシルヴィアはルキディスの子を産み、魔物の母親となってしまう。

「出産は幸福です。初めてだからといって、恐れる必要はありません。出産の痛みすら、快感に変わってしまいます」

複雑な表情を浮かべているシルヴィアに向かって、経験者のシェリオンは語る。

メイドのシェリオンは最初の眷族だ。これまでに冥王の子を数多く産んでいる。シェリオンが産んだ魔物は、サピナ小王国を裏から支える優秀な労働力となっていた。

「私が恐れているのは出産じゃないわ。自分の心が変化していくことが恐ろしいの。私はまだ人間らしい感情を残しているけれど、時間が経てば、貴方達みたいになってしまう。ルキディスをご主人様と崇めて、醜態を晒すふしだらな女に……」

初セックスでかなりの痴態を晒している気がしたが、そのことは考えないようにしていた。

「強気なことを言われるのですね。だから、ご主人様は貴方を気に入っているのでしょう。今まで眷族になった四人は、望んで身を捧げています。シルヴィアのように反抗していません。眷族になったからといって、心変わりするとは限りませんよ。眷族化が精神に与える影響は、まだ分かっていないことですから」

「自分から望んだ……？　シェリオンだって眷族になる前は普通の人間だったんでしょ……？　無理やりじゃなくて、シェリオンは望んで魔物になったっていうの……!?」

「私は奴隷でした。奴隷の中でも獣人は、最下級の扱いです。家畜と呼ばれていたことのほうが多かったと思います。牛の角や尻尾を持つ獣人は、家畜小屋に住む畜牛と同じ扱いです。私のことを人間だと認めてくれたのは、ご主人様だけです。私は眷族となる前から、ご主人様に恋していました。眷族となれず苗床になるとしても、私は身を捧げていました。下種な人間に媚びへつらって、家畜として一生を終えるよりは、苗床になったほうが絶対に幸せです」

シェリオンは陰りのない笑顔で堂々と断言した。

「ユファも私と同じような境遇です。病に罹って捨てられたところを、慈悲深いご主人様が拾ってくれたのです。私とユファは最初から、未練なんて抱いていません。ご主人様のいない世界なんて、想像したくありません。シルヴィアが今後、ご主人様に対してどのような感情を抱くのか。私には分かりません。魔物になると、冥王に反逆できなくなります。ですが、好意を抱くようになるとは限らないかもしれません」

ルキディスが出かけている間、シルヴィアはシェリオンと二人きりで過ごしていた。

シルヴィアに与えられた部屋は、地下室を異空間化させた場所にあり、やはり窓や扉はなかった。大きなベッドが置いてあるだけの質素な部屋だ。

シェリオンがいない時は、ユファがやってきて世話をしてくれた。シルヴィアは監視だと思い込んでいるが、実は見守っているというのが正しい。

眷族化に成功したとはいえ、何が起こるか分からない。一人にさせるのは危険と判断して、シェリオンかユファを置いていた。

この日、ルキディスはユファを連れて外回りに出ていた。裏では人類滅亡を企む冥王であるが、表向きは祖国のために奮闘する学徒だ。

ラドフィリア王国を見分し、優れた統治制度と社会基盤を学び、優秀な人材を見出してサピナ小王国へ招致するという重要な公務がある。

「ユファから聞いたかもしれませんが、私からも眷族について説明しておきます。まず眷族というのは魔物です。シルヴィアは、もう人間ではありません、眷族になったばかりなので、身体が変化しきっていませんが、いずれは魔物の姿を得ることができます。人間の姿を失うわけではないので、そこはご安心ください。魔物に転生しても、人間の姿を維持できるのが眷族の能力です。眷族は二つの姿を持つ生き物なのです」

「魔物の姿……？　シェリオンやユファは、魔物の姿を持っているの？」

「眷族は例外なく、魔物の姿を持っています。人前では見せないようにしていますが、本気で戦う時や興奮した時は、化けの皮が剥がれることもあります」

「私もそうなるとしたら、憂鬱になるわ……。正真正銘のモンスターになってしまうってことでしょ。シェリオンが、どんな姿の魔物になってしまったのか、ここで見せてくれない？」

「ユファにお願いしてください。喜んで正体を見せてくれると思いますよ。私の場合、ここで魔物の姿になると、着ているメイド服が破損してしまいます。この服は私専用の特注品なので、無駄にすることはできません」

シェリオンの乳房は、そこそこ巨乳のシルヴィアより遥かに大きかった。巨乳でなく超乳と表現してよいサイズだ。単に大きいというだけではなく、シェリオンの乳は下品に垂れていない。綺麗な形を保ったまま巨大なのである。巨大と優美を兼ね揃えた奇跡的な美乳だ。

難点があるとすれば、着る服が限定されてしまうことだ。シェリオンのバストサイズだと、普通の服を着用するのは難しい。なので、メイド服は超乳に適合する乳袋付きのものを特注している。

その悩みはシルヴィアも共感できた。胸の大きいシルヴィアも、警備兵の制服や革鎧がきつくて難儀した経験があった。バストサイズのせいで、男の警備兵に茶化されるのは、とても恥ずかしかった。露出の多い服を着ると、自然と視線が集まってしまう。なので、わざと厚着をすることさえあった。

ルキディスが用意してくれた妊婦用のドレスだって、乳の形がくっきりと浮かび上がってしまう。この格好で、表通りを歩くのは抵抗を感じる。

眺めている男達にとっては眼福だ。しかし、粘っこい視線を集めるのは恥辱でしかない。

シルヴィアとは対照的に、ユファはあえて挑発的な薄着を着ている。ユファは普段から、ルキディスを誘惑するタイプだ。そもそも人間の視線なんて眼中にないので、気にしていないようだった。ルキディスが巨乳好きなのは明白だ。ならば、自らの持つ巨乳をアピールして、寵愛を受ける。その行動は実に合理的である。

ただし、ルキディスは常識人だった。不埒すぎる衣装を着ている時は、身だしなみを注意し、上着の着用を命じていた。

「する気はないと思いますが、眷族は自殺できませんよ。魔物は自殺行動を取れません。魔物は殺戮衝動と破壊衝動を抱えています。ですが、その衝動を自身に向けることはできないようです。冥王の絶対命令権を使えば、魔物であっても自殺させることができますけどね。ご主人様の命令は、どんな内容であっても、全ての魔物に有効です」

（自殺……。シェリオンに言われるまで気付かなかったわ。誰かに言われなければ、思いつくことすらできなくなっているみたい。以前の私だったら、『魔物の赤子を産むくらいなら死ぬ！』なんてことも考えたのだろうけど……、そんな気概は湧いてこないわ。これも冥王の眷族になった影響……？）

「眷族は三大欲求が欠落します。『睡眠欲』『食欲』『性欲』が魔物にはないからです。眷族となった私達は不眠不休で働けます。大気のマナを吸収して魔素を補給できるため、食事も不要となります」

「睡眠や食事がいらないのは気付いてたわ。この一週間、私は眠ってないし、何も食べてない。口に入れたのは精液くらい」

「とても美味しそうに頬張ってましたね。私も最近はご無沙汰なので羨ましかったです」

「とっ、とにかく、睡眠欲と食欲がないのは分かるわ。だけど、性欲がなくなってるのは間違いじゃないの？　私はルキディスに犯されている時……。あまり言いたくないけれど、すごく乱れてしまうわ」

「それは冥王との性行為だからです。魔物には三大欲求がありません。ですが、この世に一体だけ例外の個体が存在します。それが冥王なのです。冥王は他の魔物と違って、三大欲求があります。眠らなければ、ご主人様は衰弱してしまいます。食べなければ、飢えて動けなくなります。そして繁殖をするために性欲があります。眷族は冥王から性的快感を分け与えられているに過ぎません。たとえば自分を慰めようと自慰行為《オナニー》をしても、眷族は快楽は得られません。納得したいのなら、試してみてはいかがですか？」

「それは遠慮しておくわ……」

ちなみに、この事実を発見したのはユファだ。

自慰で気持ちよくなれないと発表した時、冥王は呆れてしまった。だが、検証をしてみるとその通りであった。

ユファ以外の眷族も自慰で性的快感を感じることができなかった。大人の玩具などを駆使したが、無駄であった。

この検証によって、眷族は他の魔物と同じで三大欲求が欠落していること、そして冥王だけが三大欲求を持っているということが判明した。

この発見で気を良くしたユファは、眷族巨乳説を主張し、シルヴィアが眷族化したことで、自説を訂正して巨乳処女説を打ち出していた。


ルキディスは懐疑的である。だが、シルヴィアは眷族になってしまった。結果が示されたので、ユファの巨乳処女説を仮説として認めざるを得なかった。もっとも、評価はするが定説とは認めていない。ルキディスは「いくら何でも、それはない」と思っているからだ。

「――――ああ、そうでした。一番重要なことを言っていませんでしたね。私としたことが、うっかりしていました」

シェリオンは不気味に口元を吊り上げ、シルヴィアに告げた。

「私達は、身も心も魔物となっています。魔物は殺戮衝動と破壊衝動の塊です。人間を殺したくなったり、文明的な物を破壊したくなったりします。街中で暮らしている時は、本当に苦痛ですよ。ご主人様のために、人間どもを殺したいというのに、それができないのですから……」

魔物に陵辱され、魔物の子を孕み、魔物と成り果てる。

そこまではいい。それはシルヴィア自身が被害者でしかないからだ。しかし、魔物となったら、いつかは加害者となる。

シルヴィアという魔物は、誰かを殺すようになってしまうだろう。また、彼女が産んだ魔物は、人間を殺していく。シルヴィアの胎内で育っている赤子は、人類の敵として、この世に産まれ落ちる。

「…………っ！」

シルヴィアは膨らんだお腹を、無言で見つめていた。体内では刻々と、ルキディスの子が成長している。

第二章　冥王の策謀

「――――――こんにちは。イマノルさん」

ルキディスは、鍛冶職人イマノルの自宅を訪問していた。

目的はサピナ小王国への職人招致である。現在のサピナ小王国は、職人が不足していて、国内で製品を作ることが困難だった。これは先の愚王が、国内への投資を疎《おろそ》かにしたせいだ。国内で製品を作れないとなると、外国からの輸入に頼らざるを得ない。

そういった状況を打破するために、国内で人材を育てたい。しかし、サピナ小王国では、教育者すら不足している。革命が起こった時に、上流階級が国を捨てて国外へ逃げていったせいだ。

ルキディスの仕事は、逃げた人材を連れ戻すこと、そして外国の職人をサピナ小王国へ移住させることであった。

高待遇を提示して、人材を引っ張ってこようとしているが、仕事は順調に進んでいなかった。革命が起こったばかりの乱れた国に移住するのはリスクが高い。自国で地位を確立している者は、誘いに応じないのが普通であった。

「ルキディス君か……」

イマノルはラドフィリア王国の都ペイタナに工房を構えている鍛冶屋だ。鍛冶職人としての腕は折り紙付き。サピナ小王国にとっては、喉《のど》から手が出るほど欲しい人材である。けれども、イマノルは引き抜ける見込みがない職人だった。

イマノルは、ラドフィリア王国での暮らしに困っていない。サピナ小王国に義理立てするような縁がある人物でもなかった。ついこの前までは誘いを断られていた。しかし、今は違った。

「例の話、考えてもらえたでしょうか……？　もちろん、今すぐに決断をしろと言っているわけではありませんよ。ただ、我が国はイマノルさんのような優秀な職人を必要としています。イマノルさんは熟練の鍛冶職人です。その技術は誰もが認めるところです。ぜひとも、サピナ小王国に移住し、我が国を支える人材を育成してもらいたい」

「確認させてくれ。サピナ小王国の治安はどうなんだ？　ルキディス君が提示した条件は悪くない。土地と建物を無償で譲渡してくれるというのだからね。まさに破格だ。しかし、治安が悪いのなら、移住は難しい。六歳のジェイクを置いていくわけにはいかない」

「王都の治安は、安定しています。地方の農村では、まだ少し問題が残っていますが、それは獣人に対する迫害なので、ヒュマ族純種であるイマノルさん達とは無縁だと思われます。荒れていると思われがちですが、王都の治安はラドフィリア王国と同じですよ。イマノルさんに譲渡される予定の土地と物件は、過去に貴族が所有していた不動産です。建物の造りは保証します。ただし、最低でも二十年はサピナ小王国で働いてください。これだけは譲れない条件です」

「それは分かっている。ただで土地と家を貰えるなんて思っていないさ。競合相手がいないから、大儲けできるだろう。ルキディス君が持ってきてくれた話は、とても魅力的だよ。息子がいなければ、私は迷うことなく新天地に行っていたさ」

「イマノルさんの心配はよく分かります。それなら、サピナ小王国の兵士を護衛として側に置くというのはどうですか？　王国兵がイマノルさんとジェイク君をお守りします」

「そんなことができるのか……？　私は単なる鍛冶職人でしかないんだぞ？」

「我が国において、一流の職人は貴族より大切に扱われます。黄金より価値がありますからね。技術者を養育できる人材が、我が国にはいないので、護衛として兵士を付けるくらいのことは当然です。大げさな物言いになってしまいますが、今後の業績次第で、大貴族になることだって可能です。我が国の発展に貢献していただけるのなら、実りある生活を保証いたしますよ」

ルキディスの提案に、イマノルは心を動かされた。至れり尽くせりの待遇である。しかし、以前のイマノルなら招致の話に耳を傾けたりはしなかっただろう。

なぜ、イマノルが乗り気になっているかといえば、彼自身が今の生活をリセットしたかったからだ。

――――つい数日前まで、イマノルにはカトリーナという美しい妻がいた。

カトリーナと結婚し、六年前に息子ができてからは、家族のために無我夢中で働いた。だが、それがいけなかったのかもしれない。

カトリーナは夫と息子を捨てて、出て行ってしまった。しかも、妻を掻っ攫《さら》っていったのは、イマノルが可愛がっていた弟子のサムであった。

イマノルは、愛妻と愛弟子に裏切られ、失意の真っ只中であった。弟子に妻を寝取られたことは周知の事実だ。気を使って声をかけてくれる同業者もいた。だが、酒場で笑い者にされていることを、イマノルは知っていた。

事あるごとに妻の美しさを自慢して、愛妻家を自負していたイマノルである。妻と弟子の裏切りは、人生の全てを狂わせる出来事だった。息子のジェイクがいなければ、自殺してしまっていたかもしれない。

そんな時、サピナ小王国への移住を持ちかけてきたのが、ルキディスという青年だった。

イマノルは、ここで暮らしていく自信がなかった。全ての人間関係をリセットしたいと思っていた。ルキディスが持ちかけてきた話は、渡りに船だった。

「分かった。それなら荷物をまとめるよ。サピナ小王国で新しい人生を始める。こうしていたら腐ってしまう気がする……」

「ありがとうございます。イマノルさんの決断に感謝します」

「いや、私のほうこそルキディス君に感謝しないといけない。この話を持ち込んでくれなかったら、私は酒浸りになって、生きることを諦めていたかもしれない。ルキディス君は私に機会をくれた。感謝するよ」

「正式な手続きは、サピナ小王国の大使館で行われます。俺の名前を出せば、すぐに話が通ります。アルベルト大使とは、会ったことがありますよね？　職人組合の集まりで、俺の隣にいた白髭の男性がサピナ小王国の大使です」

イマノルは職人組合の集まりで、ルキディスと何度か顔を合わせていた。

サピナ小王国からやってきたルキディスとアルベルト大使は、組合の集まりに度々参加していた。その際、片っ端から職人に勧誘をかけていたので、職人達の間では有名となっていた。

提示された待遇には惹かれるものの、今の生活を捨てるのは難しいと断る職人が大半であったが、話題にはよく上がっていた。

最初に話を持ちかけられた時、イマノルも他の職人と同じように断った。家族がいるから、今の生活環境を一変させるのは難しいと首を横に振った。

一度誘いを蹴ったイマノルに、ルキディスが再び誘いをかけてきたのは、どこかで妻に逃げられた話を聞いたからだろう。

気を使って妻と弟子に触れこそしないが、知らないなんてことはないだろう。

「アルベルト大使なら、よく知っているよ。ルキディス君と一緒に招致活動をしていた人だからね。職人の間では君達は有名だ。しかし、ルキディス君はどういう立場なんだい？　外交官というわけではないんだろう……？」

「国費で留学している学徒ということになっています。単なる使いっ走りですよ。放浪の学徒という名目で、サピナ小王国が求める人材を集めているだけです」

「使いっ走りというが、君はアベルト大使と親しそうにしていた。とても下っ端とは思えなかったが……？」

「アベルト大使は、革命の同志です。一年前に力を合わせて、愚王の圧政から国を解放しました。心から信頼できる仲間です。なにせ革命が失敗していれば、一緒に処刑されていた仲ですからね」

説明を聞いたイマノルは納得する。革命によってサピナ小王国の秩序は崩れた。階級は崩壊して、年齢や身分に関係なく優秀な人間が、国の中枢に入り込んでいる。だから、放浪学徒を名乗る青年が、大使の代わりに交渉をすることができるのだろうと。

国の兵士を護衛として派遣するなんて事柄を、役職すら持たない人間が決められるはずがない。しかし、革命後の混乱期であれば、そういうこともありえる。イマノルは、勝手にそう解釈した。

実際のところ、ルキディスは裏でサピナ小王国の全てを支配している魔物だ。サピナ小王国の兵士を護衛として派遣するなんてことは、簡単にできる。その気になれば、大使の首をすげ替えることも可能であった。

「それでは、失礼させていただきます。次は旅立ちの時に会いましょう。イマノルさん」

ルキディスが去った後、イマノルは引越しの準備に取り掛かる。自分と息子の私物は、すぐにまとめることができた。しかし、妻が置いていった荷物は処分に困った。

――――不可思議なことに妻は、私物を全て置いて出ていった。

何もかも捨て去って、弟子と一緒にどこかへ消えてしまった。気に入っていたドレスだとか、高価な装飾品すら全て家に置いていったままだ。普通なら持っていくような気もするが、傷心のイマノルは深く考えなかった。考えたところで、カトリーナが夫と子供を捨てた事実は変わらないからだ。

「ぱぱ……？　ままは一緒じゃないの？　何でままは家に帰ってこないの……？」

状況を理解しきれていない息子が、父親に尋ねる。イマノルは声を震わせて、息子に語りかける。

「別々に暮らすことになったんだ。これからは父さんとサピナ小王国で暮らすことになる。引っ越した先の家はここよりも大きくて立派だぞ。なにせ、元々は貴族が住んでいた家だ」

妻と最後に会ったのは息子だ。イマノルは依頼されていた仕事を終え、仕事場の工房から自宅に帰った。

何の前触れもなく、妻と弟子は消えていた。カトリーナの不貞を疑ったことはなく、浮気をしているなんて、夢にも思わなかった。

イマノルは悪夢であってくれと、創造主に懇願した。しかし、家に一人残された息子から話を聞いて、非情な現実を受け入れるしかなかった。

夫婦の寝室には淫臭が染み付いていた。家を空けている間、妻と間男が夫婦のベッドで情を交わし、身体を重ね合わせていたことを如実に示している。

カトリーナに覆い被さったサムは、肉棒を膣穴に挿入し、子種を注ぎ入れていたのだろう。カトリーナはサムの肉欲を身体で受け止め、情交の末に種付けされる。信頼する愛弟子に犯され、愛する妻は絶頂し、嬉々として子種を迎え入れる。

どうしても、姦淫の情景が頭に浮かぶ。想像するだけで身体が震え、強い吐き気を催した。実際にその様子を見てしまったら、きっとイマノルの心は壊れていた。

夫と息子を捨て去り、カトリーナは間男と新しい人生を歩み始めた。六歳の息子に対して、母親であることを放棄し、夫宛の手紙を一枚だけ残していった。

息子は「ままがおかしかった」と言っていた。そう思うのも無理はない。今まで自分を愛してくれていたはずの母親がいきなり失踪したのだ。夫宛ての手紙には、カトリーナの本音が書かれていた。

それを読んだ時のイマノルは、本気で自殺を考えた。怒りであるとか復讐心よりも、絶望のほうが深かった。思い止まったのは、息子ジェイクのおかげだ。

「これからは父さんと二人で生きていくぞ」

まだ喪失感は埋められない。しかし、息子のために奮起しなければならなかった。涙目のイマノルは息子を抱きしめた。

父親に抱きしめられた息子は、六歳児ながら二度と母親に会えないことを理解した。

◇◇◇◇◇◇

ジュリエッタは、狐の耳と尻尾を持つ狐族《フォクス》の獣人である。彼女は幼い頃にサピナ小王国から売られて、ラドフィリア王国にやってきた。

子供の頃は、酒場の厨房で下女として働いていた。そして成人を迎えた時、買い主はジュリエッタを初物の娼婦として売りに出すことを決めた。

ラドフィリア王国は法律で、未成年の売春が禁止されている。なので、女奴隷は成人に達してから、娼婦として売られることが多い。

ジュリエッタは、せめてかっこいい男性に処女を買ってほしいと願うくらいしかできない。その願いを創造主が聞き入れてくれたのか、競りにかけられたジュリエッタを買ったのは、黒髪の美青年だった。しかも、その青年はジュリエッタの身柄そのものを買った。

どこの貴族か、裕福な商人の息子だとジュリエッタは思った。愛人として所有されることになるのだろうが、娼館で働くよりは待遇がいいに決まっている。

ジュリエッタに不満はなかった。むしろ大喜びした。けれども、彼女の幸運はそれで終わらなかった。

「今日付けで奴隷籍を抜いておいた。これで君は自由市民だ。おめでとう。ジュリエッタ」

「あの……、どういう？」

唐突な奴隷解放宣告にジュリエッタは言葉を失う。

「それにここはどこですか？」

そもそも自分がどこにいるのかさえ、ジュリエッタは把握していなかった。

「サピナ小王国の大使館だ。この建物は別館だから、外交官達はあまり使っていない。かつては王族専用の宿泊施設として使われていたとか……。ちっぽけな国だというのに、見栄っ張りだから無駄に豪華絢爛《ごうかけんらん》だろう？　言うなれば、この館は先王の遺産だ。買い手がいれば、さっさと売り払いたい」

黒髪の青年は、ルキディスと名乗った。


「君の経歴を調べた。ジュリエッタは幼い頃にサピナ小王国から売られてきたのだろう。だから、買い戻した。今日から君は自由だ。君が望むのなら、ラドフィリア王国で暮らすこともできるし、祖国に戻ることもできる。買い戻した俺としては、できればサピナ小王国に戻ってきてほしい」

「その、ええっと、状況が分かりません……」

「混乱するのも無理はない。一年前にサピナ小王国で革命が起こったのは知っているかな？　愚劣な先王は倒されて、新たな国造りが始まったんだ。俺はジュリエッタを買ったが、自分の金じゃなくて国の金を使った。俺に感謝する必要はない。これはサピナ小王国が行っている帰国事業の一環だ。だが、国に感謝する必要もないぞ。これは罪滅ぼしだ。国民を売り飛ばした国の罪は重い。せめてもの償いだ」

「はあ、そうなんですか……」

自由を手に入れたのは嬉しい。嬉しいのだが、少し残念だった。

「もしかしてジュリエッタちゃんは、ルキディスと『にゃんにゃん♥』できるかもって期待しちゃった？　ルキディスも罪作りな男ニャ〜」

ユファは、ジュリエッタの内心を見抜いていた。

「ユファ。失礼だぞ」

ルキディスはユファの頭を軽く小突く。内心を指摘されたジュリエッタは赤面している。競りでルキディスに買われてから、とんでもない妄想を膨らませていたのは事実であった。

心優しい貴族が、売られていた少女に一目惚れしたのではないか、なんて思っていたのだ。

「いきなり自由と言われても色々困るだろう。まずはサピナ小王国に帰国したほうがいい。帰国者向けに仕事を用意してある。まともな仕事だから、安心してくれ。だが、どうしても娼婦をやりたいというのなら、できなくはない。ただし厳格な国の審査が必要だ。サピナ小王国では、政府の許可がないと売春ができないようになった。勝手に売春をしていると逮捕されるから、その点だけは気を付けてくれ。この他に質問はあるかな?」

「何だか夢みたいです。奴隷から解放されるなんて、ありえないと思ってました……」

「奴隷でなくなると、それはそれで辛いニャ。今までは命令された通りに生きてればよかったけど、これからはそうはいかないニャ」

「帰国するのなら、しばらくはこの別館に滞在していてほしい。ラドフィリア王国で鍛冶屋をしている父親とその息子が、サピナ小王国へ移住する予定だ。その親子が引っ越しの準備を終えたら、同じ馬車でサピナ小王国に行ってもらう。それとも、ラドフィリア王国での生活を望むのかな?重ねて言うがサピナ小王国は強要をしない。君はもう自由な人間だ。自由に取捨選択を行う権利が認められている」

「いいえ。そういうことなら、故郷に帰ります。ひょっとしたら生き別れた母親と再会できるかもしれませんし……」

「祖国で家族と会えることを祈っているよ。仮に会えなくても、故郷で幸せを掴んでくれ」

◇◇◇◇◇

物語の時間は少し遡る。

ルキディスが狐の獣人ジュリエッタを市場で競り落とす前であり、鍛冶職人イマノルの妻カトリーナが、家族を捨てて姿を消す前。そこから物語は始まる。

ルキディスが居を構えているペタロ地区では、いつもと変わらない平穏な時間が過ぎていた。娼婦の連続失踪事件は進展がないまま、迷宮入りとなった。警備兵団は有益な情報を発見することができず、報告を受けた憲兵団も追加の調査を行わなかった。

唯一、真相に辿り着いた女警備兵シルヴィアは、魔物の王と淫靡《いんび》な日々を送っていた。

この日、孕み腹のシルヴィアは、口を使って性奉仕に励んでいた。慣れない舌使いで、咥えた肉棒を荒々しく舐め回す。口の周りは溢れ出た唾液で濡れている。唇が陰茎を挟み込み、「ぢゅぼぉッ、ぢゅぼぉ」と卑猥な音を奏でていた。

「んっんっずずっぅ！　うずぶっっじゅ、んっんちゅんっんっずずっ!!」

フェラチオの最中に射精をされると、喉が熱い精液で充足した。ねっとりとした精子が食道を伝って、胃袋に流れ落ちるのを感じる。

「んぢゅんっぅずぅずっ!!　あぅんっぷ……♥」

冥王の精液は、高濃度の魔素が含まれており、眷族にとって最高のご馳走だ。ルキディスの股間に顔を沈めて、一心不乱にしゃぶり続ける。尿道の残り汁さえも吸い出し、精液の味を堪能していた。

「職人不足を解消しなければ、サピナ小王国に未来はない。今までは奴隷売買で外貨を稼ぎ、国外から生活必需品を輸入していた。だが、これからは自国内で経済を回さなければならない。国内の需要を賄えるだけの工業力を育成しなければ、遠からず経済破綻だ。工業力の底上げで、もっとも手っ取り早い手段は、職人の引き抜きだ。しかし、職人というのは農民に次いで、保守的な生き方をしている。農地から離れない農民と同じく、職人も自分の工房から離れたいとは思わない。事実、引き抜きは難航している。ラドフィリア王国と職人組合からは許可をもらったが、これは誘いに応じる職人が少ないのを見越しているからだろうな……。革命が起こったばかりの国にやってくる命知らずは少ない」

資料に目を通しながら、ルキディスは真面目な話を続けていた。身重の美女がフェラチオしているというのに、ルキディスは気にせずに仕事のことで頭を悩ませていた。

今のシルヴィアは冥王の眷族だ。雌としての矜持に火が付いて、意識を自分に向けさせようとする。けれど、悲しいことにシルヴィアには経験と技量が足りていなかった。

喜ばせるために口内射精をしてやるが、それはルキディスの意思による射精だ。シルヴィアの口使いでは、淫事の主導権を掴むことはできなかった。

「高待遇だけじゃ難しいのニャ～。今の生活を捨てるのはとっても勇気がいるニャ。だとするなら、方法は限られるニャ」

「今の生活が壊れれば、新天地に来てくれる、か？」

「ニャ～。先に言われちゃったニャ！　高待遇でも誘いに乗らない人間は、今の生活を失うのを恐れてるニャ。それなら守るものがなくなれば、こっちの意のままに動いてくれるニャ」

「職人街を破壊するのですか？　それなら放火をおすすめします」

「シェリオン。なぜ、いつも物騒な発想が出てくるんだ……？　そんなことはしないぞ。火事を起こすのは危険だ。下手をすると、無関係な人間が沢山死んでしまう」

「それは駄目なことなのでしょうか？」

「絶対に駄目だ。大規模な火事で犠牲者多数となれば、憲兵団は入念な調査をするはずだ。そこから俺達の存在が露見するかもしれない。仕事場を失った職人が、ラドフィリア王国を捨てて、サピナ小王国に来てくれるとも限らない。仕事を失わせるのではなく、ラドフィリア王国にいる意味をなくさせたい。そうだな、たとえば――――」

ルキディスはシルヴィアの動きが止まっているのに気付き、視線を下ろした。根本まで陰茎を咥えたシルヴィアは上目遣いで、もう我慢できないと訴えかけてくる。女警備兵シルヴィアは、もうこの世にいない。今の彼女は魔物の精液を貪るふしだらな雌だった。

ルキディスは考えるのに夢中で射精を疎かにしていたことを思い出す。見上げているシルヴィアが可愛かったので、望み通りに口内に射精してやることにした。

（あっ♥　あっぁん♥　熱くて美味しいのがきたぁぁっ♥）

口内で放たれた精液は、シルヴィアの口内を満たした。一滴も逃さないように喉を震わせて、ごっくんと飲み干す。

（微かに甘くてドロっとしてる。魔物の子種……♥　病み付きになっちゃう……っ♥　今までに飲んだどんな飲み物より美味しいっ♥）

シルヴィアが陰茎を咥えてから、一時間以上が経っていた。射精の回数はこれで四回目だが、まだまだ飲み足りない。出された精液はシルヴィアの中で吸収され、シルヴィアの魔物化を促進させていることだろう。冥王の雌となったシルヴィアにとって、冥王に奉仕するのは、至上の喜びとなっている。

恍惚としているシルヴィアを余所に、ルキディスはテーブルの資料と睨み合っていた。

「鍛冶職人、愛妻家として有名、妻のカトリーナは年下の美人、六年前に息子のジェイクが生まれてからは、稼ぎを大きくするため、仕事に励んでいる……。最近サムという弟子を取ったので、招致に応じる見込みはなし、となっているな。だが、この鍛冶職人は我が国が求める人材だ。ぜひとも欲しい」

ルキディスは、『鍛冶職人イマノル・アーケン』の資料を手に取った。

職人組合の集まりで何度か誘いをかけたが、弟子を取ったことや妻が王都を気に入っていることを理由に断られていた。そうであるならば、妻のカトリーナや弟子のサムがいなくなれば、この男はどう動くであろうか？

「一石二鳥だな。眷族作りと職人招致を一度にできるかもしれない」

――――冥王は獲物を定めた。

娼婦で眷族は作れなかったが、警備兵は眷族となった。ならば、人妻は眷族となり得るだろうか。試してみれば分かることだ。今のところ眷族となった五人は、全員が処女だ。多種多様な雌で試さなければ、眷族化の条件を見つけることはできない。

カトリーナが眷族化すれば、ユファの提唱する巨乳処女説は否定される。

サピナ小王国の統治を任せているサロメに、五人目の眷族ができたことは報告している。送った手紙に、巨乳処女説についても一応書いておいた。しかし、返ってきた手紙では、ユファに毒されていると痛烈に批判されていた。

「カトリーナは美しい若妻と資料に書いてあるが、彼女は眷族となるかな。それとも……」

ルキディスは、眷族となったシルヴィアの頬を撫でてやった。シルヴィアの子宮は魔物を産めるように変化し終えている。シルヴィアは従順な眷族となり、冥王の子を孕む雌に生まれ変わった。

今は胎内で冥王の子を育てている最中だ。今でも反抗的な態度を装っているが、セックスの時は本心を隠せない。

冥王の使命は、人間の雌を犯して魔物化させ、人類を滅亡に追いやることだ。人類の天敵であり続けることこそ、創造主が冥王に与えた天命であった。

◇◇◇◇◇

その日のルキディスは、自宅の工房で新薬の研究をしていた。以前にシルヴィアに投与した自白剤は、冥王自身が開発したものだ。

最弱の魔物である冥王が勝つには、頭を使わなければならない。魔王は絶対的な力を持っていた。しかし、勇者という超絶対的な力によって、根絶されてしまった。

冥王は魔王と同じ轍を踏まない。暴力ではなく、知略で人類を滅亡させるつもりだった。

「上手くいきそうですか……？」

「調合は終わった。効果がどれほどあるかは、誰かで試してみないと分からないな……」

「にゃにゃ？　その薬って何なのニャ？」

二人の眷族は、ルキディスが持っている半透明の薬液に興味津々だ。このところのルキディスは、シルヴィアの眷族化と並行して、ある新薬の研究に力を注いでいた。

「これは魔素汚染の耐性を上げる新薬だ。投与された人間の免疫力と基礎代謝を底上げして、魔素に対する抵抗力を高める。シルヴィアの血液から生成したものだ。眷族化したばかりのシルヴィアは、人間の性質を残している。彼女の血液を使えば魔素耐性を上げる薬ができるのではないかと思って、日夜研究をしていたわけだが、やっと形になった」

「魔素の耐性を上げる薬……？　どのように使うのですか？」

シェリオンは薬の用途を想像できず首を傾げている。魔素の耐性を上げるのは、人間にとっては有益だ。けれど、魔物である自分達にとっては使い道がないと思えた。

「眷族化に失敗して苗床となるのは、冥王の魔素や瘴気に魂が耐えられないせいだ。それを俺達は適性がないだとか、器がないと呼んでいる。つまり、魂が自壊しなければ眷族に転生するはずだ。それなら薬を使って、眷族適性を向上させることができるかもしれない。この新薬が正しく作用すれば、魔素汚染への耐性が上がる。本来であれば苗床化してしまうような人間であっても、薬を投与することによって、眷族となるかもしれない。とはいえ、眷族化の条件はまだまだ未解明だ。耐性を上げれば眷族化するというのは安易すぎる考えだとは思っている。だが、何事も試してみなければ分からないだろう。案外、上手くいくことだってある」

「にゃるほど。その薬を人妻ちゃんに使う気にゃのね」

「これで準備が整った。ここからは、当初の計画通りにカトリーナ・アーケンを籠絡する」

次の獲物は人妻のカトリーナ。家族は夫のイマノルと六歳の息子ジェイク。王都で暮らしている普通の人妻である。失踪しても怪しまれない娼婦や天涯孤独だったシルヴィアと、主婦のカトリーナは違う。彼女には家庭がある。買い物帰りに拉致するというような荒業は使えない。後始末が重要だ。

特に鍛冶職人のイマノルは、サピナ小王国へ移住してもらう予定だ。家族を皆殺しにして口封じというのは論外だ。妻のカトリーナだけを社会から抹消して、夫のイマノルはサピナ小王国で新しい人生を歩んでもらわないと困る。

「まずはイマノルの周囲と接触を図ろう」

ルキディスの瞳は、怪しく輝いた。貞淑な人妻カトリーナを強奪するのは、手間が掛かる。けれども、絶対に成し遂げる自信が冥王にはあった。

冥王は雌を堕落させることに特化している。清廉で一途な女性であっても、冥王の魔手からは逃れられない。

◇　◇　◇　◇　◇　◇

カトリーナ・アーケンという女性の人生は平凡だった。他人と違うのは、結婚したのが同世代より早かったことくらいである。

十七歳の時に、カトリーナはイマノル・アーケンと結婚した。本当はこんなに早く結婚する気はなかった。しかし、イマノルの子を妊娠していることが分かって、急に結婚が決まってしまった。いわゆるできちゃった婚である。

授かり婚なんて言い方もあるらしいが、カトリーナに言わせれば、やっぱり「できちゃった」が表現として正しい気がした。なにせ、意図して懐妊するつもりはなかったのだ。けれど、イマノルとの結婚が嫌だったわけではない。

カトリーナが十七歳の時、イマノルは二十四歳で、鍛冶職人として独り立ちしたばかりだった。伴侶としてイマノルを支えたいと思っていた。だが、厳格な両親が結婚を認めてくれるかが心配で、結婚に踏み切れなかったのだ。

カトリーナの両親は、彼女を裕福な商家に嫁がせようと、当人が知らぬうちに色々と画策をしていた。娘を良家に嫁がせれば一家は安泰である。

カトリーナは小さい頃から近所で美少女と評判だった。両親は、カトリーナを他の兄弟よりも可愛がってくれた。しかし、カトリーナは両親をさほど好いていなかった。

両親はカトリーナの容姿が美しいから褒めてくれるだけだった。本当の意味で愛していないことに、彼女は気付いていたのである。高く売れるから大事にしていただけ。牛飼いが家畜を大切に世話するのと同じだ。出荷の時期が来れば、当人の意思を無視して売り払ってしまう。

カトリーナが七つも年上のイマノルに惹かれたのは、父性を求めたからかもしれない。イマノルは粗暴な男のように見えるが、とても紳士的で優しい男性だった。鍛冶職人であるため体格は大きく、作業音に負けないように大声で喋る癖がついているので、誤解されがちであるが、気性はとても穏やかだ。

「昨日のサムは、とても落ち込んでいたわ。強く言いすぎだったのではなくて？」

「バカ弟子に物を教えてやっただけだ。まだまだ半人前のくせに、サピナ小王国に行きたいなんて言うから、親心で怒鳴りつけてやったんだ。サピナ小王国は革命が起こって国全体が荒れている。新しく即位した女王が頑張っているらしいが、危険なことに変わりはない。そもそも弟子入りして一年足らずの小僧が、サピナ小王国に行って何ができる。どこかで移民募集の話を聞かされたんだろうが困ったもんだ。私の工房で泣きべそかいているような半人前は、どこに行ってもやっていけない！」

少し言い方がきつかったのは、イマノルも自覚していた。しかし、半端な技術しか修めていない愛弟子を異国に行かせるなんてことはできなかった。サピナ小王国が求めているのは、技術者を育成できる人材だ。

サムはすぐ泣いてしまう気弱な少年であるが、同い年だった頃のイマノルに比べれば覚えがいい。あと数年、じっくりと経験を積めば独り立ちできる。それまで待てばいいだけのことだが、あの年頃の少年というのは、生き急いでしまいがちだ。

「仕事のことに関して、私はあまり口出ししませんわ。ですけど、妻や息子のことも忘れないでくださいね。そうじゃないとジェイクは、父親の顔を忘れてしまうかもしれないわ」

「それに関しては悪いと思ってる……。大きな仕事で立て込んでるんだ。しばらくは工房に篭りっきりになる。こればかりは勘弁してくれ。閑散期になったら、家族サービスはちゃんとするつもりだ」

「以前にも、似たような台詞を聞きましたわ。家の場所を忘れて、工房から帰ってこられない。そんなことにはならないでちょうだいね」

カトリーナだって、夫の立場は分かっていた。イマノルの稼ぎは悪くない。夫が工房に篭る時間に比例して、アーケン家の収入は上がるのだ。

カトリーナは専業主婦で副業などはやっていない。収入に関し、夫に頼り切りであることは自認している。そのため、仕事について強く言うことはできなかった。けれど、幼いジェイクが父親からの愛を受け取れないのは、母親としてとても残念に思っていた。

カトリーナとイマノルの結婚は、駆け落ちに近いものだった。予想通り、カトリーナの両親は結婚に大反対した。裕福な商家に嫁がせるはずだった娘が、独り立ちしたばかりの汗臭い職人と結婚するというのだ。

嫁入りの計画を破綻させられた両親は、大激怒した。カトリーナは両親と何度も話し合ったが、和解できなかった。最後は人格者として評判が高かった修道女を交えて話し合ったが、喧嘩別れに終わった。

現在も両親とは疎遠のままだ。カトリーナだって両親には愛想を尽かしている。孫のジェイクを会わせる気はさらさらない。そういう経緯があるからこそ、息子のジェイクは、家族愛で満たされた環境で育ってほしいと思っていた。

◇◇◇◇◇◇

ルキディスは単独で動いていた。シェリオンとユファには抗議されたが、女連れで女を籠絡させるのは難しい。

他にも理由はあった。近くにシェリオンやユファのような美女がいたら、目立たない容姿に変身しても、視線を集めてしまう。

シェリオンは、自分なら誰にも認識されることなく護衛できると主張したが、ルキディスはなんとか説き伏せていた。眷族達には言えないが、偶には一人で歩き回りたい日もあるのだ。

「なるほど。確かにそれはイマノルさんが正しい。サムが焦るのは俺だって分かるさ。だが安心してくれ。現在のところ、人材はまったく集まっていない。俺としては残念なことだが、サムにとっては好都合だろう？　あと数年、修行を積む余裕はある。それにだ。今すぐに来たところで、サムに任せられる仕事はない。単純な肉体労働をするためにサピナ小王国に来る気か？」

「確かに……、それは……、そうだと思います」

ルキディスは、イマノルの弟子のサムと接触していた。

少年の相談に乗るふりをしながら、アーケン家の情報を集めている。サムとの会話で、アーケン家の事情については、ある程度把握した。

カトリーナは、夫と息子を愛している理想の良妻だった。〈変幻変貌《メタモル・フォーゼ》〉で好みの男性に化け、〈誘惑の瞳〉で籠絡するというシンプルな手段では堕とせない。

〈誘惑の瞳〉は、意思が強靭であれば、一般人ですら弾き返せる瞳術だ。何ら能力のない町娘であっても、強い精神力があれば〈誘惑の瞳〉を無効化する。

その代わり、どんな防具や護りを使っても、無効化することはできない。魔道に精通した大魔術師であっても、心が弱ければ瞳術は成功する。

（セックス中に発動すれば、確定で〈誘惑の瞳〉が成功する。一度でも性的な関係を結べば、情動を植え付けられるが……。やはり最初の種付けが難問だな。夜道でいきなり強姦というわけにもいかないし……）

サムは、ルキディスのことを少しも疑わず、ペラペラと情報を教えてくれる。それは〈誘惑の瞳〉で、サムに『信頼』の感情を植え付けているからだ。印象操作というのは、戦闘では役に立たないが、工作活動では大活躍する。

サムはルキディスのことを心から信頼し、何の疑いも抱いていない。狡猾《こうかつ》な魔物は少年の功名心をくすぐって心の隙間を作り出し、〈誘惑の瞳〉で心を操っていた。けれども、人間の行動を完全に支配できるわけではない。

サムが師匠のイマノルに対して、「サピナ小王国へ行きたい」と言ってしまったのは、彼の感情が暴走したせいだ。感情を瞳術で煽りすぎた結果、サムは予想外の行動に出てしまった。

（まだ幼さの残っている子供は、印象操作が容易だ。その反面、効き目が強すぎるのは、気を付けなければならないな。やりすぎると暴走して、七面倒なことになる。俺がアーケン家に探りをいれてることを、こいつは知っている。絶対に生かしてはおけない。サムは近々消す予定だ……。奇行で目立たれると、失踪した時に騒がれてしまう）

サムを殺すことは確定していた。一方、サムはルキディスが殺意を抱いているなんて、ちっとも考えていない。

「ところで、職人組合の集まりで、何度かイマノルさんと話をさせてもらった。その時は弟子や家族がいるから難しいと断られているんだ。でもサムはサピナ小王国に来る覚悟があるんだろう。それなら、あとはご家族の了解さえ貰えれば、イマノルさんは首を縦に振ってくれるかもしれない。奥方の名前はカトリーナさんだったかな？　師匠に怒られたばかりのサムには悪いが、奥方を説得する機会を作れないか？」

「多分、師匠は許してくれないと思います……」

その返答は予想通りである。サムはイマノルに怒られたばかりだ。師匠にそんな提案ができるはずがない。ルキディスは、サムの内心を見越している。

「奥方とだけ会うのなら、大丈夫じゃないか？　イマノルさんは仕事で忙しいと聞いた。弟子を教育する暇もないくらいで、最近は家にも帰らず工房に篭っていると。先に奥方と話して、見込みがあるか確かめたい。イマノルさんにはちょっと悪いが、秘密ということにしよう」

「それって、まずは外堀を埋めていくということですね？」

「はっははは。気付かれたか。我が国は人材不足で手段を選んでいられない。それと、共犯者には口止め料を払っておかないとな」

ルキディスは、ポケットから銀貨三枚を取り出した。

「え……!?　いいですよ！　お金なんて!!」

「これは迷惑料とでも思ってくれ。サムがイマノルさんに怒られてしまったのは、俺に責任がある。今回の頼みだって、イマノルさんに知られたら怒られるだろう。奥方への件、よろしく頼んだぞ」

ルキディスはサムに三枚の銀貨を押し付けた。鍛冶職人見習いにとって、銀貨三枚は大金である。

「分かりました！　カトリーナさんに頼んでみます。日にちや時間帯はいつ頃がいいですか？」

「任せるよ。実は招致は躓いていて、俺は時間を持て余しているんだ」

これは嘘だ。職人の招致は上手くいっていないが、時間は足りていない。ヘッドハンティングの他にも、平行して行っている仕事は沢山あった。

サピナ小王国は、売り飛ばされた国民を買い戻す帰国事業を実施中だ。最近掴んだ情報によると、サピナ小王国出身の女奴隷が、娼婦として売り飛ばされるらしい。幼い頃に売られた狐族《フォクス》の獣人と聞いている。

競りにかけられる前に、手を回して買い付けるはずだったが、強欲な所有者は法外な値段を提示してきた。国費を浪費するわけにはいかないので、その奴隷は競りで買うしかなくなった。

競売は値段が青天井だ。ルキディスは安く買うために、その奴隷が病弱で数年以内に死んでしまう虚弱体質だという噂を流すなど、情報工作も行っていた。全ては経費削減のためだ。

また、冥王としてはシルヴィアの眷族化や新薬の開発をしていた。シェリオンとユファの助けを借りてはいるものの、やることが多すぎる。

（頼むから頑張ってくれよ。サム。カトリーナと会わないことには、計画を始めることすらできない。今は繁忙期でイマノルが家に帰ってこない絶好のタイミングなんだ）

冥王は創造主に祈りを捧げる。創造主は教会の信徒から信仰されている世界の唯一主だ。

魔物の王であるルキディスが、教会が崇めている存在を信仰しているのは、意外かもしれない。だが、ルキディスは人類の敵対者であっても、世界の敵ではない。

冥王という存在は、人類と同じように創造主によって生み出された。ルキディスにとって創造主は、産みの親とも言える存在だった。

◇◇◇◇◇

カトリーナは、サムの申し出を受諾してしまった。

理由は二つある。一つ目は、サムを叱りつけていたイマノルが、あまりにも大人げなかったので、サムに対する哀れみからだ。二つ目は、異国からやってきた学徒の話を聞いてみたいと思ったからだ。

サピナ小王国への移民は、断るつもりであった。カトリーナには、六歳になったばかりの息子がいる。革命が起こったばかりのサピナ小王国に、幼い息子を連れていく気にはなれない。それに、ラドフィリア王国での暮らしに不満はなかった。夫の収入は、三人で暮らすのに十分すぎるくらいある。

カトリーナの人生は、駆け落ち同然の早い結婚を除けば平凡であった。主婦としての生活には満足しているが、変わり映えのしない日常を過ごす中、異国からやってきた学徒と会えるというのだ。サピナ小王国に行きたいとは思わないが、何が起こっていたのかを知りたいとは思っている。

サムの話によると、その学徒はルキディスという男性で、貴族出身でありながら、地位を捨てて革命に参加した波乱万丈の人生を送っている人だそうだ。

革命に成功すると、国費でラドフィリア王国にやってきて、祖国を復興させるために様々な活動をしているという。

どんな人物なのか気にならないはずがない。冷やかしで家に迎え入れてしまうのは気が引けたが、好奇心には勝てなかった。

「はじめまして。ルキディスと申します。家名は一年前の革命の時に捨ててしまったので姓はありません。ルキディスと呼んでください」

家に来訪したのは、黒髪の美青年だった。黄金色の瞳が特徴的で、年齢は二十歳前後だろう。夫のイマノルは三十路を越えており、カトリーナは二十三歳だ。

ルキディスは夫よりも歳が近い異性であった。この世界において、学徒というのは、資産に余裕がある貴族の次男や三男坊がなることが多い。学徒は学問一筋で生きることが大半だ。学徒の平均年齢はかなり高い。

サムから若い学徒と聞いていたが、夫と同じくらいか、少し上だと思っていたカトリーナは意表を突かれた。

「はじめまして。私はカトリーナ・アーケンですわ」

ルキディスは、やっと獲物と接触できた。美しい若妻と聞いていたが、想像していたよりも若々しく魅力的だ。

六歳の息子がいる母親には見えない。けれど、その口調は若者という感じがない。奥方というにふさわしい雰囲気の女性だった。服装も同年齢の女性より落ち着いている。

ルキディスは、気取られないように、カトリーナの身体を視姦する。

髪は赤味のあるベージュ色で、切らずに伸ばしている。髪の手入れは欠かしていないようで、毛先は乱れていない。肉付きは中庸といったところだろう。冥王の眷族達が巨乳揃いであるせいか、カトリーナの胸が控え目だと錯覚してしまうが、これは普通のサイズだ。小さいわけでもなく、大きすぎるわけでもない。容姿は、夫のイマノルが自慢するだけのことはある。

カトリーナとイマノルは、美女と野獣と揶揄されることが多い。カトリーナに手を出そうと近づいてくる不届きな男は、過去に少なからずいた。しかし、全員が撃退済みだ。夫と息子を捨て去ってまで、肌を許してしまいたくなる異性は現れなかった。

（こんなに若くてハンサムな人が来るとは、思っていませんでしたわ）

そう思うものの、カトリーナは劣情を催さない。今のカトリーナがルキディスに対して抱く感情は、『若くて、かっこいい人』というだけだ。

ルキディスは〈誘惑の瞳〉を使わなかった。失敗する可能性が高すぎると判断したからだ。瞳術が失敗した時の代償は、相手の抵抗値を高めてしまうことである。

一度失敗したら、次に〈誘惑の瞳〉を使った時に失敗しやすくなる。失敗し続ければ、相手は無意識にルキディスを警戒するようになってしまう。〈誘惑の瞳〉を使うのは、ここぞという場面でなければならない。

「サムから話は聞いていると思いますが、俺がカトリーナさんに会いに来たのは説得するためです」

「ええ。サムからちゃんと聞いていますわ。夫を説得するために、まず私を説得したいのでしょう？」

サムは家にいなかった。ルキディスは、サムに小遣いを渡して外で遊ばせている。その時に息子のジェイクを連れていくように誘導しておいた。サムは誘導に従ってくれた。ジェイクを連れ出して、今頃は街中で遊んでいるはずだ。ルキディスは、息子のジェイクと顔を合わせたくなかった。大人であれば失踪させることができるが、子供は失踪させられない。

子供が行方不明となれば、父親のイマノルは必死に探すだろう。そうなったら、イマノルという優秀な鍛冶職人を、サピナ小王国に移民させることができなくなる。

妻のカトリーナと弟子のサムだけを消すつもりだ。余計な人間に手を出せば、ボロが出てしまう。

「まずはサピナ小王国のことから話します。我が国の現状を知ってもらわないことには、始まりません。カトリーナさんは国外に出たことはありますか？」

「いいえ。私はラドフィリアの王都で、生まれ育ちましたわ。王都から出たことがありませんの……。ですから、ルキディスさんが、どんなお話をしてくれるのか、とても楽しみにしていますわ」

カトリーナがルキディスを家に迎え入れたのは、異国の珍しい話を聞くことが目的だった。夫に内緒で家に異性を上がらせるのは、褒められたことではない。しかし、彼女は日常に退屈していた。夫は仕事ばかりで相手をしてくれない。

鍛冶職人の婦人同士で集まりはあるが、結婚したばかりの頃のカトリーナは、若すぎて上の世代の話題についていけなかった。なので、婦人同士の繋がりは今も薄い。六歳になったジェイクも話し相手にはなるが、さすがに幼すぎる。

「まずは俺が参加していた革命の話からします。この話は結構受けがいいんですよ」

カトリーナにとって、ルキディスは最良のお喋り相手となった。彼が話してくれた革命の話は、一つの冒険譚だった。

憲兵を欺いて革命の同志を集め、時には王宮の内情を知るためにスパイを送り込み、軍事機密である兵の配置を盗み出す。

さらには王族になりすまし、誰にも気付かれぬまま備蓄してあった物資を盗み出すなど、カトリーナの期待を上回る話を聞かせてくれた。

「サピナ小王国の新しい王様は、どういう方なのかしら？」

カトリーナは気になっていたことを質問した。革命に成功したが、革命軍の主要なメンバーは王となっていない。普通は革命の首謀者が新たな王として即位するものであるが、そういう話ではなさそうだった。

「サピナ小王国の新王は、ハーフエルフの女性です。圧政で国を乱していた愚王は、事もあろうにエルフ族の女性を誘拐して、自分の妾にしていました。絶望したエルフ族の女性は自殺してしまったのですが、実は自殺する前に娘を産んでいたんです。我々はハーフエルフの王女を保護して、新王に即位させました。革命は成功しましたが、革命軍の幹部が王となったら、私欲で王権を簒奪《さんだつ》したと思われかねない。正直な話をしますと、革命に納得できない貴族を黙らせるためにも、王家の血を絶やさせるわけにいかなかったのです」

さらなる真実を述べると、即位したハーフエルフの女王とは〈変幻変貌《メタモル・フォーゼ》〉で化けたルキディスだ。

愚王がエルフを誘拐して、娘を産ませたのは事実である。しかし、人間の王に強姦され、娘を産んだエルフは絶望のあまり自殺してしまった。しかも、娘と一緒に死んだのだ。

革命を先導していたルキディスにとって、これは計算外だった。王女は生きていると思って王城を攻め落としたら、後宮の裏庭に母娘の墓があったのだ。仕方なくルキディスは、〈変幻変貌《メタモル・フォーゼ》〉でハーフエルフの少女に化けて、サピナ小王国の王に即位した。

「女王陛下は、父君と違って賢い方です。母君に似られたのでしょう。女王陛下が貴族を説得してくれたおかげで、国の混乱は収まりました。地方の農村では、まだ革命に納得できていない貴族が悪さをしているようですが、近いうちに安定します」

ルキディスが留守の間は、変身能力を持つルキディスの子供がハーフエルフの女王を演じていた。眷族の産む魔物は、人間並みの知性や特殊な能力を得ることができる。強い子を産むには、長い妊娠期間が必要で、ルキディスが国を一年間離れられなかったのは、女王を演じる魔物を作るのに一年かかったからだ。

女王を演じるのは慣れない。冥王は人間の雌を孕ませるので一応は雄なのだ。ルキディスの精神は人間の男に近い。〈変幻変貌《メタモル・フォーゼ》〉を使えば完全な女を演じられるし、必要があればやってきた。しかし、精神不一致は苦痛が伴う。

「今まで話したのが、サピナ小王国の現状です。我が国では優秀な人材を求めています。イマノルさんのような鍛冶職人が移住してくれるのなら、庭付きの立派な屋敷を提供します」

「だけど、招致に応じてくれる人は少ないのでしょう？」

「ええ。残念ながら、今の生活を捨てるには勇気が必要です。本音を言えば、俺がイマノルさんだったら、応じないでしょう。愛する妻子がいて、ここでの暮らしが順調なら、サピナ小王国へ行こうとは思わない」

「あら……？　そんなことを言っていいのかしら？　私を説得して、夫を動かすつもりだったのではなくて？」

「不真面目だと笑ってもらって構わないのですが、俺は仕事をしているように装っている部分があります。成果が出せないと過去の栄光を誰かに自慢したくなるんですよ。俺の話は、楽しんでもらえましたか？」

カトリーナは、ルキディスが言わんとしていることが分かった。彼は説得することを途中で諦めて、カトリーナを楽しませることに専念したのだ。見込みがない相手に移民の話をしても仕方がない。

それなら楽しんでもらおうと、革命での英雄譚を聞かせてくれたのだろう。

（貴族の生まれというだけあって、とっても頭が回る人ですわ。私が冷やかしで、家に迎え入れたことを察したのね……）

「それじゃあ、俺はそろそろ帰ります。いつまでも上がり込んでいたら、お邪魔になってしまう。そろそろサム達が帰ってくる頃合いです」

ルキディスは勝負に出た。ここでしくじったら、計画を大きく修正しなければならない。

――黄金の瞳が、カトリーナの瞳を覗き込む。

ルキディスは〈誘惑の瞳〉を発動した。冥王の瞳術が、カトリーナの瞳を捉える。植え付ける感情は、『好奇心』だ。

カトリーナがルキディスを招き入れたのは、異国の話を知りたいという彼女の好奇心からだ。その好奇心をさらに強める。

『愛情』や『好意』は植え付けない。家族思いのカトリーナに『愛情』や『好意』を植え付けたら、瞳術を弾かれてしまう。『好奇心』は、家族への裏切りにならない。

「もう帰ってしまうの……？　まだ時間は大丈夫よ」

ルキディスは瞳術の成功を確信した。

（よし。食らいついた……！）

小さな成功であるが、次の成功の基礎となる大きな一歩だ。

「話を聞きたいのなら、また時間を作りますよ。次はサムも呼びましょう。サムは好奇心が強くて、俺に外国の話をしてくれと、いつもせがんでくるんです。今日は遊びに行ってしまいましたが、次はサムにも話していない話をしますよ」

「それは、どんな話なのかしら？」

「西の超大国、アミクス帝国の話です。エリュクオン大陸で、最大の勢力を誇る西の覇権国家。たった一度だけですが、訪れたことがあります」

〈誘惑の瞳〉を発動させるまでもなかったかもしれない。カトリーナは、再び会う約束をルキディスと交わしてしまう。二人っきりで会うと言ったら警戒されただろう。しかし、狡猾な魔物は、サムという弟子を差し込むことで獲物に警戒心を抱かせなかった。

「時間は……、そうだな。明後日の午後は大丈夫ですか？」

「いつでも大丈夫ですわ。専業主婦は暇なの。ジェイクは手間がかからないようになってきたから、時間を持て余しているわ。サムもしばらくは、暇を出されているから時間は大丈夫だと思いますわ」

「明後日、また来ます。サムによろしく伝えておいてください」

冥王は焦らない。とりあえず関係を構築したので大成功だ。男女の友情は、遅効性の猛毒に似ている。ゆっくりと確実に心を蝕んで、一線を越えさせる。

（のんびりはしていられない……。イマノルが工房に篭って家に帰ってこない間に、勝負を決めなければ時間切れだ）

ルキディスは、次の計画を頭の中に描く。魔物は殺戮と破壊にしか興味がない。けれど、冥王はその例外だ。食欲・睡眠欲・性欲がある冥王は、人間に近い欲求で動く。人間から魔物に転生した眷族よりも、冥王のほうが人間らしい部分があるのはそのせいだ。

◇◇◇◇◇◇

ルキディスの能力〈変幻変貌《メタモル・フォーゼ》〉には、応用性がある。巨大な物、小さすぎる物、複雑な道具などには化けられない。だが、あらゆる姿に変身することができた。つまり、全身を透明にすることも可能だ。着ている服すらも、肉体を変化させたものなので、ルキディスは完全な透明人間になることができた。

約束の時間が来る前に、ルキディスはアーケン家に侵入した。気配を読むことに疎い一般人は、魔物の侵入に気付けない。

まずルキディスは、邪魔なジェイクを眠らせることにした。睡眠導入液をジェイクの額に垂らす。

「ままー！　家の中なのに雨が降ってきたよ！」

「雨？　どうせコップの水でもこぼしたんでしょ。まったくもう……っ！　ちゃんと床を拭かないと駄目よ」

「違うー！　おでこにね、雨が落ちたのっ！」

睡眠薬は皮膚から吸収されるタイプのものだ。ルキディスが訪ねてきた時には、薬の効果でぐっすり眠ってしまうはずだ。これでジェイクと顔を合わせずに、カトリーナ達と会うことができる。

次は、台所の水瓶に無味無臭の媚薬を混ぜた。この媚薬は若い人間の雌にしか効かないものだ。若い雌でない人間には、効果がない。

ルキディスが開発した媚薬であるが、その効果はちょっとした興奮作用だけだ。薬効は微弱で、人によっては気付きさえしない。しかし、これが重要なのだ。

不自然に沸き起こった情欲は、対象を困惑させてしまう。微弱であるほうが好都合だ。

（アーケン家に上水道はない。井戸から汲んだ水を水瓶に溜めて、飲料水にしている。これでカトリーナは、日常的に媚薬を摂取することになった。劇的な効果はないが、こうした小さな影響が積もり積もって、理性を惑わせることに繋がる……）

ルキディスは、カトリーナとジェイクに気付かれずにアーケン家から抜け出した。約束の時間になると透明化を解除して、何食わぬ顔でアーケン家の扉を叩いた。真実を知らないカトリーナは、ルキディスを自宅に招き入れてしまった。

◇　◇　◇　◇　◇

「空を飛ぶ鉄の船があるなんて、とても信じられないわ」

ルキディスの話は、まるで御伽話のようだった。

カトリーナとサムは、ルキディスの話に聞き入る。ジェイクはお昼寝をしているので、この部屋にはいない。ルキディスが睡眠薬を使ったせいであるが、カトリーナが気付けるはずがなかった。

全てルキディスの計画通りに進んでいる。

「写し絵があります。俺もこの目で見るまでは、信じられなかった」

ルキディスは、一枚の写し絵を見せてくれた。カトリーナとサムは、その写し絵を見て目を丸くする。鋼鉄の船が空に浮いているのだ。

空飛ぶ鋼鉄製の船だけではない。その隣には天空を貫くような超高層の塔がそびえ立っていた。

「アミクス帝国は機械文明の技術を復活させ、飛行戦艦を作っていました。まだまだ発展途上で、大陸間の飛行はできないらしいです。しかし、いつの日か、空を鋼鉄の船が跋扈《ばっこ》するようになると思います」

「西の国は、こんなに発展しているなんて……。この写し絵の様子だとアミクス帝国では、馬車が廃れているでしょうね」

「そうでもありません。機巧技術は地上で使えないそうです。地脈の関係で起動することすらできなくなるとか……。この天を貫くような塔は、地脈の影響圏から離れるために建造されたんですよ」

ラドフィリア王国は、エリュクオン大陸の東部に位置する大国である。東側の周辺諸国に比べれば、ラドフィリア王国は発展している。けれど、アミクス帝国は西側の超大国だ。ラドフィリア王国とは、比較にならない国力を持つ。エリュクオン大陸における覇権国家アミクスは、飛び抜けた技術力を誇っていた。

「すごい……！　すごい！　すごい‼」

「サム。今度はアミクス帝国に行きたいと言って、イマノルさんを怒らせるなよ。次は拳骨で制裁されかねない」

ルキディスは、写し絵に夢中になっているサムをからかった。

「しませんよ。僕だって、同じ間違いは繰り返しません。それに、あの時は舞い上がって、冷静さを欠いていただけです」

むっとした表情でサムは言い返す。

〈誘惑の瞳〉の効果で、サムが感情的になっていたのは事実である。サムの言い分は、言い訳のように聞こえるが、真実を如実に言い表していた。

「とっても面白かったわ。ルキディスさんは、色々なことを経験されているのね。私よりお若いのに、私が百年生きても経験できないようなことを経験しているわ」

「自分でも波乱万丈の人生だと思ってます」

魔物なのに、人生という表現は不可思議だと思いつつ、お茶に口を付ける。

事前にルキディスは、台所の水瓶に媚薬を入れておいた。三人が飲んでいるお茶には媚薬が入っていることになるが、薬効が作用するのは、カトリーナだけだ。

媚薬は若い女性にしか効かないのでサムは対象外。そして、ルキディスは魔物なので毒そのものが効かない。

「サム。夫の服を工房に持っていってもらえるかしら？あの人ったら、もう三日も帰ってきていないのよ。しかも、あと一週間は工房を離れないなんていうのよ？」

「分かりました。綺麗な服を持っていって、工房にある汚れた服を持って帰ってきます」

ルキディスの話を聞き終えたサムは、イマノルの服を工房に届けに行った。

イマノルが請け負ったのは難しい仕事だった。通常の仕事であれば弟子に手伝わせる。しかし、この仕事はミスをされると取り返しがつかない。なので、サムはしばらく工房で仕事をしなくていいと言われていた。サムの仕事は、イマノルの衣服を運ぶことだけだ。

「イマノルさんは、仕事に熱中されているようですね」

「本当に困ったものだわ。あの人ったら、子供や私に会うよりも熱した金属を叩いているほうが楽しいみたい……。そのうち金槌と結婚してしまう気がするわ」

「はっはははは。さすがにそれはないと思いますよ。愛妻と愛息子のために仕事をしているはずです。おっと……、今日は長話をしてしまいました。もう夕方ですね。ちょっと時間が不味いかな……」

「時間が不味い……？　この後に何か予定があるのかしら？」

「早目に帰らないと、俺も妻に嫌味を言われてしまうってことですよ」

「あら。ルキディスさんは結婚していらしたの？」

カトリーナは少し驚く。妻帯者とは聞いていなかったからだ。しかし、こんなにも知的な美青年を、世の女性達が放っておくはずがない。

(私だってイマノルと出会う前だったら、この人に夢中になっていたかもしれないわ。今は夫や息子がいるし、ルキディスさんだって私なんかに興味はないでしょうけど……)

水瓶に混じった媚薬の効果は僅《わず》かだ。けれども、この僅かな影響が徐々に増大していくことになる。

「ええ。革命をやっていた時に死ぬかもしれないから、結婚しておこうと思って勢いで式を挙げました。近頃はご機嫌が斜めで、オペラ鑑賞にでも連れていってご機嫌伺いをしないと不味そうです。妻の前では口が裂けても言えませんが、勢いだけの結婚だと、その後に苦労しますね」

「それについては、私も大いに同意するわ。ところでオペラって……、もしかして王立劇場のオペラに行くのかしら？」

カトリーナが王立劇場のオペラに興味を抱いていることを、ルキディスは知っていた。

サムとの会話で聞き出したのだ。一度だけ、カトリーナは王立劇場のオペラを鑑賞する機会があった。イマノルが作った宝剣を気に入った貴族が、鑑賞券を譲ってくれたのだ。けれど、オペラの当日にジェイクが熱を出してしまったので、カトリーナは劇場に行けなかった。

母親としては当然の選択だ。熱を出している息子を放置して、オペラ鑑賞に行くような母親は親として失格だ。しかし、未練がないかといえば嘘になる。もし機会があれば、行きたいと心底思っていた。

「ええ。そうですよ。サピナ小王国の大使から譲ってもらったんです。買うと物凄く高いらしいですね」

王立劇場で開かれるオペラは、貴族や裕福な商人でなければ手が出せない高値が付く。しかし、駐在の大使に友好の証として、無償で贈与されることが多々あった。

「もしかして興味ありますか。よかったら、一緒に行きませんか？」

冥王は〈誘惑の瞳〉を発動する。良識ある賢母ならば断るだろう。しかし、〈誘惑の瞳〉で『欲望』を増長させれば、カトリーナはこう言ってしまうのだ。

「えっ、ですけど……、本当にご一緒してよろしいの……？いくらなんでも、ルキディスさんの奥様に失礼ではないかしら」

「その、なんていうか……、変な頼みですが、俺の妻と友人になってくれませんか？　こっちに来てから、妻は家に引きこもりがちで、友人をまったく作っていないみたいなんです。機嫌が悪いのは、そのせいなんじゃないかと思ってます。明日、妻と会ってくれませんか？　その時に三人で王立劇場へ行くような流れにできればと考えてます。オペラは明後日なので急な話ですが、どうですか？」

「そういうことなら、引き受けますわ。ルキディスさんの奥様がどのような方なのか、興味がありますもの。くふっふふふ。それに……王立劇場のオペラを、以前から見たいと思っていましたわ」

「息子さんは大丈夫ですか？　王立劇場のオペラに子供を連れていくことはできなかったはずです」

鑑賞の妨げになるので、規則で未成年者の入場は拒否されていた。

「ジェイクは、サムにお守りをしてもらえば大丈夫ですわ」

「それなら明日と明後日は、息子さんをサムに預けてください。妻が気に入っている店があります。その店で食事をしましょう。妻が了承してくれれば、明後日は三人でオペラ鑑賞ができますよ」

カトリーナは喜んで、ルキディスの提案を受け入れた。

ルキディスは妻役を、シェリオンとユファのどちらにすべきか思案していた。シェリオンとユファは仲がいいので、喧嘩になることはない。

（まずはシェリオンとユファに相談しよう。三人で話し合って決めたほうがよさそうだ。だが、演技力でいったらユファのほうが高い。シェリオンは自分から辞退しそうだな……）

◇◇◇◇◇

ルキディスが指定したレストランは、魚料理の店だった。

「紹介します。妻のユファです」

紹介されたのは猫族《フェリス》の獣人だった。ユファは、ルキディスの隣を歩くにふさわしい美少女だ。女性としてのタイプが違うので単純な比較はできないが、カトリーナよりもユファのほうが一般受けするタイプの美女であった。

「はじめまして。カトリーナさん。夫から話は聞いています……」

ユファは普段の口調を使わない。語尾に『ニャ』を付けず、影のある幼妻を演じていた。

「よろしく。ユファさん」

ユファの演技にすっかり騙されたカトリーナは、大人しい女性なのだと思いこんだ。事前の打ち合わせで、ユファは気弱な妻を演じると決めてあった。

ルキディスの予想通り、シェリオンは妻役を辞退した。シェリオンは知的な容姿なのだが、実は脳筋気質でこういった演技が苦手だった。その点、猫かぶりはユファのお家芸だ。どんな人格でも演じる自信がある。

（ユファさんは、とっても静かな人なのね……。三人で食事しているのに、私とルキディスさんばかり話していて大丈夫なのかしら？）

（カトリーナの胸は、普通ニャ……。顔はまあまあだけど、苗床堕ちしそうな匂いがするニャ。ルキディスには悪いけど、眷族化しなくても別にいいニャ。この人間が眷族化しないなら、僕の自説がさらに強化されるニャ。それに、この人間の眷族化はおまけで、最大の目的はイマノルとかいう鍛冶職人のおっさんをサピナ小王国に移民させることニャ）

ルキディスは、会話の最中にオペラ鑑賞の件を切り出した。

「それでだ。明日は三人でオペラ鑑賞に行かないか？」

「私は別にかまいませんよ。貴方が望むのなら、妻の私は従うだけです……」

「それは了承ということでいいのか？　ユファ」

「ええ……。そうです」

ユファの台詞は予《あらかじ》め決まっている。少しぶっきらぼうな感じで、どうでもよさげに言うことになっていた。

（ルキディスさんが、こんなに気を使っているのに素っ気ない人だわ。こんなに良い殿方と結婚しているというのに、なぜ冷淡になれるのかしら……？　世の女性達は、ルキディスさんを放っておくはずがないわ。こんなことをしてたら、誰かに取られても文句を言えませんわよ……？）という様な感想をカトリーナは持ってくれるはずだ。

ユファの演技だけではない。ルキディスは〈誘惑の瞳〉を使って、カトリーナの精神に働きかけていた。

「ちょっと、トイレに行ってくる」

ルキディスは、席を外した。個室に沈黙が訪れる。

三人で食事をしていたが、会話の中心にいたのはルキディスだ。ルキディスがいなくなれば、会話は止まってしまう。このままでは気まずいので、カトリーナがユファに話しかけようとした時だった。

「あの人のこと、どう思いますか……？」

ユファが先に話しかけてきた。

「とても魅力的な男性だと思いますわ。ユファさんが羨ましいです。ルキディスさんのような殿方を射止めるのは、ライバルが多くて大変だったでしょう？」

「はい……。恋敵は沢山いました。貴方のように近づいてくる人は、今でも沢山います」

「えっと、私はもう結婚して子供もいるから、そういうつもりはまったくありませんわ……」

「……そうなの？　だとしたら、ごめんなさい。近づいてくる女性は、全員そうなんじゃないかって思ってしまうの。ルキディスは私のことを愛してくれているけれど……。きっと疲れているのだと思うわ。私だって疲れ切ってしまったもの……」

「疲れる……？　それはどういうことなのかしら？」

「今の私を見ていると想像できないかもしれませんけど、私はルキディスに近寄ってくる女性を、追い払い続けていました。以前の私は嫉妬の塊みたいな女でしたから。それでもルキディスは、私を大切に扱ってくれた。だけど、ある日、こう言われてしまったんです。『そんなに自分の夫が信用できないのか？』って。夫はずっと私を愛してくれていた……、でも、私はその夫を信頼していなかったことに気付いたんです。その時から、ずっと私は自己嫌悪です。私みたいなのが、ルキディスの妻でよかったのかなって思ってしまう……」

「ルキディスさんは、ユファさんのことを想って私を紹介したのよ。ルキディスさんは、ユファさんのことを心から愛していますわ！」

カトリーナはこれまでの経緯を説明した。全てルキディスが仕組んでいる茶番なので、ユファは全部知っているが、表情には出さない。

「もう……、夫を束縛しないと決めました。私はルキディスを独占することに疲れてしまった。妻というだけで、私は幸せです。だけど、私と一緒にいるルキディスが幸せとは思えません。もし夫がカトリーナさんを求めて、カトリーナさんが受け入れるというのなら私は何も言いません」

「ちょ……っ！　あの、ユファさん⁉　そんな気は本当にありませんわ。確かにルキディスさんは魅力的な男性です。だけど、私には夫と息子がいます。それに、ルキディスさんは私みたいな女に、目を向けたりしませんわ」

「……仮定の話です。私は夫が少しでも自由になってくれたらと思っているだけです。夫が何を考えているか分かりませんし、カトリーナさんがそう言うのなら、多分大丈夫なんでしょう。でも、夫と何かあっても、私は気にしませんか。カトリーナさんは、『私に気を使う必要がない』とだけ教えておきたかったんです」

「そんなことは絶対にありません。ルキディスさんは、浮気なんてしませんわ」

「そうでしょうか……？　夫があんなに楽しそうにしているのは、久しぶりに見たけれど……」

突然の告白にカトリーナは混乱する。

まさか夫を寝取ってもいいなんて、言い出してくるとは思ってもいなかったのだ。こんなことを言われてしまったら、どうしたってルキディスを異性として意識してしまう。

ルキディスが部屋に戻ってきた時、カトリーナは赤面を見られまいと顔を背けてしまった。その仕草でルキディスは作戦の成功を確信した。

（もう一押しでこの女は終わりニャ……。それよりもこの料理、酷いニャ。シェリオンは辞退して正解だったニャ。顔に出るタイプだから、絶対にばれてたニャ）

ユファは魚料理を口に運び、咀嚼《そしゃく》するふりをして飲み込む。まったく美味しくない。味のない紙切れを噛んでいるような感じだ。

カトリーナとルキディスは、美味しいと言っているので、美味しい料理なのだろうが、食欲のない魔物には分からない。

（家に帰ったら、ルキディスのチンポにしゃぶりついて精液で口直しニャ……っ！）

眷族にとって美味しい食事とは、冥王の出す子種くらいなものだ。このレストランは、ユファのお気に入りではなく、ルキディスが気に入っている店であった。

◇◇◇◇◇

ルキディス夫妻とオペラ鑑賞をする日、カトリーナは朝から興奮気味だった。念願だった王立劇場のオペラを鑑賞できるからではなく、夜に見た淫夢のせいだ。内容は口に出せるようなものではなかった。ルキディスと自分が結婚して、沢山の子供を作る夢を見てしまった。

原因は間違いなく、ユファが唐突に言ってきた夫の浮気を許すという宣言のせいだ。ユファにそう言われてから、ルキディスを異性として感じるようになってしまった。淫夢のせいで、六歳児の母親から二十三歳の女に変わってしまったのを、カトリーナは自覚させられた。

（変な感情に流されそうで怖いわ。だけど、ルキディスさんが私を求めてくるなんてありえない。ありえないけれど……、彼が求めてきたら、私は拒絶できるのかしら？）

カトリーナは、寝息を立てている息子のジェイクを見る。夫は愛しているし、息子のジェイクを悲しませるようなことはしたくないと彼女は思った。瞳術の効果や水瓶の媚薬、そしてユファの浮気公認でカトリーナの心は揺れたが、息子の顔を見て踏み止まった。

（もっとルキディスさんとお話をしたかったけれど、距離を置いたほうがいいかもしれませんわね。あんな夢を見てしまうなんて、私どうかしてる。間違いは起こさないようにしないと……）

目覚めた時、カトリーナの下着は割れ目から漏れ出した蜜で湿っていた。

息子が眠っていることを確認してから、カトリーナは爆発寸前の情欲を発散させてしまった。妄想の相手は、どうやっても夫ではなくルキディスになってしまう。オナニーを終えると、下着はお漏らしをしたようにずぶ濡れになっていた。

（私ってば、本当にどうしちゃったのかしら……。イマノルと結婚する時だって、こんなことにはならなかったのに、……本当に恥ずかしいわ）

水瓶に入れられた媚薬の効果が、少しずつ現れていた。朝食を終えた頃、弟子のサムがやってきた。カトリーナは、事前にジェイクのお守りをするように頼んでいた。

「帰りは遅くなると思うから、家に泊まっていきなさい。

日付が変わる前には帰ってくるわ。昼食と夕食は台所の戸棚に置いてるから、時間になったら食べてちょうだい。嫌がると思うけど、人参もちゃんと食べさせてね」

「はい。分かりました」

息子のことを任せて、カトリーナは家を出た。サムには、友人のお誕生日会に行ってくると嘘を言ってしまった。

ルキディス夫婦とオペラ鑑賞に行くことを、カトリーナは誰にも言っていない。彼とそういう関係ではない。だが、怪しまれる気がしたので、誰にも言えなかったのだ。逆にそれが怪しい行為になってしまっているが、本人は自覚していない。

◇◇◇◇◇◇

王立劇場のオペラは、午後三時から深夜まで続く予定だ。連続で公演があるわけでなく、途中に何度も休憩が挟まれる。そうでなければ、観客のほうが疲れ切ってしまう。

観客だけでなく、演じるほうの都合もある。王立劇場で行われる公演は、大規模なものなので準備に時間がかかるのだ。

王立劇場には服装規定《ドレスコード》が存在している。カトリーナは一着だけ貴族のお下がりドレスを持っていたので、それを着るつもりだった。しかし、ルキディスはカトリーナのためにドレスを買うと申し出た。誘ったのは自分だから、買わせてくれと言ってきたのだ。

「とても似合っていますよ。カトリーナさん」

ルキディスに連れていかれた仕立て屋は、貴族街にある高級品を扱う店だった。

こんなところでドレスを買ってもらって本当にいいのかと思ったが、ここまで来て断る度胸はない。ドレスを買うようにルキディスに命じたのは妻のユファだと聞かされて、なおさら断れなかった。

(本当に私ってば何をやってるのかしら……？)

カトリーナが着ているのは、純白のドレスだ。これではまるで、ルキディスに嫁入りするための花嫁衣装である。服を選んだのが、ユファだからなおさらその裏にある意図を勘ぐってしまう。

「カトリーナさんに、とてもよく似合っているとは思う……。しかし、ユファ。このドレスは、少し露出が多くな――――」

「今時、普通ですよ。ルキディスの感性はちょっと古すぎます」

(ユファの本音っぽいな。こういうのが最近の流行なのか……？　だが、やっぱり破廉恥だ)

ユファが選んだのは、胸元が大きく開いていて胸部を強調している。落ち着いた淑女が着るドレスではない。遊びたい盛りの若い令嬢が好むドレスだ。

胸元だけでなく、背中から腰まで素肌を晒すドレスだったので、カトリーナは下着も新調することになった。普通のブラジャーとパンティでは、はみ出てしまう。下着の新調は、肌を見せびらかすこのドレスを着るのに必要なことだった。

(こんな薄い下着、初めて身に着けたわ……)

カトリーナは、Tバック・ショーツを穿かされた。これなら生足を晒しても大丈夫であるが、とても下着とは思えない布面積に衝撃を受けた。

現物を見せられた時、紐に小さな布が付属しているようにしか見えなかった。秘部を小さな布生地で隠すだけで、尻は紐を通すのみだ。なので、後ろから見たら尻が丸出しになる。Tバッグの紐が尻の谷間に食い込んでいるのを、カトリーナは感じていた。

こういう下着だからドレスと身体が密着していても下着が透けないと教えられたが、ようするに下着の布面積を最小限にしているというだけだ。

(下着を穿いてる感じがしませんわ……)

ブラジャーのほうは背中に回さず、首から吊り下げる形のバックレス型の下着だ。背中や胸の谷間が露出しても、ブラジャーが見えないようになっている。

昼食を終えてからオペラが開演する午後三時までの間、カトリーナはずっと仕立て屋で飾り立てられていた。

家で気合を入れて化粧をしてきたが、全て落とされた。仕立て屋の女主人が、一からやり直してしまった。素人の化粧がプロの化粧術に敵うはずがなく、カトリーナは家を出た時より美しくなった。女性としてこんなに磨かれた姿になるのは、初めてである。

カトリーナが露出の多いきらびやかな白いドレスを着ているのに対して、ユファは控え目なドレスを着ていた。胸が大きいのに、あえて目立たないような格好だ。

ユファは、仕立て屋にカトリーナの飾り付けを事細かに注文していた。

(ユファさんは、何か勘違いしてる気がするわ……。悪い気はしないけれど、こんな格好でルキディスと歩いているところを見られたら大変なことになるわね。でも、今の私を見ても夫は気付いてくれなさそう……)

今のカトリーナなら、貴族の妻と名乗っても誰一人疑わないはずだ。仕立て屋も、カトリーナが平民地区から来た鍛冶屋の妻とは思っていない。

ルキディスは見るからに貴族っぽい。そして連れている

のは二人の美女だ。ユファは美形であるが、獣人なので妾。ならば、カトリーナのほうが正妻だと勘違いするのは当然である。

仕立て屋の女主人は、妾の獣人が流行に疎そうな本妻に恥をかかせまいと、あれこれ注文をしていると思っているようだ。

「奥様、緩んでいるところはございませんか？」

「だ、大丈夫ですわ……」

（奥様だけど、その人の妻ってわけじゃ……。妻はそっちにいるユファさんなんです……、なんて言えないわ。ルキディスさんは苦笑いしてるし……）

ルキディスの笑みは苦笑いではない。そのことにカトリーナは、気付けなかった。

（こういう格好をさせなければ分からなかったが、カトリーナは尻が結構大きいな。経産婦だというのに、体型はそこまで崩れていない。ふむ、肉付きの良い尻だ。これは夜が楽しみだ。眷族になるかは分からないが、苗床になっても良質な子を産んでくれそうだ。開発した薬が効けば、眷族適性がなくても苗床化しないはずだが、どこまで効果があるか。高級娼婦だったアマンダ・ヘイリーですら、苗床化してしまった。俺が気に入った雌でも眷族化できないのは、本当に困ったものだ。俺が選り好みしているわけじゃないのに……）

飾り付けが終わるのを見計らって、ルキディスは辻馬車を呼び寄せた。

「開演の時間が迫っている、王立劇場に向かおう」

ルキディスは、カトリーナとユファを連れて王立劇場へと向かう。辻馬車の御者は、ルキディスが連れている二人の美女に目を奪われてしまった。露出の多い純白のドレスを着たカトリーナと、黒い質素な服を着たユファは、双方が美しくそして対照的であった。

この先のことを考えると、カトリーナを連れ回している光景を多くの人間に見られたくなかった。夫のイマノルでさえ、今の着飾ったカトリーナを自分と妻と見破るのは難しいだろう。なので、連れ回しても露見することはまずない。しかし、万が一というのが恐ろしい。

冥王は慎重な性格だ。カトリーナをさっさと馬車に乗せて、寄り道せずに国立劇場へ向かう。カトリーナも家族への背信を感じつつあったので、どこかに寄りたいとは言い出さなかった。

普段は入れない貴族街を見て回りたい欲求はあった。けれど、この格好を人目に晒すのは抵抗がある。

（胸の谷間が露わになっているし、背中から腰まで素肌が露出しているから、強風が吹いたら真っ裸になってしまい

そうだわ）

馬車が揺れる度に、カトリーナの乳房が揺れる。

（朝は鍛治屋の妻だったのに、午後になったら貴族の若妻に大変身……、なんちゃってね）

家族への裏切りになってしまうかもしれないが、気分は悪くなかった。

カトリーナとて女性として生まれてきたからには、一度くらいこういうこともしてみたかったのだ。イマノルとの結婚は、駆け落ち同然だったので結婚式はやっていない。ジェイクが産まれてからは子育てに追われて、若い女らしいことができなかった。

「王立劇場はもうすぐですよ。愉しみですね。カトリーナさん」

ルキディスの瞳は、怪しく光る。ついに収穫の時がやってきたのだ。ここで真意に気付かれるような間抜けなことはしないが、どうしても笑みが滲み出てしまう。

「ええ。本当に楽しみですわ」

愛妻が魔物に籠絡されつつある中、夫のイマノルは仕事に全神経を注いでいる。家族のことは、頭から抜けていた。依頼された品を完成させるために、雑念を捨て去り、全力を尽くすのみだ。

家に残された息子のジェイクは、弟子のサムと遊んでいる。母親はどこかに遊びに行っているので、今日は帰ってこないらしい。サムにお願いして、昼食と夕食の人参は捨ててもらった。母親がいないのは寂しいけれど、人参を食べずに済んだのでジェイクは嬉しかった。

◇◇◇◇◇

ルキディス達が案内されたのは、要人用の個室観覧席であった。王立劇場の個室席は、貴賓室扱いになっている。特殊な魔術防壁が展開されているので、他の観客席からは個室席の内側が見えないようになっていた。

カトリーナは、てっきり一階にある一般席だと思っていた。しかし、よくよく考えればそんなはずがない。

ルキディスが入手したのは、小国とはいえ一国を代表する大使に贈与された鑑賞券だ。最下級の席を与えたら、侮辱と思われてしまう。当然、贈与されるのは最上級の個室席チケットだ。

最上級の個室席は、平民の生涯年収に匹敵する値段が付く。田舎の小貴族では手が出せない。名立たる大貴族や王族の専用席だ。

（ルキディスさんは、私やサムが思っている以上にすごい人物だったのかもしれませんわ……）

ルキディスがカトリーナと出会ったのは、イマノルを引き抜くためだ。食事をご馳走してもらい、さらにはドレスまで買ってもらった。そして、連れてきてもらったのは、国立劇場で最上級の個室観覧席である。

ルキディスの勧誘を断っているのに、ここまでしてくれるなんて申し訳ないとカトリーナは思ってしまった。

――普段のカトリーナであれば、なぜこんなことまでしてくれるのか怪しんだはずだ。しかし、今の彼女はルキディスが仕込んだ幾重の毒によって、思考が鈍っていた。

（ルキディスさんは、すごくいい人だわ……。今朝は距離を置こうなんて考えてしまったけれど、それだと私が悪女になってしまうわね。傍から見たら、私って彼に貢がせてしまっているもの）

「今日のオペラは、機械戦争を終わらせた勇者達をテーマにした物語だそうですよ」

これから行われる劇は、史実を元にした歌劇だ。技巧師《ぎこうし》によって造られた機械が人類に反逆し、劣勢に陥った人類を救うため、勇者が立ち上がるという物語だ。ルキディスは何度か見たことがあるので、内容を知っていた。

（勇者が強いのは分かっているが、絶対に事実とは程遠い内容だ……。歴史は装飾されるものだが、ここまでやられると逆に笑ってしまうぞ。脚本家は限度を知らないようだ。たった一人の勇者が大陸を滅ぼしただとか、天地を炎で覆い尽くして海すら焼き滅ぼしたとか……、発想がぶっ飛んでいて、別の意味で面白くはあるんだがな。地核の溶岩を呼び出して、山脈ごと機械城を粉砕したなんて子供でも信じないぞ……）

機械と人類が戦ったのは史実だ。勇者と呼ばれる存在が、機械との戦争に勝利して、人類を存続させたのも真実だ。しかし、オペラで演じられているようなことは起こっていないと冥王は考えていた。

全て真実だとしたら、勇者と呼ばれる存在は創造主の想定を超えている。

（機械は地脈の影響下で機能しない。地下に逃げれば安全だろうに。フィクションに文句を言っても仕方がないか……。それに今回はオペラを楽しみにきたわけじゃない。やっと舞台が整った。カトリーナ・アーケン。今夜から貴様は冥王の雌だ）

冥王の昂りに男性器が反応した。仕掛けるのは、開発した新薬をカトリーナに飲ませてからでなければならない。

魔素耐性と眷族適性に関係があるのならば、新薬を飲んだカトリーナは眷族となるはずだ。

（カトリーナが眷族になったとしても、新薬のおかげとは限らない。服用した全員が眷族化すれば、薬効ありということになるが果たしてどうなるか。カトリーナが苗床化したら、この新薬は……その時になったら考えよう）

「午後三時です。ついに始まりますよ。カトリーナさん」

「夢みたいだわ。本当にありがとうございます。ルキディスさん、ユファさん。特等席から王立劇場のオペラを鑑賞できる日が来るなんて思ってもいなかったわ……！」

ルキディス夫妻とカトリーナのオペラ鑑賞は、何事もなく進んだ。午後六時になると夕食のために一時間半の休憩がある。

一般の席にいる観客は、大広間で食事をすることになる。個室席にいるルキディス達は、食事を席まで持ってきてもらうことができた。

運ばれてきた食事はどれも絶品だった。大貴族が食べる料理なんて今しか食べられないと思ったカトリーナは、つい沢山食べてしまった。

白いドレスを汚すようなヘマこそしなかったが、ドレスは薄着なので腹回りが膨れてしまう。みっともないが、腹を引き締め続けるような腹筋を彼女は持ち合わせていない。

（失敗しましたわ……。ユファさんの食が進んでいなかったのは、こういう事態を避けるためだったのね……）

ユファが食事に手を付けていないのは、魔物に食欲がないからだ。

（ルキディスをトイレに誘って、フェラチオできたりしないかニャ～。口直しの精液がほしいニャ。我慢強い僕ですら、ちょっときつくなってきたニャ）

ユファはそれとなく合図を送っているものの、今夜の相手はユファではなくカトリーナだ。冥王はサービスしてくれなかった。そういうことなら、さっさと計画通りに動いてしまおうとユファは思った。

ルキディスが席を外している時に、ユファはカトリーナに話しかける。

「カトリーナさん。私は先に帰るので、夫のことはよろしくお願いしますね」

「えっ……!?　ルキディスさんを置いて、帰ってしまうの……？」

「はい。今日は、ちょっと体調が悪いみたいです。早目に家に帰って休もうと思いますわ。家はここから近いので、一人で帰れます。夫には私のことは気にしなくていいと伝えておいてください」

「……ユファさん。それは……、昨日私に言ったことと関係しているのかしら？」

「あれは私の本音です。私は夫がカトリーナさんに惹かれていると思っていますけど、勘違いかもしれません。私は夫の考えていることがよく分かりませんから。それにカトリーナさんが望まないなら、夫は粗暴なことをしないと思います。私がいなくなった後どうなるかは、私にも分かりません。だけど、どうなっても私は気にしないというだけです。自由に振る舞われてください」

「ですから、私は――――」

「夫はカトリーナさんといると楽しそうです。会話をしてくれるだけでもかまいません。カトリーナさんを放置して、私を追ってこないようにだけ、夫に言っておいてください。それでは、先に失礼します」

ユファは軽く頭を下げて、個室席から出ていってしまった。

――――カトリーナの心臓は高鳴る。カトリーナは、ユファを引き止められなかった。ユファがいると、どうしても気を使ってしまう。ルキディスと二人っきりなら、誰にも気を使わずに会話ができるようになる。気兼ねなく楽しめてしまうのだ。

ユファの言葉は、カトリーナの心を巧みに動かしていた。今は服装と化粧で逆転しているが、ユファはカトリーナ以上の美女である。その美女が敗北を宣言して夫を自由に使っていいと言い放ったのだ。沸き起こった優越感は、カトリーナの女心を燃え上がらせた。

一線を越えるつもりはない。しかし、会話くらいならしてあげるべきだと思った。ルキディスはカトリーナのために、様々なことをしてくれた。恩返しのために今夜は話し相手になってあげるべきなのだと、自分に言い聞かせた。

その時、ルキディスは廊下で、ユファから報告を受けていた。

「よし。ここまでは計画通りだ」

「ちょっとだけでいいから、白いのちょうだいニャ～。あの食事不味すぎて、やばいニャ。口直しほしいニャ」

「駄目だ。もう家に帰ってくれ……。ユファがいたら、計画が狂う。というか、その白いのって表現はやめろ。そのせいで、麻薬の売人だと間違われたことがあったんだぞ」

「にゃー。先っちょを咥えるだけで終わるニャ。ほんと先っちょだけニャ。すぐフェラでいかせるニャ」

「いい子だから、これで我慢しろ……」

冥王はユファに口付けする。ユファは未練たらたらであったが、冥王の命令に従って家に帰っていった。

◇　◇　◇　◇　◇

妻が帰ってしまったというのに、戻ってきたルキディスは驚いている様子がなかった。

カトリーナは、先に帰ったユファのことを簡単に説明する。浮気公認の宣言については言わなかった。言えるはずがない。それを口に出したら、家族を裏切って、一緒に不倫をしませんかと言っているようなものだ。

「やっぱり逃げられてしまいましたか……。すいません。カトリーナさん」

「いいえ。ユファさんは、本当に体調が悪かったみたいですわ」

「廊下ですれ違いましたが、そんな感じではありませんでしたよ。はっははは……。本当に困ったものだ。おそらく使用人を呼んでいると思うので、一人で帰らせても大丈夫でしょう。カトリーナさんは最後まで俺がエスコートするので、心配しないでください。この際です。二人だけでオペラを楽しみましょう」

カトリーナとしては、そうしてもらう他なかった。ここから一人で帰ろうにも手持ちのお金がない。財布は持ってこなくていいと事前に言われていたのだ。

「お酒は飲めますか？」

ルキディスは、カトリーナに高そうな赤ワインを見せた。

「少しだけいただきますわ」

赤ワインをグラスに注ぐ。その際、ルキディスは魔素の耐性を上げる新薬を混ぜた。

薬入りの赤ワインをカトリーナが飲めば、全ての準備が完了する。

「「――――乾杯」」

カトリーナは、グラスに注がれた赤ワインを飲み干す。ルキディスが持ってきた赤ワインは度数が高い。けれど、甘みが強くて飲みやすいものだ。酔いが回った後に、強い酒だったと分かるタイプの酒だった。

ワインに混ぜた薬は、無味無臭である。薬を盛られたことに、カトリーナが気付くはずがなかった。

（こうしてると本当に不倫をしているみたいだわ。夫と息子がいるというのに、こんなドレスを着て、若い男と一緒にオペラを鑑賞してる。そんな気はないけれど、ドキドキしてしまうわ。母親になった時に乙女心なんて、死んだと思ってたのに……っ！）

（魔素耐性を上昇させる薬を飲ませた。これで状況は整った。カトリーナは、俺の真意に気付いていないだろうな。後は犯すだけだが……、カトリーナは本当にオペラを楽しみにしていたみたいだ。それを考えると、ここでやってしまうのは少し気が引けるな。苗床化したら、人格的な意味では死んでしまう。最後になるかもしれないんだ。もう少しオペラを鑑賞させてやるか……）

最上級の個室席で、オペラ鑑賞をしているというのにどちらも集中して舞台を見ていない。双方の意図と思惑は異なるものの、お互いが意識しあっていた。

「俺は革命の時の勢いでユファと結婚してしまいましたが、カトリーナさんはどういう経緯でイマノルさんと結ばれたのですか？　こう言ってしまってはイマノルさんに失礼かもしれませんが、若くて美人なカトリーナさんをどうやって射止めたのか、男として気になりますね」

「夫との出会いは、そんなに話すことがありませんわ。一言で言ってしまえば、偶然でしかありませんもの。生家の近くにある工房で、夫が鍛冶職人の見習いをしていて、それで出会ったんです。最初は恋愛感情なんて欠片もなくて、歳の離れた兄と妹みたいな関係でしたわ。当時の私は、両親に反抗していました。イマノルとの間に子供ができてしまったのは、恋心のせいではなくて、親への反抗心からだったと思いますわ。今でこそ笑ってしまうけど、十七歳の時に酒の勢いで息子のジェイクを作ってしまいました」

「どちらがプロポーズを？」

「どっちもしていませんわ。お互いに酔っていたから。もしも……、子供ができなかったら、夫とはあの一夜限りで終わっていたかもしれないわ。両親が出産に大反対したから、私はムキになってイマノルと結婚してしまったの。あんまり面白くないでしょう？」


もしかすると、別の人生を歩んでいたかもしれない。心の奥底ではそう思っていた。

結婚を後悔してはいない。夫と子供を、カトリーナは深く愛している。しかし、あの夜に妊娠しなければ、別の男性と恋に落ちて、今とは違う人生を送っていたかもしれない。

（そういえば、あの夜に飲んだお酒は、赤ワインでしたわね……。今飲んでいる赤ワインと色だけは同じだけど、あの時はお小遣いの銅貨で買った安酒。今飲んでいる赤ワインは、きっと金貨で買うような高級酒。十七歳の夜とは正反対だわ。酒にしても、一緒にいる殿方にしても……）

カトリーナは酔いが回って、仄《ほの》かに頬が赤く染まり、饒舌になっていく。彼女は雰囲気にも酔っていた。憧れの王立劇場で、魅力的な異性を伴ってオペラを鑑賞しているのだ。

日常に退屈していた主婦を、舞い上がらせるのには十分なシチュエーションである。

「それなら、俺とカトリーナさんは同じですね。俺も気付いたら今の妻と出会って、勢いで結婚したってだけです」

「あら？　てっきり私はユファさんが猛アタックして、ルキディスさんを射止めたものだとばかり思っていましたわ。馴れ初めを聞いてもよろしいかしら？」

「実はよく覚えてないんです。妻が言うには俺が押し倒したそうなんですが、酒を飲みすぎていて、その時のことを覚えてません。酔いつぶれて一人で眠っていたはずなのに、起きたら裸で抱き合ってました。酒に酔って女性を寝床に連れ込むなんて、するはずがないと思っていたんですけどね……」

（なるほど。色々と分かってきましたわ。ユファさんは、酔いつぶれたルキディスさんと既成事実を作ったのね。ルキディスさんが連れ込んだのでなくて、自分から寝床に入り込んだ……。容易に想像できてしまうわ。妻としての自信がないわけね。実力で勝ち取ったわけじゃなければ、ああなってしまうのは、当然といえば当然よ）

作り話を信じ込んだカトリーナが、内心でユファを見下している時、ルキディスは表情を一瞬だけ崩してしまっていた。傍らのカトリーナは気付いていないようなので、ルキディスは安堵する。

ユファの生まれは、サピナ小王国だ。サピナ小王国において、獣人の扱いは劣悪であった。

珍しい猫族《フェリス》のユファは、王家の所有物だった。何も起こらなければ王族の側室となって、豪勢な暮らしができただろう。しかし、彼女はそうはならなかった。

ユファの美貌を妬んだ誰かが、彼女の食事に猛毒を入れたのだ。毒を飲んでしまったユファは恐ろしい病に感染して美貌を失った。容姿だけが取り柄だったユファにとって、美貌の喪失は死亡宣告に等しいことだ。

（くそ……。嫌なことを思い出してしまった……）

過去のこととはいえ、気分が悪い。眷族となったユファは、美貌を取り戻している。姿だけでなく、内面も底抜けに明るくなった。ユファは人間だった頃のことを気にしていない。しかし、本人の傷が癒えても、冥王は許せなかった。

ユファを拾った時に、サピナ小王国は一番最初に滅ぼすと決めた。王と貴族は絶対に皆殺しにすると創造主に誓って、革命という手段で国を滅ぼしてやったのだ。

「ルキディスさん……？」

「ああ。すいません。カトリーナさん。少し酔ってしまって、惚けてたみたいです」

ルキディスは微笑を向けて、誤魔化した。何をやっているのだと自分を叱りつける。カトリーナを籠絡しようとしていたのに、ユファのことを考えてしまっていた。

「ひょっとして、お酒は強くないのかしら？」

「妻とのことがあってから、あまり飲まないようにしていたんです。今回だって妻が同席しているから、我を忘れることはないと思って、この赤ワインを注文していたのですが、ユファには逃げられてしまいました。もし俺が『おかしなこと』をしようとしたら、引っ叩いてください」

カトリーナの心音が再び高鳴る。ルキディスのほうから、そんなことを言ってくるとは思っていなかった。

（やっぱりルキディスさんも私のことを、女として意識している。私がルキディスさんを異性として、見てしまっているように……）

カトリーナは、自分の秘部が濡れだしていることに気付いた。

魅力的な男にときめいて、発情してしまうのは女の性だ。理性で行動は抑制できても、身体に宿っている本能までは抑えられない。

（会話をしているだけなのに、愛液が出てきてる……。下着は穿いてるけれど、このパンティは布地が小さすぎるし、薄すぎるから、このままだとドレスのほうに染み出しちゃう……っ！）

純白のドレスは、カトリーナの肌に密着している。

股座が濡れれば、ドレスの白地に愛液の染みができてしまうかもしれない。

「ちょっとお手洗いに行ってきますわ……」

トイレで心を落ち着けようと立ち上がったはいいものの、トイレの場所をカトリーナは確認していなかった。露出の多いドレスを着ている様を、人目に晒すのが嫌ですぐ個室に入ってしまったせいだ。

「場所は分かりますか？　案内しますよ」

ルキディスは〈誘惑の瞳〉を発動させる。

カトリーナが発情しているのは分かりきったことだ。ここで逃してしまったら、心を持ち直されてしまうかもしれない。

ルキディスは様々な手段で、カトリーナの心を揺さぶってきた。だからこそ、彼女の内心を熟知している。

カトリーナは本心から、家庭を愛している。愛している夫と息子を、思い出させる時間を与えてはいけない。冥王は魔物であるが、愛情の強さを知っている。チャンスは取り逃がさない。

（瞳術で『高揚感』を昂らせてやる……！　発情しているのなら、血圧は上がっている。しかも、酔っているカトリーナなら、これで平衡感覚を失うはずだ）

カトリーナの瞳は、黄金に輝く魔物の瞳に囚われた。

「――――きゃっ！」

「――――カトリーナさんっ！」

足が縺《もつ》れ、カトリーナは倒れ込みそうになる。

ルキディスはカトリーナの身体を掴もうと手を伸ばし、支えようとする。だが、勢いに負けて支えきれなかったかのように、カトリーナを床に押し倒した。

事故を装っているので、遠慮はしない。服越しでも分かるように身体を密着させて、勃起しているペニスをカトリーナに押し当てた。

（太腿にあたってるのって、もしかしてルキディスさんの……っ⁉）

勃起した肉棒の先端が、カトリーナの内股に触れていた。男の劣情が己の身体に向けられているのを、カトリーナは感じ取る。カトリーナの割れ目が、愛液で満たされていたように、ルキディスも情欲を溜め込んでいたことを、彼女は理解した。

「ごっ、ごめんなさい。私ったら……っ！」

「いえ、俺も酔ってたみたいです」

ルキディスの脚は、カトリーナの股に収まって、秘部を圧迫している。雄の肉棒が硬くなっていくのをカトリーナは太腿で感じていた。

男女の視線が重なり合う。カトリーナは、自分を押し倒した黒髪の美青年が、恥ずかしそうにしているのを見てしまう。彼女は自力で起き上がろうとせず、また身体が触れ合っているのに、嫌がっていない。抵抗をせず、見つめ合ったままだ。

ルキディスのほうも身体を密着させたまま、カトリーナを見下ろしていた。

「カトリーナさん……。本当に、お手洗いに行きたかったんですか？」

「……え？」

内心を指摘されて、カトリーナの目は泳いでしまう。

「本当のことを言ってほしい。俺も、本当のことを貴女に伝えたい。たとえ許されないことだとしても、男としてどうしても言いたい……。カトリーナさんが俺の本心を知りたくないと言うのなら、何も言いません。このまま二人で起き上がって、オペラを最後まで鑑賞してから家に送り届けます。教えてください。カトリーナさんは立ち上がりたいですか？　それとも、ずっと……、こうしていたいですか……？」

カトリーナの脳裏に、夫イマノルと息子ジェイクの顔が浮かんだ。

ルキディスの告白を聞いてしまったら、カトリーナはイマノルの妻ではなくなってしまう。ジェイクの母親であることすらも、きっと忘れてしまうだろう。一人の女となった時、カトリーナはルキディスの誘惑を拒めない。

「————っ！」

カトリーナの迷いは、ほんの一瞬だった。

「お願い。聞かせて……。ルキディスさんの本心を……、私は聞きたいわ……」

　カトリーナは、自らの手をルキディスの背に回してしまう。これが家族への裏切りになると分かっていても、カトリーナはルキディスへの想いを止められなかった。

　家にいた時のカトリーナは寂しかったのだ。稼ぎのよい夫や愛らしい息子では癒やせない心の隙間を、ルキディスは埋めてくれた。

　カトリーナは、自分を押し倒している黒髪の美青年が、魔物であることを知らない。

　夫と子供を愛していた若妻は、邪な心を持つ魔物を抱擁している。そして、魔物の愛を受け止めようとしていた。

◇◇◇◇◇◇

　留守番中のシルヴィアとシェリオンは、遊戯盤《ボード・ゲーム》で暇つぶしをしていた。メイドに遊戯盤《ボード・ゲーム》の相手させているシルヴィアは、まるで貴族婦人だ。

　何も知らない者からすれば、妊娠して家から出られない貴族婦人の相手を、メイドがしていると思うだろう。

　シルヴィアの妊婦腹は、日に日に成長していた。

　大きくなる度に、着ている黒絹のマタニティ・ドレスを緩めなければならない。もう走るのは難しくなってきた。


「すごく暇……」

　冥王の眷族になると人間だった頃に比べて、使える時間が増える。魔物には睡眠が必要ない。なので、眠ることなく一日二十四時間活動ができる。だが、それだけの時間があっても、シルヴィアには特にやることがなかった。

　外に出してはもらえず、異空間化された地下の部屋で過ごし続けている。

「シルヴィアは身重の身体ですよ。眷族の肉体は丈夫ですが、妊娠期間中は身体能力が落ちます。ご主人様の赤子を産むことに専念してください。そろそろ胎児の身体が出来上がってくる頃合いです。さっきみたいに暇だからって、筋トレとかはしないでくださいね」

　シェリオンは盤面のどこに駒を移動させれば、自軍が有利になるか必死に考えている。このような頭脳ゲームを、シルヴィアは得意としていなかった。

　それはシェリオンのほうも同じだったようだ。二人の実力は拮抗している。お互いが悪手を打つので、絶妙なゲーム展開になっていた。

　この手のゲームを得意とする冥王がこの盤面を見たら、「別の意味で高度な戦い」と評しただろう。

「にゃにゃのにゃ～！　ただいまニャ‼」

　妻役を終えたユファが、王立劇場から帰ってきた。

「おかえりなさい、ユファ。ご主人様の計画は順調に進んでいますか？」

「順調ニャ！　そろそろ人妻ちゃんを押し倒して、不倫セックスしてる頃合いだと思うニャ」

シルヴィアは、ルキディスが何をしているのか知らされていない。この数日、冥王に相手をしてもらっていないので、少し寂しかった。

フェラチオをしている時に、ルキディスが話していた内容を思い出そうとするが、記憶はおぼろげだ。鍛冶職人が欲しいとか言っていたような気がするが、具体的に何をするかは頭に残っていない。

「孕んだ私を放置して、どんな悪巧みを遂行しているの……？」

警備兵だった頃のシルヴィアなら、ルキディスのさらなる悪行に憤慨していたに違いない。しかし、魔物となったシルヴィアは、もう冥王に怒りを向けることができなくなっている。自分を放置してまで、一体何をしているのか気になっていた。

「人妻ちゃんのお尻を追っかけてるニャ。僕が昨日と今日やってきたのは、そのお手伝いニャ。不味い料理を食べなきゃいけないから、本当に苦痛だったニャ～」

「本当に、お疲れ様でした」

シェリオンはユファに頭を下げる。演技は得意でないし、人間の食事をしながら妻役を演じるのは難しいと思ったので、シェリオンはユファに仕事を押し付けてしまっていた。

「控え目なドレスを着ているけれど、どこに行っていたのよ？」

風紀の緩いユファは、露出多めの挑戦的な服装を好んでいる。

そのことをシルヴィアは知っていた。しかし、今の彼女が着ている黒いドレスは、彼女らしくない服装である。

「王立劇場ニャ。『勇者と機械のなんたら』ってオペラが公演中ニャ」

王立劇場と聞いてシルヴィアは驚く。ラドフィリア王国でもっとも裕福な人間達が集う場所だ。そんなところに魔物が平然と入り込んでいるのだから、変な笑いが出てしまう。

警備兵や憲兵は、魔物の堂々とした暗躍に気付いていないのだ。ラドフィリア王国は、長くないかもしれない。

そんなことはありえないという先入観があるから、国防を担う者達は気付けない。兵士達は、魔物が粗暴な存在だと決めつけている。実際、大多数の魔物には知能がない。壊して、殺すだけで、知能らしいものはなく、あっても動物程度の思考能力だ。しかし、この世には人間に化けられる魔物がいる。

　現に人間のように振る舞って王都で公然と暮らしていた。シルヴィアもその一人と成り果ててしまっている。

「ユファは人間だった頃、そういう劇場で働かされていたのでは？　歌劇は詳しいと思っていました」

「まったく詳しくないニャ。サピナ小王国は、あんな高等なオペラ劇をやらなかったニャ。僕がやらされてたのは、サーカスに近いニャ。火の輪を潜ったり、剣山の上で綱渡りとかニャ。あれは劇じゃなくて、単なる見世物なのニャ」

「シェリオンとユファは、サピナ小王国の出身らしいけど、そんなに酷い国だったの？」

「良い思い出は、一つもありません」

「同意ニャ。獣人にとって、革命前のサピナ小王国は地獄だったニャ。悪さをしてる僕が言うのはアレだけど、ラドフィリアは天国みたいな国なのニャ。獣人への差別が酷くないニャ。以前のサピナ小王国は、魔物ですらドン引きするくらいヤバイ国家だったニャ……。眷族になってから、色々な国を巡ったけど、僕らの祖国ほど狂った国はなかったニャ」

　そんな国が一年前まで崩壊しなかったのは、ラドフィリア王国が支援をしていたからだ。ラドフィリア王国は緩衝国を必要としており、サピナ小王国が倒れることを恐れていた。また、サピナ小王国から売られてくる獣人は良い労働力となっており、サピナ小王国の存続はラドフィリア王国の国益と合致していた。

　革命の時になって、ラドフィリア王国はサピナ小王国を支えきれないと判断し、革命軍を支援してくれた。

　他国の内政とはいえ、悪政を看過できないという名目で革命軍側に付いてくれたが、実際は見切りを付けて革命軍に取り入っただけだ。なので、現体制でもサピナ小王国とラドフィリア王国は友好関係である。

　革命軍としても、地域大国のラドフィリアに喧嘩を売る気はない。事実上の属国であっても、大国の支援がなければサピナ小王国は崩壊してしまうからだ。

　三人の眷族がする会話は、多愛のないものだ。人を殺すと気分が爽快だとか、物騒な話題が出てくることを除けば、微笑ましい光景である。

「ルキディスが人妻ちゃんに買い与えた白いドレスは、後で譲ってもらうニャ。どうせ子を孕んでしばらく着れなくなるから、代わりに僕が着てあげるニャ。にゃっはははは！」

「自分が着たい服を買わせるなんて、ユファは策士ですね。ですけど、バストサイズは大丈夫なのですか？　私ほどではないにしろ、服のサイズは限られるでしょう？」

「ん～、ぎりぎりな気がするけど、いざとなったら裁縫で乳袋を拡張するニャ！」

ユファは、ルキディスが狙っている人妻について話してくれた。孕まされることは確定している言いぶりであった。

冥王の子を孕んだ場合、その人間は苗床か眷族になる。苗床となってしまうとシルヴィア達のように人格を保てない。死ぬまで産むだけの、繁殖母体と成り果ててしまう。

「その人妻は、眷族になれそう？」

シルヴィアは、カトリーナという女性を知らなかった。自分と同じ境遇になるかもしれない相手のことが気になって、ユファに質問してみた。

「分からにゃい。薬を投与して色々試行錯誤してるけど、結果は創造主のみぞ知ることニャ」

「私は、買い戻す予定の狐族《フォクス》の雌が気になりますね。初物で売り出されるのなら、処女ということでしょう。その人妻と比較できるよい材料になると思います」

「多分そっちの雌は、手を出さないと思うニャ。大使館の力を使って購入しようとしてるから、失踪させるわけにはいかないニャ。帰国事業の一環だから、記録が残ってるニャ。それに、ルキディスは妙なところで真面目だから、よっぽど気に入らない限り、自国民には手を出さないようにしてるっぽいニャ」

「ご主人様は身内に甘いですから……。私はご主人様の甘さが首を絞めることにならないかと、いつも心配してます」

「そういえば私が眷族になった時も、無邪気に喜んでたわね。あれって、やっぱり素の性格なのね……」

三人の眷族達は、冥王の帰りを待ちながら、夜通しお喋りを続けた。

ちょうどその頃、鍛冶職人のイマノルは、工房の灯りを消そうとしていた。頭の中にあるのは、妻カトリーナや息子ジェイクのことではなく、自分が手掛けている作品についてだ。最高傑作ができようとしている。

日中はひたすら工房で、作品の完成に力を注いでいた。今日こそは、一度家に帰って家族の顔を見ようと考えていた。けれど、気付けば夜になっている。しかも、太陽が沈んでから、王都には小雨が降り注いでいた。服を濡らすのが嫌で、家に帰るのが億劫《おっくう》になってしまう。

妻にはしばらく帰れないと伝えてある。不服はあるようだったが、妻は理解してくれているとイマノルは思っていた。だから、今日もイマノルは、家に帰らず工房で眠りについてしまう。

カトリーナの家で留守番をしている弟子のサムは、ジェイクを寝かしつけていた。先に眠っていいと言われたので、カトリーナが帰ってくる前に、サム達は眠ってしまうことにした。

鍛冶職人は朝早くから働く職業だ。見習いのサムだって、早寝早起きの習慣がついている。夜遅くまで起きている習慣はない。ジェイクが眠ってすぐに、サムも眠ってしまった。

ラドフィリア王国には、伝書飛脚《メッセンジャー》と呼ばれる手紙の配達人がいる。利用料は高くつくが、王都内であれば速達で書簡を届けてくれる便利な配達屋だ。

ルキディスからの手紙が、主の帰りを待つ眷族達に届いたのは、日付が変わった時間帯であった。汗だくの伝書飛脚《メッセンジャー》が届けてくれた。三人の眷族は、ルキディスの送ってきた手紙を開く。書かれた文は、たった一行のみだ。走り書きで、『今夜は家に帰らないが心配をするな。必要な時は呼ぶ』とだけ書いてあった。

――――その夜、ルキディスとカトリーナは、家に帰ってこなかった。

◇◇◇◇◇

王立劇場の床には、真紅色の厚い絨毯が敷いてある。押し倒されても、痛みはなかった。そもそも、ゆっくりと倒されたのでカトリーナはそれほど衝撃を感じていない。

「カトリーナさん。今夜だけ、俺の妻になってくれませんか？」

黄金の瞳が、カトリーナの両目を覗き込む。〈誘惑の瞳〉で、カトリーナの『発情』を煽り立てた。

今までに積み重ねてきた要素が、この瞬間に活きてくる。退屈な日常の中に現れた魅力的な異性。常用している水瓶に混ぜられた媚薬。そして、妻を演じるユファの言葉はカトリーナの心を揺さぶっていた。

（ユファさんは、何が起こっても気にしないと言っていました わ。ルキディスさんが私を望んで……、それを私が受け入れるのなら、何が起こってもユファさんは気にしない……）

浮気の公認があるので、ユファに対する後ろめたさはない。

――――頭にちらつくのは、カトリーナ自身の家族だ。夫のイマノルや息子のジェイクを裏切ることになる。けれど、ここで一線を越えても、あの夫と息子が不貞に気付くとは思えなかった。イマノルは仕事に熱中していて、カトリーナのことを気にかけていない。

夫は同業者にカトリーナのことを自慢している。しかし、最近はそれが、喧嘩別れした肉親と重なって見えた。美しい容姿を持っていたから、両親はカトリーナを大切にしていた。なら、イマノルはどうなのだろうか。

（夫は、私を私として愛してくれていたのかしら……？）

夫は両親と同じで、カトリーナの容姿だけを評価していたのではないだろうか。だが、ルキディスはそうではない。カトリーナより美しい妻を持っていながら、一夜の過ちを犯そうとしている。

「ずるい人だわ……。本当に……、本当に今夜だけ……っ」

カトリーナは、ルキディスの瞳を見つめながら、己の本心を告白した。

「――――今夜だけ、私は貴方の妻になるわ」

ルキディスは何も言わずに、カトリーナと唇を重ねた。それは夫とさえしたことがない情熱的なキスだった。

舌と舌を絡ませ、お互いの唾液が混ざり合う。不貞の背徳感は、カトリーナの心を興奮させる香辛料となった。

（夫や息子がいるのに、こんなことをしちゃってる……。しかも、あの王立劇場で……!!）

王立劇場の個室席は、他の客席から見られないように、魔術式で特殊な防壁が張られている。ルキディスとカトリーナがいるほうからは外を見ることができる。だが、外からは黒いベールで覆われていて、中に観客が座っているのかさえ分からなかった。

オペラの上演中は、誰も個室席に入ってこない。国立劇場の使用人でさえやってこないのなら、個室席で男女が盛り合っていても露見することはないだろう。

ルキディスとカトリーナは、国立劇場の絨毯の上で愛を求め合った。一夜だけの裏切りを決意したカトリーナは、もうルキディスを受け入れきっている。

今夜に限ってシルヴィアは、イマノルの妻ではないし、ジェイクの母親でもない。ルキディスの妻となって、彼の求めるがままに身体を差し出すつもりだ。

十分以上も熱烈なキスをした後、ルキディスはカトリーナを立ち上がらせる。

「さあ、オペラも楽しもう。カトリーナ」

そう言ってルキディスは椅子の上に座り、自分の膝の上に来るようにカトリーナを誘う。カトリーナは誘われるがままに、足を開脚してルキディスの両腿に跨った。

対面座位の体勢になった二人は再び見つめ合う。床に押し倒した時と違って、今度はカトリーナがルキディスを見下ろす。

「今夜は、ルキディスと呼んでよろしい？」

「もちろんだ。カトリーナ。今宵《こよい》は俺の妻だろ。ユファのことは忘れて、カトリーナを妻として扱う。カトリーナも夫と息子のことは忘れてほしい」

カトリーナの着ている純白のドレスは、胸の谷間が露わになっているデザインだ。肩紐を使って、乳房を隠す布地を支えている。

ルキディスは胸部を覆っていたドレスを脱がす。バックレス型のブラジャーが露わになり、ブラジャー上からでも、カトリーナの乳首が立っているのが分かった。

ルキディスの股間が盛り上がって、男性器の先が陰部にあたっているのを、カトリーナは布越しに感じ取っている。

「くふふふ……♥　ルキディスのチンポって大きいのね。私の中に入りたがって、膨らんでいますわ」

ルキディスは留め具を外して、カトリーナの上半身を開《はだ》けさせた。

「そういうカトリーナは、母乳が溢れ出そうだぞ」

「ひゃっ……♥」

ルキディスは、カトリーナの尻を鷲掴みにして持ち上げる。尻の肉にルキディスの両指が食い込む。手荒に尻を揉みながら、さらにお互いの身体を密着させていく。

「外から見えはしないが、音は周囲に聞こえてしまう。オペラは上演中だ。声は静かに」

カトリーナは、どういう状況なのかを把握する。

ここは旅館の個室ではない。王立劇場の個室観覧席である。落下防止の手すりの向こうには、千人を超える観客がいるのだ。


魔術防壁で外側からの視界は遮られている。けれど、ルキディスの言うように、音までは遮断されていない。

（声を上げたら、沢山の人に聞かれてしまうわ……。こんな場所で、こんなことをしては絶対にいけないのに、私は受け入れてしまってる……♥）

ルキディスはカトリーナの乳房を甘噛みする。化けの皮を脱ぎ捨てて、カトリーナの身体に情欲をぶつけ始めた。ただし、シルヴィアを犯した時のような魔物としての本性は現さない。あくまで人間の男らしく、カトリーナを愛でてやった。

カトリーナは、嬌声を出すまいと折り畳んだ人差し指を噛んで、ルキディスの愛撫に耐えている。

（舐め方がとっても上手……っ！　歯を使ってるのに痛くないわ。乳飲み子だったジェイクがしゃぶっていた時のよう……っ！）

唇と舌を使って、左右の乳房を交互に欲情させる。

その間も両手を使って、カトリーナの尻を揉み続けた。

ユファが選んだ白いドレスは、カトリーナの美尻をより魅力的に映えさせている。ルキディスは、仕立て屋でこのドレスを着たカトリーナを見てから、ずっと尻が気になっていた。付き合いの長いユファは、ルキディスの好みを把握している。

胸の次は尻が好きと見抜いていたので、そういう服をわざわざ選んだのだ。そして、カトリーナが陥落した後は自分の服にして、ルキディスを誘惑する予定だ。

カトリーナの尻は、適度に柔らかく、それでいて大きい。尻を揉みしだく度に、カトリーナから漏れる吐息は激しくなる。

「カトリーナ。舞台のほうを見てみろ。なぜ人類が反逆した機械を打倒できたのか、主役の勇者が歌っているぞ」

カトリーナは顔を動かして、舞台のほうへ視線を向けた。観客は舞台に集中していて、こちらを見ていない。二人の淫事は気付かれていないようだ。ちょっと安心する。

ルキディスの言う通り、舞台の上で役者が力強く歌っていた。

「『機械には愛情がない。しかし、人類には愛情がある。だから、我々は機械に勝利できるのだ……』いい言葉だな。男女の愛情は、どんな障害をも乗り越える力だ。こうして俺とカトリーナが一夜限りでも結ばれるのは、男女の強い愛情があるからだ」

これは冥王の本心だ。冥王は今までに多くの女を孕ませてきた。

眷族となった者は、たったの五人であるが、苗床になった者も含めて全員を愛しながら種付けをした。勇者を演じている役者は人間性の素晴らしさを歌っているが、冥王は人間性を宿す唯一の魔物だ。

機械や魔王は人類に敗北した。それは人間が持つ力を、機械や魔王は持っていなかったからだ。冥王はその力を持っている。

「俺の気持ちを受け入れてくれるか？」

ルキディスは、ズボンを器用に脱いで、陰茎を露出させる。

服すらも、〈変幻変貌《メタモル・フォーゼ》〉で肉体を変化させたものだ。普通なら性器を取り出すのに苦労しただろうが、ルキディスなら服の一部を変身させるだけで、陰茎を出すことができた。

カトリーナの秘部に、ルキディスの亀頭が向けられた。ルキディスは、カトリーナの膣口を覆っていたTバックを外してしまう。腰の紐を解いて、愛液で濡れた下着をテーブルの上に置いた。

ブラジャーとパンティを脱がされ、身に着けている純白のドレスは乱れている。上半身は裸体となり、ドレススカートの下は何も穿いていない。

ルキディスと接吻をしてからは、彼の妻となっている。妻の中に入りたがっている夫のモノを、受け入れるのは当然のことだ。しかし、この恋は一夜限りと決めた。

（もし妊娠したら……、子供ができてしまったら……。今夜だけでは、終わらない関係になってしまうわ）

　カトリーナは過去に一度、経験をしていた。十七歳の時にジェイクを身籠もったのは、意図せずの偶然だった。性知識はあったが、そう簡単には授からないだろうと思っていた。けれど、あっけなくにジェイクという生命が宿ってしまった。

「――――夫の愛を受け取るのは当然ですわ♥」

　宿したのなら、産んでしまえばいい。カトリーナは夫以外の種で孕んでもいいと思うまでに、堕ちてしまった。

（私に似てさえくれれば、家族を騙しきるのは簡単ですわ。ここまで来てしまったんですもの……。誰にも知られなければ、問題になりませんわ。ジェイクは、もう六歳だから手はかからない。それに前から娘が欲しいと思っていたのに、イマノルは子作りに協力してくれなかったから。私はここで、ルキディスの子を孕んだっていいわ……）

　カトリーナは、ルキディスが挿入してくれるのを待つ。だが、どういうわけかルキディスは焦らしてくる。

「貴方……？　どうしたの？」

　無意識的に、夫を呼ぶのと同じ口調になってしまった。

「カトリーナが、自分で挿入するんだ。腰をゆっくり下ろせば、自然に入っていく。キスは俺からだった。次はカトリーナの番だぞ」

「貴方って意地悪な人なのね……♥」

　カトリーナは、ルキディスの意図を理解した。

　亀頭と膣口を合わせ、少しずつ身体を下ろしていく。亀頭を挿《い》れ終わると、すんなり竿も飲み込んでいった。

　カトリーナは自ら愛する家族を裏切る。ルキディスの太いペニスが、カトリーナの膣内を満たした。男女の結合は、完全な裏切りである。だというのに、カトリーナの心を支配するのは罪悪感ではない。

　間男の種を受け取りたいという淫乱で不純な欲望だ。

（ぁあぁっ！　この人のチンポは、イマノルのチンポより大きい……!!　膣の形を崩されて、ルキディス専用のマ◯コにされちゃう……ッ♥）

　カトリーナの身体が落ちないように、ルキディスは背中を支えてやる。上下の動きはカトリーナに委ねた。カトリーナは腰と脚で反動を生み出して、自分のペースで上下運動を続けた。

（あのカトリーナが、自分から腰を振るなんてな。下準備に時間をかけただけあって、雌として出来上がっている。子供を産んだ穴だっていうのに、締め付けがキツくて、すぐに出せそうだ）

　カトリーナはルキディスに身を預けて、ひたすら腰を躍らせている。

男女が激しく動いているのに、王立劇場の椅子は軋《きし》みを上げない。音を立てない特殊な材木と工法で造られたものだからだ。本来は離席と着席の雑音を消すための機能である。

（あぁ……♥　いかされちゃうぅ‼　ルキディスのチンポで、孕まされちゃうぅ‼）

カトリーナの絶頂を察知したルキディスは、膣内に射精する。

精液量は普段、眷族に出している量の十分の一以下だ。ここは家と違って王立劇場だ。カトリーナの服が汚れてしまうと帰る時に困る。ましてや、出しすぎて子宮を膨らませることはできない。

（これぐらいの量なら垂れてこないだろ。多分……）

絶頂を終えたカトリーナは、息を荒くして快感を噛み締めている。

カトリーナはイマノルの相手しかしてこなかった。今まで不貞をしでかしたことはない。彼女を狂わせたのは、ルキディスだけだ。なので、比べる対象はイマノルしかいない。

セックスの満足度は断然ルキディスが上だった。背徳感が劣情を煽ったせいでもあるだろう。しかし、本当の主原因はルキディスの発する冥王の魔素と瘴気だ。

「体位を変えよう。背中を俺のほうに向けてくれ。舞台に背を向けていたら、せっかくのオペラを鑑賞できないだろ？　俺達が一夜限りの夫婦なら、カトリーナがオペラを鑑賞できるのは今夜が最後だ。ちゃんと見ておいたほうがいい。――――あの男の稼ぎじゃ、ここには二度と来れないぞ？」

カトリーナは、ルキディスに背を向けて、舞台のほうを向く。膣にはルキディスの陰茎が突き刺さったままだ。しかもルキディスは、カトリーナの両足を大きく開脚させて、結合部を見せびらかすような体勢をとった。

「恥ずかしいか？　大丈夫だ。誰にも見えていない。あっち側からは見えないんだ」

「貴方って、やることが本当に大胆だわァ……♥　見えていないとしても、こんなこと普通できないわ。だけど、向こう側に座っている観客がどうしているかだって、私達には分かりませんわね♥　私達と同じことをしてるかも……ッ♥　でも、こんなことをやってしまうのは、貴方くらいだと思うわ。んぁッ♥」

「それはお互い様だ。どっちも家族を裏切っている共犯者だ。今さら道徳観で恥じることはないだろ」

「それもそうね。ふふふ♥　それなら、私達は似た者同士の夫婦といったとこかしら……♥」

ルキディスとカトリーナは、オペラを鑑賞しながらセックスを続けた。燃え上がるような激しさはない。ルキディスは、落ち着きのある夫婦のような、ゆったりとしたセックスを心がけた。カトリーナは、オペラを見たがっていた。

それを楽しませてやりたいと思うルキディスの思惑があった。少量とはいえ、既に膣内に射精をしている。冥王に種付けされるのは、苗床か眷族になることを意味する。

薬を飲ませたので、魔素耐性は上がっていた。注いだ精液は少量であるから、汚染速度も遅い。

「カトリーナ。ちゃんとオペラを愉しんでるか？」

「んぁっ♥　ええっ！　愉しんでいますわっ！　座り心地のよい夫のおかげで、リラックスしながら鑑賞しているわぁッ♥」

今のところ、カトリーナの瞳は濁っていない。紫色の輝きを維持している。

シルヴィアを眷族化させた時は、大量の精液を送り込んだので、すぐに眷族化の有無が分かった。今回は魔素と瘴気を抑制しているため、まだ結果は分からない。

（連続で成功したら、嬉しいことだが……）

二人は繋がったまま、午後十時の休憩までオペラを鑑賞した。ルキディスはカトリーナが絶頂する度に、膣内に射精をした。

白いドレスは汚さないように、脱がせてしまう。膣から漏れ出した精液は、備え付けのナフキンで拭き取って、床の絨毯を汚さないようにしている。今のところ、目立った汚れはできてない。

三十分の休憩を終えたら、オペラはついにフィナーレに突入する。終わるのは午後十一時すぎである。オペラが休憩を挟んでいる間も、ルキディスとカトリーナは繋がりを保ったままだ。

このままだと、この一夜だけでルキディスは、カトリーナの膣内滞在時間で一位となってしまうだろう。

「貴方は、ユファァさんにもこういうことをしていたの？　あんぅぁぁあ♥」

「喘ぐ声が大きいぞ。カトリーナ」

「ごめんなさい……っ！　でもっ♥　だってぇ……っ♥　貴方がいきなりチンポを突き上げるから、反応しちゃったのぉ♥」

「ユファァとこんなことは、やっていない。あいつは、俺のことを完璧な人間だと思いこんでいるからな。周りもそうだ。俺だって邪な欲望は沢山抱えているのに、なぜか聖人君子だと持ち上げられる。俺の本性を知っているのは、カトリーナだけだ。本性を晒して想いをぶつけてしまったのは、カトリーナだけなんだ……」

完全な大嘘だ。こう言っておけば、カトリーナが喜ぶと思って言っているだけである。

ユファを含む眷族が要求してくるプレイは、ルキディスですら戸惑ってしまうことが多かった。触手に変身して犯してくれというのは、まだ理解できた。女に変身してレズプレイがしたいというので、それも叶えてやった。ユファの望みは高度ではあるが、まだ許容できる範囲内だった。

駄目だったのは、意外なことにシェリオンの要求だ。シェリオンに望みがないか聞いたところ、『冥王を産みたい』と言ってきたのだ。説明を求めたところ、〈変幻変貌《メタモル・フォーゼ》〉で液状に変身して、シェリオンの胎内で一週間過ごし、赤子の姿で出てきてほしい、と真面目な口調で言ってきた。

この他に、千人の人間が拷問されている生声を聞きながらセックスをしたいなど無茶な要求をされた。

ちなみに拷問の生声を聞きながらのセックスは、人数を十人に減らしてやることになった。冥王が行った珍プレイのベストスリーにランクインするだろう。当然だが、胎内回帰のほうは断った。

「もうすぐ終わりだな。機械の王を勇者が海の底に沈めて、このオペラは終幕だ」

長かったオペラに終わりが近づいていた。それはルキディスとカトリーナの関係が終わることを意味する。

「――――明けない夜はないぃ♥ まるで……っ♥ 私達のことをっ、ぁあんっ♥ 言っているみたいっっ♥」

カトリーナは、大聖女を演じている女優の台詞を復唱した。

「オペラは終わる。しかし、夜明けはまだ訪れていない。今夜は俺だけのカトリーナだ。夜が明けてから家に帰ってもいいんじゃないか？」

「ジェイクとサムには、先に眠っていいと言っているけどぉ♥ 朝帰りは怪しまれないかしらあんっ♥」

「どこぞの鍛冶職人は、家にまったく帰ってないじゃないか。カトリーナが一夜帰ってこないだけで騒ぎになるか？」

「それは……ぁんっ♥ そうねぇ……っ♥ 愛しのルキディスは、私をどこへ連れていってくれるの？」

「最上級席の客は、王立劇場に併設されている宿泊施設を利用できるんだ。そこでなら、夜明けまで思う存分愛し合える」

ルキディスはカトリーナを立たせた。そして、転落防止の手すりに掴まらせて、立ちバックで犯し始める。

「ぁあぁっ！ 駄目よっ……！ あなたぁ♥ そんなに激しく突いたら、大きな声が出ちゃうぅぅ♥」

「オペラが終わる時は、声を出していい。観客の拍手が声をかき消してくれる。タイミングを見誤るなよ。間違ったタイミングで絶頂したら、カトリーナの喘ぎ声が劇場に響き渡るぞ」

「そ、そんなぁ……！　ルキディスの、いじわるぅ……♥」

カトリーナの中に快楽が溜まっていく。手すりを握りしめて、悦楽の嬌声を解放するタイミングを待つ。

カトリーナは、初めてオペラ鑑賞に来た。この歌劇が、いつフィナーレを迎えるのか分からない。

「俺に合わせろ。最高のタイミングで果てさせてやる」

カトリーナは、心と身体をルキディスに同調させた。結合部を通じて、ルキディスの動きを読み取ろうとする。膣壁の感覚で、ペニスの膨張具合を探る。

既に数え切れないほどの射精を受け入れてきた。射精の直前に、ルキディスのペニスがどう動くか身体が覚えつつある。

（くっ、くるぅぅうう……‼）

ルキディスは、ペニスを奥まで突っ込んで精液を放出した。

「ひゃぁぁあ……ぁ♥　奥にぃっ♥　きたぁん♥　いっ、いぐぅぅぅううううぅぅっ‼　私、また、いっちゃうぅぅううう！！！」

カトリーナの甲高い啼《な》き声は、観客の拍手喝采でかき消された。

「くっくくくく。タイミングは、ぴったりだったな。いい声で啼いたな。そんな声を出したのは、生まれて初めてだろう？」

ちょっと悪乗りがすぎたとルキディスは反省する。無垢な処女を陵辱するのは嫌いじゃない。しかし、カトリーナのような子持ちの人妻を、こういう形で飼いならすのだって嫌いじゃなかった。むしろ征服欲を満たしてくれるのは、カトリーナのような雌のほうである。

あれほど清廉で、家族思いだった貞淑な女が、夫でない男に尻を突き出しているのだ。犯した実感が段違いである。

「よく頑張った。偉いぞ。カトリーナ」

ルキディスは、カトリーナの膣から陰茎を抜く。下半身の支えを失ったカトリーナが、へたり込みそうになったので抱きかかえてやった。

カトリーナの一夜妻は、まだ終わらない。彼女は夜明けまで、冥王ルキディスの妻になると宣言してしまっている。

「────カトリーナ。明けない夜がこの世にあることを、教えてやろう」

一度交わってしまえば、もう後戻りはできない。冥王に種付けされた雌は、死ぬまで魔の夜を歩き続けることになる。

◇◇◇◇◇◇

ルキディスは、絹のハンカチでカトリーナの女陰を拭く。冥王の精液は膣内に残留しやすい。しかし、カトリーナの愛液と混じった精液は大量で、膣口から漏れてしまう。

備え付けのナフキンが切れたので、ルキディスは絹のハンカチを使用するしかなかった。自制したつもりであったが、かなりの量を出してしまった。

それでも、人外と露見するような異常量は、出していないはずだ。精液の魔素濃度も控え目にしてあるので、まだ魔物化の前兆は現れていない。

（オペラの後半はずっとセックスしていたのに、まったく疲れていませんわ。不思議……。身体の相性があっていたのかしら……？）

冥王の精液は、雌の疲労感を癒やす効果がある。何時間もセックスをやり続けていたのに、カトリーナの身体に疲労感がないのはそのおかげだ。

「大丈夫そうか？」

ルキディスは砕けた口調で、カトリーナに問いかけた。カトリーナは、ルキディスの助けを借りて脱いだ服を着直す。

股座から愛液や精液が垂れて、白いドレスに染みを作らないか心配だったが、幸いなことにそうはならなかった。

ユファがカトリーナのために選んだ純白のドレスは、貴族が着る高級服だ。汗などの体液で染みができないように特殊な加工が施されている。食事などで汚れがつかないようにカトリーナは細心の注意を払っていたが、実は多少の飛沫《しぶき》程度なら、服は弾いてくれた。

「ええ。もう大丈夫ですわ……」

これから、王立劇場に併設されている宿泊施設に行くことになる。

ルキディスのペニスでまた種付けされてしまう。それを考えるだけで子宮が疼く。散々セックスをしたというのに、まだ彼女の中には情欲が溜まっていた。

「さあ、行こうか。俺のカトリーナ」

ルキディスは本当の夫のように振る舞う。カトリーナの腰に手を添えて、二人で個室観覧席を出る。

その様子は、どこからどう見ても夫婦だ。廊下ですれ違う貴族達は、ルキディスとカトリーナに目を奪われてしまう。見かけない美青年が、純白のドレスを着た美女を連れ回しているせいだ。

何人かの貴族達が、ルキディスとカトリーナのほうを見ながら、あの夫婦はどこの家の貴族なのだと噂していた。

「気にするな。貴族の記憶力はにわとり並みだ。明日、明後日には俺達のことを忘れているさ。そもそもカトリーナがここにいることを知っている人間はいないだろ？　絶対にばれないさ。でも、そうだな。万が一にでもばれてしまったら……、その時はどうしてほしい？」

「そうですわね。その時は……私を誘拐してほしいですわ」

「はっははは。二人で逃避行というのは悪くないな」

ルキディスは、王立劇場の使用人を呼びつける。

伝書飛脚《メッセンジャー》を使って留守番をしている眷族達に、今夜は帰れないことを伝えなければならなかった。無断で外泊しようものならシェリオンとユファは、冥王の気配を辿って攻め入ってくるかもしれない。

「それじゃ頼んだ。伝書飛脚《メッセンジャー》は速達で頼んでくれ。金はこれで大丈夫か？」

「はい。旦那様」

ルキディスが呼びつけた王立劇場の使用人は、年若い少年だった。年齢はサムと同じくらいだろう。ルキディスが連れているカトリーナを見て、顔を真っ赤にしていた。カトリーナの蠱惑的な衣装のせいで、視線を横にそらしているのがとても愛らしかった。

（サムが弟子入りしたばかりの頃は、ああいう顔をしてくれたわね。今の私を見たら、サムはどんな顔をするのかしら？　くふふふっ♥）

うぶな使用人の少年は、ルキディスの渡した走り書きの手紙を持って駆けていった。王立劇場に駐在している伝書飛脚《メッセンジャー》が走れば、日付が変わる時間帯には、眷族達の下に届くはずだ。

「想像はできるけれど、誰に何を伝えたのかしら？」

「家のメイドに朝帰りになると伝えただけだ。ユファは俺が外泊したって気付かないさ」

カトリーナの件が片付いたら、眷族にサービスをしてやらなければならないと考えていた。

放置気味のシルヴィアが暇を持て余していると報告を受けている。初めての妊娠だから、そっとしておいたのだが、すっかり眷族に染まってしまっているようだ。

「オペラが終わったのに、周りの人は帰る様子がありませんわね」

「雨が降ってるからだろう。昼間は降ってなかったのにな……。俺達はホテルに泊まるから無縁だが、出入り口で馬車が渋滞しているみたいだ。こういう降り方の雨は、服が濡れるからな。傘があっても外を歩きたくないんだろ。貴族達にとっては災難だが、俺達にとっては好都合だ。天は俺達を祝福してくれているな。雨のせいで帰ってこれなかったと言い訳ができるぞ。まあ、それでも早目に帰ったほうがいいだろう。心配したサムが、工房に行ってカトリーナが帰ってこないことを、イマノルに教えてしまうかもしれない」

「それはそうね。サムのことだから、朝になっても帰ってこなかったら、あの人に伝えてしまう気がするわ。ジェイクの朝食だって作ってないし……、夜明けには戻らないといけませんわ。朝起きれなかったら、どうしましょう……」

「それなら、今夜は眠らなければいい。お望みなら、俺はカトリーナを寝かせないように頑張るぞ」

カトリーナはルキディスの腕に身を寄せる。

「貴方ってば……、本当に頼りになるわ♥」

二人が宿泊する部屋は、簡単に確保することができた。最上級の個室観覧席を利用していた客には、優先的に部屋が割り当てられる。雨で帰宅を嫌がった観客が受付に殺到していたが、二人には関係なかった。

加えて、ルキディスとカトリーナは、サピナ小王国からやってきた外交官夫婦のように振る舞っている。たとえ満室でも外交官夫婦を追い返すことはできない。どんなことをしてでも部屋を空けてくれただろう。

(属国サピナへの恩典とはいえ、ラドフィリア王国は太っ腹だな。オペラ鑑賞と宿泊に関しては無料だ。西の覇権国家アミクスほどじゃないが、東の大国と言われるだけはある。属国に対する国力の誇示なんだろうが、羨ましい限りだよ……。うちのサピナ小王国だって、これぐらいの余力があれば、もっと色々なことができるのだが……)

二人のために用意された部屋には、ベッドが一つしか置いてない。その代わり、そのベッドは二人で寝るのに十分すぎるキングサイズだ。部屋に足を踏み入れたカトリーナは、自分の身体と精神が高揚していくのを感じ取る。このままルキディスをベッドに押し倒したいとさえ思った。

「湯船の準備はできていますが、どうされますか？」

確認をしてきたのは、ホテルの使用人だ。

バトラーと呼ばれる客室係で、上級客室の客を世話をしてくれる。基本的に男性が多いが、泊まる客によっては女性バトラーが付く。ルキディス達に付いたのは若い女性バトラーで、犬の耳と尻尾がある獣人だった。

「それなら、最初は風呂に入って汗を落とすか」

この女性バトラーがサピナ小王国から売り飛ばされた奴隷なのではないかと、ルキディスは思った。

できることなら、こういう人材が国に戻ってきてほしい。しかし、彼女のように売られた先で、安定的な職を手に入れると、国に戻ってきてはくれない。獣人の扱いが改善されたと懇切丁寧に説明しても、帰国を嫌がる者は多かった。

暴政の記憶は、一年で拭い取れるものではない。生まれ故郷に帰るくらいなら、ここで死んだほうがましだと吐き捨てる獣人もいた。

おそらく彼女は、帰国しないタイプの人間だ。だから、ルキディスは彼女に何も言わなかった。

どのような経緯で、彼女がバトラーとなったのかは分からない。しかし、並々ならぬ努力の末に勝ち取った職位であるはずだ。ラドフィリア王国は獣人への差別が酷くない国であるが、それでも偏見や見下しは存在している。

「妻の着替えを手伝ってくれ。俺は一人で大丈夫だ」

「かしこまりました」

ルキディスの着替えを、手伝わせるわけにはいかなかった。着ている服は、〈変幻変貌《メタモル・フォーゼ》〉で変化させた肉体そのものだからだ。そのためルキディスは、服を脱ぐことができない。ルキディスにとって、裸になるとは服を身体の中に戻す感覚に近い。

ルキディスは、〈変幻変貌《メタモル・フォーゼ》〉で、着ていた服を外皮に変化させる。

〈前哨戦は大成功……。しかし、本気を出すのは、二回戦目からだ。精力には余裕がある。カトリーナのほうも膣内で冥王の精液を摂取しているから、体力はまだ大丈夫だろう。今のところ、苗床化の兆候はなさそうだ。瞳は濁っていない。しかし、眷族化している様子もないな……。どうやら魔物化の進みが遅いようだ。新薬のせいで、魔素耐性が上がっているからか……？　俺が魔素放出を自制をしているのもあるが、ここまで侵食が遅いのは初めてだ〉

侵食の速度を上げたいのなら、高濃度の魔素を与えてしまえばいい。だが、ルキディスはまだ自制が必要だと考えていた。

カトリーナは一度帰宅してもらう予定だ。ここで彼女が壊れてしまうと計画が狂ってしまう。

〈焦る必要はない。ここまでは極めて順調なんだ。じっくりと作り替えていけばいい……〉

ルキディスとカトリーナは、客室の風呂に二人で浸かる。湯船で身体を寄せ合う姿は、さながら新婚夫婦だ。

湯の水質は悪くない。地域大国のラドフィリア王国は、都市部全域に水道が完備してある。水道が存在しないのは、人口が少ない僻地くらいだ。一方、小国サピナで上水道が完備してあるのは王都のみだった。

上水道の有無は、公衆衛生の水準に大きく影響する。王都のみならず、人口の集中している都市部には、上水道を整備すべきだ。しかし、こういったインフラ整備には高度な技術と大量の資本が必要だ。そのどちらも、サピナ小王国は持っていなかった。

〈水道の整備には、大規模な浄化術式を組む必要がある。

術式を構築した後も、メンテナンスをする術師が必要なんだが、その人材がサピナにはない。王都のインフラだって大昔の骨董品を、騙し騙し使い続けているようなもんだ。必要なのは『土木技術』と『術式技術』。土木技術が必要な工事はなんとか資金を捻出して、大きな商会に外注してしまう方法がある。しかし、浄化術式の運用に関しては……いや、今はやめておこう。考えても答えは出ない）

入浴する度に思うのは、上下水道の重要性だ。サピナ小王国の農村では、未だに井戸水を使って身体を洗っている。

上下水道がある王都ですら、各家に風呂があるわけではなくて、平民が使うのは公衆浴場だ。革命の時に貴族から没収した財産を注ぎ込んで、公衆浴場を無償化することができた。それが今のサピナ小王国にできる最大限のことだった。

もし王都に暮らす民家全てが湯船を持つようになったら、時代遅れの下水浄化術式では対応できない。近くの河川が汚染され、下流の飲水が駄目になってしまうだろう。

「湯加減のほうは、大丈夫ですか？」

世話役の女性バトラーが、入浴中の二人に尋ねてきた。湯の温度は人それぞれ好みがある。ルキディスに拘りはない。冷水でなく、熱水でなければ、それで十分だ。

シェリオンと出会った頃は、雨水で泥を落とす生活をしていた。お湯を使えるだけで、贅沢なことだ。

魔物は文明的な物に対して破壊衝動を抱くが、冥王はその衝動が他の魔物に比べて薄い。一度でも文明的な生活に慣れてしまうと、かつての洞窟暮らしはできなくなった。

「俺は快適だ。カトリーナはどうだ？」

「湯加減はちょうどいいですわ」

良好な返事がきたので、バトラーは湯沸かし器から魔石を外した。

平民は薪などの自然燃料を使うが、貴族の屋敷などではマナ鉱石で湯を沸かしている。失火が恐ろしいので、自然の火は極力使わないようにしているのだ。

自然燃料に比べ、マナ鉱石は高コストである。しかし、建物が焼失する危険を軽減できる上に、煙を出さないので空気を汚さないという利点があった。貴族街の空気が澄んでいるのは、どこの屋敷も薪を使わないからだ。

（それにしても、お熱い夫婦。新婚さんかしら？　当然のように一緒の湯船に入るなんて。私だったら恥ずかしくて、とてもじゃないけどできないわ）

バトラーは男性が多い。しかし、女性バトラーは常に一定の需要がある。婦人の世話係に、異性は使いにくいからだ。ただし、貴族婦人は侍従を連れていることが多いので、その時は出番がない。

（外交に関わっている貴族だから、絶対に失礼がないようにと言われているけれど、無理難題を言ってくるような人達じゃなくてよかったわ。どこの国から来た貴族なのかしら……？）

　ルキディスは外交官らしい振る舞いをしたが、サピナ小王国の名は出さなかった。サピナ小王国から売られたと思しき犬族《カニス》のバトラーの前では、言えなかったのだ。

　豪勢な生活を楽しむサピナ小王国の外交官が現れたら、苦労して異国で成り上がったと思われる彼女は、何を考えるだろうか？

　さらに祖国への愛が減ってしまうに決まっている。

「ん？　どうした。カトリーナ……？」

「いいえ。何でもないわ」

　カトリーナは浴室の鏡で、自分の顔を見ていた。

　湯船に入って顔を洗ったのに化粧は崩れない。化粧落としを使うか、冷水で根気よく洗顔しない限り、化粧は落ちないと仕立て屋は言っていた。それは本当だった。

（でも、この化粧で家に帰るわけにはいかないから、朝になったら渡されたクレンジング・オイルで落とさないといけませんわ。少し残念だけど……）

（ユファの言ってた通り、本当に化粧が落ちていない。なんであんなに化粧が高いのかと思ったが、これなら納得だな……。さすがユファだ）

　ユファ曰く、「死に化粧になるかもしれないから、出し惜しみは失礼ニャ」ということで、カトリーナの化粧に大金を払った。衣装代ほど高価ではなかったが、支払いは金貨単位になった。

　ルキディスの財源は、革命時にサピナ王家から没収した資金である。けれど、それだって国費に変わりなく、王としてかなり悩んだ。だが、ユファの言い分も一理あると考え、ユファに全てを任せた。

（しかし、死に化粧になるかもしれないからっていうのは、あんまりだろう。せめて嫁入りの化粧だから高い化粧にしたと言うべきだ。苗床になるにしろ、眷族になるにしろ、人間として死ぬのは確定しているが……）

　ルキディスは、カトリーナの身体を抱き寄せる。湯の中なので身体が軽い。また、カトリーナが抵抗せず、ルキディスに身を委ねきっているからだ。

　身体が火照ってきている。夜戦を再開するには、いい頃合いだとお互いに思った。

　カトリーナはもう一度、王立劇場で味わった快楽に酔い痴れたかった。彼女は自分の意思で、ルキディスの肉棒に跨る。

「ねえ、早く。ルキディスのチンポを私に入れて……♥」

「ああ、分かった」

ルキディスは優しく耳元で囁《ささや》いた。

「んあぁん……っ！」

カトリーナの膣は、再びルキディスの肉棒を受け入れてしまう。結合部から、ぞわぞわと快楽が登り、彼女の脳を酔い狂わせる。下腹部の筋肉が痙攣《けいれん》し、ペニスを飲み込んでいる膣道が引き締まった。

「積極的に搾り取ってくるようになったな。ここなら気兼ねなく愛し合える。脱衣所の奥にバトラーがいるが、あれは単なる使用人だ。置物とでも思え。思う存分、喘ぐといい」

ルキディスは〈変幻変貌《メタモル・フォーゼ》〉を発動させて、陰茎の形状を変化させた。

王立劇場の個室席では、人間形態の陰茎のままでセックスした。しかし、ここでならカトリーナを思う存分啼かせることができる。カトリーナの身体にもっとも適応した淫棒で犯してしまおうと考えた。

「んっ、ぁん……♥　私の中でルキディスのチンポが膨らんでるぅ……っ♥」

カトリーナは膣中で、ルキディスの巨根が膨張しているのを感じ取った。夫のモノより巨大だったルキディスのペニスが、さらに大きくなってカトリーナの膣内を侵略する。

まるで、自分の身体が作り替えられているかのようだった。

実際、冥王の性器は、交わった雌を魔物化させるので、作り替えている。しかし、カトリーナは興奮による作用で、身体がそう感じていると錯覚した。

「んふぅぅうう……♥　んくぁ……っ！　あっああぁぁんぁ……っ!!」

ルキディスが突き上げると、水面が波立った。水面の波に勢いがついて、湯船から湯が溢れ流れる。

「すごぃい……♥　ルキディスのチンポぉ、すごすぎるぅううう♥」

冥王との性交によって得られる性的快感は、どんな悦楽にも勝る。魔王と違って、冥王は強大な力を持たない。

その代わりに与えられたのが、雌に極上の快楽を感じさせる能力だ。繁殖によって戦力を拡大していく冥王は、能力が生殖能力に特化している。

（乱れてるな。雄の冥利に尽きる。とてもいい雌の顔をしているじゃないか。この声量だと絶対にあのバトラーに聞こえてるな……）

冥王も快楽は感じるが、情に流されることはない。ペニスでカトリーナを虐めつつ、頭ではバトラーをどうするべきか考え込んでいた。

（リスクを考えれば、あまり会話を聞かれたくない。あのバトラーは、ルキディスとカトリーナという名前の男女がセックスしているのを知っている。会話の内容だって、ある程度は聞いてしまっているはず。職務上の秘密とはいえ、墓まで持っていくとは思わないほうがいい。風呂から上がったら、追い出してしまったほうがいいな。冥王の瘴気にあてられて発情でもしたら、それはそれで困る。今夜の相手はカトリーナだけだ。下調べもしていない女の相手はできない）

ルキディスはカトリーナの乳房を両手で揉みしだき、浮気妻を絶頂へと誘う。

「来るぅ……っ♥ わたし、そろそろぉ……んァ♥ いっいぃ……っ♥ いっちゃいますわぁ……♥ ルキディス……♥ お願い……っ♥」

「何が欲しい？ ちゃんと言葉に出してねだってみろ。カトリーナ」

「出してぇ……っ！ 私の中に貴方の子種を注いでっ!!」

要望通り、ルキディスはカトリーナの膣内に子種を注ぐ。カトリーナの子宮は、冥王の種で満たされる。

胎内に入り込んだ精子は細胞を侵食して、彼女の肉体を冥王の雌へと作り替えていく。

「んぁっ♥ んぁ、んぁぁあああああぁ……ぁ♥」

ルキディスは、カトリーナの乳首に口をあてる。

カトリーナの乳房から、大量の母乳が湧き出していた。冥王と交わった影響で、滲む程度にしか出なくなっていた母乳が復活したのだ。

カトリーナが絶頂の余韻を愉しんでいる間、ルキディスは母乳で栄養を補給する。冥王は身体能力が優れていない。無限の体力を持っているわけではないので、栄養価の高い母乳を吸って精力の消費を低減させる。

（カトリーナは俺の精液で疲労を癒やせるが、俺は出してばかりだ。調子に乗って精力を浪費すると、後半で地獄を見ることになる。このペースなら大丈夫だとは思うが、回復しておくに越したことはない）

ルキディスは乳飲み子のように、カトリーナの母乳が尽きるまで味わう。カトリーナの肉体は、ルキディスの望みを叶えるため、生成していた母乳を捧げ続けた。王立劇場でのセックスによって、カトリーナの乳腺は活性化され、栄養豊富な母乳を蓄えていた。

（私……、ルキディスに種付けされて、母乳まであげてしまってるわぁ……♥）

子作りは夫の権利で、授乳されるのは我が子の権利だ。だというのに、カトリーナは本当の家族を裏切り、女の恩寵をルキディスに与えてしまっている。背徳感はカトリーナの良心を傷つけず、むしろ肉欲を煽った。

ルキディスの食欲は、幼児のジェイクより遥かに貪欲だった。両手をカトリーナの尻に回して、力強く揉み始める。それと同時に亀頭が、カトリーナの子宮をゆっくりと小突く。カトリーナを興奮させて、最後の一滴まで母乳を搾り取るつもりのようだ。

「ぁんっ♥　そっちは駄目ぇ♥　駄目ですわぁっ♥♥」

ルキディスの指先が、カトリーナの肛門に触れた。

最初はなぞるだけだったが、次第に菊門を開こうと、爪先で押し始める。アナルを弄られた経験のないカトリーナは、生娘のような声を上げてしまう。

口では抵抗するが、身体はルキディスになされるがままだ。膣はペニスで制圧され、左右の乳首はルキディスから母乳の略奪を受けている。アナルに伸びた魔の手は、カトリーナに新たな性的興奮を与えた。

「いっぁあぁ♥　んぁんぁあっ♥　広げたら、駄目ですわぁっ♥　そんなところに指を入れちゃだめぇえ……っ♥」

ルキディスは手を休めずに、カトリーナに快楽を与え続けた。アナルを拡張される恐怖や痛みは、快楽で塗りつぶされてしまう。

「いっ、いぐぅう……♥　いかされちゃう……っ♥」

母乳の枯渇が近いことを悟ったルキディスは、二回目の射精を始める。ルキディスの射精を感じ取ったカトリーナは、上半身を反らして快楽を全身で受け止めきった。

「美味しい味だった。ごちそうさま。カトリーナ」

ルキディスは、口元に垂れた母乳を逃さずに舐めとった。

眷族がルキディスの体液を美味に感じるように、ルキディスは女体の蜜を好物とする。冥王は眷族と違って、普通の食事を楽しむことはできるが、愛する雌から滴る蜜、これに勝る味はない。

（それにしても、あの女バトラーは脱衣所で何をしているんだ……？　脱衣所からも発情した雌の匂いがしてくるぞ。瘴気は浴室から出ないようにしていたはずなんだが……、獣人だから嗅覚が敏感なのか？）

この時、脱衣所で待機しているバトラーは、浴室で行われている情事を想像して、己の手を陰部に伸ばしていた。二人の交わりにあてられ、発情してしまったのだ。

こんなことは初めてだった。こんな馬鹿らしいことを自分がするとは思ってもいなかったが、気付けばオナニーに耽《ふけ》っていた。

（バトラーは退出してもらおう。妙なことになって、彼女が失職するようなことになったら、いたたまれない……）

ルキディスは、カトリーナを抱えて浴室から出てきた。のぼせたカトリーナは、立つとふらつくようだったので、お姫様抱っこをしている。

カトリーナは惚けたまま、ルキディスの顔を見つめていた。

「とてもいい湯だったよ。身体を拭うのは自分達でやる。夫婦の営みを聞き続けるのは苦行だろう。もう戻ってくれていいよ」

「かしこまりました。お呼びの際は、備え付けのベルを鳴らしてくださいませ」

ついさっきまで、夫婦の営みをおかずに自慰をしていた女とは思えない。彼女は一流のバトラーとして、澄ました顔で応対をしている。しかし、ルキディスは冥王の感覚で、彼女が何をしていたか察していた。

(気付いていると、その真面目な顔は笑えてしまうな……。くっくくく!)

ルキディスは、彼女の名誉のために気付いていないふりをした。

抱きかかえられているカトリーナは、ずっとルキディスを見ている。他の女に意識を向けるのはよくない。邪魔者を追い出すような口調で、ルキディスは女バトラーを客室から退出させた。

ベッドに辿り着く前に、三回戦目が始まった。

カトリーナは、ルキディスに抱きかかえられたまま犯されている。彼女の足は床についていない。ルキディスは彼女の両太腿を掴んで、抱きかかえていた。

「いぐぅぅっ♥」

カトリーナは、両手をルキディスの首に回し、両脚でルキディスの腰を挟み込んでいた。直立しているルキディスに、カトリーナがしがみついている形だ。

身体を持ち上げ続けなければならないので、対面座位は筋力を必要とする。

ルキディスは秀でた筋力を持っているわけではなかったが、身体の構造・強度が人間と違う。膣内に突っ込んでいる硬い肉棒で、重心が傾かないようにカトリーナの肉体を、支えることができた。

「熱いの来たわぁ……♥　ルキディスの種で孕まされちゃぅ……っ!」

射精を出し惜しみしない。子宮の最奥に届くように、勢いよくカトリーナの膣内に射精した。

人間の精力では、一夜に十数回射精することなどできない。思考能力が残っていれば、ルキディスの精力が人外であることに気付けただろうが、既にカトリーナは肉欲に身を任せる雌となっている。射精される度に、喜びの声を上げて啼き、快楽で心を満たしていた。

夫イマノルや息子ジェイクという最愛の家族がいることすら、忘れてしまっている。一夜限りの妻になると宣言したカトリーナは、身も心も魔物の妻と成り果て、偽物の夫から愛を受け取ろうと必死だ。

「気持ちいいぃ……っ！　もっとぉ、もっとルキディスの子種を私の中に出してぇ……っ!!」

「欲張りだな。そんなに欲しいのか？」

「欲しいわぁっ……♥　ルキディスの精液っ、とても気持ちいいのぉ！　私の子宮に溶けていってるみたい……っ!!」

妻に求められれば応じるのが夫の義務だ。夫になりきっているルキディスは、カトリーナをベッドに降ろした。今度は雌犬のように四つ這いにし、尻を向けさせた。カトリーナの淫穴は、ルキディスのペニスを求めてヒクついている。

「――――さて、可愛いカトリーナ。こっちの処女を捧げてもらおうか」

ルキディスの亀頭は、カトリーナの肛門を潜り抜ける。風呂場で洗いながらほぐしていたので、すんなりと巨根の先端を侵入させてしまった。

「いいいぁっ！　ああぁっ……!?　る、るきでぃすぅ……!?」

突然のことにカトリーナは叫び声を上げる。普通のセックスしかしてこなかったカトリーナにとって、アナルセックスは予想外のことだった。カトリーナの動揺を他所に、ルキディスは肉棒で彼女のアナル処女を散らす。一気に根本までペニスを挿れて、カトリーナの尻穴を拡張した。

「んぁっおォォ……！」

カトリーナは、獣の如き声を上げた。肛門の括約筋で、ルキディスのペニスを締め上げる。

「そっちは初めてぇ……♥　私ぃ……、お尻の穴を捧げちゃったぁ……！」

アナル処女を捧げてしまったカトリーナに休む間を与えない。最初はゆっくりと動いていたペニスが、徐々に速度を上げていく。カトリーナの尻にルキディスがあたって、肉音が部屋に響いた。

「ぁはぁんっ！　激しぃい……♥　んんっ、ぁああぁん!!　んヒィぃ……っ！！！」

ペニスに屈服したカトリーナは、陵辱を喜んで受け入れる。卓越した性技を持つ冥王は、カトリーナの身体を開発していった。膣穴と尻穴に精液を注がれると、カトリーナは愛らしい喜びの嬌声を上げる。淫棒は様々な体位で、二つの穴を交互に犯し抜いた。

約束通り、ルキディスはカトリーナを眠らせなかった。

雌雄の交わりは一晩中続き、カトリーナは声が掠《かす》れるまで啼かされ続ける。魔物は飽きることなくカトリーナの身体を弄び、その対価として快楽を提供し続けた。

日の出が近づき、小鳥のさえずりが始まる頃合いとなった。カトリーナの下半身は、やっとルキディスのペニスから解放される。しかし、陵辱の痕跡は色濃く残っていた。巨大な肉棒で攻め立てられた二つの穴からは、白濁した液が流れ出している。カトリーナの膣穴と尻穴は、ルキディス専用の淫乱な穴に変化させられてしまっていた。

(ルキディスとのセックスでしか満足できない女にされてしまいましたわ……)

ルキディスは、口を使っての奉仕を命じる。言われるがまま、カトリーナは魔物の男性器を舐め始めた。人間のものより遥かに大きくて太く、凶悪な形をしたペニスを愛しそうに咥えている。

明らかに人間のものと異なる陰茎を愛でているが、カトリーナはこの異常性を認知できない。犯されすぎて、正常な判断力が失せていた。

(自制したとはいえ、そこそこの魔素と瘴気を身に受けたはずだ。しかし、未だに魔物化の兆候が感じ取れない。魔素耐性を上昇させる薬の効果が強すぎたようだな……)

――――その時、窓から差した太陽の光が、二人の裸体を照らした。

長かった夜がついに明けて、太陽が昇ったのだ。降っていた小雨は止み、朝焼けで空が紅色に染まっている。

「朝……？　よぅ……あけ……？」

カトリーナは、魔物ペニスのフェラを止めて窓のほうを見る。魔に陵辱され尽くしたカトリーナであったが、朝日の光で微かに残っていた人としての理性が目覚めた。ルキディスの妻となるのは、一夜限りだ。朝になったら、カトリーナは家に帰らなければならない。家に帰って、いつものカトリーナに戻らなければいけない。

鍛冶職人イマノルの妻、ジェイクの母親にならなければ、彼女は家族を失ってしまう。

「わたしぃ、家に戻らないと……」

(やはり、まだ人間性が生き残ってるな。カトリーナは、強靭な精神力があるというわけではない。美しいが、美しいだけの普通の女だ。人の心が戻るということは、投与した薬の効果があったということになる……。困ったものだ。眷族化させる薬のつもりだったのに、変異速度が遅行化してしまっては結果が分からない)

カトリーナの意識は、急速に覚醒していく。とにかく家に帰らなければならないと脳が訴えていた。

太陽がカトリーナの正気を呼び覚まし、家への帰宅を促す。正確なところをいえば、カトリーナの本能は『逃走』を命じていた。生物は、本能的に魔物を恐れる。カトリーナの人間性は、僅かに生き残っており、最後の力を振り絞って警告を発していた。

人間性の断末魔が逃走を命じている。だというのに、カトリーナは悠長に魔物に語りかけてしまう。

「ぁ、貴方と過ごした夜はぁ……、絶対に忘れない。忘れられないわ。もし、貴方の子を孕んでいたら、私は産むつもり。でも、私は夫や息子を捨てられないの。先に愛したのは夫と息子だから……、どっちを取っても未練が残るけれど、貴方を愛しているけれど、もう一緒にはなれないわ。朝になったから、私はもうルキディスさんの妻じゃない」

「俺の妻じゃなくなったのに、子を孕んだら産むのか？」

「意地悪な人……。でも、産むわ。貴方も愛してるから、貴方の子を産むわ。ルキディスさんに似ていたら、とっても美形な子になるでしょうね」

「俺達の子供なら、きっと可愛い。今のカトリーナは、とても美しい。朝日を浴びたら正気に戻ったところが、とても魅力的だ。さあ、足を開いてくれ。最後にもう一度種付けしてから家に帰ろう」

「これが最後よ。本当に最後のセックスなんだから……♥」

最後の裏切りだと心に決めて、カトリーナは股を開いた。受け入れようとしているペニスが、魔物の生殖器に変貌していることに、カトリーナは気付かない。


「あぁっ、ぁあああああんっ……！！！」

乱暴に挿れられたペニスが、カトリーナの中で暴れまわる。ルキディスは今までの自制を外して、魔物としての種付けをしようとしていた。今までのお遊びとは違って、カトリーナの身体を気遣ったりしない。

高濃度の魔素を含んだ精液で、カトリーナの子宮を汚染する。カトリーナは初めて抵抗らしい行動をしたが、ルキディスは腰を掴んで押さえ込む。

「ぁあ……！　おわりにしてぇ。もう……っ、だめですわぁ！　もう帰るぅぅ……!!　お腹いっぱいぃ……、子宮が破裂しちゃう……!!　だめぇ！　チンポ抜いてぇ!!」

最後の射精は数分間続いた。腰を捩《よじ》らせて逃げようとしたので、カトリーナの尻を叩く。

「んひぃッ!?」

ぱぁんっ！　と鋭い音が炸裂し、カトリーナの尻肉が揺れる。カトリーナが動こうとする度に、ルキディスは尻を叩くので、彼女の美尻は朱色に腫れ上がった。

「俺の子を産むのなら、ちゃんと子種を受け取れ。強い子を産めないぞ」

カトリーナは、冥王の種付けから逃れられない。高濃度の魔素がカトリーナの細胞に取り付き、濃い瘴気がカトリーナの身を覆う。戻りかけていた理性が消し飛び、残っていた人間性が崩れ去っていく。

「帰らなきゃ……っ。わた、し……、家に……かえる……う」

カトリーナの意識は、闇に飲まれていった。

眠ってはいけないのに、睡魔に打ち勝てない。外は朝日の光で照らされている。夜の闇は消え去ったというのに、カトリーナが横たわっているベッドは、暗闇で覆われたままであった。窓を隔てて、世界が分かれているかのようだった。

窓の向こう側にカトリーナは手を伸ばすが、光を掴み取ることはできない。

カトリーナの耳元で、ルキディスが囁いた。

「ちゃんと家に送り届けてやるさ」

優しい手つきで瞼《まぶた》を覆う。安心しきったカトリーナは、魔に抱かれたまま心地よい眠りに身を任せてしまった。

◇◇◇◇◇

その日の朝、サムは卵を焼く香ばしい匂いで目を覚ました。隣に寝ているジェイクは、よだれを垂らして穏やかに眠っている。両目を擦って、残っている眠気を振り払った。

サムはカトリーナに頼まれて、留守番をしていたこと、そして昨夜は子供部屋でジェイクと一緒に眠っていたのを思い出す。

「……カトリーナさん。帰ってきたのかな？」

カトリーナは、夜になっても帰ってこなかった。少なくともサムが起きている間、家に帰ってきた人間はいない。

台所にいる人物は、朝食の準備をしているようだった。台所を使うのは、カトリーナだけであることをサムは知っている。

師匠のイマノルは料理が得意じゃないので、彼が台所に立つのはカトリーナが病床に伏している時くらいだ。そうなると、消去法で台所で卵を焼いている人物は一人しかいない。

「おはよう。サム。昨日はごめんなさいね。雨が降ってきたから、帰るのがとても遅くなってしまったの。ジェイクの様子はどうだったかしら？」

「元気いっぱいでしたよ。工房で師匠の手伝いをしている時より疲れました」

「そうだったの。でも、男の子なんてそんなものでしょ。ジェイクを起こしてきてくれるかしら？　もうすぐ二人の朝食ができるわ」

専業主婦のカトリーナは、家事全般をこなせる。カトリーナが料理を作るのは当たり前のことで、彼女は普通のことをしているだけだ。いつ帰ってきたのかさっぱり分からなかったが、いつも通りのカトリーナがそこにはいた。

サムは何の疑問も持たずに、ジェイクを起こしに行く。おそらく、夫のイマノルであれば気付けたであろう差異にサムは気付かない。

サムとジェイクの前に、カトリーナの作った朝食が置かれた。食材は変わらないので、味はいつも通りだが、絶妙の焼き加減だ。皿への盛り付けは、プロの料理人が作ったかのように整っている。

ここまで几帳面な盛り付けをする必要があるのかと思いながら、サムは朝食に手を付ける。

「あら。ジェイク。どうして人参を残しているのかしら……?」

カトリーナは息子が皿の端に、茹でた人参を寄せているのを見咎《とが》めた。

「僕、これ食べられないもん……」

カトリーナは深く考え込む。

「そうだったの……。ごめんなさい。お母さんがうっかりしていたわ」

茹でた人参を小皿に取り分けて、持っていってしまった。

「え？　食べさせなくて、いいんですか……？」

「……少し、考えが変わったのよ。体質に合わないのなら、無理に食べないほうがいいわ。人参が駄目でも、他のお野菜を食べれば、ちゃんとした大人になれるって聞いたわ。だから、こっちのお野菜はちゃんと食べましょうね。ジェイク」

サムは、カトリーナの態度に違和感を覚えた。普段のカトリーナなら、ジェイクに人参を食べさせていた。

ジェイクは、嫌いな人参を食べずに済んだので大喜びしていて、母親の不自然な優しさに違和感を抱いていない。

サムもまた、今のカトリーナに対する違和感をすぐに喪失する。

カトリーナの『瞳』と視線が重なった瞬間に、こんなこともあるだろうと納得してしまった。

――――この日、カトリーナの瞳は誘惑的で、普段よりも鮮やかだった。

◇　◇　◇　◇　◇

カトリーナの姿をした人物は、庭の物干し竿に洗濯物を掛けている。こういう家事は嫌いではなかった。普段はあまりやらせてくれないので、新鮮な気持ちといったところだ。

「これでよし。完璧だな」

カトリーナは、空になった洗濯籠を持って室内に戻った。

居間にはジェイクとサムの他に、一人のメイドがいた。メイドは床に横たわる人間を、冷たい目で見下ろしていた。人間達はすやすやと穏やかな顔付きで眠っている。

「ご主人様がそんなことをされなくても……」

「正体不明のメイドが洗濯物を干していたら怪しまれるだろ。これは俺がやらないといけないことだ。家事がシェリオンの本業であることは分かってるが、譲ってやるわけにはいかない」

姿と声はカトリーナのものであるが、口調は違う。冥王の〈変幻変貌《メタモル・フォーゼ》〉を使えば、姿だけでなく一度聞いた声を完璧に再現できる。真似できないのは人格くらいだ。

ルキディスは、ジェイクが人参嫌いだと知らない。なので、あの時は単なる好き嫌いなのではなく、体質で食べられない可能性を考慮して、無理に食べさせなかった。

無理強いしてボロが出るのを恐れたのだ。しかし、今朝の時点でサムにばれるのは問題がなかった。ジェイクに怪しまれなければ、どうとでも修正ができた。サムという人間は、この世から消えてなくなってしまうからだ。

「サムには、ここで退場してもらう。今まで役に立ってくれてありがとう。心から感謝するぞ。サム」

カトリーナの姿をしたルキディスは、眠っているサムに注射針を向ける。朝食に仕込んだ睡眠導入剤のせいで、サムとジェイクは深い眠りに落ちていた。毒液を注射されたとしても、気付かないまま永眠してくれるだろう。

「殺してしまうのですか……？」

「何か問題が？　もうサムは用済みだぞ」

シェリオンにしては珍しいと思って、ルキディスは手を止めた。

「どうせ家に持ち帰って処理するのなら、私が処理しては駄目ですか？　こっちの人間は、死にさえすればどんな殺し方をしても大丈夫だと聞いています」

「いや、サムはここで殺す。運んでいる途中に目覚めたら面倒なことになるだろ」

シェリオンは自分に殺させてくれとねだってきたのだ。そういうことか、と納得したルキディスは、シェリオンの提案を即答で拒絶した。

（人間の断末魔を聞くのが大好きなシェリオンだからな。ここで死んだほうが絶対にいい）

サムは役立ってくれた人間だ。殺すのは確定しているが、シェリオンのやり方で殺されるよりは、ここで眠るように死んだほうが、彼のためだとルキディスは思った。普通の人間だったならシェリオンにくれてやってもよかった。しかし、サムは協力してくれた人間である。楽に死なせてやるのが、せめてもの情けだ。

「――――――さよならだ。サム」

ルキディスは、サムの脊椎《せきつい》に毒液を注射する。サムに使った毒液は、脊椎に注射することで人間を即死させることができる猛毒である。そして同時に、死体の腐敗を遅くしてくれる優れものだ。

「次はジェイクだ。こいつは殺さない。重要な証言者になってもらう予定だ。少しの間眠って、英気を養っていてくれ」

ジェイクに注射するのは、生命活動を緩やかにする昏睡薬だ。定期的に投与することで、人間を生かしたまま深い昏睡状態に陥らせることができる。ただし、投与する量を間違うとそのまま永眠してしまうので、ルキディスは細心の注意を払う。ここでジェイクに死なれると、計画を大きく変更しなければならない。

「サムの死体は、本国に輸送する。防腐処理をして箱詰めにしておけ。それと、この家に出入りする時は誰にも見られないように気をつけろ。シェリオンの容姿は目立つ」

「承知しました」

シェリオンは、サムの死体をカバンの中に詰め込む。人間を殺すことに罪悪感はない。冥王は人類の敵対者として生まれた存在だ。創造主が冥王に与えた使命は、人類への攻撃である。

魔物が人間を殺すのは、蛇が蛙を食べるのと同じなのだ。他の魔物と違うのは、眷族となる見込みがある人間に対して愛情を注ぐという一点のみ。協力してくれた人間を優しい方法で殺してやったのは、カトリーナを眷族化させる足掛かりを作ってくれたことへの返礼だ。

「さてさて、眠り姫の相手をしてやるか」

カトリーナは、寝室に寝かされている。この家には二人のカトリーナが存在していた。本物はずっと夫婦の寝室で眠らされており、サムやジェイクの前に現れていたのは、カトリーナに化けたルキディスである。

〈変幻変貌《メタモル・フォーゼ》〉で、冥王はいつもの姿に戻る。男性器は、眷族を作る用の凶悪な形状に変形させた。魔素耐性を上げる薬を投与したせいで、カトリーナの魔物化は鈍化している。遅々として眷族化が進まないのなら、濃厚な魔素を注いでやるしかない。

ルキディスは夫婦の寝室に入り込む。他人の妻を、その夫婦の巣で犯すことに特別な興奮を感じた。イマノルが家に帰ってくるまでの三日間で、カトリーナの人間性を塗りつぶしてやるつもりだ。

「――――――起きろ。カトリーナ。子作りの時間だ」

ルキディスの接吻で、カトリーナは目覚める。日が昇っても、彼女の夜は終わらない。家に帰っても、彼女は母親には戻れない。夫が戻ってくる頃には、彼女は魔を受胎しているだろう。

冥王が与えた一夜の快楽は、カトリーナの平凡な人生と幸福を代償としていた。

◇◇◇◇◇◇

カトリーナは夫妻の寝室で、ルキディスに犯されていた。家には息子のジェイクがいるが、ルキディスが投与した薬のせいでずっと眠っている。

計画は完成しつつある。王立劇場でカトリーナと交わり、一晩かけて精神と肉体を陵辱した。カトリーナは誘惑に負けて、一夜だけの関係を許してしまったが、家族を捨てるまで堕落することはなかった。

ルキディスにとっては嬉しいことである。強い精神を持っているのなら、冥王の魔で染めきった時に強い眷族となるからだ。カトリーナの魅力は家庭を持つ『人妻』であるということだ。人妻でなければ、ここまでの興奮を感じなかっただろう。美しいものを汚し、清廉なものを堕落させるのは、冥王の冥利と言っていい。シルヴィアを除けば、娼婦の相手ばかりしていたので清純な人妻を抱くのは愉しかった。

ユファの報告によると、イマノルは仕上げの作業をしている。それはルキディスも同じで、カトリーナの仕上げをしている最中だ。カトリーナを転生させる場所は、アーケン家の寝室と決めていた。

イマノルとカトリーナが普段使っている寝室で、魔物に転化させる。そのために、今まで苦労して下準備を重ねてきたのだ。

「あぁっ！　あうぁあぁぁっ……‼」

カトリーナは、既に冥王専用の淫女となった。彼女の膣穴と尻穴は、もう夫のモノではなくなっていた。

王立劇場でカトリーナに飲ませた新薬の効果は、ルキディスが想定していた以上だった。アーケン家の寝室での性交は人間の性交とは違う。魔物としての種付けだ。

大量の魔素を与えたのに、カトリーナの肉体は転化の兆候がない。瞳は濁っていないが、かといってシルヴィアのように眷族化している様子でもなかった。

(投与量を間違えたな。予想以上に薬効が強かったようだ)

耐性は絶対的なものではない。時間が経てば効果は切れるし、高濃度の魔素を与え続ければ、いつかは転化が起こるはずだ。

「にゃは、にゃは〜。遊びに来たニャ」

ルキディスとカトリーナがいる寝室に、ユファがやってきた。気配や物音すらなく入ってきた眷族に驚き、冥王は腰の動きを止めてしまう。絶対にありえないことだが、イマノルが帰ってきたのかと思ったのだ。

「びっくりした。入ってくるなら、ちゃんとノックくらいしろ……」

「にゃー。浮気の現場を目撃しちゃったニャ。僕の夫が人妻と繋がってるニャ。とっても悲しいニャ。だから、僕も混ぜてニャ～！」

ユファはしくしくと泣くような演技をする。ここにユファを呼んだのは、護衛をさせるためだ。

ルキディスは昨夜から眠っていないので、そろそろ限界だった。他の魔物と違って三大欲求を抱える冥王は、睡眠をとらないと衰弱してしまう。冥王の精液で疲労を回復できるカトリーナと違って、ルキディスは精力を消耗し続けていた。

「余力なら残してある。あんまり搾り取るなよ」

気弱な妻を演じている間、ユファは人間の食事を食べるなどの苦痛を味わった。眷族に褒賞を与えなければ、主として失格だと思ったルキディスはユファを手招きする。

「やったニャ！」

ユファは服を脱ぎ捨て、ルキディスとカトリーナがいるベッドに飛び込む。

ルキディスの裸体に、ユファは豊満な胸を押し付けた。ユファの肉体は、理想的な雌の形をしている。大きな乳房と引き締まりながらも張りのある尻、そして猫族《フェリス》の特徴である猫耳と猫の尾が、彼女の愛らしさを一層際立たせる。

「ユファさん……？　なんでぇ……？」

蕩《とろ》けそうな意識の中、カトリーナはユファの姿を認識する。カトリーナの知っているユファとは、まるで違う。底抜けに明るくて、魚料理のレストランや王立劇場にいた人物とは正反対だ。

「混ぜてもらうニャ。僕が上で、カトリーナが下ニャ。浮気相手なんだから、本妻の僕を尊重してほしいニャ」

ユファは、カトリーナの身体に乗っかった。乳房を突き合わせると、ユファのほうが巨乳であることがよく分かる。ユファは恥じらうことなく、カトリーナと身体を密着させる。お互いの乳房が重なり、下腹部では女性器が重なりあった。

カトリーナの身体は、ルキディスの精液塗《まみ》れだというのにユファは気にしない。むしろ精液で汚されているから、眷族であるユファにとっては心地よいのだろう。

「僕とルキディスが、夫婦の見本を見せてあげるニャ」

ユファは、尻に生えている猫の尻尾を高く上げた。眷族はどんな時でも、冥王に奉仕できる。冥王の身を護り、そして王の子を産む伴侶が眷族だ。ルキディスの陰茎がカトリーナの愛液で濡れていなかったとしても、ユファの膣は主のモノをすんなりと受け入れただろう。

冥王の凶悪な魔物ペニスが、ユファの中に入り込む。

「ぶっといオチンポが来たにゃぁ……っ♥　はぁあぁん……！　もっと奥まで行っていいニャぁ……っ!!」

ユファは見せつけるように、カトリーナの上で喜びの声を上げた。

触れ合う肌を通じて、カトリーナにユファの鼓動が伝わる。ルキディスとユファの結合部から卑猥な音と共に、大量の愛液が漏れ出す。ユファの愛液は、精液で制圧されたカトリーナの膣口に垂れてきた。

（すごく……熱い……）

皮膚に垂れた愛液は熱かった。肌同士が触れ合っているカトリーナは、ユファの身体がどんどん熱を帯びてきているのが分かる。膣内にペニスを挿れているルキディスは、直にユファの体温を感じ取っているはずだ。

「んにゃぁあっ……♥　もっとぉ、強く……!!　もっと乱暴に突いてほしいにゃぁ!!」

ルキディスはさらに速度を上げて、ユファを攻め立てる。内臓を突き上げるように、ペニスを限界まで突き刺して、一気に抜き、再び根本まで刺す。カトリーナの時とは比べ物にならない速度でピストン運動を続けた。壊れそうなくらい滅茶苦茶なセックスだというのに、ユファは満たされた顔で愉しんでいる。

「ユファ……さん、どうして？」

「どうして僕がここにいるのかってこと……？　あぁんっ……！　それは、全部知っていたからニャっ……！　昨夜のカトリーナは夫と息子を捨てて、間男チンポに夢中になってたんでしょ？　ぁにゃんっ!!　っ……ぅう!!　ぃ、言わなくても……っ！　分かることニャ……っ!!　僕が……ぁっ！　分からないのは、ぁんっ!!　精液の匂いは強いのにぃ……っ！　魔素の馴染みがイマイチっぽいことぉっ。あっぁぁあんっ……!!　あぅ……っ!!」

「それは薬の影響だ。思った以上の効き目で、魔素の耐性が上がりすぎた。侵食は起こっているが変異速度がとんでもなく遅い」

「にゃるほど……ぉぁんっ！　んあぁっ……！　にゃぁは……!!　あっぅ、オチンポが膨張してきたニャ……♥」

ルキディスは、ユファからペニスを引き抜こうとした。精液を注ぐ相手は、カトリーナでなければならない。今はカトリーナを眷族化させているのだ。超高濃度の魔素を有した精液で、カトリーナの魔物化を加速させるつもりだ。

ユファとルキディスの付き合いは長い。当然、射精のタイミングは分かる。ルキディスが膣からペニスを抜こうとしている動きだって察知できた。

「うぉ！　お、おい、ユファ……‼」

ユファは膣道の肉を締めて、ルキディスのペニスを逃さない。そればかりか器用に足を絡め、ルキディスの腰を捕まえてしまった。冥王が種付けの猛者なら、眷族は種を搾り取る猛獣である。膣内に捕らえているペニスを刺激して、子種の発射を強制させる。

抜こうにもユファの膣に入ったペニスは、ぎちぎちに締まっている。加えて、ユファの両足がルキディスの腰を押さえつけてきた。

眷族の怪力に最弱の魔物が抗えるはずがない。冥王はカトリーナに与えるはずだった超高濃度の魔素を、ユファの子宮に射精してしまう。

「んぁにゃぁぁあんっ……！　すごく濃い精液ニャ……！はにゃぁん……！　これ、とっても美味しいにゃぁ……‼」

「あのな。それはユファのじゃなかったんだぞ」

「もう貰っちゃったニャ。泥棒猫に何を言っても無駄ニャ。もう出したんだから、最後までいただくにゃぁ……♥」

ユファの子宮内に、冥王の精液が濁流となって流れ込む。下の口で、ユファは冥王の精液を堪能する。

眷族にとって、これに勝る快楽はない。この種で妊娠できれば、言うことなしなのだが、護衛であるユファが孕み腹になるわけにはいかなかった。

「孕むなよ……？」

「酷いニャ〜。浮気相手は妊娠させようと必死なくせに、本妻の僕にはこれニャ。カトリーナはどう思うニャ？　散々僕のルキディスから種付けされた淫乱な人妻の感想を聞きたいニャ」

「わ、私は……」

カトリーナは言い淀む。もう彼女には何が何だか分からない状況だ。いつの間にか家に帰っていて、夫婦の寝室でルキディスとセックスし続けていた。

家にはサムやジェイクがいるはずなのに、カトリーナがどんな大声で喘いでも寝室にやってこない。誰かが来たと思ったら、それは何とルキディスの妻ユファだった。

「ユファに搾り取られたせいで疲れた。俺は少し眠る……」

ルキディスはベッドの上で仰向けに横たわる。女性器で貝合わせをしているユファとカトリーナを離れさせて、カトリーナを抱き寄せた。

「寝ている間は動くなよ。喋っててもいいが、動くと眠りが妨げられる……」

ルキディスはカトリーナの膣にペニスを挿れて、そのまま眠ってしまった。カトリーナはルキディスに覆いかぶさって、掛け布団のような役割をしている。眠っている間もルキディスのペニスは、萎れることなくカトリーナを貫いていた。

「ユファさん。私はどうなってしまったのかしら……？」

ルキディスのペニスを受け入れたまま、カトリーナはユファに質問する。

「見てる限りだと浮気してるニャ。夫婦の部屋で種付けなんて淫乱な人妻ニャ。清楚な見かけに反してエゲツないニャ」

「……貴方が……そうさせたんでしょ」

「失礼な雌ニャ。僕は幸せをおすそ分けしただけニャ。嫌ならそのチンポを抜いて、愛する子供や夫のところに行けばいいニャ。君がやってたことを考えると、絶対に許してくれるとは思えにゃいけど……。ああ、それとも僕が二人を呼んでこようかニャ？」

「そ、それは駄目よ……っ！」

「冗談ニャ。竿姉妹を売ったりしないニャ。にゃっははははは！」

「息子は……、ジェイクは家にいるの？」

「カトリーナの子供は、家にいるニャ。でも、寝室には来ないニャ。君の夫は知っての通り工房に篭って仕事中。だから思う存分、気兼ねなく、夫婦の寝室で不倫セックスを愉しめるニャ」

「私は、どうなってしまうの……？　貴方達は私をどうする気なのよ………」

「カトリーナには、可愛い子供を沢山産んでほしいニャ。サピナ小王国は人材が足りてないニャ。イマノルとかいう鍛冶職人には、国のために働いてもらうニャ。カトリーナには産んで貢献してもらう予定ニャ。産むくらいしか能がない君には適任な仕事ニャ！」

カトリーナは、逃げることができなかった。夫や子供よりもルキディスのことを愛するようになっていた。気持ちだけでなく、身体もルキディスに身体を捧げていると、言い表せない多幸て、ルキディスを離そうとしない。こうし感がカトリーナの身を包むのだ。

――カトリーナは抗う意思を捨て、魔物に我が身を捧げた。

◇　◇　◇　◇　◇

ジェイクは、肌寒さを感じて目を覚ました。身体がとても硬くなっていた。数日間も寝かされていたのだから、関節が固まってしまうのは当たり前のことである。けれど、ジェイクはそれを知らないので、妙に身体が重いとしか思わない。ジェイクは重たい身体をほぐして、起き上がる。

「さむい……」

強い空腹感に襲われた。眠る前に何をしていたかは覚えていない。いつの間にか眠っていて、目覚めたら子供部屋にいたという状況だ。窓を見ると、カーテンの隙間から月明かりが差していた。

「……お腹空いたよ」

お昼寝をして、そのまま眠っていたとしても、普通なら夕食の時間に母親が起こしてくれるはずだ。なのに、今日はそうならなかった。ジェイクの胃は空っぽで、何でもいいから食べたいと思った。

「――――ぁぁぁあっ、ぁはんあぁんぁぁあっ♥」

ジェイクの耳が、奇声を捉えた。聞いたこともないおかしな叫び声であるが、その声の主に心当たりがあった。

「ままの声……?」

子供部屋を出て、母親がいるであろう寝室へと向かう。家の中は結晶灯がついておらず、窓から入ってくる月明かりだけが光源だった。眠っていたジェイクは闇に目が慣れていたので、転んだりせず母親の奇声が聞こえる寝室まで辿り着いた。


「…………?」

寝室の扉から、母親の息苦しそうな声が漏れ出している。ジェイクは一瞬、開けるのをためらってしまった。勇気を出して、ゆっくりとドアノブを回す。寝室の中で、母親の身に何が起こっているのか知るために覗き込む。

「んんっ!! んぁあぁぁあァ…………!! ぁあん……っ♥ ひぐぅ……っ♥ きもぢぃい♥ チンポぉ♥ いぐぅうぅう……ぅ♥ ィ、いかされるぅぅうううっ……♥」

ケダモノとなった母親がそこにはいた。全裸で四つ這いになった母親は、誰かに虐められている。だが、嫌がっている様子はない。虐められていることを喜んでいるようだった。それがジェイクには堪らなく不気味だった。

セックスの知識がないジェイクでも、母親がやっていることが恥ずかしいことだと分かる。母親にペニスを突き刺しているのが父親であれば、数年後には笑い話となるのだが、母親の相手をしている男は父親ではない。しかし、見覚えのある男だった。

夜の月明かりが母親を犯している男の顔を照らし出す。

(サム兄ちゃん……？ ままと何をやってるの……？)

母親を犯しているのは、イマノルの愛弟子で、自分の遊び相手にもなってくれるサムだった。ジェイクにとって、サムは優しい兄のような存在だ。そのサムが母親とよからぬ何かをやっていた。子供とはいえ、寝室で行われている男女の行為が、よくないことであることは理解できている。

サムの目が、覗き込んでいるジェイクに向けられた。その間も腰を動かすのを止めない。母親は雌の声を上げ続けている。

「サム兄ちゃん……？」

問いかけてもサムは、何も言ってこない。

無言でニヤリと笑う。母親の髪の毛を乱暴に掴んで、雌顔となった実母を見せつけてくる。

「――――――っ！」

サムの『瞳』は、魔獣のようでとても恐ろしかった。恐怖心を抱いたジェイクは尻もちをつく。ジェイクは慌てて子供部屋に逃げる。母親を犯していたのは、ジェイクの知っているサムではなかった。

ジェイクが恐怖心を抱いたのは、『瞳』のせいだけではない。人間としての本能が警告したからだ。サムと母親の姿をしている生物が恐ろしい怪物に思えた。空腹感など吹き飛んでしまった。

逃げ帰って、子供部屋のベッドに飛び込む。父親が帰ってくるまで、ジェイクは恐怖に震えながら夜を過ごした。

◇　◇　◇　◇　◇　◇

寝室の端に隠れていたシェリオンは、ジェイクが半開きにした扉を閉めた。

ジェイクが逃げ帰ったのを確認して、ルキディスはサムの姿からいつもの姿に戻る。〈誘惑の瞳〉で恐怖心を植え付けられたジェイクは、日が昇るまで子供部屋に引きこもるだろう。

そして、父親が帰ってきたら、愛妻と愛弟子が夫婦の寝室で、何をしたかを証言してくれるはずだ。

「いやらしい雌だ。腹を空かした子供がやってきたというのに、俺との種付けに夢中だとはな。逃げ帰ってしまったぞ？」

「んぁっ……っ！　いいのよぉ……！　ルキディスと可愛い子を作るからぁ……っ！　ぁあんっ！　ルキディスの可愛い子を沢山産むから、あんな子は、もう……、どうでもいいですわぁ……っ!!」

カトリーナの子宮は、精液で満たされ膨れている。薬が抜けてやっと転化が始まったのだ。連日連夜の種付けで、カトリーナの子宮は魔物の子を受胎できるように変貌していた。

「出すぞ。カトリーナ」

「来るぅ……っ！　すごいのが私の中に来るぅ……！　熱い子種でいぐぅっ‼　ヒぃ、ひぐぅぅぅうううううぅ……っ！！！」

――――――カトリーナは家族への愛を捨てて、冥王の子種を受け入れる。

ユファと交代で情事を見守っていたシェリオンは、イキ狂う雌を羨ましげに眺めていた。弁えてはいるものの、ユファのように一度くらい混ざってみたかったというのが、シェリオンの本音だった。

「んぁっ！　ぁぁ、ぁああぁっ……っ‼」

カトリーナの肉体に変異が起こる。澄んでいた紫色の瞳が、急速に白濁していく。暴力的な快楽が、カトリーナの脳を破壊していった。魂の自壊は苦痛を伴うものであるが、冥王の魔素と瘴気で起こる魂の破壊は、悦楽によって狂うのため、痛みはなかった。快感に溺れて死ぬその感覚は、まさしく腹上死だ。

「残念でしたね。ご主人様……。彼女は眷族となる器ではなかったようです」

「そのようだ……。ついさっきまでは順調に溶け込んでいたが、駄目になってしまったな。魂が壊れてしまった。この雌は苗床だな。二連続で眷族を引き当てることはできなかったか。残念だよ。カトリーナ。貴様との不倫セックスが愉しかっただけに……」

カトリーナの瞳は、濁りきっていた。人格は永遠に戻ってこない。魂が自壊するとはそういうことだ。カトリーナは冥王の子を産むだけの繁殖母体と成り果てた。

「カトリーナと俺なら、いい夫婦になれると思ったのに。苦労して開発した薬も意味がなかったな……。そちらも残念だ。だが、まあ、仕方ない。こういう運命だったんだろう。元々はイマノルを引き抜くためだけの眷族化だった。愉しませてくれてありがとう。カトリーナ・アーケン」

冥王に褒められ、カトリーナは微笑む。しかし、言葉の意味は理解していない。今のカトリーナは、冥王の言葉に反応するだけの人形と化している。

「撤収だ。シェリオン。明日にはイマノルが帰ってくる。この置き手紙を読めば、カトリーナとサムが駆け落ちしたと理解してくれるはずだ。ジェイクは寝室で怯えているのだろう。なら、全てこちらの想定通りに進む」

撤収を命じられたシェリオンは、苗床化したカトリーナを布で包み、そして担ぎ上げた。その他に体液が付着したベッドシーツなども持ち帰る。可能な限り痕跡は残さない。淫事の証跡は拭い取った。しかし、寝室にはセックスの残り香が染み付いていた。

「溜まっていた案件が片付いてよかった。狐族《フォクス》の女奴隷は、想定内の価格で買い戻せそうだ。有力な買い手が、競りの前に降りてくれた。これなら近日中に解放できそうだ。買ったら大使館の別館で面談を行って、帰国の意思を確認しよう」

眷族を作ることはできなかったが、本来の目的は鍛冶職人イマノルをサピナ小王国に招致することだ。愛妻と愛弟子に裏切られ、笑い者となった男が今までの環境を捨てて新天地に逃げ込む。容易に想像できることだ。

――明日、鍛冶職人イマノルは、絶望のどん底に追いやられるだろう。

――明日、狐族《フォクス》の少女ジュリエッタは、希望を得るだろう。

◇◇◇◇◇

ルキディスが自宅の地下室で荷造りをしていると、シルヴィアがやってきた。シルヴィアは、異空間化された地下を自由に歩くことを許されている。地下空間は幾つかの部屋があって、拘束椅子のある白い部屋や眷族化を行う黒い部屋の他に、遊戯室などの娯楽部屋がある。

冥王の研究工房には、怪しげな薬品と研究器具、そして輸送用の木箱が積み上げられている。ルキディスは二つの木箱に何かを詰め込んで、封印魔術符を貼り付けていた。

「ご主人様、その箱が何なのか私に教えてくれない？」

ルキディスが家を空けていた間に、シルヴィアの心境に大きな変化があったらしい。ルキディスのことを『ご主人様』と呼ぶようになっていた。嬉しく思う反面、これが一種の非難だということをルキディスは分かっていた。

「これだけ私は従順になったのに、貴方は私を家に閉じ込めて、放置してたわね」と、口に出して言ってくるわけではない。けれど、むしろ言ってくれたほうが気が楽だった。

「これはカトリーナ・アーケン。眷族化に失敗して、苗床になってしまった人間の雌だ。こっちの箱はサムという少年の死体だ。どちらも明日の馬車で、サピナ小王国に輸送してもらう予定となっている。抱え込んでいた仕事は片付いた。シルヴィアの初産が近いからな。もう家を空けるようなことはしない」

「それはとっても嬉しい。実は、ご主人様にお願いしたいことがあるの。シェリオンやユファにお願いしても、ご主人様の許可がないと駄目って言うから、身重の身体でここに来たのよ。ご主人様のお許しが欲しいわ」

「分かった。言ってみろ」

望みは言わずとも察しがついた。

「外に出たいわ。私はもう何週間も地下に引きこもってるの。もう私が逃げたりしないのは分かってるでしょ？　外に出してほしいわ」

「シルヴィア。自分の腹をよく見てみろ……」

「まだ産まれないわ」

「そうじゃない……。貴様はつい最近まで警備兵だったんだぞ。少なからず、王都に知り合いがいるだろ」

「でも、つい最近、誰かが私の代わりに辞表を出してくれたわ」

「そうじゃなくてだな……。普通の人間は数週間でそんな孕み腹にならないってことだよ。巡回している元同僚が貴様の膨れた腹を見たらどう思う？　ついこの前まで、警備兵の革鎧を着ていた女が、出産間近の腹ボテ状態になっているんだぞ。あまりにも不自然だ」

「……それは、……その通りだけど」

筋の通った正論に、シルヴィアは何も言い返せなかった。シルヴィアの妊婦腹は、服装でごまかせるような膨れ方をしていない。

「しかしだ。外に出たいという気持ちはよく分かる。顔を隠すベール付きの婦人帽子を買ってきてやろう。眷族になったばかりだと魔物の本性が出てしまったりする。外出する時は俺と一緒だぞ」

シルヴィアは喜びのあまり飛び跳ねた。ルキディスは慌てててシルヴィアの両肩を掴む。危なっかしくて見ていられない。

外に連れ出してやるが、母親としての自覚を持ってくれと軽く窘《たしな》めた。腹の中に赤子がいるのに、シルヴィアは活発に動き回ろうとする。人間の妊婦と違って、魔物のシルヴィアは身体が丈夫だ。胎児が流れるようなことはまずないが、父親としては心配で見ていられない。

「シルヴィア。頼むから、腹の中に俺達の子供がいるということを忘れるな……」

冥王は滅んだ魔王に代わって魔を統括する存在だ。人類を滅ぼす邪悪な魔物であるが、身内にはとことん甘い性格だった。

何の罪もない幸せな家庭を、己の利益と欲望のために崩壊させた。自分に憧れを抱いていた純粋な少年を殺して、濡れ衣を着せた。けれども、冥王の良心は痛まない。

冥王が心を痛めるのは、身内の不幸のみだ。眷族達は元人間である。だが、眷族と人間を同列に見るようなことはない。それは愛らしい飼い犬と、生ゴミを漁る野犬を同一視するようなものだからだ。

◇◇◇◇◇◇

王都ペイタナの空模様は快晴であった。心地よい青々とした空が広がっている。

イマノルとジェイクのために、サピナ小王国は幌付きの立派な馬車を用意した。後部の荷台に積み込まれた荷物の大部分は、イマノルの仕事道具だ。ラドフィリア王国では簡単に調達できるものでも、サピナ小王国では入手できないことが多い。現地に着いてから苦労しないために、仕事道具はあらかた持っていくことにしていた。

「彼女もサピナ小王国への移住者です」

ルキディスに促され、狐族《フォクス》の女性は緊張した面持ちで馬車に乗り込んだ。

「道中の天候次第ですが、一週間もあればサピナ小王国の都に到着できるかと。街道から外れることはありませんし、可能な限り野宿は避ける旅程なのでご安心ください」

同乗者がいることを、イマノルは事前に聞かされていたが、獣人の若い女性だとは聞かされていなかった。妻のことが脳裏をよぎって、イマノルはついジロッと見てしまった。ジュリエッタはペコリと頭を下げ、愛嬌のある挨拶をしてくれた。挨拶を返すものの、世代が違う初対面同士である。イマノルもジュリエッタも、話し上手ではなかったので、会話は弾まなかった。気まずくなったイマノルは、一緒に運び込まれた二つの木箱を指差す。

「荷台に積み込まれた木箱には、何が入ってるのかな？」

異彩を放つ二つの木箱は、人間が入っていそうな大きさだ。厳重な封印がなされており、魔術符で箱の角が補強されていた。高価な武具を運ぶ際にも似たような箱を使うことを、鍛冶職人のイマノルは知っていた。

「ああ……、これですか」

含みのある笑みを浮かべながら、ルキディスは質問に答える。

「箱の中身は、実験動物です。ご安心ください。開かないように、封印がしてあります。言うまでもないことですが、絶対に開けないでください。大人しいので人間を襲ったりはしません。しかし、高価な生き物なので逃げられると困ります。輸送の責任者である御者か、あるいは俺が始末書を書くことになりますから」

「実験動物……？　その木箱には空気を通す穴すらないが、大丈夫なのかい？」

「ええ。生物輸送用の特別製です。これで大丈夫なんですよ。休眠させているので、餌の心配もいりません。ただ、道中は触れたりしないようにしてください。実は、こっちの木箱に入っているのは、妊娠しています。本国で繁殖させるために、苦労して手に入れました。道中、鳴き声を上げたりするかもしれませんが、気にしないでください」

三人の移住者を乗せた馬車を、ルキディスは満面の笑みで見送った。馬車が見えなくなるまで、道端で手を振ってくれたこの青年が、愛妻カトリーナを寝取った魔物とは夢にも思わない。ましてや、木箱の中に苗床化した妻や、死体になった弟子が入っているなんて考えもしない。

「────それでは、お元気で」

『一家』を乗せた馬車が見えなくなった時、魔物は不敵に笑った。

◇　◇　◇　◇　◇　◇

これから語られるのは、ある一家の未来だ。

冥王がラドフィリア王国で暗躍している時期から、三年後の話である。

「にぃにぃ！　だっこ！　ねえ、だっこして‼」

ジェイクは幼い妹を抱き上げた。イマノルの息子ジェイクは、今年で九歳となった。抱き上げたのは今年で二歳になる可愛い妹ノージュだ。

この愛らしい妹は、歳の離れた兄に父親のイマノルよりも懐いていた。ノージュ曰く、父親はいつも汗臭いので近寄りたくないらしい。

それを聞かされたイマノルは、かなりのショックを受けていたが、母の励ましもあって、心の傷は快方に向かっている。

「引っ越してから、もう三年になるのか。月日が経つのは早いね」

「ひっこし？　ひっこしって、なに？」

「うん。昔はラドフィリア王国っていう大きな国に住んでたんだよ。僕や父さん、母さんも昔はそっちで暮らしてたんだ」

ジェイクが六歳だった頃、実母は家庭を捨てて姿を消した。母は事もあろうに、六歳だったジェイクに間男との性行為を見せつけ、夫の心をへし折る手紙を残し、どこかへ行ってしまったのだ。しかも、母を寝取った間男は、ジェイクの遊び相手をしてくれた父の愛弟子サムだった。

なぜ、あの二人がこんなことをしたのか、今でもジェイクには分からなかった。

ジェイクは九歳とまだまだ幼い。けれど、苦労をしたせいか、とても大人びた性格になっていた。

失意のどん底に沈んでいた父子を救ってくれたのは、ルキディスという青年だ。ルキディスは二人に、新しい人生を歩む機会を与えてくれた。そして、怪我の功名というのだろうか。大切な家族を失った親子は、新しい家族に出会うことができた。

移住の日、偶然にもサピナ小王国へ一緒に向かうことになった女性がいた。彼女の名前はジュリエッタ。

獣人のジュリエッタは元々は奴隷で、娼婦として売り出されるところをルキディスに救ってもらったそうだ。

サピナ小王国へ向かう途中。ジェイクは荷馬車の木箱から呻き声が聞こえた気がして、恐ろしさのあまり眠ることができなかった。不安で泣き出しそうなジェイクを、イマノルは宥めようとした。しかし、今まで育児をカトリーナに任せていたせいで、どうしてよいのか分からず、頭を抱えてしまった。

その様子を見かねたジュリエッタは、目的地に着くまでジェイクの母親代わりとなってくれた。

サピナ小王国の都に到着すると、イマノルはジュリエッタに対し、使用人になってくれないかと頼み込んだ。幼いジェイクには、母親代わりとなる女性が必要だった。

「ほーら！　高い、高い‼」

「にぃにぃ！　ちからもちーっ‼」

イマノルとジュリエッタの関係は、雇用主と使用人でしかなかった。

二人には年齢差があった。当初、お互いにそんな気はなかった。しかし、サピナ小王国で暮らし初めてから一年と経たぬ間に、家族が二人も増えることになる。イマノルはジュリエッタと再婚したのだ。結婚した時、ジュリエッタのお腹には、新しい生命が宿っていた。

ジュリエッタは生き別れた母親に再会することはできなかった。けれど、彼女自身が母親となり、幸せな家庭を築くことができた。

この幸福は、ルキディスが娼婦に身を落としかけていたジュリエッタを救ってくれたおかげだ。彼女は心から、ルキディスに感謝していた。

ノージュが生まれた年に結婚式を挙げ、その際はルキディスにも招待状を送った。残念ながら多忙とのことで、式に参列することは叶わなかったが、祝い品が送られてきた。ジルキディスからの贈り物は、純白のドレスであった。ジュリエッタが着るには胸回りを細くしなければならなかったが、最初から獣人が着用できるように加工がされていた。着古しではあるが、一目で高価なものだと分かる高級品だった。

この時代、尻尾を持つ獣人が着用できる花嫁衣装は希少だ。露出度が高かったものの、ジュリエッタは恥じらいを感じつつ、贈られてきたドレスを着て式に臨んだ。

夫婦はこのドレスの来歴を絶対に知ってはならない。なにせ、このドレスを着ていたのはカトリーナなのだ。カトリーナの愛液が染み付いたドレスは、ユファの手に渡る。

ユファは汚れを落とし、わざわざ獣人用に尻尾穴を開け、胸回りも自分用に直した。要するに、苗床と眷族の着古しという、とんでもない花嫁衣装で、ジュリエッタは結婚式を挙げていた。

裏側で起こっていた出来事に反し、家族の歩みは順調である。ジェイクとジュリエッタの親子関係は悪くない。最初こそ、イマノルは息子の反発を心配していた。しかし、ジェイクは父親が元気を取り戻してくれたことが、何よりも嬉しかった。

ジュリエッタとは十歳くらいしか歳が離れておらず、母親というよりは姉という感じであるけれど、ジェイクはとても幸せだった。

しかし、幼い少年の心に深く刻まれたトラウマは、時折蘇ることがあった。ジェイクは三年前の悪夢を、まだ見てしまう。実母カトリーナに捨てられたあの夜の出来事を。

あの出来事がなければ、こうして愛らしいノージュと遊ぶことはできなかった。そう思うと心境は複雑だ。

たった今、享受している幸福は、三年前の絶望を乗り越えなければ、手にすることができなかった。

「はあ……。ノージュは、お父さんより兄貴のほうが好きらしいな。お兄ちゃん子になるなんて。お父さんは寂しいぞ……」

イマノルは中庭で兄妹が戯れている光景を眺めていた。サピナ小王国での暮らしに不満はない。ルキディスの言葉に嘘はなかった。

心配していた治安の悪さは、杞憂に終わった。家に兵士を派遣してくれたものの、すぐに不要であることが分かったので、護衛は最初の数ヶ月だけで終わらせてしまった。

「仕事帰りに抱きついていたら、そうなります。狐族《フォクス》は嗅覚が鋭いんですから。ちゃんとお風呂に入ってから抱きついてください」

「そうは言ってもなぁ。風呂に入った後は眠たくなってしまうんだ」

「あら、その割には眠る前にやることはやっているじゃないですか。私の膨らんだお腹がその証拠です。次の子もジェイクに取られたくないのなら、ちゃんと身綺麗になって、抱きついてくださいね。お父さん♪」

ジュリエッタは二人目の子供を授かっていた。

「医術師の話だと、もうすぐらしいな」

「ええ。あと少しで会えますよ」

ジュリエッタは、イマノルの頬にキスをする。

歳の離れた夫婦は、幸せな家庭を築いている。サピナ小王国の女王は、優秀な統治者だ。国の経済は年々改善していっている。農村部では混乱が残っているものの、人々は活気に満ち溢れた表情で働いていて、かつての凄惨《せいさん》な記憶を忘れ去る日は近い。サピナ小王国の未来は明るいと思われた。

（カトリーナは、どうしているだろうか……？　私と同じように新しい人生を始めて、幸せになっているだろうか？　サムは才能のある弟子だった……。どこに行っても貧窮するということはないと思いたい。それにしても……、まさか逃げられた前妻の幸福を祈れるくらいになるとはな。人生何があるか分からないものだ。きっと、心に余裕があるおかげなんだろう。私を支えてくれる今の家族に感謝しないとな）

満たされている者の余裕があった。三年前はそんな余裕はなかった。ラドフィリア王国の都にいた時は、カトリーナを探し求める弱い自分がいた。しかし、もはや前妻のカトリーナに未練はない。

イマノルの愛妻はジュリエッタだ。彼女のおかげで立ち直れた。カトリーナが現れても、心は揺れ動かないと断言できる。未練を断ち切り、憎しみも消え去った。

「お腹の中の子は、また女の子らしいです。そろそろ名前を考えておかないといけませんね」

「男の子だったら恩人の名前を付けるんだが、女の子となると、また家族会議だな」

男子が生まれるのなら、『ルキディス』と名付けるつもりだった。二人を救ってくれた恩人の名前を、子供に与えたいと思っていた。

幸いなことに、イマノルとジュリエッタの間に男子が生まれることはなかった。

◇　◇　◇　◇　◇

サピナ小王国の王城には、後宮が存在する。

国民には知られていないが、後宮の地下には迷宮が広がっている。

そこでは、冥王に種付けされた無数の苗床が魔物を生み続けていた。苗床は己の卵子が尽きるまで、冥王の血族を増やす繁殖母体である。苗床の寿命は約一年とされていた。卵子の枯渇、肉体の限界により、二年目を迎える前に衰弱死する運命だ。しかし、ある苗床は三年もの間、ずっと冥王の子供を生み続けていた。

「カトリーナ・アーケン。今回の出産で限界のようですね。けれど、褒めるべきでしょう。三年もの間、陛下の御子を産み続けてくれたのですから」

王城の管理をしているのは、三番目の眷族サロメである。表向きはサピナ小王国の女宰相、裏では冥王の忠実な臣下として活動している。

苗床の管理と世話は、四番目の眷族エリカの仕事である。が、カトリーナは実験個体のため、サロメの管理下に置かれていた。

苗床の寿命を延ばすことができれば、魔物の増産が容易となる。サロメはあらゆる手段を使ってカトリーナの命を繋ぎ止め、苗床の生産性向上の可能性を探っていた。カトリーナは三年生き延び、通常個体と比べて三倍の魔物を産んだが、ついに終わりが訪れた。

「あぁあ……っ」

短い嗚咽を上げ、苗床は最後の出産を終えた。

衰弱した母体は、胎児を排出する力さえ残っていない。意気軒昂な魔物の幼子達は、自力で膣道から這い出てくる。

「お疲れ様でした。カトリーナ。陛下の寵愛を享受し、陛下のために身を捧げることができて、とても幸せだったのでしょう」

冥王に魅了されたカトリーナは、夫と息子を裏切った。家族を忘れ、淫事に溺れ、子を孕みたいと願った。素知らぬ顔で間男の子を産み、退屈な日常を謳歌しつつ、鬱憤が溜まれば背徳の情交を愉しむ。そんなことができればと願って不貞を犯した。

苗床となって壊れたカトリーナは幸せな夢を見ていた。

妄想の世界では、何も失っていない。家族を愛しながら、家族を裏切り、心が満たされる。死の間際であっても、カトリーナは満たされていた。

「ィひぃ………っ♥」

母体の機能を失ったカトリーナは、薄暗い地下で静かに息絶えた。

第三章　冥王の報復

――魔物は人類の敵対存在として、この世界に創り出された。

正式名称は、魔素汚染生物という。この世はマナで満たされており、マナの中でもっとも邪悪な傾向を有するのが魔素だ。

マナの在り方は多様である。その属性は数多く存在し、マナの存在形態において、神力や魔力は代表的なものである。神力は秩序の傾向を有し、魔力は混沌の傾向を有する。ゆえに、神力を扱う神術師は治療に優れ、魔力を扱う魔術師は破壊に秀でている。

魔物を汚染している魔素は、邪悪な属性を極限まで濃くしたものだ。人類からすれば、周囲を汚染する害悪の結晶である。

魔素は呪いだ。魔素を身に宿す魔物は、殺戮衝動と破壊衝動に魂を蝕まれる。

魔物の本能は、知性体と文明の廃滅。それこそが魔物の存在理由だ。自己を除く全ての存在に対し、魔物は敵意を向ける。

魔物は植物や昆虫よりも、人間を優先的に狙う習性がある。知性体であり、高度な文明を築く人類は、その他の生き物よりも殺す優先度が高い。魔物は本能に従って、人類の敵対者となっている。

長い歴史の中で、人類は魔物を駆逐するために、研究を重ねてきた。けれども、魔物を根絶することは不可能に近い。

魔物は創造主によって生み出された世界の要素だ。人類と相反する存在として魔物がいる。世界の均衡を考えれば、魔物は必要不可欠な存在であった。

人類に滅ぼされないように、魔物には祝福が授けられた。魔物は毒で死ぬことがない。どれほど強力な毒素を用いても、魔物には効果がないのだ。

魔物は呪い殺されない。魔物は殺戮と破壊を行うために存在しており、魔物の暴虐は、世界から赦されている。そのため、増悪が込められた呪力で、魔物を倒すことはできない。

魔物を殺す方法を、難しく考える必要はない。

毒殺できず、呪殺できないのなら、物理的に破壊すればいい。魔素を浄化することにより、再生能力を失わせれば、魔物の討滅は容易だ。

「シルヴィアの胎には、俺の子供が十三匹いる。ふむ。初めての妊娠で十三匹なら悪くない。十三は忌み数とされるが、魔物の子供だ。むしろ縁起がいい」

魔物の殺し方は、広く知られている。だが、魔物の生まれ方を知っている人間は少ない。マナを扱う術師にとって、魔物に関する研究は禁忌とされていた。

「シルヴィアの身体に宿った胎児は、順調に成長している。その腹はもう少し膨れていくだろう」

ルキディスは、シルヴィアの孕み腹に掌を当てる。

最近はこうして、胎児の胎動に耳を傾ける時間が多くなった。こうして腹に触れていると、我が子の胎動を感じることができる。

十三匹の魔物がひしめいている腹は、普通の妊婦とは比較にならない大きさに膨張している。これがさらに膨れるのだから、まさに生命《まもの》の神秘だ。

「魔物化したことで、シルヴィアは人外の身体能力を得ている。人間の妊婦なら、その膨れ上がった孕み腹で、歩き回ることはできない。だが、魔物となったシルヴィアの脚力なら可能だ。そこで注意をしておこう。動き回れるからといって、不用意に走ったり、飛び跳ねたりするな。自分が身籠もっていることを忘れないように。魔物とはいえ、母親としての自覚は持て。これは冥王としての命令だ」

妊婦となったシルヴィアは、分娩台に座ってルキディスの診察を受けていた。両脚を大きく開き、愛液で濡れた膣穴を晒している。シルヴィアの内心に、恥じらいの感情はない。

初めてこの分娩台に座らされた時、シルヴィアは人間の警備兵だった。月日はそれほど経っていないが、シルヴィアの心は様変わりした。

「お腹の中に十三匹もいるなんて。ちょっと窮屈な思いをしてるかもしれないわ。でも、元気に育ってるなら嬉しい。子供の数は、産まれるまで分からないと思ってた。それも冥王の能力なのかしら?」

警備兵を捨て、人間を辞め、シルヴィアは魔物の母になろうとしていた。魔物の子種で孕み、魔物の母に身を堕とそうとしている。けれども、シルヴィアの表情に悲愴感は見受けられない。

「胎児の数は、心音で把握できる。診断方法は普通の妊婦を診るのと変わらない」

ルキディスは膣口を押し広げる膣鏡《クスコ》と呼ばれる医療具を使用して、シルヴィアの膣内と子宮口を観察する。指先で女性器を念入りに触診し、膣道と子宮を隔てている外子宮口に手を伸ばす。

子宮口の硬度や開大度で、おおよその出産日を予測することが可能だ。子宮にいる胎児が、胎外に出るためには、普段は締まっている子宮口が、緩んでいる必要がある。

「ただし、孕んでいる胎児が多すぎたり、卵で産まれる場合は、心音での診断は難しい。初産は母体の負担を考慮して、普通の魔物を産ませている。変わり種で孕ませるのは、産み慣らしが終わってからだ。百匹産めば、身体も馴染む。出産の回数で言うと十回前後だ。眷族化したとはいえ、シルヴィアは魔物の姿を得ていない。完全な眷族となるには初産を終えて、魔物の姿を得てからだ。全ての肉体細胞が魔素によって汚染され、上質な血族を産める母体に進化する」

ルキディスは冥王の血を引く魔物を、血族と呼んでいる。血族の強さは、冥王と眷族の強さに比例する。つまりは子種と母体の素質が、子供の形質として遺伝する。強い子種を、優秀な母体に仕込み、時間をかけて子宮で育てることにより、有能な血族が誕生するのだ。

さらに、十ヶ月以上の妊娠期間を経て生まれた血族は、妊娠中に母体の記憶を受け継ぐことができる。

胎中で母体の記憶を読み取り、一定の知識を持った状態で産まれてくる。出産までに十ヶ月の時間をかけることになるが、母体の記憶が受け継いでいるので、育成の手間が省くことができた。

今回、シルヴィアは普通の種で孕まされた。そのため、初産で産まれる血族は、一般的な能力の魔物だ。

「気になっているのなら、どんな子供が生まれてくるか教えてやろうか。シルヴィアが孕んでいる血族は、狼の姿をしている。狼といっても、普通の獣とは違う。知能もさほど高くないし、言葉を喋ったりはしないと思うが、簡単な言葉なら理解してくれるはずだ。子供には母体の形質が現れる。特に下級の血族は個性が弱い。その分、母親の形質が強く出てくる。要するに子供は母親似だ。シェリオンが産んだ下級血族は、強靭《きょうじん》な身体を誇るが、我慢弱く人間をすぐに襲ってしまう。それが難点だ。ユファの産んだ下級血族は、知能が高い。しかし、気分屋な側面があって、凝ったいたずらをする。そういった感じで、初産の子供を観察すれば、母体となった眷族の特徴がよく分かる。シルヴィアが産む初めての子供は、母親から何を遺伝しているか。くっくっくくく。愉しみにしているぞ」

ルキディスは、シルヴィアの膣を押し広げていた膣鏡《クスコ》を乱暴に抜き取った。

「はぅ……っ♥」

淫事をしているわけでもないのに、色っぽい雌の吐息が喉から漏れた。

「家で安静にしてもらうのが望ましいが、引きこもりを強要して、マタニティブルーになられても困る。魔物が鬱《うつ》病を発症するとは思えないが、魔物にも気晴らしは必要だ。

今日は一緒に外出するとしようか。以前に約束をしていたしな」

律儀な性格のルキディスは、どのような約束であっても、約束をした以上は可能な限り遵守する。

ルキディスの性格は実直だ。彼が冥王ではなく、普通の人間として生まれていれば、清廉潔白な人間となっていたに違いない。

「実を言うと、前々から準備はしていた。サロメに頼んで、サピナ小王国から馬車を届けてもらった。馬車の試運転もかねて、王都の外まで行く予定だ」

どこかへ移動する度、辻馬車を捕まえるのは手間が多い。また、御者の口から情報が漏れる懸念もあった。それを考えれば、自前の馬車を一台持つのは悪くない。

「……私が屈服したのは演技で、外に出たら隙を突いて逃げてしまう。ご主人様は、そういうことを想像したりはしないのかしら？」

「逃げ出す……か。で、その身体でどこに逃げ込む？　診察のちょっとした刺激で、股座をびしょ濡れにしてしまう淫乱な雌が、今さら逃げ出せるとは思えないが？」

「ご主人様は意地悪だわ。少しでいいから、不安そうにしてくれたほうが嬉しいのに……」

「そういう反応がお望みだったか。それは生憎だったな。冥王に乙女心を推し量る能力があれば、眷族をもっと悦ばせることができたとは思う。しかし、そんな便利な能力を、創造主は与えてくれなかったよ。残念ながら」

「これから会得することはできるのではないかしら？」

「努力はしよう。ともかく、外に出るのなら、こっちの衣装に着替えろ。服を着れば、孕み腹を目立たなくすることができる。動きが鈍るかもしれないが」

「このドレスを着たら、太ってるように見えないかしら……？」

「全裸よりはましだ」

「私は全裸でも……」

「やめろ。警備兵に捕まるぞ」

胎児が成長し、さらに腹が肥大化したことで、妊娠初期に着用していたマタニティドレスは、腹回りが通らなくなっていた。

最近のシルヴィアは、裸体に羽織だけで過ごしている。超巨大なボテ腹となったシルヴィアが着こなせる服を用意するには、特注するしかなかった。ルキディスは王都の服職人に、シルヴィア専用の婦人服を作らせた。

いくらドレスで身体を覆っても、大きく膨張したシルヴィアの孕み腹は隠し通せない。怪しまれたのなら、多胎児を妊娠していると言うしかない。

稀有《けう》とはいえ多胎児の妊娠は、普通の人間にもありえることだ。七つ子とでも言い張り、押し通すしかないだろう。胎内に魔物が十三匹いるとは、言えるはずがないのだから。

「婦人帽子のフェイスベールで素顔は隠せ。特に王都を巡回している警備兵の前ではな。少なからず、知り合いはいるだろう」

ルキディスはシルヴィアの頭に、覆面布の付いた婦人帽子を載せる。

ラドフィリア王国の都は広い。だが、偶然出会ってしまう可能性は否定できない。友人は少ないと聞いているものの、同僚は数多くいたはずだ。シルヴィアの顔を知っている警備兵と遭遇する危険性は高い。

「くふふ……っ。この姿になった私を見て、気付いてくれるとは思えないけれど？」

苦笑いしながら、シルヴィアは風船のように丸々と膨らんだ腹を、両手で抱え上げる。身籠もってから、この変わりようだ。人間時代でも大きかったバストが、妊娠の影響でサイズアップしている。

肉体の変化は、顕著に現れていた。そして、内心の変化は殊更に顕著だ。心身の堕落をシルヴィアは嬉々として受け入れていた。

「念には念をだ。詰まらないことで、正体が割れてしまっては、格好が付かない」

◇◇◇◇◇◇

日差しが穏やかな昼下がり、冥王と三人の眷族は王都を囲む外壁を出て、外地にある湖を訪れることにした。

黒塗りの馬車には四人の魔物が乗っている。馬車を牽引《けんいん》しているのは、生きた馬ではなく、青銅製の馬だ。その馬の正体は、青銅馬《ブロンズ・ホース》と呼ばれる馬の形をしたゴーレムである。

青銅製のゴーレムは生きている馬と違って、疲れを知らない。都合のいいことに、生き物ではないので、魔物を怖がったりもしない。魔石を燃料にして動く、魔術文明の利器である。

「ラドフィリア王国は素晴らしい国だ」

ルキディスはラドフィリア王国に賞賛の言葉を送った。皮肉の類いではなく、本心からの言葉だ。

「そんなに素晴らしい国かしら……？　普通の国だと思って、今まで暮らしてきたわ」

窓の向こうに広がる景色は、特段の感慨を感じさせない。シルヴィアからすれば、日常的な風景だった。ルキディスの絶賛が、シルヴィアだけは理解できなかった。

「非武装で外壁を出ても、無法者に襲われる心配がない。

一般的に考えると、これは素晴らしいことなのニャ。サピナ小王国で育った獣人からすると、仰天するくらい治安が良いニャ～」

「治安だけじゃない。都に繋がる主要な街道は、全て舗装されている。サピナ小王国は街道どころか、城下街の道すら舗装が怪しい。国家予算に余裕ができれば、舗装くらいはやりたいと思っているが……、それよりも食糧問題のほうが……いや、そもそも物流を改善しなければ……」

冥王が抱え込んでいる行政的な悩みは多く、しかも深刻だった。

「せっかくの休日なんだから、仕事のことは忘れたほうがいいと思うニャ……。冥王様には休息が必要なのニャ。過労で死ぬなんて結末を迎えたら、人間達に笑われてしまうニャ！」

「それもそうだな。最近は働き詰めだった。本来であれば、創造主が定めた安息日は休まなければならない。冥王の最期が過労死なんてことは、避けなければ……」

馬車は六人分の座席があるので、ルキディスと二人の眷族がくつろぐのに十分な余裕がある。車内にいないシェリオンは、御者席で青銅馬《ブロンズ・ホース》の手綱を握っている。

「これから行くのは、人工の湖らしいな。話には聞いていたが、実際に訪れるのは初めてだ」

冥王一行を乗せた馬車が向かっている湖は、王都ペイタナの暮らしを支える重要な水源として知られている。

「大昔に造られた人工湖で、数十年の治水工事を経て完成させたと聞いているわ。重要な場所だから、訓練兵だった頃に、湖の水道施設を見学をしたことがあるわ」

「にゃるほどね……。生活水を湖に依存しているのなら、湖の水を汚染すればとっても面白いことになりそうニャ！」

「くふふふっ。ユファの考えはとっても面白いと思うわ。でも、とっても大きな人工湖だから、毒を混ぜても薄まってしまうわ。仮に全ての水を汚染できたとしても、水道の浄化施設で無害化されてしまうでしょうね」

「それにゃらば、水道そのものに毒を入れたほうがよさそう」

「警備は厳しいけれど、浄化施設に侵入できれば、水道の水を汚染できるはずよ。水道の水を飲んで誰かが死んだら、王都は大騒ぎになるでしょうね。誰も水を飲めなくなるから、毒で死ななくても、渇きで沢山の人間を殺せるはずだわ」

「僕なら遅効性の毒を使うニャ。すぐに効果が現れない毒を使えば、被害を拡大させることができるから」

「せっかく外に連れ出してやったのに、なんて物騒な話を……。水道に毒を混入させるなんて、誰かに聞かれたら極刑ものだぞ」

「あら？　魔物の王様とは思えない発言だわ。魔物になったのだから、殺伐とした思想になってしまうのは、当然じゃないかしら？　私をこういう風に歪めたのは、ご主人様のはずでしょう？」

「そうニャ！　僕達の心優しい乙女心を穢したのは、ルキディスなのニャ〜！」

「責任転嫁は勘弁してくれ。まあ、冥王が魔物の異端児であることは認めるがな。眷族は冥王に比べ、純粋な魔物に近い。一方で冥王は魔物としての衝動が弱い」

「奇妙な話だわ。魔物の支配者なのに、魔物としての衝動が弱いなんて」

「冥王は人間の雌を眷族化させる。つまり、人間を滅ぼす魔物のくせに、人間を愛する魔物だ。人間を理解できる唯一の魔物だと自負している。本来、魔物が人間に抱く感情は殺意だけだ。人間を愛することができる魔物は、この世で俺だけ。それが冥王の強さだ」

「愛の力で滅ぼすってこと？　とってもロマンチックに聞こえるわ」

「ありがとう。シルヴィアの産む赤子には期待している。俺と貴様の愛によってできた子供だ」

ルキディスは、シルヴィアの膨らんだ腹を撫でてやる。冥王の瘴気を感じ取ったのか、胎児達は子宮内で蠢いた。

「あっ♥　赤ちゃんが悦んでるっ……♥」

子宮内に広がる羊水の海を、十三匹の魔物が泳いでいる。シルヴィアは出産日が一日でも早く訪れることを願った。

「蹴ったニャ」

「間違いなく気性は母親似だな」

ルキディスの暖かい言葉は、シルヴィアに幸福を与えた。冥王の赤子を産めることに、この上ない悦びを得ていた。

「ご主人様と私の子供なら、家の中で大人しく育つとは思えないわ。産んだ後、子供達はどうするの？」

「王都では育てられない。シルヴィアには悪いが、我が子との交流はしばらくできない。子育てのことは心配するな。サピナ小王国に送る予定だ。シルヴィアには悪いが、サピナ小王国で血族を管理しているのは、子育て上手のエリカだ。エリカは血族の扱いに優れている。誰の子供でも、大切に育ててくれる」

他の眷族や苗床が産んだ子供であろうと、それはルキディスの子種から生じた子である。冥王の御子を蔑ろにするような眷族はいない。

そもそも眷族には、本当の親子愛がない。あくまで冥王への忠愛の一部として、子供を大切に育てているだけである。生まれた子供は冥王の兵であり、状況次第で使い潰す消耗品だ。

「あっ、そういえば報告することがあったニャ。この前サピナ小王国に送った苗床は、活きが良いから実験台にするって、サロメが手紙を送ってきたニャ。今の苗床は一年くらいで死んじゃうから、もう少し長持ちしないか研究するとか」

「活きの良い苗床……。この前送ったということは、カトリーナのことか？　ふむ、そうだな。苗床が産む血族も、立派な戦力だ。苗床が長持ちする研究は悪くない。しかし、その気になれば苗床は、いくらでも作れる。その辺の女に種付けすれば量産できるからな。今、必要とされているのは眷族だ。シルヴィアを眷族化させることができたのは大きい。元警備兵なら、都の事情に精通しているだろう。シルヴィアのおかげで、王都近郊での活動が容易になった。シルヴィア・ローレライ。俺のために働いてくれるな？」

「今の私は冥王の下僕。身も心も捧げて、ご主人様にお仕えしますわ」

「眷族は伴侶だ。俺はシルヴィアを奴隷として従える気はない。冥王の妻として、支えてくれることを望む。さて、五人目の眷族は得たが、まだ少ない。現状の戦力では、人類に対抗できない。眷族化の条件さえ分かれば、今後の計画が立てやすくなるのだが……。これまで眷族となった五人には、処女で巨乳という特徴がある。しかし、俺としては、それが眷族化の条件とは考えたくない。そもそも、サピナ小王国で革命を起こした時も、貴族の妻や娘に種付けをした。その中には処女もいたし、巨乳もいた。けれども、誰一人として眷族となれず、苗床に堕ちてしまった」

「それだけど、新しい仮説が宰相閣下から提唱されたニャ」

「それはサロメの手紙に書いてあったことじゃないのか？　今朝届いたのなら、なぜもっと早く俺に教えない」

「教えようとしたニャ。でも、ルキディスはシルヴィアの膣穴を弄るのに夢中だったから、僕が預かってたニャ」

「弄っていたとは、人聞きの悪い。診察と言え。それで、サロメは何と言っている？」

「僕の提唱した巨乳処女説は否定されたニャ」

「それは言われなくても分かる。サロメが肯定したことは一度もなかったからな」

「でも、全否定はされてないニャ。一部の要素としては機能している可能性があるそうニャ！　手紙の重要なところを朗読するニャ。『今までの結果を分析するに、私達が適性や器と呼ぶ眷族化の条件は、複合的な要素からなると考えられます』」

「……サロメの声真似する必要があるのか？」

「雰囲気は必要ニャ～。それに上手でしょ？　ともかく続けるのニャ。『具体的には〈好感度〉〈遺伝子〉〈才能〉の三要素です。三要素の総合値が高い場合には眷族化し、低い場合は苗床化するものと推測されます。〈好感度〉は冥王からの評価です。容貌が優れているなど、冥王の好みに合致しているかです。〈遺伝子〉は母体としての優秀度です。眷族は冥王の御子を産む存在です。母体としての優秀さが求められます。〈才能〉は眷族となる人間個人の能力です。眷族となった時、冥王の役に立つ眷族でなければなりません。よって、才能がある雌は眷族になりやすいと考えられます』。これがサロメの提唱している三要素説なのニャ。冥王からの好感度、母体としての遺伝子、そして個人の才能、その三要素で眷族化が決まるってさ」

「……ユファって真面目な口調で喋れたのね」

「シルヴィア、僕はそんな感想は求めてないニャ。それに僕はいつだって真面目ニャ。普段は素顔を隠してるだけで、実は滅茶苦茶クールなレディなのニャ!!」

「何でもいいが、巨乳処女説よりは、信じられる仮説だな」

「僕の提唱してた巨乳処女説だって、それなりに論理的では？」

「俺の考える論理と、ユファの論理は別物ということは把握した」


「ユファが言っていたのは、巨乳で処女なら眷族になれるってことでしょう。一度も会ったことはないけれど、サロメという眷族が言っていることのほうが、説得力があるわ。質問をしていいか迷うけれど、……ご主人様っておっぱい好き？」

「言いたくないが、巨乳だったら好感度は高い。本音を語れば好きは好きだ」

「言わずとも皆知ってるニャ。ルキディスは、おっぱいの大きい子が大好き♥」

「巨乳……ね」

シルヴィアにとって自身の豊胸は、ちょっとしたコンプレックスであった。しかし、今はちょっとだけ感謝する。

「しかし……、自分の性的愛好をこうして分析されるのは気恥ずかしいな」

自己分析すれば、始祖の眷族であるシェリオンの影響が大きい気がした。

美乳かつ超乳のシェリオンを、冥王は最初の眷族として迎え入れた。胸が大きい女体に魅力を感じるようになってしまったのは、シェリオンがきっかけだと思われた。

また、シェリオンは最強の眷族だ。緊急時に身を守ってもらう相手に、特別な感情を抱いてしまうのは、当然のことなのかもしれない。

「巨乳や処女であれば好感度が上がるってこと……？　ふーん。それなら私の処女を捧げることができてよかった」

「言っておくが、シルヴィア。巨乳が好きなのは事実だが、処女膜を破ることに特別の意味は見出してないぞ」

「それについては、僕に心当たりがあるニャ。ルキディスは妙なところで真面目だから、処女を散らすと責任を感じるんだと思うニャ。意識してるかは分からないけど、処女を捧げてもらったからには、責任を取るとか考えてそうニャ」

「処女じゃなくても責任は取ってるつもりだ。一度でも交われば、いずれは魔物化してしまう。苗床に堕ちても、雑に扱ったりはしない。身体が朽ちるまで、子供を産ませてやっている。サロメの提唱する三要素説は、ユファの巨乳処女説より、確度が高い。しかし、三要素説では、サピナ小王国で眷族を作れなかったことに説明がつかないな。俺は巨乳や処女だって犯した。あの中には、そこそこ見込みのある雌が含まれていた。なぜ、全員が苗床堕ちしたのだろうか……？」

「それはやっぱり好感度の差ニャン♪」

「それはどういう意味だ……？」

「僕やシェリオンのことがあったから、ルキディスは、サピナ小王国の王族や貴族が大嫌いだったはず。巨乳や処女でも、サピナ小王国の貴族ってだけで、自分で考えてるより好感度が低かった。そういうことはありえるはずニャ」

「ああ……、そう言われれば、そうだった。サピナ小王国の貴族は腐っていたな」

指摘されて、ルキディスは初めて気付いた。

サピナ小王国の腐りきった王族と貴族は皆殺しにしてやると、冥王は創造主に誓った。

中央政府を乗っ取り、捕らえた王族と貴族を処刑した本当の理由。

人類を滅ぼすためだったのか、それとも奴隷として酷使されていたサロメやユファの復讐だったのか。どちらにしても、心の奥底には、強い憎悪が残っていたはずだ。

（サピナ小王国の貴族が眷族化しなかったのは、俺が無意識で殺そうとしていたから。そう考えれば辻褄は合う。しかし、私怨で虐殺というのは、冥王としてはどうなのだろう。激情に動かされる。まるで人間のようではないか……？優秀な眷族となれる人材がいたなら、損失が大きい。感情的な選別……、好きか嫌いで、選別するのは不合理だ）

今まで種付けした雌は、全て愛を注いだつもりであった。けれど、憎しみと愛は両立する。サピナ小王国の貴族を犯している時に、憎しみが皆無だったかと問われれば、答えは否だ。

「この前に苗床化した人妻ちゃんだけど、あれは遺伝子と才能が欠けてたと思うニャ。容貌は及第点だったけど、優秀な血筋ってわけじゃなかったし、特別な才能があったわけでもないニャ。人妻ってことでルキディスは、愉しんでたみたいだけど、最後は家族を捨てたから、魅力が減ってしまったニャ。家族を裏切っている女だから魅力的なのに、家族を捨てたら普通の女になってしまうニャ」

ルキディスはカトリーナが苗床化した日の夜を思い出す。

カトリーナは愛息子を「どうでもいい」と吐き捨てて、ルキディスの子を孕もうとしていた。その時のカトリーナは妻でも母親でもなかった。快楽を貪る淫獣だ。

「分析としては正しいかもしれない。シルヴィアが眷族化したのは、三要素を満たしていたからか」

「私自身には自覚はないのだけど、母体としての優秀さとか、才能があったのかしら？　客観的に見ると、私はそこまですごい人間だとは思っていなかったのだけど……」

「眷族となった今だから言うが、シルヴィアは俺達を追い詰めていたんだぞ」

「え……？」

シルヴィアはきょとんとした表情を作った。

「シルヴィアは、娼婦の連続失踪事件を調べて、俺達の住む家に辿り着いた。念入りに情報工作をしたから、ペタロ地区までは辿り着けても、俺の居場所を見つけ出すのは難しい。普通の手段では到達できないはずだ。だが、シルヴィア・ローレライという人間は、僅かな情報だけで冥王を探し当てた。しかも、同居人が二人いることや、サピナ小王国に荷物を送っていることまで知っていた」

「調べれば分かることよ。特別なことはしてないわ」

「俺は姿形を自由に変えられる。消えた娼婦の格好をして街を出歩き、失踪日をずらしたりもしていた」

「私が気になったのは、失踪事件が始まったのが一ヶ月前で、ご主人様が引っ越してきたのが一ヶ月前だったからよ。それだけ」

「それが俺のアリバイだった。あの時、俺達は三週間前に引っ越してきたように装っていた。失踪事件が起こった後に、引っ越してきていたように偽装工作を行った。なのに、シルヴィアは俺の偽装に惑わされず、一ヶ月前に引っ越してきたことを知っていた。偽装工作が最初から看破されていたのは、大きな誤算だった。シルヴィアの過ちは、単独で動いたことだ。もし二人組で行動していたなら、あるいは上司や同僚に定期的に報告をしていたのならば、俺はサピナ小王国へ逃げ帰っていた。運も味方したんだろうが、俺達としてはかなり危険な状況だった」

「嬉しいわ。失敗をしたことが一番嬉しい。だって、一人でご主人様の家に行かなかったら、私は人間のままだったんでしょう。ご主人様と結ばれず、この子達を宿すことはなかった。運命に感謝するわ」

「俺も嬉しいよ。シルヴィア。優秀な眷族を迎え入れることができた。これからは冥王の伴侶として、才能を活かしてくれ」

車内でルキディスとシルヴィアは、熱い接吻を交わす。その様子を見ていたユファは、肩を竦《すく》めて呟いた。

「お熱い新婚夫婦ニャ」

魔物達を乗せた黒馬車は、人工湖の畔《ほとり》に停車した。シルヴィアが言っていた通り、その湖は都の生活水を蓄えるために造られた巨大な水瓶だった。

水の流出を防いでいる堤防と水門は、城壁のように美しい。建材には耐水煉瓦が惜しみなく使用され、何らかの術式で補強がされていた。

「壮観だな。観光名所にしてもいいくらいだな。あれを作るには、大規模な治水工事が必要だったはずだ。ラドフィリア王国の誇る建築物といったところか」

サピナ小王国には大河があり、さらに湧き水が豊富なので、水源で困ることはなかった。しかし、水害には頭を悩まされてきた。

仕事のことは忘れる日と決めた。けれど、考えずにはいられない。もしサピナ小王国の河川に、あのような堤防を築けたら。もし街道沿いの山肌を補強できたなら。

それが可能なら、氾濫や土砂崩れでの被害を減らせるだろう。しかし、上下水道すら整備できていないのが、サピナ小王国だ。大規模な治水工事など、夢のまた夢だった。

（眷族に産ませた魔物を使えば、そこそこ大規模な工事はできるが……、魔物を使役していたら、人外が国を支配していると暴露するようなものだ。山岳地帯にあるとはいえ、魔物の存在は隠し通せない。隠蔽の業に秀でた術師を、眷族にすることができれば……、いや、無い物ねだりはやめておこう。眷族も血族もよく働いている。サピナ小王国の人間には、もう少し耐えてもらうしかない）

現在、冥王が産ませた血族は、人里離れた鉱山で鉱石採掘に励んでいる。地下での作業なら、魔物が働いていても人目につかない。また、魔物は毒に対する絶対耐性を持っているので、鉱毒で死ぬことがなかった。

人間と違って、報酬を支払う必要もないので、鉱石を低コストで採掘できる。ただし、落盤事故などによる犠牲を忘れてはならない。天井を木材で補強させているが、落盤事故による血族の大量死が報告されていた。

留守番をしているサロメが、苗床の生存期間を伸ばそうとするのは、使い潰している下級血族が多いということだ。

血族の消費が生産を上回れば、手足として動く戦力がいなくなってしまう。

（国力が安定したら、無茶な採掘はさせないようにしたいな。血族は消耗品であり、使い捨てる存在なのは分かっている。しかし、働き蟻のような存在であっても、我が子には違いない）

サピナ小王国は、革命の時に大規模な奴隷解放を行っていた。鉱山で強制労働をさせられていた獣人を解放して、革命は勢い付いた。

革命が成し遂げられ、現在も民心を掴めているのは、奴隷鉱夫の解放が大きな要因だ。しかし、その代償は血族が支払うことになった。

「難しい顔をされていますね」

シェリオンが淹《い》れ立ての紅茶を渡してくれた。

眷族は食欲がないので、人間の食事を不味いとしか感じない。けれど、冥王はそうではない。人間のように食事を楽しむことができた。

「先のことを考えていた」

メイドのシェリオンは、冥王のためだけに食事を作ってくれる。彼女の作る料理は悪くない味だ。しかし、作っている当人は、食事を味わうことはできない。

「どうやって俺の勢力を拡大して、人類を滅ぼすか。寝ても覚めても、考えることはいつだって同じだ。創造主が与えた使命を……」

「どうされました？」

「すまない。今はそういう時間じゃなかった」

ルキディスは息を吹きかけて、蒸気が昇る紅茶を冷ます。

湖畔は人気のスポットであるらしいが、奥地は人がやってこない穴場とシルヴィアは言っていた。普通の馬では、ここまで馬車を引っ張ってこれないので、まず誰かと出くわすことはない。

ルキディスとシェリオンが優雅な一時を過ごしている一方、ユファとシルヴィアは家から持ってきた遊戯盤《ボード・ゲーム》に熱中していた。

見かけによらずユファは頭が回り、この種の頭脳ゲームを好んでいた。意外なことであるが、賢そうに見えるシェリオンは、完全な脳筋気質で、こういったゲームは不得意である。

以前に、シェリオンと拮抗した勝負を行っていたシルヴィアが、ユファに勝つことはありえない。そのようにルキディスは分析する。

実力差があるにもかかわらず、熱中できるだけのゲーム展開になっているというのなら、ユファが相当のハンデを背負っているか、手加減をしてやっているということだろう。

「負けたわ。私の負け……。強すぎ……」

「にゃははは。これで僕の三連勝なのニャ！」

ぎりぎりまで粘っていたが、ついにシルヴィアは降参した。

「外に連れてきても、やってることは家でやることと変わらないな」

三人の美女を侍らせている身なりの整ったこの青年が、魔物の王であると誰が分かるであろうか。

敗北したシルヴィアは、盤上の駒を整理しながら、忠誠を尽くすと決めた魔物の支配者に質問する。

「ご主人様。ラドフィリア王国をどうやって滅ぼすのか教えてほしいわ。サピナ小王国を滅ぼしたように、革命を起こして国を乗っ取るのかしら？　人間だった頃の私が守っていた祖国。それをどんな風に蹂躙するのか教えてほしいわ」

「期待外れで悪いが、ラドフィリア王国に手を出すつもりはない。サピナ小王国は、ラドフィリア王国という大国に依存している小国だ。革命は成功したが、サピナ小王国の国力は弱っている。二兎を追う者は一兎を得ず。まずは自国の国力強化に努める。ラドフィリア王国が滅ぶと非常に困る。下手をすれば戦乱の世になるぞ」

良い機会なので、冥王の基本戦略をシルヴィアに教えることにした。

「俺達は人類との戦いを回避する。戦争という暴力的手段は極力使わないつもりだ。サピナ小王国でやったような、大立ち回りはしない。あれはリスクが高い」

「戦いを回避する……？」

シルヴィアには冥王の意図が理解できなかった。魔物とは人類を殺戮する存在だ。その魔物の王が、人類とは戦わないと宣言したのだ。先の発言は、使命の放棄に等しく思えた。

「戦争を起こせば、人類は結束してしまう。幸いなことに人類は魔王を滅ぼし、長い平和が永久に続くと信じ込んでいる。冥王の出現は周知されていない。存在が認知されていないのなら、確実に勝てる状況を作るまで、戦争は起こさない。サピナ小王国を隠れ蓑に、ひたすら戦力を蓄える。兎にも角にも、サピナ小王国の復興、そして眷族作りが最優先事項だ。誰一人として、冥王の出現に気付いていない。この状況を最大限利用しなければ大損だ」

かつて存在した魔王と違って、冥王は強大な力を持たない。大規模な侵略行為をするつもりは毛頭なかった。

「平和的に人類を衰退させるのが理想だ」

「平和的に？　そんなことが可能なのかしら……？」

「人口を減らすのにもっとも効果的な手段は、虐殺ではない。社会の高度化に伴う少子化だ。不可思議に聞こえるかもしれないが、人間という生き物は国が豊かになればなるほど、子供が少なくなる。面白いことに、国が貧しくなると子沢山になって人口が増える。それなら豊かな社会を与えてやる。少子化によって、人類を衰退させる。それが最良の手段だ。たとえば俺がエリュクオン大陸を統一して、最高の大陸国家を作ったとする。その際、俺が国民を皆殺しにしようとすれば、国民は反逆するだろう。しかし、自然に数が減るとすればどうだ？　子供の教育費を意図的に高く設定し、独身者や子なし夫婦を優遇する。夫婦一組につき一人しか子供を持てないようにすれば、時間はかかるが人口が半減していく」

「ご主人様、それって何百年かけてやるつもり？」

言っていることは理解できるが、悠長な作戦だとシルヴィアは思った。平和的ではあるが、時間が掛かりすぎる。

「数百年……、ひょっとしたら千年以上かかるかもしれない。だが、これが一番効率的だ。戦争を起こすのは最終手段だ。確実に勝てる状態でなければ、蜂起する必要はない。魔物には寿命がないし、病で死ぬこともないからな。待つことで勝てるのなら、いくらでも待ってやるさ。それこそ千年だろうが、万年だろうが、それで勝てるのなら俺はかまわない」

冥王は本気で言っていた。人類と正面から戦って、魔王は敗れたのだ。

魔王より弱い冥王が同じことをしたら、同じように滅ぼされるだろう。眷族を極限まで強くしても、冥王は弱い魔物だ。冥王が死ねば、眷族と血族も死ぬ。自分が勇者ならば強い眷族は放置し、弱い冥王を狙い撃ちにする。

理想は冥王の存在が知られないうちに、人類が滅びてくれることだ。

ルキディスは理想の社会を提供してやるつもりだ。平和と自由を与える代わりに、子供を作らせない。

未来を代償に安寧を与え、人類を滅ぼす。殺戮が大好きな眷族からは不評な方針であるが、それが冥王の基本戦略だった。

「あくまで理想論だ。冥王の存在が露見したら、戦略を変える。今は冥王の存在を人類が知らない。だから、荒事を避けているということだ」

空腹を覚えたルキディスは、シェリオンにそれとなく目線を送った。

周りに人の気配はない。だが、ここが人で溢れた市街の広場であったとしても、シェリオンは気にせず、冥王の望みを叶えただろう。

シェリオンはメイド服のボタンを外し、上着を半分だけ脱いだ。黒いブラジャーをずらすと、巨大な美乳が姿を現した。

　牛の獣人であるシェリオンは、眷族の中で最大のバストサイズを誇る。

　始祖の眷族であり、同時に最強の眷族であるシェリオンは、冥王の大好物を生成することができた。

「どうぞ。ご賞味ください」

　冥王は喉を鳴らして、曝け出された乳首にかぶり付いた。母乳を献上しているシェリオンは、恍惚とした表情で、冥王に身を委ねている。母牛に甘える子牛のように、冥王は乳腺から湧き出る白い蜜を吸う。

「あっちはあっちで、お楽しみ中なのニャ～」

「頭使うのは嫌だから、運の絡むゲームがいいわ」

「運の絡むゲーム。んにゃ、それならポーカーをするニャ。イカサマはなし？　それとも何でもあり？　僕はどっちもいいのニャ」

「なし」

「かしこまりニャ！」

　ユファとシルヴィアがポーカーに興じる中、ルキディスはシェリオンの超乳を味わう。舌先で乳首を舐めつつ、両手を使って乳房を乱暴に扱《しご》く。勢いよく湧き出てくる母乳が、ルキディスの口内を満たしていった。

「にゃるほど、この手役だと……。んニャ、んニャ。この勝負は僕が貰ったニャ」

「ユファ……。言っておくけど、私だって強い手なんだから。侮らないほうがいいわ」

「奇遇。僕の手も素晴らしいの一言に尽きるニャ」

「それなら勝負してみましょうか？　結果はやる前から見えているけれど、ユファがその気なら受けて立つわ」

「自信があるニャ。ルキディスの射精三回分を賭けるニャ」

　授乳プレイを楽しんでいた冥王は、眷族達の奇妙なやり取りを聞く。

「どうするニャ……？　勝負から下りるなら、一回分の権利を置いてほしいニャ」

「もちろん倍賭《レイズ》するわ。射精六回に上乗せ」

　シルヴィアは真剣な目付きでユファを見る。対するユファは意味深な笑顔で、手札の真相を秘匿していた。強く見ることもできるが、虚勢のようにも思える。だから、シルヴィアは倍賭けでユファの反応を窺ったのだ。

「同賭《コール》ニャ……」

　表情に変化は起こらない。しかし、声は気弱だった。それがあまりにも演技臭い。

「半倍賭《ミニマム・レイズ》。射精九回に上乗せするわ」

「にゃるほどね。シルヴィアの手の内が読めてきたニャ。それなら僕は倍賭《レイズ》しようかな。十八回分の権利を賭けるニャ。これで僕が勝ったら、シルヴィアはしばらくお預け状態ニャ。これでも同賭《コール》できるかニャ？」

ついにルキディスは看過できず、二人に待ったをかける。

「おい、ちょっと待て……っ！　貴様ら、一体何を賭けてるんだ⁉」

質問に答えたのは、シェリオンだった。

「ユファとシルヴィアが賭けているのは、射精の権利です。私はゲームが弱いので、あまり好きではありません。頭ではユファに勝てませんし、直感ではシルヴィアに負けっぱなしです……」

「俺がいない時にそんなことをしていたのか……？」

「お遊びの一環です。ご主人様が家を空けている間、とても暇だったので、夜はずっと賭けをやっていました。私は惨敗したので、破産中です。私のことを哀れに思うのなら、お情けをいただけると嬉しいです」

「破産したのか……？」

「はい。ご主人様が知っている通り、私は引き際を誤りがちです。前半で大勝して気をよくしていたら、後半で負かされ続けました。負債の上限を決めていて、本当によかったです」

「シェリオン。どれだけ負けた？」

「ユファとシルヴィアに、それぞれ三十回分の権利を取られました。複数性交の時は、ユファとシルヴィアに射精してください。悔しいですが、負けは負けです。なるべく早く精算したいので、何卒よろしくお願いします」

「ま、まあ……、楽しみは必要だからな。しかし、限度は必要だ。それとシェリオン。貴様は二度とああいう賭けはするな。殺し合いなら、貴様の右に出る者はいないが、小難しいのは苦手だろう」

「二度としないと心に決めています。それよりご主人様。どうぞ、お食事の続きをなさってください」

ルキディスは、促されたので食事を再開する。

最強の眷族がギャンブルで負債を背負わされるとは思ってもいなかった。シェリオンは律儀に負債を精算するつもりのようだが、冥王の絶対命令権を使っての徳政令を検討する。

（シェリオンの気性は知っている。我慢強いが、爆発すると抑えられないタイプ。賭けごとには滅法弱い。それはユファだって知っているはずなのに……。まったく、悪乗りが過ぎる。しかも、射精される権利を賭けているなら、大変なのは射精をする俺のほうじゃないか？　王として、手を打つべきだ）

◇　◇　◇　◇　◇　◇

シルヴィアが魔を受胎して一ヶ月目、出産の日がやってくる。シルヴィアは子宮の収縮を感じ取った。

それが陣痛の一種であることを、シルヴィアはシェリオンから聞かされている。出産が近くなると、膨れ上がった子宮が収縮し、子供を体外へ排出させる準備運動をするようになる。

「痛みはあるか?」

「ちっとも痛くない……。それどころか……、すごく、気持ちいいのぉ……。お腹の子供達が、私の中で遊んでるのが分かる。でも、もう私の中にいるのは退屈みたい。外に出て、ご主人様に会いたがってるわ……ぁあっ!」

シルヴィアが座っているのは、地下の白い部屋にある分娩台だ。手足を固定すれば拘束椅子となるが、わざわざそんなことをする必要はないので、革のベルトは使っていない。両脚を広げたシルヴィアは、うきうきとしながら出産に備えている。

子宮の収縮運動が始まると、膣奥にある子宮口が開いていく。胎内の赤子は、子宮口が開かないと外に出てくることができない。成熟して分娩期が到来すると、子宮口の開大度が最大に達する。

母体の準備を感じ取った魔物の赤子は、出産に向けて動き出す。

「――――――っ、んぁっ! 赤ちゃんっ、来たっ……!!」

シルヴィアは、力んだ声を上げた。子宮口が全開大し、卵膜が破れて羊水が膣口から流出する。

「んぁあぁぁっ……! あぁっあ……!!」

シルヴィアの胎内には、十三匹の胎児がいる。冥王の赤子は、子宮の収縮に促されて、開かれた出口へと向かっていった。

(すごぃぃい……っ! 私、赤ちゃんを産んじゃうぅ……! 魔物の母親になっちゃうぅ!!)

シルヴィアは息を荒くしているが、それは痛みのせいではない。王の子を産めることに、興奮しているからだ。

眷族の役割は、冥王の身を守ることと冥王の子を産むことの二つである。シルヴィアの産む子供は、人類を脅かす可愛い怪物達だ。

「ほら、あと少しだ。頭は見えているぞ」

夫は妻に励ましの言葉を贈る。冥王の言葉に歓喜したのか、赤子達の動きがより活発となった。

「ひぃぐぅぅ……っ! 赤ちゃんが、んぁっ! 私の膣道を押し開けてるわぁ……っ♥」

骨盤が広がって、赤子の上半身が膣から出てきた。

――――ルキディスとシルヴィアの赤子は、『狼の姿』をした魔物だ。黄金色の体毛は、母親譲りだろう。冥王の子は、母親の遺伝が強く現れる。赤子の体毛は、羊水と膣液でびしょびしょに濡れている。

「可愛い子だ……」

父親となった冥王は、我が子を抱きかかえる。狼の姿をしているが、普通の狼とは違う。額《ひたい》には、大きな目があって、三つ目だった。頭部には山羊の角が二本、尻尾は蠍《さそり》の尾で先端に毒針がある。

産まれたばかりなので、羊の角や蠍の尻尾は柔らかい。脱皮したばかりのカニのような感じだ。

「おっと……！　舌は蛇になってるのか。いい具合に因子が混ざっている。利発そうな子供だ。ほら、俺がお父さんだぞ」

赤子の口内には、蛇が潜んでいる。この魔物の舌は、目のない小さな黒蛇だった。

「んぁっ……！　んぁぁっ……!!　ぁあうぅぁっ……！！！」

ルキディスが第一子を愛でている間も、シルヴィアは出産を続けていた。三つの目、山羊の二本角、蠍の毒尻尾、そして舌は黒い蛇。体毛と瞳は母親譲りで、金毛と深緑だ。

「ご主人様。その子をこちらに」

シェリオンは、ルキディスが抱きかかえている子を渡すように言ってきた。

ルキディスが抱いている赤子は、まだ臍《へそ》の緒がついている。十三匹の魔物は、シルヴィアの胎盤と繋がったままだ。

「名残惜しいな……。この子達を、サピナ小王国に送らないといけないなんて」

ルキディスは、赤子をシェリオンに渡した。シェリオンは手際よく、臍の緒を切って産後の処置をしている。シェリオンは処置を終えた赤子をユファに渡す。

ユファは、熱水で赤子の身体を洗う係だ。体液や血液を落として、柔らかい布で包んでいる。

（できるものなら、我が子を王都で遊び回らせたいが、そういうわけにもいかない。ラドフィリア王国の都に魔物が出現したら、大騒ぎになってしまう。憲兵団どころか、国軍が動く重大事件となる。サピナ小王国を大きくしたら、子供の遊び場を作ってやって、『人間』を使って自由に遊ばせてやりたい……）

出産を終えたシルヴィアは、魔物の母親となった。そして彼女自身の肉体にも変化が生じていく。

生来の美貌は変わらないが、頭部から山羊の角が生え出

す。尻の先にある尾骨が伸びて、蠍の尻尾が形成された。その尻尾の先には毒を噴射する毒腺があり、人間の身体を溶かすことができる。さらに両手と手足の爪が発達して、人間を引き裂く鉤爪《かぎつめ》となった。

「――――魅力的な姿になったな。シルヴィア」

冥王は、魔物の姿を得たシルヴィアを祝福する。赤子の出産に酔いしれているシルヴィアは、微笑み返すことで王の言葉に応えた。

出産を終えたからといって、すぐに腹が引っ込むようなことはない。胎児を出産して、シルヴィアの胎は空っぽになったが、子宮の膨れは引いていないので妊婦腹のままだ。それに、出産はこれで終わりではない。

これからは七日周期で子を産み続けて、産み慣らしをする予定だ。最低でも百匹は産んで、出産に慣れさせる。

「魔物の姿を晒すなよ。絶対にな」

愛し子を産み終え、母親となったシルヴィアにルキディスは労いの言葉を贈る。だが、それと同時に警告も与えていた。出産を終えたシルヴィアは魔物の姿を得たが、その姿を人前に晒すようなことは絶対にあってはならない。潜入が露見したら、冥王の苦労が全て台無しになってしまう。

「とっても気分がいいわ。生まれ変わったみたい」

「まさしくシルヴィアは、生まれ変わったニャ。おめでとうなのニャ……」

「ユファは、最近気落ちしているわね。そんなにあのことを気にしているの？」

「もちろんニャ。あれは卑怯だニャ。出産を終えたシルヴィアは気分が晴れてるだろうけど、僕は憂鬱ニャ」

実は出産をする前日に、ユファとシルヴィアは賭けで大負けしていた。

シェリオンが以前に負けた分を取り返したいから、ポーカー勝負をしようと持ちかけてきたのだ。ユファとシルヴィアは断った。負債を背負わせすぎると、ルキディスに叱られると思ったからだ。しかし、シェリオンはルキディスの許可があると言う。

何としてでも負けを取り返そうとするシェリオンから、再び巻き上げようとした二人は勝負を受けてしまった。

――――それが間違いだった。

前半は大勝ちしたが、最後の最後でユファとシルヴィアは大負けして破産させられた。

シェリオンは熱くなるタイプで、強い手札がきたら猪突猛進する。頭を使うのが苦手と自他共に認めている。戦闘のセンスはピカイチなのだが、こういったやり取りは不得意な性格だ。

頭の回るユファや鋭い直感力を持つシルヴィアからすれ

ば、容易すぎる相手なのだ。ところが、その時のシェリオンは、とんでもない豪運だった。というか、後半は明らかにイカサマをして勝っていた。シェリオンでは考えつきもしない悪辣な勝ち方で、前半の負けを取り戻し、ついにはユファとシルヴィアを破産させた。

二人の敗因は欲に目がくらんで、シェリオンの姿をしている人物の正体を見抜けなかったことだ。

「気付くのが遅すぎたニャ……。妙な感じはしたのニャ～」

敗北後、破産した二人は中身が違うことに気付いた。

ルキディスは〈変幻変貌《メタモル・フォーゼ》〉で、シェリオンに化けて負債を精算したのだ。冥王の強権を使って徳政令を発動するより、賭けに勝って精算してしまったほうがいいと冥王は考えた。作戦は大成功だった。

シェリオンを侮っていた二人は、ものの見事に引っ掛かった。姿はシェリオンでも、中身は知略に長けるルキディスである。イカサマありなら、負けるはずがない。破産させられた二人は、最後にちょっとしたお説教までくらってしまう。ルキディスは、実直な性格なので賭けごとが好きではない。そのことも影響して、きつめの説教だった。

「母乳が出てきたのだけど、あの子達に飲ませなくていいのかしら？」

「魔物は食欲がないから、飲まないニャ。食事を必要としているのは、冥王くらいニャ。冥王の眷族は例外的に冥王の精液を美味しいと思うけど、魔物って、基本的に飲み食いはしないニャ」

「……魔物って何も食べないのに育つの？」

「魔物はそういう存在ニャ～。どんな過酷な環境でも絶滅しないように、餓死しないニャ。人間の死体を貪る魔物がいないことはないけど、あれは肉を栄養として食っているというより、肉体に宿っているマナを奪っているだけニャ。眷族が出すミルクは、冥王用のミルクなのニャ！」

ユファとシルヴィアが話し込んでいる間、ルキディスとシェリオンは作業に追われていた。シルヴィアの産んだ子供をサピナ小王国へ送るために、木箱に入れていく。魔物は放置している間にどんどん成長していく生き物だ。

シルヴィアの産んだ子供達は、数週間で獅子ぐらいの大きさになってしまう。なので、早めに本国へ輸送する必要があった。

「ところで、その尻尾ってどんな毒があるのニャ？」

ユファは、シルヴィアの尾骨から生えている蠍の尻尾を指差した。

「ご主人様が言うには、強酸性の毒液らしいわ。まだ尻尾の扱いに慣れないけれど、刺して注入するわけじゃなくて、毒腺から毒液を発射できるみたいよ」

シルヴィアは、毒液で人間を殺す瞬間を妄想する。肉体が溶解する苦痛を味わいながら死ぬ人間は、どんな叫びを上げてくれるのか、とても楽しみであった。

◇　◇　◇　◇　◇　◇

ラドフィリア王国は、エリュクオン東方領域において、最大の国力を有する大国である。同じ国家であっても、サピナ小王国とは規模が違う。ラドフィリア王国がその気になれば、サピナ小王国を踏み潰すのは容易だ。

けれど、サピナ小王国は支配するだけの価値がない。さらに言えば、サピナ小王国の向こうには、エヴァンズ王国が存在する。サピナ小王国を併合すれば、エヴァンズ王国との戦争は不可避となる。

現在に至るまで、小国サピナが列強からの支配を受けていないのは、緩衝国という事情があったからだ。サピナ小王国で革命が起こった際、ラドフィリア王国とエヴァンズ王国の両大国は、革命軍を支援していた。

特にラドフィリア王国の国王は賢明で、戦争回避を望んでいた。また、軍事力的に劣るエヴァンズ王国も戦争を望まなかった。

革命の最中、両大国の思惑と利害が一致し、緩衝国を維

持する密約が結ばれた。かくして、大国同士の戦争は回避されたのである。

そういった裏事情にも助けられつつ、サピナ小王国の革命は、他国からの介入を受けることなく、奇跡的に成功した。影で暗躍する魔物の存在に、勘付いた者はいなかった。

人々は平和が訪れると楽観的な希望を抱くようになった。魔物の王でさえも、戦乱の時代を予期していなかったのだから当然である。

現状、エリュクオン大陸の東部を支配しているのは、ラドフィリア王国だ。ラドフィリア王国の都ペイタナは、賢王の統治により、歴史的な発展を遂げていた。けれども、永久に続く栄華はない。いつの日か、栄光は陰る。

ヒュマ族の寿命は、長くとも百年だ。

ラドフィリア王国の繁栄を支え続けた偉大な賢王は病に冒され、王家の政治的権力は弱体化の兆しを見せていた。王家の力が減衰するにつれて、増長を始めたのが、国王の補助機関に過ぎなかった元老院だ。

元老院が台頭するようになると、王家の力はますます弱まり、貴族は力を蓄えていった。

賢王の力は、あくまで個人の力。貴族から特権を取り上げずとも、偉大な王であれば有象無象の貴族をひねり潰せた。しかし、王が老いれば、もはや力業での統治はできな

い。国家の統治システムとして、ラドフィリア王国では絶対王政が確立されておらず、中央政府の力が弱すぎた。

（あの鞄……。へへっ！　匂いで分かっちゃうね。あれは絶対に大事なものが入ってる。ひょっとして運んでるのは金かな……？）

貧民街育ちのカールは、盗みで生活費を稼いでいる不良少年だ。今日も獲物を探して、人通りの多い通りをうろついていた。

元老院が台頭するようになってからは、貧困対策の予算は削減され、配給制度は事実上廃止されていた。貧民街の子供が、犯罪に手を染めることは最近になって多くなっていた。

（ち……っ！　さすがに警戒心が強い。尾行がばれたら、盗むのは無理っぽい。今月は厳しいし、なんとかしたい。頼むから、俺に微笑んでくれよ、盗みの神様‼）

カールは黒革の鞄を睨む。見るからに高価なローブを着た人物が、大切に運んでいる。盗人の勘で、カールは鞄の中に大事なものが入っていると思った。理論的な根拠はないが、そもそも考えて盗みをやったことはない。いつだって感覚を頼りに勝負をしていた。

身軽なカールの足なら、警備兵に追いかけられても捕まることはない。厄介なのは憲兵だ。憲兵は疲労を軽減する装備をしているので、体力負けしてしまう。憲兵に見つかった場合は、曲がり角の多い路地に逃げ込んで、どこかに隠れてやり過ごすしかなかった。

（よっしゃ……！　今だっ‼）

カールは体重を前に傾け、一気に加速した。

標的の人物は頭からフードを被っているので、視界が狭い。運も味方した。突風が足音をかき消し、背後から迫る盗人の存在に、その人物は気付かなかった。

「なっ⁉」

背後から思いっきりぶつかり、黒革の鞄を引ったくる。カールは振り返ることなく、全速力で路地に逃げ込んだ。

目的の物を奪ったら、なり振り構わず足を使って距離を稼ぐ。それが、引ったくりの鉄則だ。相手が呆然として、立ち尽くしている間に遠くまで逃げる。逃げ切ってしまえば、もう相手は何もできない。

「へへっ！　とろいねえっ！」

黒革の鞄を盗まれた人物は、慌ててカールを追いかける。けれど、カールの俊足に敵うはずもなかった。カールは奪取した黒革の鞄を持って、王都の路地裏に消えていった。

「………………」

足で追いつくのは無理だと理解した被害者は、怒りで肩を震わせる。通常であれば、鞄を盗まれた被害者は、泣き寝入りするしかない。しかし、この被害者は盗人を追う手段を持っていた。

鞄を盗まれた人物は、懐に忍ばせていた硝子《ガラス》製の小瓶を取り出した。小瓶の中に入っているのは、液体状《スライム》の使役獣である。

「足跡を辿れ……」

逃げていった盗人の足跡を、使役獣は覚えた。残された足跡を辿って、盗人を見つけ出すのは時間がかかるだろう。しかし、被害者は何としてでも、盗まれた鞄を取り返す必要があった。

「絶対に殺してやる」

盗人の足跡を覚えた使役獣は、逃走経路をゆっくりと辿っていく。使役獣の歩みは、苛立《いらだ》ちを覚えるほどに遅い。けれど、着実に盗人の居場所を割り出してくれるだろう。

◇　◇　◇　◇　◇

この日、ルキディスはシェリオンを連れて、大使館を訪問していた。

「いつも思うが、無駄に豪華だ」

これは大使館を訪れる度に、ルキディスが言っている愚痴だ。サピナ小王国は、万人が認める弱小国である。だというのに、ラドフィリア王国にある大使館は国力に似つかわしくない。

門は豪華絢爛、敷地面積は広大で、館の内装は煌《きら》びやかだ。革命前に建造されたものなので、今さらどうしようもないが、維持費も馬鹿にできない。

(しかも、これだけじゃなく、別館もあるというのだから、頭が痛くなる。ラドフィリア王国が妬ましい。サピナ小王国の王は救いようのない暗愚ばかりだった。どうせ国で何かがあったら、ラドフィリアに亡命して、大使館や別館で暮らす腹積もりだったのだろうな……)

大使館は国家の顔だ。外交に使う場所である以上、貧相であってはならない。しかし、何事にも限度というものがある。

そんなことを思いながら、ルキディスは大使館に入っていった。

「やあ、よく来てくれた。救国の英雄殿」

「その呼び方はやめてくれませんか。さすがに気恥ずかしいですよ。伯爵閣下」

出迎えてくれた人間は、駐在大使のアベルト伯爵だ。

アベルトは、革命に協力してくれた数少ない貴族で、サピナ小王国では絶滅危惧種と表現できる良識のある人格者だ。

「革命に参加した時、私の爵位は取り消されたはずなのだがね」

「革命後に復位したはずです。爵位を捨てるなんて言わないでくださいよ。爵位を持っていないと貴族社会では侮られてしまう」

「くだらん慣習だ。創造主は人の上に人を作りはしなかった。私もシェリオン嬢のように獣人であれば、貴族なんて詰まらない役職を押し付けられることもなかった。母の血を受け継げなかったことは、一生の心残りだ」

アベルトの母親は獣人だった。獣人の形質を遺伝しなかった偶然、正妻が男児を産まなかった幸運が重なり、アベルトは伯爵家の当主となることができた。

けれど、伯爵の弟妹は同じ母から産まれたのに、獣人の形質を遺伝していたがために、奴隷として扱われ、無残に殺されてしまった。

「この私が伯爵か。貴族は嫌いだよ。弟と妹を面白半分に殺した糞っ垂れを思い出してしまう……」

弟と妹の復讐を成し遂げるために、アベルトは革命に参加した。成功せずとも内乱を起こして、仇討ちをするだけで、彼は大満足だった。

貴族社会への復讐心が、アベルトを動かしていた。革命が成功するとは考えていなかった。ところが予想に反して、革命は成功してしまった。革命の結果、アベルトは仇討ちのみならず、革命の功労者として、政府中枢に身を置くことになる。

ルキディスはアベルトの手腕を高く評価し、重要国であるラドフィリア全国の駐在大使に任命した。

「問題は山積しているが、この一年でサピナ小王国の国情は安定した。まったく信じられない。人生とは摩訶不思議なものだよ。サピナ小王国を転覆させようとしていた私達が、今はサピナ小王国を立て直す方法を、真剣に考えているというのだから」

「全ては、民の力です。塵《ちり》も積もれば山となる。それなら逆も然りです。少しずつでも、目の前にある問題を解決していきましょう。幸いなことにラドフィリア王国とエヴァンズ王国は、我が国の安定を望んでいます。余計な横槍は入れてこないでしょう。吉報があります。エヴァンズ王国は、軍の改革でごたついているようでして、当面はラドフィリア王国と戦えない状況だとか。情報が事実なら、サピナ小王国という緩衝国を失いたくないはずです」

「その話は私も聞いたとも。懸念があるとすれば、ラドフィリア王国の情勢だ。好機と見て、エヴァンズ王国に攻め込むことはありえるのでは？」

「ラドフィリア王は、平和主義者です。しかも、老齢で、戦争を起こす気力は残ってないでしょう。ラドフィリア王国が強いとはいえ、エヴァンズ王国も大国の一つです。易々と滅ぼせる相手ではありません。戦乱の気配はありません。我が国にとって最良の情勢です」

「その意見には賛成だ。しかし、この状況がいつまで続くかは誰にも分からない。今のラドフィリア王は老齢で、健康上の問題がある。次のラドフィリア王が平和主義者であることを祈るのみだ。他国の王について、とやかく言いたくはないが、第一王子は性格に難があると評判だ。嵐には備えておかねば……」

アベルトは深刻な面持ちだ。一方、ルキディスは楽観的に考えている。有能なラドフィリア王を信頼していた。

(なんとかするだろう。それに、愚王であっても側近が諌めれば、国の運営は可能だ。とち狂った王でなければ、心配する必要はない)

この甘い考えのせいで、ルキディスは頭を抱えることになるのだが、それは後の話である。

「他国の心配より、祖国の心配をしましょう。こちらの紹介で移住したイマノルさんは、どうしているでしょうか？　鍛冶職の教育者として、申し分ない人材だったので、手を尽くして説得しました。面白くもありましたが、本当に大変でしたよ」

ルキディスは顔をほころばせて笑う。その意味をアベルトが知ることはない。ルキディスが反芻《はんすう》しているのは、イマノルの妻、カトリーナを寝取った思い出だ。

「現地での評判などは聞いていますか？」

「良好だよ。ルキディス君は素晴らしい人材を見つけ出してくれた。我が国で不足しているのは教育者だ。特に高度な技術を持つ職人が少ない。言い方は悪いが、彼を逃したくないというのが本音だ。できれば、サピナ小王国に永住してほしいものだ。家庭でも築いてくれれば、我が国に根付くと思うのだがね」

「そこはイマノルさん次第です。離婚されたばかりなので、こちらから何かするのはよしましょう。不快に感じるかもしれない。小さな息子さんもいたはずですから」

苗床化したカトリーナも、サピナ小王国の王城で、繁殖母体の役割を果たしていることだろう。家族全員が、冥王のために働いてくれているのだ。

「それに案外、新しい恋はすぐ始まるかもしれませんよ。幸せになってもらいたいです」

本心から出た言葉だった。

妻を失ったが、イマノルは新しい幸せを得る。そして、全てを失ったカトリーナは冥王に身を捧げ、血族を産む幸福を授かった。全員にとって悪くない結果であると、魔物の王はほくそ笑む。

「シェリオン嬢。遠慮せず、ソファーを使ってくれたまえ。ここで気を遣う必要はないのだよ。紅茶でもどうかな？」

「いいえ、お構いなく」

シェリオンは生真面目なメイドらしく振る舞い、ルキディスとアベルトの会話に混ざろうとはしなかった。頭の回るユファと違い、シェリオンは小難しいことが苦手だった。演技も上手くはない。シェリオンには、出された紅茶を自然に飲み干す自信がなかった。

「申し訳ない。メイドの矜持というか、牛族《シュティア》は頑固者なのです……」

「そういうことなら、それでいいのだよ。メイドとしての矜持。素晴らしいではないか。役職と言えば……、ルキディス君も何かしらの役職を持ったほうがいいのではないかね？　革命軍の創始者が、何の役職も持たずに使い走りというのは、どうなのかと常日頃から、考えていたのだよ。どうだね。捨てた貴族籍くらい復活させたほうがいいのでは？」

「一度投げ捨てたものです。今さら未練はありませんよ。爵位といっても田舎の男爵ですよ」

「その気になれば、王になれたというのに、謙虚なことだね。類い希なる性格だと思うよ」

「褒め言葉だと受け取ります」

革命軍の創始者は、ルキディスだ。

ルキディスは、サピナ小王国で反王政の勢力を結集し、旧王政を転覆させた。常識的に考えれば、サピナ小王国の国史に名を残す人物である。

しかし、経験の浅い若者が指導者では、民衆が不安を感じると言って、ルキディスは表舞台には出なかった。革命後も要職には就かず、裏方で国に尽くしている。表向きはそういう話になっていた。

「君を王に推している者は少なくない。おそらく女王陛下も、ルキディス君を嫌ってはいない。噂はよく聞くぞ。革命での働きを公表すれば、誰も文句は言えないと思っている」

「勘弁してください。アベルトともあろう御方が、根も葉もない噂を信じるなんて……。はっははは。困ったものです。それが嫌でラドフィリア王国に来ているのですよ」

真実を知っているルキディスからすれば、笑える話だ。

サピナ小王国を裏で操っているのは、冥王ルキディスである。会話に出てきたサピナ小王国の女王とは、〈変幻変貌《メタモル・フォーゼ》〉で化けたルキディスその人だ。

（噂というのは、俺が女王の寝室に通っているという話だろうな。まあ、勘違いしても仕方がない）

革命後、サピナ小王国の新王に即位したのは、可憐なハーフエルフの少女である。

（演じているのは、俺だけどな……）

革命で倒された前王は、南から攫われてきた奴隷エルフを妾として飼っており、ハーフエルフの女児を生ませていた。

ルキディスは、奴隷エルフが生んだ王女を、新王に即位させる腹積もりだった。愚王と奴隷エルフの間にできた子供は、使い勝手がよかったのだ。

ハーフエルフの王女は、王家の血を継いでいるが、同時に王家の被害者でもある。

旧体制派の貴族からは、前王の娘ということで支持され、革命に賛同した者からは、奴隷の娘ということで人気を得る。ハーフエルフの女王は、双方の陣営から愛される象徴となってくれるはずだった。

（奴隷エルフの母娘が、自殺していなければ、女王を演じるなんてことをせずに済んだというのに……）

奴隷エルフと王女は、革命が起こる以前にこの世を去っていた。女官から聞き出した話によれば、望まぬ子を生まされた奴隷エルフは絶望し、我が子を殺して、自分も首を吊って死んでしまったという。暴君として知られた前王が、凶行を重ねるようになったのも、それが原因だったらしい。

仕方ないので、ルキディスは真実を知る者を皆殺しにして、王女が生きていたことにした。ハーフエルフの偽者をすぐに用意できるはずもなく、〈変幻変貌《メタモルフォーゼ》〉で自分自身が王女となり、女王となることを宣言したのである。

「根も葉もない噂か。まあ、そういうことにしておこう。ふっふふふ。陛下の寝室に通っているという話は聞かなかったことにしておこう」

（女王の寝室に通ってるんじゃなくて、俺の寝室なのだがな。ややこしいことになってしまった）

――――愛らしい女王の正体が、人類を滅ぼそうとして冥王であることを誰も知らない。

「ああ、それと、最後に報告しておくことがあった。ラドフィリア王国の貴族は、パーティーが大好きでね。連日連夜遊び回っているのだよ」

「それは知っています。経済的に豊かな証なのでは？」

「仕事人間の私としては非常に辛い。大使という立場上、彼らの遊び相手をしなければならない。ルキディス君にも、この仕事を手伝ってほしいものだ。パーティーにはうんざりしているよ。馬鹿な貴族の馬鹿な話に、相槌を打つ作業は心労が嵩んでいく……」

「はっははは。辛辣なご意見だ。しかし、大事な仕事です。サピナ小王国の代表しているのですから、耐えてもらうしかありません。それも仕事です」
「ちょっとした愚痴だとも。本気にはしないでほしい。あ
あいう場所では、様々な情報を拾える」
真実を知らないアベルトは、ルキディスという人間を信
頼していた。
裏でルキディスが何をやっているか、アベルトが知るこ
とはない。ルキディスを真の国士と信じ切ったまま、幸福
な人生を送ることになるだろう。
「ラドフィリア王は賢明な御仁だが、老齢には勝てないら
しい。ついこの前、ラドフィリア王の右腕だった宰相が病
で亡くなられた。王家の勢力は勢いを失い、都の貴族達は
増長し始めてる。こんな火遊びを覚えるほどに……」
アベルトは机に、錠剤の入った瓶を置いた。
「瓶の中に入っている薬は……？」
「国を蝕む病だよ。ある貴族のパーティーで、これを渡さ
れた。これを酒に混ぜて飲むのが、若い貴族の流行りと聞
かされたよ」
アベルトは、錠剤に憎しみを向けている。ルキディスは、
その錠剤が何なのかを悟って、伯爵に同調した。
「よりにもよって麻薬ですか。忌々しい」
ルキディスは冥王であるからこそ、麻薬が嫌いだった。
麻薬の蔓延により、サピナ小王国は今なお、苦しめられて
いる。ルキディスが革命で真っ先にやったのは、麻薬畑の
壊滅だった。麻薬に関し、ルキディスは一貫して、厳しい
処置をとっていた。
「薬物汚染は、ラドフィリア王国でも深刻なのですか？」
「堕落した貴族の愚かさは底無しだよ。我々はよく知って
いるだろう」
「まさか、これはサピナ小王国から流れてきたものです
か？」
「販路は分からない。これはラドフィリア王国の問題だが、
隣国のサピナ小王国と無関係ではない。疫病は国境を越え
る。まだ貧困街や遊び好きの貴族が使っている程度だが、
私が知ってしまうくらいだ。無視できない問題となった。
ラドフィリアの王立騎士団が撲滅に動き出した。彼らの働
きに期待しているよ」
「王立騎士団は、国王直属の騎士では？　国王の騎士が動
くのなら、ラドフィリア王の耳に届いたということですか」
「貧民街で『魔女』と名乗る売人が、麻薬をばら撒いてい
るそうだ。憲兵や警備兵が動かないから、王立騎士団が貧
民街まで乗り込んだ。そんな話も聞いている。貧民街での
捜査が上手くいけば、麻薬組織を一網打尽にできる。でき
ることなら、頭の悪い貴族も一緒に始末してもらいたいと
ころだ。外国の大使に薬物を渡す馬鹿な貴族など、生かし

ておく価値がない……っ。あの馬鹿が、我が国の貴族だったのなら……、その場で首を刎ねていた……！」

「気持ちはよく分かります。ですが、我が国は法治国家です。首を刎ねるのは、公正な裁判が終わってからにしてください」

「気持ちが昂っていた。先ほどの言葉は失言だった。忘れてくれ……。ともかく、そういう話があるとだけ伝えておきたかった。老齢で病を抱えているというのに、ラドフィリア王も苦労が絶えない」

「不謹慎ですが、そろそろ代替わりが起きそうですか？」

「目聡い貴族は動き出していると聞くが、元老院の議長はラドフィリア王の腹心だ。元老院議長が貴族を押さえ付けている間は、派手な動きはできないと思う。もっとも、ラドフィリア王に何かあれば一気に動き出すかもしれないが。まだ先の話だと思いたいね」

「そうですか」

葬儀になったら、ルキディスはハーフエルフの女王に化けて、参列しなければならない。

（俺が留守の間は、化けるのが上手い血族に女王役を演じさせている。しかし、血族の擬態は、冥王より拙《つたな》い。血族は、特殊な魔物である冥王や元人間の眷族と違って、純粋な魔物だ。完璧な人間を演じるのは無理がある。葬儀は人間と接する機会が多い。俺が演じるしかないだろうな……）

大衆の前に姿を現す際は、ルキディスが女王を演じる必要があった。血族の下手な擬態で、冥王の存在が露見したら、今までの苦労が水の泡となってしまう。

「王位のことで争いが起こるのなら、隣国のサピナ小王国は大きな影響を受けます。アベルト大使は情報収集に努めてください。大国の動き方次第で、小国は潰れてしまいます。軍事力のない我が国にとって、情報は生命線です」

「心得ている。ルキディス君のほうは、市井の声から情報を拾ってくれ。貴族の情報だけでは偏りが出る。耳聡い商人は有益な情報を持っている。祖国のために力を尽くそう」

ルキディスとアベルトは、互いの意思を確認する。分かり合っているように見えるが、実は分かり合っていない。ルキディスはサピナ小王国のために働いているが、それが冥王の利益になるからやっているだけだ。サピナ小王国の民が利益を手にするのは、その副作用でしかない。

◇　◇　◇　◇　◇

――引ったくりを終えたカールは、がっかりしていた。

石橋の欄干《らんかん》に、奪取した黒革の鞄が置いてある。カールの期待に反して、盗んだ鞄の中に高価な物は入っていなかった。鞄の中に入っていたのは、古びた動物の人形が数体、それと分厚い本が一冊。

金銭の入った財布であるとか、高価な装飾品はない。古い人形は子供の玩具だ。貴族がコレクションしている高級人形とかではなく、子供部屋に置いてあるような粗末なものだった。

「もう、こんなのって嘘だろ……」

カールは、鞄の中に一冊だけ入っていた分厚い本を開いてみる。ページの間に銀貨が挟まっていたりはしなかった。分厚い本はヒュマ文字ではなく、神聖文字で書かれている。カールは、ヒュマ文字をある程度は読めた。だが、神聖文字は読めない。なので、まったくのお手上げだ。何が書いてある本なのかさっぱり分からない。

カールにとって、この本は奇妙な紋様が書いてあるガラクタでしかなかった。

「表紙はボロボロだし……。この本、絶対に売れないな」

本を売ろうかと思ったが、使い込まれた本はボロボロだった。しかも、変な匂いが染み付いている。どこに持ち込んでも、大した値段はつかないと思った。

「ちぇ……！　鞄はご立派なのに、中身は全部ゴミじゃんか！」

カールが腹いせに、橋から本を投げようとした時だった。振り上げた利き手を、誰かが掴んだ。

「何をしようとしている？」

心臓が跳ね上がる。鞄の持ち主に見つかったかと思ったのだ。

「まさか、その本を川に投げ捨てる気だったのか？」

男はカールの手を放さない。その声には静かな怒気が込められているが、カールが盗人だから怒っているようではなさそうだった。単に川に物を投げ捨てようとしたから、注意をしているようだ。

「えっと……、ご、ごめんなさい‼」

カールは男の手を振り払う。捕まった時のために、手を振り払う練習は何度もやってきた。誰とも分からぬ男の手を振り払い、カールは盗んだ鞄を持って駆け出す。

「ちょっと待て！　なんで逃げるんだ。おい！　本を置いていってるぞ……‼」

背後で男が何か言っているが、カールは気にせず走った。あの本はどうせ捨てるつもりだった。それならあの男にくれてやろうと思った。運がよければ、あの男が引ったくりの罪を被ってくれるかもしれない。期待外れに終わったが、黒革の鞄そのものは、そこそこの値段で売れるだろう。とりあえずはそれで満足することにした。

黒革の鞄を馴染みの盗品店に売るため、カールは王都の道を駆けていく。

――――液体状《スライム》の使役獣は、カールの足跡を辿り続けている。ゆっくりとではあるが、確実にカールへと近づいていっていた。

◇　◇　◇　◇　◇　◇

大使館でアベルトと情報交換をした翌日、ルキディスは貧民街を訪れていた。

同伴者はシェリオンのみだ。ユファとシルヴィアは、家で留守番をさせている。

シルヴィアが妊婦でなければ、連れてきていたはずである。王都育ちで元警備兵のシルヴィアは、王都の事情に明るい。

普段と違い、シェリオンはメイド服を着ていなかった。今日は質素な暗色のローブを着用し、貧民街にふさわしい格好をしていた。シェリオンのような美女が、派手やかな格好で貧民街を歩き回れば、たちまち噂となるだろう。それはルキディスの望みに反する。シェリオンには目立たないように、頭にフードを被らせ、牛の角も隠すように命じていた。

それでもシェリオンの蠱惑的な肉体は、すれ違う男達の目線を釘付けにしていたが、これればかりはどうしようもない。

（どんな服装をしていても、目立つモノは目立ってしまうか……）

夕暮れ時の貧民街は、賑やかである。ルキディス達が住んでいる地区に比べると人口密度が高く、道幅は狭い。街並みのみならず、空気も異なる。鼻に不快感を感じさせるドブ川の匂いが漂っていた。

ただし、無秩序や無法地帯にはなっていない。貧民街とて王都の一部だ。治安の悪さは否定できないが、警備兵はちゃんと巡回をしている。

貧民街での暮らし方を知っている者なら、悪くない場所なのだ。なにせ、格安の家賃で王都に住むことができる。そのため低賃金で雇われている日雇いの労働者や娼婦の拠点となっていた。

「ラドフィリア王国は貧民街にさえ、街灯があるのか」

こうした些細なところで、小国と大国の違いを見せつけられてしまう。

賢王と名高い現在のラドフィリア王は、貧困対策に注力し、貧民街の全域に街灯を設置した。街灯の先端に付いている結晶灯は、夜になると光り輝いて道を照らしてくれる。

貧民街を明るく照らして、何の意味があるのだと不満を抱く者も多かった。大陸を放浪し、深い見識を持つ冥王は、賢王の狙いが理解できた。

街灯は犯罪を抑制する効果があるのだ。賢王は灯りの有無で、犯罪の発生率が大きく違うことを知っていた。犯罪が多発する貧民街に、優先して街灯を設置することで、王都の治安を向上させる。それが街灯設置の狙いだ。

「治安や建物は他国のスラムと比較できませんが、雰囲気そのものはどこの国も同じですね。懐かしい感じがします」

ルキディス達は、今でこそ貴族的な生活をしている。しかし、そのような生活をするようになったのは、サピナ小王国で革命を成功させてからだ。

「日雇いの労働をしながら、大陸を放浪した頃を思い出すな」

冥王はかつての暮らしを思い出す。

最初は洞窟暮らしだった。シェリオンとユファに子を産ませながら、食事は自分で森から取ってくるという原始的な暮らしをしていた。人間の街に入り込んでからは、貧民が暮らすスラムを拠点とすることが多かった。言うなれば貧乏だった下積み時代だ。

ルキディスはシェリオンとユファの二人を連れて、エリュクオン大陸を調べ上げた。敵を滅ぼすには、敵のことを知らなければならない。ルキディスが最初に行ったのは、エリュクオン大陸に住む人類勢力の把握であった。

「ご主人様、せめてエリュクオン大陸を放浪していた時と言いませんか？　日雇いでは格好がつきません」

冥王が日雇い労働をしていた。その事実を人間が知ったら、どう思うだろうか。

ルキディスと一緒に土木工事に従事していた労働者も、まさか隣でツルハシを振っていた同僚が、魔物の王とは思っていなかっただろう。

「シェリオンとユファには迷惑をかけてしまったが、あれはあれで楽しかったぞ。苦労に見合う成果があったしな。ああいう貧乏旅行が、もうできないと思うと、なんだか寂しい気もする」

「それは、確かにそうかもしれません」

ルキディスは小国とはいえ、サピナ小王国という国を支配し、国主の地位を手に入れた。

おかげで暮らしは安定した。その代わり、かつてのような自由はない。仕事に追われる日々だ。こうやって貧民街に来ているのも遊びではない。

アベルトが言うには、貧民街で活動する『魔女』と呼ばれる売人が、麻薬取引の窓口となっているらしい。

王立騎士団は、魔女達の裏に潜む密売組織を一網打尽にしようと奮闘している。だが、組織の全貌を掴めず、かなり苦労しているそうだ。

「警備兵、憲兵、騎士団。警吏《けいり》の数は多いのに、なぜ未だに麻薬の流通源を突き止められないのでしょうか？」

「ラドフィリア王国の統治機構は優秀だ。しかし、縦割りの弊害が生じている。警備兵、憲兵、騎士団。わざわざ三つに分ける必要はないだろう。せめて警備兵と憲兵は統合すべきだ。しかし、まあ、何かしらの理由があって、こんなことになっているのだろうさ」

行政の無駄を指摘するが、今のラドフィリア王が名君であることをルキディスは知っている。賢王の手腕を持ってしても、現体制を変えることが難しいのだと推測できた。

憲兵と警備兵は上下関係が強く、無理に統合すれば反発が生まれる。警備兵だったシルヴィアの情報で確証を得ていた。警備兵は憲兵の従僕であるが、内心では憲兵を快く思っていない。おそらく憲兵も憲兵で警備兵を見下している。

王立騎士団は国王直属の騎士であるため、シルヴィアはよく知らないそうだが、憲兵団と仲良しなんてことはない。三勢力が内輪で揉めているのは、容易に想像ができた。

「魔女が薬を売っていると言っていましたが、売人は三角帽子でも被っているのでしょうか。それらしい人物は見かけませんが」

「それについては、警備兵だったシルヴィアが教えてくれた。魔女というのは、占い師のことだ。薬の売人だ。探すのに苦労はしないだろう。他にも、貧民街の警備兵は品性が欠けているから、気を付けろと警告をくれた。貧民街の警備兵は質が悪いそうだ」

ルキディスは、巡回中の警備兵を観察する。警備兵の証である革鎧の制服を着用し、手には長槍を持っている。

ルキディスが住んでいる地区で見かける警備兵より、若干であるが軟派な印象を感じた。同僚とお喋りしており、服装にちょっとした乱れがある。とはいえ、許容の範囲内だ。シルヴィアが言うほど、荒れているようには思えない。

「もう日没だ。貧民街のことは、おおよそ観察を終えた。そろそろ獲物を捕らえるとしよう」

魔女の居所は、簡単に探し当てることができた。客引きをしている娼婦に「どこに行けば、魔女に占ってもらえる？」と聞いたところ、「お兄さんが私のことを買ってくれたら、教えてあげてもいいわ」と言ってきた。娼婦を抱く時間はなかったので、ルキディスは情報料だけを支払った。

「あの娼婦、後で攫ってきますか？」

「いいや、娼婦を失踪させれば事件になる。シルヴィアの件もある。娼婦に手を出すのは控えるべきだ。娼婦にも組合がある。組合が独自で犯人捜しをするかもしれない。それに、あの娼婦は獣人だった。おそらくサピナ小王国出身の売られた性奴隷だ。情報を売ってくれた恩義もある。時間ができたら、何かの形で返したい」

娼婦に教えてもらった場所は、表通りから離れた路地裏の奥だった。

近くの街灯は壊れているのか、結晶灯は光を放っていない。今夜は曇りで月明かりがなかった。太陽が地平線の向こうに隠れた途端、周囲は暗闇で塗り潰される。

「足下が見えない。やれやれ、ランタンを持ってくればよかった」

魔物のくせに、冥王は夜目が利かなかった。常人の視力しかないので、こうも真っ暗だと歩くのが難しい。

一方、シェリオンは暗闇を問題としていなかった。優れた目を持つ眷族は、この程度の暗所で悩まされない。もっともシェリオンの場合、視力がなくとも気配だけで、周囲を完璧に把握できる。

「ご主人様、曲がり角の奥に人間がいます。数は一人です。周囲に他の人間はいません。近辺の建物は、倉庫や作業場のようです。鼠などが巣を作っています。危険はありません」

ルキディスには気配を読むなんて高等な能力はないので確認できないが、シェリオンが言うのならその通りなのだろう。腹心の臣下に、ルキディスは全幅の信頼を置いていた。

「性別は分かるか？」

「若くて、小さな雌です」

「それ。鼠のほうじゃないだろうな？」

「ご安心ください。奥にいる人間の性別です」

「上々だ。少しもったいないが、出し惜しみはやめよう。人避けの結界を張る」

ルキディスは魔石製のチョークで六芒星を描き、各頂点に六枚の魔術符を配置する。暗闇で目が見えずとも、これくらいの作業なら行える。何度も繰り返してきたことだ。身体が覚えている。

「符陣形成《ふじんけいせい》――魔術結界ラビリンテ・ウォークス」

冥王が得意とするのは、魔術符を使う符術。発動した魔術結界ラビリンテ・ウォークスは、人払いの効果を有している。

結界が作動している限り、誰かが侵入してくることはない。一般人なら無意識的に、結界を避けてくれる。ただし、大火事など騒動が起きて、意識的に侵入してくる者は拒めない。

「これで十分だろう」

下準備を終えたルキディスは、魔女が待ち構える曲がり角の向こうへと進んだ。

「――――――いらっしゃいませ」

奥にいたのは、小柄な赤髪の少女だった。

小さな机の上に、濁った水晶玉を置いている。水晶玉は僅かに発光していて、路地裏を照らす唯一の光源だ。シェリオンの言っていた通り、一人しかいない。

「ここで面白いものが買えると聞いた」

「面白い物……ね。面白いかどうかは、その人次第じゃない？　アタシは人生を楽しくしてくれる物だと思ってるけどね。それよりさ。初めて来たんだから、顔をちゃんと見せてくれない？」

ルキディスは相手の警戒を解くために、被っていたフードを外した。

「あら、かっこいい人。この辺では見かけたことないし、ひょっとして貴族街から来たの？」

「余計な詮索はするな。俺は金を払う。そっちは商品を渡す。それで十分だ」

「商人だったらね。でも、アタシ達は商人じゃないもん。金だけで取引してないの。分かる？　売る相手は、ちゃーんと選ぶように言われているの。金を出されて品物を出すだけなら、こんなところで商売なんてしてないわ。アタシは魔女のセリーヌ。よろしく」

セリーヌと名乗った魔女は幼かった。内面はともかく、外見は未成熟の少女だ。

少女が薬物の売人をやっている事実に、ルキディスは少なからず衝撃を受けた。ルキディスにとってラドフィリア王国は模範とすべき大国であった。細部まで完璧な国家は存在しないが、王都でこんな歪みが生じているとは、想定していなかった。

「売るのに何か条件があるのか？」

「大正解。最初のお客さんには売れない決まりになってるの。だって、貴方が王様の飼っている猟犬だったりしたら困るじゃない」

王立騎士団が動いていることは、末端にまで知れ渡っているらしい。

「次に来た時に売る。そういうことか？」

「お兄さんが、お客さんとしてふさわしかったらね。まずはお兄さんの名前とか、職業とか、そういうのを教えてよ。アタシのお客さんになれるかは、後日連絡するから。連絡が来なかったら、縁がなかったってこと」

「思ったよりもしっかりしている。なるほど、薬は売人に持たせず、流通を管理しているのか……。身元を調べた上で、売る分だけを末端の売人に渡す。売人というよりは受け渡し係。ガキを使っている理由が理解できた」

「失礼な人……。アタシのことガキ扱いしないでくれない？　客扱いしてあげないよ。言っておくけど、上の判断は、アタシの報告次第なんだからね」

「その容姿で凄まれてもな……。まあ、いいさ。俺が信頼できる客かどうか、俺の瞳を見て確かめてみろ」

ルキディスは〈誘惑の瞳〉を発動させる。

セリーヌの警戒心を解くため、『信頼感』を植え付けようとする。

「ふんっ！　ちょっと顔が良いからってだけで、アタシが子猫みたいになるとでも思ったわけ？」

案の定、〈誘惑の瞳〉は不発に終わった。セリーヌの警戒心は深まり、さらに機嫌は悪化した。

「まずは名前と職業、それと住所を教えて。お客さんとお話をするのはそれから。そういう決まりなの」

瞳術を仕掛けられたことに、セリーヌは勘付いていない。ただし、失敗の効果は出ている。

〈誘惑の瞳〉が失敗した場合、対象者はルキディスに不信感を抱く。そして瞳術に対する耐性が上がっていく。連続で〈誘惑の瞳〉を失敗すると、何かをされていることに素人でも気付いてしまうのだ。

（警戒を強めたな。そもそも成功させるつもりはなかったが……）

「さっきの娼婦には優しさを振りまいたが、どうも俺は貴様を好ましく思えない」

「はぁ……？」

「とはいえ、確認はしておくべきだな。魔女のセリーヌに質問しよう。貴様は奴隷なのか？　それとも親が売人でその手伝いか？　なぜこのようなことをしている？」

「あのさぁ……。質問してるのアタシ。答えるのはアンタ。ちゃんと分かる？」

「………質問に答えないのか？」

「あーっ！　だから、逆なんだけど⁉　なんでアタシが答えなきゃならないの⁉　アンタ、本当に客⁉　アタシから買う気ないでしょ⁉」

「実を言うと、まったくない。この世で俺がもっとも嫌う物の一つは麻薬だ。苦労して耕そうとしている畑に、除草剤を撒かれるようなもんだからな。人間が死ぬのは大歓迎だ。しかし、麻薬は殺し方としては最悪だ。優秀な人材が失われる。薬物はまさに疫病だ。薬を売りさばいている売人は、疫病を撒き散らしている害虫だ。排除すべき社会の害悪だと確信している。だが、売人といっても色々あるだろう。望まずにやらされていることを考慮してやる必要がある。幸いなことに、貴様はそういう配慮を必要としていないようだ。匂いで分かるぞ。悪を悪と思わず、人の道を外れても、呵責《かしゃく》の念すら湧かない」

不穏な気配を感じ取ったセリーヌは、ポケットに忍ばせている護身道具を取り出そうとした。

麻薬の取締官とは違う。もっと不気味で、異質な何かをルキディスから感じ取った。

「冷やかしなら帰ってよ……」

「一人で商売をしているのは、何かあった時にすぐ逃げられるようにするためか？　さしずめ地下水道にでも逃げ込む算段か？　地上での追いかけっこでも、この辺なら地の利は貴様にある。一度、逃げられれば捕まえるのは難しい。――――ここまで近づいてしまえば、逃しはしないがな」

「…………っ!!」

セリーヌはルキディスから、明確な悪意を感じ取る。

ポケットには閃光玉があった。紐を引っ張れば激しい閃光が炸裂し、相手の視界を奪う非殺傷の爆弾である。強い光は目眩ましとなって、逃走の時間を稼いでくれる。しかし、セリーヌは閃光玉を使用できなかった。

閃光玉を使う前に、自分の視界が真っ暗になったからである。

「――――ぎゃッ!?」

セリーヌの顔面に、シェリオンの鉄拳が叩き込まれた。顔面が潰れないよう、手加減を加えた一撃であるが、いきなりの不意打ちだ。殴打されたセリーヌは、何をされたか理解できないまま吹っ飛ばされた。

「シェリオン。殺してないだろうな……？」

「加減はしたつもりです」

加減はした。しかし、冥王に危害を加えようとした者に容赦はしなかった。セリーヌが使おうとした閃光玉を、シェリオンは奪い取る。

「加減した『つもり』では駄目だぞ。死体は苗床にできない。生きているのが望ましい」

痛みで身を捩らせるセリーヌは、強打を受け止めた鼻を両手で押さえる。

シェリオンが本気を出せば、セリーヌの頭部を爆裂四散させていただろう。手加減のおかげで、セリーヌは、鼻から血を流す程度で済んでいる。ただし、気絶しなかったのはただの偶然だ。打ち所が悪ければ、死んでいたかもしれない。

「痛ぁ……っ。アンタ達……っ！　何してくれてるのよっ!!」

「生きてたか。身体が小さい割には、心が気丈だ。俺だったら、あんなきつい一撃を受けた後、相手を睨み付けるなんてできない」

シェリオンは片手でセリーヌの華奢《きゃしゃ》な肉体を持ち上げた。

「叫んだら殴ります。――――顔面を」

叫べるはずがない。なぜなら、シェリオンはセリーヌの首を掴んで持ち上げているからだ。首を締められているセリーヌは、声を上げられない。首の血管が塞き止められて、顔が赤くなる。

「っんぁ……！　ぁがぁぁ…………!!」

じたばたと抵抗するが、無駄な行為だ。シェリオンは慣れた手つきで、セリーヌの服を素手で千切り、剥ぎ取っていく。

「ぐぁっ……ぁ！」

セリーヌはあっという間に、靴下と靴しか履いていない状態にされた。裸体にされたことで、彼女の身体がまだまだ未成熟であることがよく分かった。

「痩せすぎだ。ちゃんと食べてないな。不健康、不衛生、不摂生といったところか」

ルキディスは、セリーヌの肉体を貧相と酷評した。服を剥がれたセリーヌは、やっとシェリオンの首絞めから解放される。

壁に手をついて、呼吸を再開するが、酸欠状態はすぐには解消されない。肺の中に空気をいれて、少しずつ身体の酸素を回復していく。

「ぜぁはぁ……っ！　はぁ……っ!!」

セリーヌは、気絶する一歩手前まで追い詰められた。逃げ出そうにも身体が言うことを聞いてくれない。呼吸が落ち着くまで走ることはできそうになかった。それに服を剥がれて全裸の状態だ。シェリオンは下着すらも千切ってしまった。

「お前ら……！　よくもやってくれたな……!!　アタシに手を出してただで……すむ……と……」

少女の強がりは、あっけなく崩された。

シェリオンが拳を振り上げたのだ。その目に哀れみだとか、情けといった感情はない。屠殺《とさつ》場で家畜を殺す係は、きっとこんな目をしているのだとセリーヌは思った。叫んだら殴るというシェリオンの言葉は、嘘偽りが含まれていない。セリーヌは声量を小さくする他なかった。

「アタシに手を出したら、絶対に組織が報復する。お前ら、馬鹿なことしたね……」

「ここで起こったことを、組織に伝える人間がいればな」

セリーヌはルキディスに唾を吐きつけようとしたが、それを看過するシェリオンではない。唾を吐き出す前に、シェリオンの鉄拳制裁が放たれる。頬に一撃をくらったセリーヌは、殴られた勢いに耐えきれず路地の壁に叩きつけられた。

「おいおい……。大丈夫なんだろうな？」

「さっきよりも弱めです」

殴られたセリーヌは、壁を支えにしてなんとか持ちこたえた。血の混じった唾を飲み込む。抵抗すれば容赦のない鉄拳制裁が飛んでくる。反抗的な態度をとるのは損だと理解した。

セリーヌは貧民街育ちの孤児だ。どんなに理不尽でも、強者に屈服することが長生きするコツだと知っている。たとえ納得ができなくても、そうするしか生きていく方法がない。

（暴力馬鹿女と違って、あの男はアタシを殺さないようにしているみたい。それに服を脱がされたってことはアレが目的でしょ。もう最悪……。どうせやるなら金を払えよ。もう……、やってられない。服も破られちゃったし）

セリーヌは鼻から出ている血を手で拭う。鼻孔の奥が深く傷ついているようで、鼻血は止まらなかった。

「痩せていようが、幼かろうが、雌は雌だ。俺のために使わせてもらおう。薬物を撒き散らす害虫掃除もできて、一石二鳥だ」

ルキディスは、セリーヌの赤髪を掴んで、彼女の身体を壁に押し付ける。

「くそがっ！　この変態や――――ぎゃっぁ‼」

セリーヌの顔面を壁に叩きつけた。売人とはいえ、相手は幼い少女だ。良心のある人間なら、暴力の行使をためらうだろう。しかし、ルキディスはためらわない。

ルキディスは、もがいているセリーヌの膣に指を挿れる。未成熟であるが、それでも雌として最低限の能力はあると判断した。膣の具合は悪くない。こんな状況にもかかわらず、セリーヌの身体は陰茎を受け入れる準備を整えている。

度重なる暴行でセリーヌは生命の危機を感じ、そして自分を襲っている男が、これから何をしようとしているかを認識できていたからだ。

人間は、本能的に死を恐れる。もし相手が陵辱目的で襲っているのなら、暴れて殺されるよりは、我慢して暴虐に耐えるほうが生存率が高い。殺す気がなくとも、勢いで殺してしまうことは十分にありえる。

セリーヌとて貧民街で生まれ育った人間だ。こういうことが起こりえることは知っていた。しかし、自分が事件の被害者になるとまでは思っていない。薬を売る魔女となったセリーヌは、麻薬組織の保護を受けている。

荒くれ者であっても、セリーヌに手を出すことはなかった。末端とはいえ構成員であるセリーヌに危害を与えるのは、組織への敵対行為だ。

（ほんと、最悪の夜！　ヤリたいなら、連れている暴力女にやらせればいいじゃない……!!）

セリーヌは、心の中で悪態を吐く。その間、ルキディスは指でセリーヌの膣をかき混ぜていた。

「絶対に復讐してやるから、覚悟してなさい。泣いて懇願したって、アタシはアンタを許さゃ……んゅうぅっ!!」

指とは違うモノがセリーヌの膣内に入ってくる。ルキディスは太いペニスを、セリーヌの小さな膣に突っ込ませた。はち切れそうなくらいに膣穴が開大して、セリーヌは苦悶の声を上げる。

ぎちぎちになったセリーヌの膣は、挿入されたペニスを締め上げた。

「ませたガキだ。それなりに使い込んでいる。まあ、生娘じゃないから、すんなりと入った。少々狭いが、締まりは悪くはない。ガキ扱いするのはさすがに失礼だった。俺は紳士だ。薬の売人は大嫌いだが、こうして俺の雌になってくれているわけだしな。雌に対する最低限の礼節は、尽くしてやろう」

強姦魔は、根本までペニスを挿れようとしてくる。

「んゅぁぁっ！　うっ、痛いっ！　いぁぁぁぁああああ……!!」

無理やり奥まで入ってきた。巨大な亀頭が、セリーヌの子宮口を押し上げて内臓を圧迫する。セリーヌは耐えるしかなかった。どんな屈辱を受けても耐える以外の選択肢がない。

こんなところで助けを呼んでも誰も来ないだろう。むしろ来られたほうが困る。今誰かが来たら男と繋がっているのを見られてしまう。しかも、セリーヌは全裸だ。人が滅多に来ない路地裏とはいえ、こんな場所で強姦してくる男は、頭がおかしいとセリーヌは思った。

（うぅうんゅっっ！　こいつのチンポ、デカすぎぃ……っ！　きつぅ……!!）

セリーヌは少女であったが、金貨三枚でロリコンの商人に処女を捧げていた。貧困街生まれのセリーヌにとって、売れないものは命だけだ。金貨三枚で純潔を売るのは、悪くない取引だった。

その後も、身体を売って小遣いを稼いだ。世の中には、少女にしか欲情できない類いの人間がいる。一夜だけ我慢するだけで、セリーヌは大金を得ることができた。売春婦の組合に入らずに、売春を行うのは犯罪である。しかし、貧民街ならばよっぽど派手にやらない限り捕まることはない。

「んぁっ……！　変態色情魔……ぁぁあっ！　ちくしょう

ぅ……!!　組織の力を使って、絶対にアンタをぶちのめぇ……！　んぁあぁっ！　ちょ、やめてぇ！　もっとゆっくりぃ……ぁんんぁ……!!　それはやめ……やめてぇ……!!」

壁に押し付けられながら、背面立位で犯される。突き上げられる度に、セリーヌの華奢な身体は浮いてしまう。彼女はつま先立ちで肉棒の猛攻を受け続ける。ルキディスは、乱暴にセックスを続けた。薬の売人は嫌いである。しかし、今のセリーヌは種付けされている雌だ。憎悪と愛情がルキディスの中に併存している。

ルキディスは、セリーヌの赤髪を暴力的に掴み上げ、身体を壁に押し付けつつ、性器を使って歪んだ愛情を注ぎ込んだ。セリーヌは苦痛で顔を歪ませていたが、次第に結合部から愛液の絡み合う音が鳴りだした。

「んぐうゅ……っ！　ふゅ、ざけるなんぁぁ……！　ンあぁっ!!　アンタ、なんかのチンポにィ、負けなぁんんぁぁお……っ!!　無理やりなんだから、こんなのぉっ！　んお、おっ、おっ、おおおぁぁぉお……ひぎゅぅぅうっ！！！」

無理やりのセックスなのに、身体はお構いなしだった。苦痛は快楽に変貌し、理性は狂乱に堕ちる。絶頂したセリーヌは雌の叫びを上げてしまった。

「小柄だと動かしやすくて楽だな」

「はぎゅッ……ぅ!?　やめろぉ……んぁうっ！　外にぃ……っ！　外に出しなさいよ……っ!!」

ルキディスは突き刺したペニスを膨張させる。雌の感覚で射精が近いことを知ったセリーヌは、中出しだけは避けようともがくが、ルキディスはペニスを外そうとしない。それればかりか、さらに奥へ奥へと突き上げてくる。

「外に出したら種付けの意味がないだろう。こうやって貴様と交わっているのは、孕ませるためだ」

「ふざけんな……っ!!　アタシが……んぁっ！　これでっ……、妊娠したらどうす……んぉんぁっ!!」

溶けそうな意識の中で、セリーヌは内部に精液を注がれているのを感じた。

「あ……っ、んあっ、あっ！　うそ……ぉ。熱いの……どぴゅどぴゅ入ってる……」

ルキディスは、高濃度の魔素をセリーヌの膣内に発射した。放たれた冥王の精液は、セリーヌの子宮を侵略していく。細胞に溶け込んで、冥王の雌専用の子宮に作り替えていった。セリーヌは自分の子宮が熱くなって、急速に膨らんでいくのが分かった。

冥王の種付けは長かった。一度の射精で全てをやり終えるつもりだったからだ。

「なぁにぃい、これぇ……？」

射精は数秒経っても終わらず、一分が経っても終わらなかった。

精液を詰め込まれ続けるセリーヌの下腹部は、どんどん大きく膨張していく。子宮が膨らんだせいで、腸や胃などの臓器が圧迫される。下腹部の増大で、骨さえも軋みを上げた。

「はぐぁ……っ！　あぎゅぁぁぁぁ……!!」

適性を持たない雌が、高濃度の精液を注がれてしまうと、苗床化が始まる。セリーヌの魂は、冥王の汚染で壊されてしまった。彼女の瞳は白濁していき、人格が失われていく。

「んぎゅぁああああ……ぁぁ……！　助けてぇ……!!　誰か……ぁ！」

セリーヌの人間性が断末魔の嬌声を叫ぶ。瞳は濁りきって、腹は弾けそうなくらいに精液で膨れ上がっている。少女の子宮は、冥王の精液袋になっていた。

「苗床化ですね。この雌は、眷族の器を持っていなかったようです」

「高濃度の魔素を注いでやったから、一瞬で苗床化したな。魔素に対する感受性が高かったのかもしれない。こいつには期待していなかった。苗床化は当然の結果だな。しかし、薬で身を滅ぼすよりは有意義な死だ。冥王の子を遺して死に絶えるのだからな」


セリーヌは、ペニスを突き刺されたまま、口から泡を吹き出して気絶している。意識が戻ったところで、もはや以前の彼女ではない。冥王の子を産むだけの繁殖母体だ。

セリーヌの膣内に詰まっている大量の精液で、下級血族を量産してくれる。注がれた精液が枯渇することはまずなく、その前に卵子がなくなって、繁殖母体は死ぬ。しかし、セリーヌは幼年で子宮内に蓄えている卵子が多い。ルキディスは多めに精液を詰めてやった。

ロリ妊婦状態となったセリーヌを、ここに放置するわけにはいかない。放置すればここで魔物の子を産んでしまう。家に持ち帰り、いつものように箱に詰めて、サピナ小王国に送るつもりだ。

「――――これぐらいの体躯《たいく》ならいけるな」

〈変幻変貌《メタモル・フォーゼ》〉を使って、ルキディスは自身の肉体を変化させる。セリーヌを身体を自分に重ねて、体内に取り込んでいく。〈変幻変貌《メタモル・フォーゼ》〉を使えば、身体を入れ物にすることができた。セリーヌくらいの小さな人間なら、体内にしまっておくことができる。

セリーヌの腹は精液でボテ腹になっているので、彼女を取り込んだルキディスの体格は、少し大きめになった。細身のままだとセリーヌの腹が出てしまうので、体格の変化は仕方がない。

「思ったよりぎりぎりだな……」

麻袋にいれて運ぶよりはこっちのほうが安全だが、大人は運べないというのが難点だ。

人間をいれていると走ることさえ難しい。取り込んだ人間の手足が邪魔になるからだ。四肢を削いで胴体と頭部だけなら、入れたままでも自由に動くことができる。だが、手足を切断するのは手間がかかるので滅多にやらない。

「情報を吐かせずに、苗床化させてしまってよかったのですか？」

シェリオンは、後片付けをしている。剥ぎ取った衣服に特殊な薬剤をふりかけて溶かす。路地裏に残されているのは、小さな机と椅子、光源となっている占い用の水晶玉だけだ。

「末端だ。大した情報は持っていない。情報収集ができるのならそれでもよかったが、できなくてもよかったんだ。王立騎士団が動いているのなら、いずれ麻薬組織は潰されるだろう。売人の撲滅は、彼らの仕事だ。俺がやったのはちょっとした手助けだよ。ついでに苗床の素体を手に入れた。薬の売人が消えたとして、憲兵や警備兵に捜索願を出せるはずがない。苗床とするには最高の人材だろう。この雌は少し幼すぎたが、これくらいの年齢なら子は産める。産まれてくる赤子は小ぶりだとは思うがな。それにしてもだ。『魔女』というから、娼婦のような雌だとばかり考えていた。まさかこんな子供を売人にしているとは……、麻薬を売っている組織は何を考えているのやら……」

ルキディスは、苗床となった少女が使っていた水晶玉に少しだけ興味を抱いた。けれど、すぐ関心を失う。水晶玉は単なる結晶灯でしかなく、特別な道具ではなかった。

「撤収するとしよう。家に帰って、箱詰めの準備だ。ん？どうしたシェリオン？」

「……ご主人様。何者かが我々に接近しています」

「そいつは俺達に気付いているか？」

「いいえ。気付いていません。誰かに追われているようです。一人が先行していて、その後を複数人が付け回していますね。こっちに来ているのは、偶然だと思います。逃げている人間は、道を把握していない出鱈目《でたらめ》な逃げ方です」

シェリオンは優れた聴力で、接近する者達を把握した。何も聞こえないが、シェリオンが言うのだから、それは事実なのだろう。

「おや。誰かが俺の構築した〈人払いの結界〉を踏み抜いた。まだ効果時間があるはずなのだが……。魔術結界を無視するくらい追い詰められているということか？」

「どうしますか？」

「少なくともここからは、離れたほうがいいだろう。売り場から魔女が消えているんだ。俺達が怪しまれてしまう。面倒事に巻き込まれたくない。鬼ごっこをしている連中と出くわさないように先導してくれ」

「承知しました」

「ところで、なんで追われているか分かるか？　さすがのシェリオンでも会話は聞き取れないか？」

「声は聞き取っていますが、内容は不鮮明です。追われているのは若い人間の雌で、追っているのは全員雄です」

「……雌だと？　それなら予定変更だ。どんな雌が追われているかだけ確かめに行こう」

やっとルキディスの耳にも複数人の足音が聞こえてきた。ルキディスはゆっくりと身体を動かす。内部に取り入れているセリーヌのせいで、身体の動かし方はぎこちない。下手に動くとセリーヌの手足が折れてしまう。

（取り込む前に関節くらいは外しておけばよかった……）

今さら気付いても後の祭りである。とにかく転ばないように注意しながら、ルキディスは騒動が起こっているほうに向かった。

◇　◇　◇　◇　◇

カールには、家族が四人いる。

母親、姉、妹、弟、そしてカールの五人で暮らしていた。父親はいない。いるのかもしれないが、どこにいるのか、そもそも生きているのかさえ分からない。母親すらカールの父親が誰なのか知らなかった。

母親は娼婦で、兄弟姉妹は全員が種違いだ。娼婦だというのなら、避妊くらいちゃんとしろと言いたかった。しかし、母親が避妊を徹底していたら、自分は生まれてきていない。なので、カールは口に出して言うことはなかった。

父親が全員違う不可思議な家族だったが、仲は悪くない。母親は、四人の子供全員に愛情を注いでくれた。一家の稼ぎ頭は、長女のナタリーだ。酒場で給仕として働いている。母親は自分のような娼婦になってはいけないと、常連客だった酒場の主人に頼んで、ナタリーを就職させた。その酒場の主人こそが、彼女の父親なのではないかとカールは疑っている。酒場の主人は、ナタリーを妙に可愛がっているからだ。

カールの妹と弟はまだ幼いので、母親が家で面倒をみている。娼婦の仕事は休業中だ。必然的に長男のカールも、ナタリーのように一家を支えるため働かなければならない。しかし、日雇いで手に入る金は微々たるものだ。

カールは副業としてスリや引ったくりを繰り返すようになる。小柄であるがカールは俊足であり、警備兵の追跡を振り切ることができた。何度か捕まりかけたことがあるが、今のところ捕まったことはない。全て逃げ切っている。

盗みは、カールなりの親孝行だった。姉や自分の稼ぎだけでは、貧しい暮らししかできない。妹と弟が成長すれば、母親が働けるようになるが、母親に娼婦の仕事を続けさせたくなかった。

娼婦を買う客がいい人間ばかりとは限らない。中には暴力を振るってくる下衆な輩だっている。顔に痛々しい青アザを作った母親を見たことがあった。

妻に頭が上がらない夫が、娼婦に暴力を振るって、苛立ちを解消するのはありふれた話だ。母親に娼婦を辞めさせたいのは、それだけが理由じゃない。近頃、娼婦が行方不明になっているという噂をカールは聞いたのだ。

母親の知り合いで、いきなり失踪してしまった娼婦がいた。どこかの男と一緒に暮らしているのだろうと母親は楽観的に考えていたが、殺されてどこかに埋められていることだってありえる。

(お金さえあれば、幸せになれるんだ)

カールは、貧民街にある盗品を扱う店に盗んだ黒革の鞄を売り払った。そこそこ上質な黒革だったので、思ったよりも高値で買い取ってくれた。人形のほうは買い取りを拒否されてしまったので、妹と弟のために持ち帰ることにした。

いつも通りの日常だった。外れの鞄を盗んでしまったというだけで、それを発端にして、こんなことが起こるとは考えてもいなかった。

「――――やれやれ、カール。なんでこんなことをした？　ママから人の物は盗んじゃいけないと教えてもらわなかったのか？」

男達がやってきたのは、カールが黒革の鞄を盗んだ翌日の夜だった。家には長女ナタリーを除く全員がいる。家族は夕食を用意して、ナタリーが勤め先の酒場から帰ってくるのを待っていた。

勤め先からナタリーが帰ってきたと思って、玄関のドアを開けた瞬間、見知らぬ男が家に押し入ってきた。最初は押し入り強盗かと思ったが、貧民街の集合住宅に暮らしている貧乏一家が金品を持っているはずがない。

――――男達の目的は、カールが盗んだ鞄の中身だった。

男達は手際よく、カール達を縛り上げる。そして、カールが持ち帰った人形を引き裂いた。何の価値もないガラクタだとカールは考えていたが、男達にとっては大切な物をしまっているお宝だった。

「中の薬は、大丈夫のようだな……。よかったよ」

人形の中に入っていたのは、袋詰めにされた麻薬である。この時になってカールは自身の失敗に気付く。カールは、薬の運び人が持っていた鞄を盗んでしまったのだ。

麻薬の価格について詳しくはないが、人形の中に隠されていた薬は、金貨単位の値で取引されるぐらいの量であった。価値があるからこそ、組織はカールの家を探し当ててわざわざやってきたのだ。

「さて、カール。盗んだ鞄は、貧民街の盗品市場で売ったようだな。だが、見つかってない物があるぞ。鞄の中にあった本はどうした？　誰かに売ったのか？　それともこの家にあるのか？　おっと、すまない。猿ぐつわをしていたら、喋れないな。叫んだりして助けを呼んだら、お前の家族を皆殺しにする。妙なことはするなよ」

男はカールの猿ぐつわを外す。

「鞄は、道に捨ててあったのを拾ったんです……。盗んでません」

「嘘はよくないぞ。カールぅ……！　嘘つきは泥棒の始まりだ。ちゃんと教育を受けていないようだな。嘆かわしい。お前が引ったくりの犯人ってことは分かっている。俺達はお前の足跡を辿って、ここを見つけたんだ。苦労したんだぞ。王都のあっちに行ったり、こっちに行ったり、そしてようやくここを見つけた」

麻薬組織は、液体状《スライム》の使役獣を使って、カールの痕跡を辿っていた。貧民街の盗品店で盗まれた黒革の鞄を発見し、そして鞄を売ったのが貧民街に暮らしている不良少年であることを突き止めたのだ。

鞄の運び人から得た証言とカールの風体は一致している。盗人がカールであることは明白だった。

「もう一度聞くぞ。本をどうした？　鞄の中に本が入っていたはずだ。まさか鍋敷きにでも使っているのか？」

「……それは、その……えっと」

カールには鞄の中に入っていた本が今どこにあるのか分からない。通りすがりの誰かに押し付けてしまったからだ。答えたいが答えることができない質問だった。

「見上げた度胸だ。この状況下でも喋らないなんて、中々できることじゃないぞ。俺にだってできない。俺としても不本意だが……、こうなっては仕方がない。しょうがないことだ。嘆かわしいが、俺だって仕事で来ているんだ。——そっちのメスガキを殺せ」

尋問をしている男が命令した。妹が死んだ。男の部下が鋭利な短剣で、妹の喉元を突き刺したのだ。

突然の出来事にカールは事態を飲み込めない。さっきまで自分の足にじゃれついていた幼い妹の首から、真っ赤な血が溢れ出ている。

「待って！　やめてください!!」

カールは、悲鳴に近い声で叫ぶ。幼い弟は青ざめた顔で妹の死体を見ている。母親は拘束を解こうと足掻いているが、そう簡単には解けない縛り方をしているので、抜け出すことができない。仮に拘束を解いても、この状況をどうにかすることはできないだろう。

「幼い子が死ぬというのは、本当に嘆かわしい……。罪もない女の子が殺されてしまった。俺としても心苦しいよ。だが、こうでもしないとカールは素直な子になれないのだろう。さあ、答えるんだ。本はどこにある？」

「知らない！　本は知らない人が持っていったんです!!　どこにあるのか分かりません。お願いです。お願いだから家族は殺さないでください！　何でも喋ります。もう嘘は絶対に言いません!!」

「素直ないい子になったなぁ、カールぅ！　おじさんはとっても嬉しいぞ！　教育というのは、こういうものだ。人間は身体の痛みと心の痛みでしか成長できない。しかし、本がどこにあるのか分からないというのは、一体全体どういうことだ……？」

カールは、真実を白状した。金にならないと思って、石橋の上から本を捨てようとしたこと。そして、通りすがりの男に見咎められて、盗んだ本を押し付けてしまったこと。その男が本をどうしたのか自分は知らないこと。

カールの話を黙って聞いていた男は、口元こそ笑っているが、目には憤怒の感情が宿っていた。

「なるほど、なるほどぉ！　本を捨てようとするなんて、いけない子だ。罰が必要だな。そっちのガキも殺しておけ！」

「や、やめてくださいっ!!　お願いしますっ！！！　弟を殺さないで！！！　盗んだ本は絶対に取り返してきますっ！！！」

必死な叫びは届かない。部下は、カールの弟を刺殺する。猿ぐつわのせいで、悲鳴すら上げられない。その両目からは涙が溢れ出ている。痛みと恐怖によって歪められた顔で、カールの弟は息絶えた。

「取り返すぅ……？　どうやって……？　カールは、その男の容貌すら覚えてないんだろ。まったく、嘆かわしいなぁ。貧しいながらも幸せに暮らしていた家族四人を皆殺しにするのは、本当に嘆かわしい。だが、一番嘆かわしいのは俺達だ。盗まれた本を取り返せないばかりか、こんなことで手を汚さないといけない。しかし、王の番犬に渡ったわけではなさそうだ。一般人があの本を手にしても、隠された意味には気付けない。紛失したのは手痛い失敗だったが、ともかく最悪の事態だけは避けられそうだ……」

「待って！　やめ――――――ぁぎゃっ！」

　尋問をしていた男は、カールの顔を容赦なく蹴り飛ばす。

「嘆かわしいぞ。カール。お前のせいで、罪もない子供を俺達が殺すことになったんだぞ。それに、可愛い妹と弟に詫びる必要があるんじゃないか？　これはもうお前自身の命で償うしかないよなぁ!!」

「あぎゃっ！　やめぇぎゃぁ!!　痛ぃあぎゃがぁっ!!」

　男は蹴って、蹴って、蹴りまくる。顔の原型がなくなるまで、カールを靴底で嬲り続けた。カールの家族を短剣で殺した部下は、嬲り殺しにされているカールに同情してしまう。死ぬにしても、ああいう殺され方は御免だと思った。

「ああ。くそ！　嘆かわしいな……！　靴が薄汚い盗人の血で汚れてしまったぞ！　どうしてくれるんだ!!　生まれが下賤《げせん》だと死に方まで汚えのか⁉」

　男は腹いせに、カールの死体を蹴りつけた。絶命したカールは呻き声を上げない。そのまま地面を転がっている。

「部屋に盗まれた本はありません。人形だけです」

「ああ、だろうな。素直なカールの言っていた通りだ。どこの誰かが本を持っていってしまった。王都にはあるだろうが、もはや見つけようがない。だが、誰にも見つからないのなら、それでもいい。王立騎士団の手に渡ったというわけではなさそうだ。んんぅ……？　おいおい！　ちょい待てよぉ！　これは、どういうことなんだ……？」

「はい……？　何でしょうか？」

「はぁ……。嘆かわしい頭だな。それとも目のほうか？　この夕食に決まってるだろ！　ちゃんと見えてるよな？」

　男はテーブルの上に置いてあった家族の夕食を指差す。

「食器が五人分あるぞ。父親がいないって、お前は言っていたよな⁉　だったら、なんで五人分の夕食が用意されてるんだ⁉　ここには四人しかいなかったぞ。誰の夕食が用意されてたんだ⁉」

　転がっている子供の死体は三人。そして生き残っているのは母親一人だ。なのに、テーブルの上に用意されている食事は五人分だ。わざわざ五人分の食事が置いてあるのであれば、五人目はそろそろ帰ってくることを意味する。

「――――も、申し訳ありません！　さっき女が逃げていきました。廊下で捕まえようとしたんですが、取り逃がしてしまいました。どうやらこの部屋に住んでいたようです」

　廊下で見張りをしていた部下が報告をする。自分が住んでいる部屋に知らない男達が入り込んでいて、何かをしているのだ。か弱い女なら部屋に飛び込んできたりはせず、まず警備兵を呼んでくるだろう。

「ちぃっ……！　やっぱりもう一人いたんじゃないか。嘆かわしい状況だぞ。全員が帰ってきてから襲うべきだったな。おい！　何をぼさっとしてる？　さっさと追いかけて殺せ！　この部屋の後始末は俺だけでいい。適当にぶっ殺して、川にでも沈めておけ‼」

男は部下達に抹殺を命じる。逃げていった女を追って、部下達は夜の貧民街を駆けていった。

「嘆かわしいな。奥さん……。可愛いお子さんが一夜で三人も死んでしまった。心からお悔やみ申し上げるよ。ひょっとして今追いかけられている女も、奥さんの子供か？　だとしたら、本当に可哀想だ。申し訳ない気持ちになってしまうよ」

男はテーブルの上に用意してあった夕食を床に叩き落とした。

「えーと、確か名前は……、ああくそ！　駄目だ。思い出せない！　部下から聞いてたんだがな……。まあいいか。ともかくだ。奥さん。俺としては申し訳なく思っている。ガキを皆殺しにしちまって本当にすまなかった。これから奥さんも死んでもらうことになるが、俺なりの償いをさせてくれ」

「――――――んぅぅ！！！」

「遠慮するなって。ガキを四人も作るくらい好きなんだろ」

男はカールの母親を食卓の上に乗せる。縛り上げられている母親は、為す術がなく下着を脱がされた。悪漢は、泣き叫ぶ母親にペニスを突き刺す。愛する子供を殺した男のペニスを、彼女は受け入れるしかない。彼女が娼婦をしていたのは、身体を売るしか能がない女だったからである。また彼女自身セックスという行為が嫌いでなかった。けれど、今やっているセックスは最悪だ。

「ンぅぅぅぅ……！　んんぎゅぅぅう……‼」

猿ぐつわのせいで、言葉にはならない。だが、近所の住民に助けを求める悲痛な声であることは分かった。無意味な叫びだ。貧民街の住民は善良ではない。警備兵が来るまで隣人は部屋に閉じこもっているだろう。それを知っているから男は思う存分、陵辱を堪能することができた。子供の死体が転がる部屋で、男は母親の膣を犯す。

「さすが売女だ。いい締め付けだ！　ガキを殺した男のチンコは、気持ちよくて最高って顔をしてるぞ‼」

男の手が母親の首を掴む。強い握力で首を締め上げる。気管が絞られ、首の骨が軋む。

「ぎぁ……ぁぁ……！」

男が射精すると同時に、握力を一気に高める。悪しき男の精子が、子宮を汚すのを感じながら彼女は絶命した。

「あの世で俺の子を産んだら、よろしく言っておいてくれよ。奥さん！」

男は陵辱した死体からペニスを引き抜く。現場に残されたのは、幼子の刺殺死体が二つ、顔の潰れた少年の死体。そして、膣から白濁した液を垂れ流す娼婦の死体だ。

ちょっとした遊び心で、男はわざわざ死体の足を開脚して、母親の陰部を晒しておく。これを最初に見つけた警備兵の顔を想像すると顔がニヤけてしまう。

「――――やれやれ、嘆かわしいな」

スッキリした男は、服を整えて凄惨な現場を後にした。

◇◇◇◇◇◇

仕事を終えたナタリーは、いつもの帰り道を通って家に向かっていた。酒場での仕事は朝からが本番だ。しかし、今日のナタリーは朝から料理の仕込みを担当していたので、深夜になる前に帰宅を許された。

貧民街の夜道は危険だ。人通りのない通りや街灯が壊れている場所は、絶対に避けるようにしている。ナタリーは、母親譲りの優しい顔が特徴の女の子だ。家族の暮らしを支えるために、酒場で必死に働いている。酒場での評判はいい。貧民街の酒場であるが、酒場を取り仕切っている主人の人徳もあって、客層は悪くない。

何かあると酒場の主人が包丁を投げてくるので、尻を触ってくるような酔っぱらいは寄り付かなかった。ナタリーは貧民街育ちである。しかし、悪事には関わらず生きてきた。

弟のカールは、盗みに手を出しているが、母とナタリーは、それを快く思っていない。家族のためにやっていることは分かる。しかし、だからといって誰かの物を盗むのは許されることではない。ひょっとしたら、ナタリーと同じように家族のために働いている人間が、被害者になっているかもしれないのだ。なんとか盗みをやめさせようと、ナタリーと母は何度も話し合っていた。

（お金さえあれば、弟だってあんなことはしなくなる。私も母さんみたいに身体を売れば……、もっとお金を稼げるのかしら……？）

水商売は社会から疎《うと》まれる職業であるが、薬物の売人だとか、盗人よりはまともな職業だ。それに娼婦を卑下するのは、母親を否定することに他ならない。母親の同僚に対しても失礼だ。社会からの目は厳しくても、ナタリーは娼婦に対して嫌悪感を抱いたりはしていなかった。

身体を売らなければ生きていけない人間だって、この世にはいるのだ。東側で随一の大国ラドフィリアであっても貧困という病は駆逐できていない。むしろ現王の容態が悪化するのにつれて、ラドフィリア王国の病状も悪化していっている。

「────はぁ！　はぁ！　はぁっ!!」

ナタリーは、夜の街を駆けていく。家に帰ったら、ドアの前に知らない男が立っていた。そして部屋の中から聞こえてきたのは、弟カールの悲鳴らしき声だ。見張り役の男と目が合った瞬間、ナタリーは全力で駆け出した。その男達が、普通の物盗りとは思えなかったからだ。

大変なことが部屋の中で行われていると確信したから、ナタリーは逃げ出した。近所の住民に助けを求めたりはしない。貧民街の住民は、誰しもが面倒事に首を突っ込まないように生きている。隣で何が行われていようと、扉を開けてはいけない。それは貧民街で暮らす上での鉄則だ。

非情に思えるが、ナタリーだって同じである。助けられるとは限らないのだ。巻き込まれて殺されるのは、誰だって嫌だ。だから、何かが行われていても見殺しにするしかない。仕方のないことだと住民は割り切っている。しかし、今のナタリーは見殺しにされる側にいる。

そうなった者が頼れるのは警備兵だ。都の治安を維持するのは、憲兵と警備兵である。貧民街に憲兵は滅多にやってこない。助けを求められるのは警備兵のみだ。

「あの人達……、何なのよっ……!?」

ナタリーは、警備兵の駐在所に向かおうとした。けれど、真逆のほうへ追い立てられていく。追ってきた悪漢達は貧民街の道を知っているようで、人気のないほうにナタリーを追い詰めていった。複数の悪漢に追いかけられているナタリーは、倉庫街の路地に逃げ込むしかなかった。

「────っ？」

路地を駆けている最中、ナタリーは何かを突き破ったような気がした。シャボン玉を指先で突き破った感覚に近い。ナタリーが突き破ったのは、冥王が展開していた〈魔術結界ラビリンテ・ウォークス〉だ。人払いの結界であるが、その効力はさほど強くない。

明確な意思があるのなら、一般人でさえ突破できてしまうぐらいの下級魔術である。追手から逃げようと無我夢中で走っていたナタリーは、冥王の魔術結界を知らぬ間に突き破ってしまったのだ。

「────貴様、追われているのか？」

突如、暗闇から声をかけられたナタリーは腰を抜かしてしまう。誰もいないと思った路地裏に二人の先客がいたのだ。

「え……？」

「追われているように見えるが？」

路地裏に潜んでいた先客は、黒髪の美青年だった。その傍らにはフードで顔を隠した女性が立っている。

少女セリーヌを強姦し終えた冥王ルキディスとその眷族のシェリオンだ。最初はナタリーを見殺しにするつもりだったが、ナタリーの容貌を見て、素体として悪くないと思ったから手を差し伸べることにした。なぜ殺気立った男達に追われているのかも気になる。

「助けてください。追われてるんです！」

ナタリーは、現れた希望に縋り付いた。彼女の体力はもう限界だった。これ以上走ることはできそうにない。仕事終わりなので、ただでさえ疲労が溜まっている。このままでは絶対に捕まってしまうだろう。

追ってきている悪漢に捕まれば、どんな目に遭わされるか分かったものではない。差し伸べられた手を掴むしか選択肢がなかった。

「了解した。そこでじっとしていろ」

ルキディスは、魔術符を展開する。その光景にナタリーは目を奪われた。数枚の魔術符が宙を舞って、複雑な陣形を構築する。

「遮蔽《しゃへい》展開――――偽装景壁《ハイダイル・ウォール》」

呪文が宣告されると魔術符は一斉に起動した。起動させた魔術符には、幻想の壁を展開する魔術式が刻まれている。これも下級魔術であるが、一般人の目を誤魔化すには十分だ。

幻の壁が出現して、ルキディス達の潜む路地裏を隠蔽する。ルキディスの思惑通り、追手の悪漢達は路地裏を素通りしていった。よくよく観察すれば幻を見抜くことはできるが、闇夜の中ではそれが難しい。見逃しは無理からぬことだ。

「あ、ありがとうございます。本当に助かりました」

「まだ助かってないぞ。場所を移動しよう。奴らがしつこい性格なら、この近辺を捜索するはずだ。〈偽装景壁《ハイダイル・ウォール》〉は精度の高い魔術式じゃない。重点的に捜索されたら見破られる。シェリオン。奴らに見つからないように表通りまで先導してくれ」

思いがけぬ幸運を得たナタリーは、創造主に感謝の祈りを捧げる。絶体絶命の危機に、都合よく助けてくれる人に出会うなど、貧民街においては奇跡に近い出来事だ。

安心しきったナタリーは、助けてくれた青年の正体が魔物と気付かない。手を差し伸べてくれた青年が、ついさっきまで幼い少女を強姦しており、今もその体内に少女を捕らえているなんて思うはずがない。ルキディスは体内に捕らえているセリーヌを傷つけないように足を動かす。

(歩きにくい……)

慎重に歩いているのは、追手に見つからないためではなく、体内に捕らえているセリーヌのせいだ。取り込んでいるといっても、融合しているわけではない。〈変幻変貌《メタモル・フォーゼ》〉によって肉体を変化させて、包み込んでいるだけである。

身体を動かす時は、セリーヌの関節に合わせて動かないといけない。そうしないとぎこちない歩き方になってしまう。

「名前くらいは言っておこう。俺はルキディス、前を歩いているのは従者のシェリオンだ。貴様の名前は？」

「私はナタリーです。お願いします。どうか、家族を助けてください……！」

「詳しい事情は、追手を撒いてからにしてくれ」

ルキディスは、ナタリーを追っていた人間が殺気立っているのを感じ取っていた。面倒事に首を突っ込んでしまったが、後悔はしていない。苗床の素材がもう一体手に入ったかもしれないのだ。上手くいけば、眷族となってくれるだろう。彼女が眷族になってくれるかは、やってみないと分からない。提唱されている仮説が正しければ、『好感度』『遺伝子』『才能』の三要素が眷族化の条件だ。

苗床となったセリーヌは、好感度の不足が明らかだった。薬物の売人というだけで、相当な減点だ。苗床化しても別段の不思議はない。一方、出会ったばかりのナタリーは全てが未知数だ。

体躯は普通、顔はおっとりしているが悪くない。けれど、優れた血筋であるとは思えない。貧民街の住民にしては善良そうに見えるというくらいだ。秘められた才能については分かりようがない。そもそも才能があっても、当人でさえ自覚していない場合がある。試してみれば分かることだと、眷族化については考えを放棄する。

（それにしても、家族を助けてくださいとはどういうことだ？　警備兵に助けを求めることすらできない状況なのか？　ラドフィリア王国の治安は、そこまで悪化していっているのか、いや、貧民街だけが例外……？　状況が分からないな。元警備兵のシルヴィアは、貧民街の治安は別世界とまで言っていた。薬物が蔓延しているなら、さもありなんといったところではあるが……。貧民街の空気は、貴族街や平民街とは違う。次はシルヴィアも一緒に来てもらったほうがいいかもな。王都育ちじゃないと、この辺の事情はよく分からない。シルヴィアは身重だから体調次第だが、この辺のことを知っていないと動きにくい）

王国の現状について思索に耽る。

ラドフィリア王国は、サピナ小王国とは比べ物にならない大国だ。東の先進国と言っていい。ライバルだったエヴァンズ王国を追い越して、独走の勢いで発展している優れた国だと冥王は評価していた。しかし、アベルトの言によれば、王の力が弱まり貴族が増長しているという。

その上、外国の大使に麻薬を渡すような貴族までいるというのだ。王立騎士団が動いているらしいが、本来であれば憲兵や警備兵が出動しなければならない事案だ。

（末端の腐敗が始まっているのか？　王立騎士団が動いているのは、憲兵や警備兵では対応ができないからだとすれば……）

完璧な国家に見えていたラドフィリア王国であるが、実際のところラドフィリア王国は脆《もろ》いのではないかと冥王は思い始めていた。発展していたのは、国家そのものの力ではなく、あくまで現王の才覚によるものだとすればどうだろう。優秀な王の力で繁栄したのなら、その王が衰えれば国もまた衰え始める。

――冥王は壊れた街灯を見上げる。

かつて貧民街を照らしていたであろうその街灯は、壊れたまま放置されていた。逃げている最中のルキディスとしては、街灯の灯りが消えているのは好ましい。しかし、この国にとって、このような状況が放置されているのは、好ましくないはずだ。

「斜陽というべきか……」

ルキディスは、小さな声で呟いた。

腐敗というのは末端から始まるように見える。しかし、末端の腐敗は深刻化しない。深刻化する腐敗というのは、国家の中枢や中間から始まる。

サピナ小王国は地方で悪さをしている貴族が生き残っているが、いずれそういう貴族は絶滅する。中央を支配しているのが、腐敗とは縁のない魔物だからだ。冥王の政治は賄賂では絶対に歪むことがない。金に価値を見出していないからだ。金は手段でしかなく、目的を持たずに富を蓄えることに意味はない。

ラドフィリア王国の貧民街に視点を戻して考えると、これが末端の状況とは思えない。薬物の蔓延や治安の悪化は、本来機能すべき治安維持と犯罪の取締りがなされていないということだ。貧民街のみでの光景であるとしても、貧民街とて王都の一角である。

（……貴族の間に麻薬が出回っているということは、取り締まる側が腐敗しているということだ。治安の悪化にしてもそうだ。警備兵の末端くらいなら腐敗していても仕方がないが、憲兵までおかしくなっているとすると、少し不味い状況だな。手遅れではないが、俺がラドフィリア王国の指導者なら早急に手を打つ……。とはいえ、ラドフィリア王は有能だ。王立騎士団を動かすのは悪い手じゃない。王立騎士団を使えば、憲兵だって身を引き締めるだろう）

ラドフィリア王は、王立騎士団という猟犬を放っている。しかし、右腕だった宰相を亡くして、当人さえも病に冒されている状況だ。

王の権威によって騎士団の力は強化され、逆に権威が弱まれば弱体化する。ルキディスはまだ知らないことであるが、王立騎士団は苦境に立たされていた。

◇◇◇◇◇◇

「これは酷いな……」

事の次第を聞いたルキディスは、ナタリーが住んでいる集合住宅に向かった。ナタリーの家族が住んでいるのは、貧民街によくある木造三階建ての建物だ。貧民街では平均的な住居であるが、ルキディス達が住んでいる貴族街の民家に比べれば、遥かにみすぼらしい。

予想通りというべきか、ナタリーの家族が住んでいた部屋には、既に警備兵が到着している。誰かが通報してくれたようだ。

珍しいことに憲兵の姿がある。憲兵が現場にいるというのは、重大事件を意味する。喧嘩であるとか物盗りに、憲兵は出動しない。四人の死体が転がっているのは、貧民街であっても異常な事態だった。

「家族に間違いありません……」

青ざめた顔でナタリーは、憲兵の質問に答えている。部屋には家族全員の死体があった。下の弟と妹は鋭利な刃物で首を切り裂かれている。長男のカールは顔を潰されていて、それが弟とは認めにくかった。母親に至っては、辱めまで受けている。あまりに酷い状況だったので、警備兵は遺体の確認を手早く済ませた。この惨状をナタリーに見せ続けるのは精神的によくないことは明白だ。

ルキディスとシェリオンは、憲兵からナタリーを保護した経緯について説明を求められた。当初こそ、憲兵は上から目線で質問をしてきた。しかし、ルキディスがサピナ小国の大使と知り合いで、貴族街のペタロ地区に住んでいると知った途端、憲兵は態度を豹変させる。

憲兵であっても貴族街に住む人間に非礼な態度は取れない。どこぞの大貴族と繋がっていたら、自分の立場が危うくなってしまうからだ。

「失礼ですが、その……、なぜこのようなところに？」

「物見遊山だよ。ここでしか見れないものもあるだろ。知り合い曰く、貧民街は別世界と言われた。どんなものか見てみたくなるじゃないか。怖いもの見たさという奴だ。知り合いの言葉に嘘はなかったな。貧民街ではこういう事件はよくあるのか？」

ルキディスは、部屋に転がっている死体を指差す。二人は刺殺、もう一人は撲殺されたのか顔が原形を留めていない。顔面を潰されて殺されたのは、ナタリーの弟だと聞いた。

その死体が服を着ていなかったら、顔面が潰れた死体を弟カールと認められなかっただろう。母親らしき女性は、食卓の上で絞殺されたようだ。縛り上げられたまま犯し殺されている。膣口から漏れている精液が生々しい。

犯人は食卓の上で、ナタリーの母親を強姦して、その上殺害している。しかも、死体を辱めるために足をわざわざ開かせて、陵辱した陰部を見せつけていた。

（酷いことをするもんだ……）

ついさっきまで売人の少女を強姦していた魔物は、率直にそう思った。魔物の自分が人間を襲うのは当たり前のことだ。しかし、人間が人間に対してこのような行為をするのは、反道徳的な凶悪行為だ。

「いえ、ここまでの事件は滅多にありませんよ……。盗みだとか、殴り合いの喧嘩はよくありますけど、ここまで酷いのは久しぶりです。酷い人間もいるものです。あんな小さな子供まで殺すなんて……。しかも母親に至っては……。娘さんが本当に可哀想だ」

大事になってしまったので、ルキディスはナタリーの種付けを一時的に諦める。警備兵のみならず、憲兵まで動く大事件に発展してしまった。ここでナタリーが失踪すれば、一家皆殺しとの関係を疑われるだろう。ナタリーを誘拐するわけにはいかなくなった。

〈変幻変貌《メタモル・フォーゼ》〉で、ナタリーに化けて情報工作したとしても、ボロが出てしまう可能性が高い。

（憲兵や警備兵は物盗りというが、縄の使い方が素人のやり方ではないな……。訓練を受けている者か？　殺す目的で部屋に押し入って、ナタリーの家族を皆殺しにしたと考えるべきだな。普通の物盗りが、逃げたナタリーを執拗に追いかけ回すはずがない。わざわざ追いかけ回したということは、殺す理由があったからだ）

取り調べを終えたナタリーが、ルキディスのほうにやってくる。

「ルキディスさん。今夜は助けていただいてありがとうございました……」

「家族のことは残念だったな。お悔やみ申し上げる。一刻も早く犯人が捕まることを願っているよ。ところで、今夜泊まるところはあるか？　手を差し伸べた以上、最後まで面倒をみたい」

「いえ。大丈夫です……。そこまでお世話になるわけにはいきません」

ナタリーは、ルキディスの申し出を固辞した。

「強がりはいらない。今夜はどこに泊まる気だ？」

「それは……」

ナタリーは、言葉に詰まる。母の同僚に頼ることはできるが、いきなり押しかけることになる。さすがにそれは迷惑になってしまうだろう。それにナタリーは犯人と思われる複数の男に追いかけられている。ナタリーは、誰かを巻き込むようなことだけはしたくなかった。

母親の死に方を見てしまうと、知り合いの家に押しかける気になれない。

「すまないが憲兵、馬車で俺達を家まで送ってくれるか？　貴族街の宿舎に帰るのなら、俺の家があるペタロ地区は道中だ。貧民街は辻馬車が来ないから、平民街まで歩くことになる。だが、こんな事件が起こったんだ。夜道を歩いて帰りたくない」

ルキディスは銀貨を憲兵に見せる。

「ええ。喜んで」

銀貨を受け取った憲兵は、現場を警備兵に任せる。本来であれば受け取ってはならない金を憲兵は、自らの懐にしまってしまう。賄賂というわけではないから、問題にはならないが、善良な憲兵とは言えないだろう。

現場に残された四人の遺体は、警備兵が安置所に運んでいった。貧民街に暮らす住民は、葬式を行わない。そのような余裕がないからだ。遺体は安置所に運ばれ、近日中に火葬されることになる。遺灰は集合墓地に入れられて、それで終わりだ。

遺体を迅速に処理するのは、疫病の蔓延や死霊の発生を防止するためである。葬式を行う場合、聖職者を雇って疫病や死霊の対策を講じなければならないと法で定められていた。聖職者を雇うには、それなりの金がかかる。

金銭的な都合により、葬式を行えるのは裕福な平民以上の階級に限られる。ゆえに、貧民街の住民は、家族の葬式すらできない。けれど、かつてのサピナ小王国よりはましだ。

革命前のサピナ小王国では、死んだ奴隷を豚の餌にしていたのだから、それに比べれば墓に入れるだけ人道的である。

「手を差し伸べたからには最後までやらせてくれ。ここで見捨てると寝覚めが悪い。俺の住んでいる家はそこそこ広い。客間がいくつか空いている。新しい住居を見つけるまで使ってくれてかまわない」

ルキディスは、迷っているナタリーの手を掴む。家に連れ込みはするが、種付けをする気はない。貧民街での状況について知りたいだけだ。

ここでナタリーに恩を売って、貧民街での生活がどんなものなのかを把握しておきたかった。貴族達の動きは大使館を使って情報を得ればいい。

情報を得るのに、ナタリーは最適な人材だ。貧民街育ちでありながら、性格は素直だ。他国の貧民街で暮らした経験はあったが、ラドフィリア王国の貧民街が、どのような社会を構築しているのかルキディスは知らない。

（まずは情報を集めよう。この国で何が起こっているのかを知る必要がある。ラドフィリア王国はサピナ小王国に多大な影響を与えている隣国だ。属国みたいなものだから、当たり前だがラドフィリア王国次第で小国サピナの運命が決まってしまう。どんな些細な事情であっても、知っておいて損はない）

家に帰ったルキディスは、ユファとシルヴィアに貧民街での出来事を説明した。半ば無理やり連れてきたナタリーは、客間で眠らせている。世話役という名の見張りとして、シェリオンを付けているので、異空間化した地下室に迷い込んでくることはないだろう。

「どう思う？　元警備兵であるシルヴィアの意見を聞きたい。貴様の担当が貴族街のペタロ地区だったのは知っているが、治安維持兵なら少なからず貧民街の事情を聞いてたんじゃないのか？」

特に意見を求めたかったのは、元警備兵の眷族シルヴィアだ。王都育ちのシルヴィアは、ルキディス達よりも王都の事情に詳しい。

シルヴィアを育てた教会の孤児院は、貧民街と近い場所にあったそうで、子供の頃に貧民街での炊き出しを手伝った経験があると聞いていた。

「王都で麻薬が流行りだしたのはつい最近。私が担当してたペタロ地区は、由緒正しい貴族街だから、売人は近づいてこなかった。買う人がいなければ、売人はやってこないから。だけど、貧民街と隣接している平民街の警備兵は、売人を追い払うのに苦労してるって聞いてたわ。貧民街の警備兵って、あんまり真面目じゃないの。真面目にやってたら過労死するって当人達は言ってたけど、単に労働意欲が希薄なだけだと思うわ。前はそこまで酷くなかったけど、新しい憲兵長が来てからは、勤務態度が悪化していったわ。見た目はそれなりなんだけど、中身が駄目って感じなのよ。見えないところでサボってるって言うのかしら……」

「家族が皆殺しにされるような凶悪事件は、王都ではよくあることか？」

「家の中に押し入ってくるようなことは滅多にないと思うわ。だけど……、貧民街だったらあるかもしれないわ。ご主人様が行ってた場所って、貧民街でも治安が悪いところなのよ。王様が力をいれて犯罪対策をしてたから、大昔ほどじゃないと思うけれど……」

「そうか……。ん？　どうした。ユファ？　何か気になることでもあるのか？」

「ルキディス。身体の中に何か入ってにゃい？　変な気配を感じるニャ」

「そう言われれば変な感じがするわ。いつもよりちょっと大柄になってるし……」

「あ……っ！　すっかり忘れてた」

ルキディスは、セリーヌを体内に捕らえていたことを思い出した。何か忘れているとは思っていたのだが、言われるまで気付かなかった。ルキディスは〈変幻変貌《メタモル・フォーゼ》〉で身体を液状化させて、中にしまっていたセリーヌを取り出す。

「さっき説明した魔女を名乗る麻薬の売人だ。セリーヌとか言ってたな。犯したら苗床化してしまった。これも木箱に詰めて本国送りだ」

「にゃんと。精液ボテのロリ妊婦ニャ。これって何歳なのニャ？」

「さあな。だが、当人は子供扱いするなと言ってきた。だから、その通りにしてやったまでだ」

赤髪の少女は、腹を膨らませたまま床に倒れている。その瞳は濁りきり、理性の失せた顔で微笑していた。同じように冥王の種で腹を膨らませているシルヴィアとは様子が明らかに異なっている。

「すごい。ご主人様の種は、こんな子供すら孕ませてしまうのね」

セリーヌは子供にしか見えない。矮小な体躯の少女だというのに、腹は精液で膨らんで、立派な母親にされていた。

「最低限の生殖能力がなければ駄目だぞ。幼すぎると産む子供も小さいし、苗床としても短命だ。個人差はあるそうだが、セリーヌは何百匹産んで、何ヶ月持つかな……」

「お持ち帰りしてきたナタリーって子は、どうするのニャ？」

「あれには手を出さない。しばらくの間は手を出せないと言うべきか。ナタリーの家族が殺されてしまった件で、憲兵団が動いている。彼女が失踪したら、殺人事件と関係があると思われてしまうだろう。もし種付けをするなら、家族を皆殺しにされて、自暴自棄になって失踪……ってところだな。しかし、欲しいのは身体よりも情報だ。貧民街での暮らしぶりを聞きたい。自白剤を使って聞き出すようなことではないし、恩を押し付けて話させたほうがいい。家族が皆殺しにされた理由も興味がある……」

ルキディスは、床に転がっている苗床に目を向ける。

「ああ、そうだ。シルヴィア。産後のところ悪いが、セリーヌを箱詰めしておいてくれ。苗床を箱に詰めるやり方は、前に教えただろ」

「分かりましたわ。ご主人様」

シルヴィアは工房のある部屋に腹の膨らんだセリーヌを運んでいく。セリーヌの身体は小さいので、妊婦腹のシルヴィアでも運ぶのは簡単だった。魔物化したシルヴィアの身体能力は向上している。

調子に乗って、ユファに腕相撲を挑んだら完敗してしまったが、それはユファもまた人外の眷族だからだ。眷族化したシルヴィアは、人間の腕を握りつぶすくらいの握力を得ている。人間を虐殺できる身体能力を得たものの、シルヴィアに与えられた仕事は地味だった。

初産を終えたシルヴィアは、工房で箱詰めの仕事を教わった。最近は自分が産んだ赤子を、箱詰めにするのが、シルヴィアの日課になっている。シルヴィアは七日周期で出産を繰り返しており、ここで育てることはできないので、産んだ子供を箱に詰め、サピナ小王国に輸送していた。

シルヴィアの子供達はとても素直な魔物で、まるで母親の言うことを分かっているようだった。人間の赤子のように泣き叫ぶことはなく、置物のように箱に入ってくれるので、箱詰めの作業は簡単だ。

苗床化した雌の箱詰めだって、似たようなものである。魂が壊れて自我を失った雌は、単なる繁殖母体だ。冥王の子を産むしか能力が与えられていない。抵抗せず、ちょっと雑な扱いをしても呻き声を上げる程度の反応しか示さない。

しかし、出産の時は快楽で嬌声を上げる。苗床は人格を失っていても、冥王の役に立つという一点においては歓喜を示すのだ。

◇◇◇◇◇

ユファは冥王が作った二番目の眷族だ。始祖の眷族であるシェリオンに次ぐ古参眷族である。ユファの出身種族は、猫の耳と尻尾を持つ猫族《フェリス》だ。猫族《フェリス》は少数民族であり、エリュクオン大陸に住んでいる獣人の中で、もっとも数が少ない。

猫族《フェリス》は南大陸ゼラニカと黄金大陸ジャハニヤに大きな国を持っていたが、南大陸ゼラニカは機械戦争によって、甚大な被害を受けて大陸そのものが滅びてしまった。黄金大陸ジャハニヤは、孤立主義を掲げており外の大陸との交流が少なく、海を越えて他の大陸へ移民することはほぼない。

エリュクオン大陸に猫族《フェリス》が渡ってきた時期は不明だ。古の時代に移民してきたという説が有力である。しかし、ユファは自分の起源を気にしない。もはや自分が何者であるかなんて、どうでもいいことだった。もう人間ではなくなったからだ。

今のユファは、冥王に仕える眷族の一人なのだ。冥王の身を守る兵であり、冥王の子を産む雌として誇りを持って生きている。

「子供を産んでからのシルヴィアは、すっかりお母さんになっちゃったニャ」

ユファは冥王に奉仕をしていた。上衣だけを脱いで乳房を露わにし、胸の谷間に男性器を挟み込む。

牛族《シュティア》の中でも、一際大きな超乳を持つシェリオンには劣るが、ユファも誇れるだけの巨乳を持っている。小柄な猫族《フェリス》がこれほど見事な乳を具えるのは珍しい。人間だった頃は、胸が大きすぎて運動能力が低下してしまっていたが、眷族となってからは自分の豊胸に振り回されることもなくなった。

「魔に染まってくれてたのは嬉しい限りだ。ユファと一緒に悪さをするくらい馴染みきってしまうのは、想定外だったがな」

「にゃ～。楽しいことしてる時に、嫌味はやめてニャ～。まだあの賭けのことを怒ってるのかニャ？　あれはシェリオンだってちゃんと合意してたニャ」

「シェリオンが熱くなって引き際を誤りがちなのは、付き合いの長いユファなら知っていたはずだ。今後、ああいうことは控えるようにしろ。いつ、どこで、誰を抱くかは冥王の専権だ。眷族同士で勝手に決めることじゃないぞ」

冥王の射精権を、賭けの対象にしていたことに対して咎める。新人のシルヴィアは軽めの注意で済ませたが、古参のユファには厳し目の指導をしておく。

「反省してるニャ。どうか、これで怒りを鎮めてほしいニャ♥」

乳房で勃起した男根を包みつつ、我慢汁で濡れる亀頭を口に咥えた。ルキディスは性器の雁首《がんくび》で、ユファの舌使いを堪能する。古参の眷族というだけあって、性技は熟練の域だ。乳で激しくペニスを扱きつつ、口内で亀頭を丁寧にしゃぶる。牙を使って甘噛みしてくることもあるが、今夜は優しい刺激で奉仕するつもりなのか、舌のみ使って舐め回してきた。

「んっじゅぷっんっずずっ……、んずゅっ……！」

冥王の情欲を解放させせようとユファは動きを加速させる。セリーヌの子宮を精液袋に変えたばかりであるが、ユファに与えるだけの精力は残してあった。

「んぢゅっ、んちゅ！　むっ……んっんっ！　んむぅんぐっ！　ずずっぅ……っ!!」

放たれた精子を口内で受け止める。冥王の芳醇な魔素が含まれた精液は、眷族にとって最高のご馳走だ。食い意地の強いユファは、尿道に残っている精液まで吸い取ろうとしてくる。

「んにゃっ！　美味しい子種ニャ〜。生の搾りたてが一番ニャ」

口元に残った精液を舌で舐め取り、精液を飲み干す。

ユファのような美女を隷属させていることに、冥王は満足感を抱く。冥王は魔物の支配者だ。雌を征服することで支配欲が満たされる。愛らしいユファが凶悪なペニスを貪る様を、ルキディスは満足気に眺めていた。

精液を飲んで興奮しているのか、ユファの乳首は勃起していた。両手を使って自らの胸を動かし、射精を終えたペニスを揉み扱いている。ユファは淫魔の如く、ルキディスの精を求め続けた。

可能であれば孕ませたいが、ユファの役割は子産みではない。護衛と新人眷族の教育係だ。冥王という魔物は非常に弱く、戦闘能力は魔物の中で最弱だ。ゆえに眷族が冥王を守らなければならない。

眷族になったばかりのシルヴィアは、暴走が怖い。殺戮衝動や破壊衝動の制御に不安があるので、一人で出歩かせるようなことはできない。シルヴィアが魔物としての本能を抑えきれず、道端で人を殺しでもしたら、王都に潜入していたのが露見してしまう。

「――――私も孕ませてほしいわ。ねえ。駄目？」

ユファは普段の軽い口調を改め、妖美な言葉遣いで冥王に懇願してみる。

「今だけは我慢しろ。里帰りした時に、沢山産ませてやる。その時はサロメとエリカが先だがな。留守番をしてる二人にサービスしてやらないと拗ねてしまう」

「それは残念ニャ」

いじけたユファは、舌先でルキディスの亀頭を撫でた。

「……それなら、せめて精液ボテ腹にしてほしいニャ」

ユファは、立ち上がってパイズリフェラ奉仕をやめる。そして、陰部を覆っていた黒パンティーの紐を解き、その場で脱ぎ捨てた。裸体になると尾骨から長い猫の尻尾が生えているのが見てとれる。腹部と太腿は引き締まっているが、胸と尻は熟れた女らしく突き出て、強い色気を醸し出している。人それぞれ好みはあるだろうが、世の男が理想として抱く魅力を全て詰め込んだのがユファの肉体だ。

人間だった頃から、理想の体型を作るために努力をしていた。冥王の眷族となったことで、蠱惑的な肉体にさらに磨きがかかった。

「――――子宮が膨らんで破裂しそうなくらい出してほしいニャ」

ユファは尾の生えた尻を向けてくる。突き出されたユファの割れ目は、愛液で濡れていた。男性器が入ってくるのを待ちきれない様子である。

「孕むのはなしだぞ」

「出された精子はちゃんと中で吸収するニャ。そこまで強情じゃないニャ」

眷族は中に出された精液を吸収することで、完璧な避妊をすることができる。慣れてくれれば貯精器に精液を保管しておいて、好きなタイミングで受精させて産むというようなことも可能だ。冥王のために戦い、孕み、そして産むことに特化している。

ユファは、腰を下げていく。ルキディスの亀頭が、ユファの膣道を突き進む。膣口を押し広げて、大きな魔物ペニスを根本まで飲み込む。亀頭が子宮口に到着すると、ユファは甘い吐息を漏らした。

「ふにゃぁぁ……んぁっ……！　ルキディスのオチンポ、最高ニャ……♥」

ルキディスの一物が収まるとユファの膣は一気に締め付けてくる。ルキディスの陰茎とユファの女陰は、剣と鞘のような関係だ。ペニスが膣に収まりきった瞬間、お互いの性器が組み合う。

ルキディスと過ごした夜は数え切れない。けれど、この快楽に飽きる夜は来ないだろう。冥王が与えてくれる性的興奮は人間を辞めない限りは得られない禁忌の悦楽だ。全ての不安が消し飛んで、多幸感が心を満たす。冥王と繋がった眷族は心を満たされ、極楽の心地で絶頂することができた。

「冥王を腹上死させるなよ。俺の精力は無限というわけじゃない。冥王は人間にしか殺せないはずだから、眷族に搾り取られて死ぬことはないと思うが、ユファならやりかねない」

「それって僕を褒めてるのニャ？」

ルキディスが動き出したのに合わせて、ユファも腰を動かし始める。ユファの身体が上下に動く度に、膣に突き刺さった肉棒がユファの子宮を突き上げた。甘い啼き声を上げながら、ユファは淫欲に身を任せる。

眷族が性欲を発散することができるのは、冥王とセックスしている時だけだ。淫靡な狂宴は、ユファの感情を昂らせる。

「んんっにゃァ……っ！　んんぁっ！　んふぅ……っ！　んゆゅんっっんんぅ……っ！　んぁにゃぁっ……!!」

欲深いユファは己の手をクリトリスに伸ばす。さらなる快楽を欲して、自らの陰部を弄り回しながら、愛する雄のペニスから子種を貪ろうと腰を動かした。熱を帯びたユファの愛液が、ルキディスの玉袋に滴り落ちる。膣壁から湧き出した女陰の蜜で、結合部はびしょ濡れになった。

「にゃぁんぁっ！　んんぁっ、んぁぁっ……！　欲しい……っ!!　ルキディスの子種汁が欲しいニャぁん……っ！

冥王のオチンポで僕の子宮を精液袋にしてほしいニャ♥」

ユファの望み通り、ルキディスは蓄えていた精液を子宮に解き放った。セリーヌの子宮を膨らませた時のように、大量の精液をユファの膣中に注ぎ入れる。精力を消費するので、日に何度もできることではないが、愛している臣下が求めるのなら、王の義務を果たさなければならない。

子宮が冥王の精液で満たされていくのを、ユファは感じ取る。ルキディスの射精は数分間続く、精液が漏れ出さないように子宮口と亀頭をしっかりと接合させて、下腹部を膨らませていった。

「大きくなってきたニャぁ。にゃははは。精液で膨らんだ子宮が喜んでるニャ♥」

ユファの腹が中期の妊婦ほどに膨れると、射精はやっと収まった。眷族のユファならば、大量の精液を即座に吸収して腹をへこませることができるが、そんなもったいないことはしない。

寵愛で子宮が満たされているのだ。子を孕むことは許されていないが、こうして冥王の種で腹が膨れることに、眷族は特別な感情を抱く。

「ユファ。少し、横になっていいか？」

射精を終えたルキディスは、疲労と睡魔に襲われていた。ユファの淫穴に気力を吸い上げられてしまったルキディスは限界だった。ユファの返事を聞かないまま、彼女の身体を抱きしめて、腰掛けていたベッドに横たわる。仰向けになったルキディスは、まだユファにペニスを突き刺したまだ。

「明日は早いから、そろそろ寝たい。とりあえず望み通り、腹ボテにはしてやったぞ……」

「お疲れなのニャ？」

「お疲れというか、もう深夜だぞ……。眷族と違って冥王は睡眠が必要なんだ」

ルキディスは仕上げに、粘性の高い精液でユファの子宮口を固めておいた。これで内部の精液が逆流してくることはないだろう。ユファくらいの慣れた眷族だと子宮口を閉じて、精液を溜め込んでおけるが、念のための措置だ。

ユファの膣からペニスを引き抜く。亀頭を子宮口に接合させていたので、抜くのに少し苦労したが、なんとか膣道から外すことができた。

「明日もシェリオンと貧民街で情報を集めてくる。すまないが、ユファはシルヴィアと留守番を頼む。ナタリーを勧め先まで送っていくついでに、ちょっと寄りたいところがあるんだ」

ルキディスはユファの身体を傍らに引き寄せ、薄地の毛布で互いの身体を覆った。勃起している乳首と精液で膨らんだ腹が、ルキディスの半身に触れる。ユファの体温が心地よい。

「それなら、このお腹はこのままでよさそうニャ」

「繰り返しになるが孕むなよ。ユファの子供は成長が早い。本国への輸送中に事故が起きかねない」

「御者を食い殺したりはしないニャ。僕に似ていたずら好きだけど、父親譲りの真面目さも兼ね揃えているニャ」

「あぁぁ……、そうだな」

大きな欠伸をして、ルキディスは瞼を閉じてしまう。眠気に耐えるのはもう限界だった。思考が微睡《まどろ》み、身体から力が抜けていく。ユファは眠りに落ちた冥王に性的ないたずらをしたい欲求に駆られたが、善き眷族としてなんとか欲望を堪えた。

冥王にとって睡眠は不可欠だ。安息を邪魔立てするのは、冥王の臣下にふさわしくない。

「――――おやすみなさい。冥王様」

寝息を立てているルキディスがどんな夢を見ているのか、ユファは覗いてみたくなる。こうして眠っていると人類を滅ぼそうとしている邪悪な魔物とは思えない。遊び疲れて眠る無邪気な子供のようだった。

◇◇◇◇◇◇

翌日、ルキディスはナタリーと一緒に朝食を食べていた。食卓に並んでいる朝食の数々を作ったのは、メイドのシェリオンだ。

シェリオンは、家事全般を完璧にこなせる。冥王以外の魔物は食欲がないので、シェリオンが料理を作る時は工夫が必要だ。舌先を使って料理の味のみを確かめる。

その際、料理そのものを胃に流し込まないようにしなければならない。眷族は料理の『美味しさ』を感じられない生き物だ。そのため、美味な料理を作るのが至難であった。

味覚を感じる機能は生きている。けれども、『美味い』という感情が欠落してしまっているので、料理の味を楽しむことはできない。眷族は美味な料理を食べても、気持ち悪いという感情しか抱けなかった。それは満腹の状態で、無理やり何かを食べさせられた感覚に近く、気分が悪くなってしまう。

眷族は三大欲求の一つである食欲が欠落している。魔物は食事を必要としていないので、常に満腹状態のようなものだった。味付けだけを確かめて、それが人間にとって『美味しい』と感じられる料理であると判断する他ない。

一方で魔物の中で唯一、冥王だけは人間らしい食欲を持つ。冥王ルキディスは、人間のように料理の美味しさと不味さを知覚できてしまうのだ。主人に不味い料理を食べさせるわけにはいかないので、眷族となってからシェリオンは研鑽を重ねた。

「味のほうはどうかな？　ナタリー」

　ルキディスはナタリーに尋ねてみる。人間時代の経験と眷族となってからの修練で、シェリオンはプロ級の料理を作れるようになった。

　食卓に並んでいる料理が不味いということはありえない。ルキディスが美味いと思っているのであれば、それは普通の人間にとっても美味い料理になっているはずである。

「とても美味しいです。何から何まで、本当にありがとうございます」

　家族を失ったばかりの彼女は目に見えて落ち込んでいる。無理もないことだ。自分は助かったとはいえ、家族を皆殺しにされたのだ。自分だけが助かったからこそ、辛いというのもあるのだろう。

　ナタリーの食が進まないのは、料理の味に問題があるからではない。彼女自身が抱える心の問題だ。食の進まないナタリーを尻目に、ルキディスは次々とシェリオンが作った料理を口の中に放っていく。

　旺盛な食欲は、精力を大量に消費した反動だ。昨夜のルキディスは、麻薬の売人セリーヌと眷族のユファ、両者の子宮を精液袋にするために多大な精力を費やした。減った精力は食事や睡眠で回復しなければ衰弱してしまう。

　家族を失って気落ちしているナタリーの前で、大食いをするのは気が引けたが、空腹には抗えない。冥王は人間と同じく三大欲求を抱える魔物だ。飢餓に苦しみ、不眠で体調を崩し、性欲を発散できなければ苛立ちを覚える。

「ナタリーの話を聞いてる限りだと、殺されるような理由はなさそうだ。母親に恨みを抱いていた人物に心当たりはないか？　個人的な恨みではなく、組織からの恨みだ。昨夜ナタリーを追いかけ回していたのは複数人の男だ。個人的な私怨とは考えにくい」

　不可解なのは、ナタリーの家族がなぜ殺されたかだ。ルキディスは、物盗りの犯行ではないと見抜いていた。

　縄の使い方が素人ではなかった。わざわざ強姦までしたのなら見せしめということが考えられる。だが、誰に対する何の見せしめなのかが分からない。

「母の話だと娼婦が行方不明になる事件が相次いでいたそうです。母の知り合いだった娼婦の方も行方知れずになってしまって、まだ見つかっていません。失踪事件は収まったそうですけど、ひょっとしたら……」

（その失踪事件の犯人は俺だから、間違いなく関係ないんだよなぁ……）

ルキディスは共感を示しているような感じで、ナタリーの話に頷いておく。失踪事件は、娼婦の間で噂になっていたようだ。けれども、憲兵や警備兵は本格的に動いていない。それはシルヴィアから聞いている。

捜査の手がルキディスに届くことはないだろう。しかし、噂が収まるまで娼婦に手を出すのは控えるべきだ。

「俺はサピナ小王国の人間だ。だから、この国の事情はそんなに詳しくない。憲兵や警備兵は犯人を見つけてくれると思うか？　元警備兵の知り合いから色々と聞いているんだが、貧民街の憲兵や警備兵は熱心に働かないサボり魔だと聞いた」

「犯人を探してくれるとは思います。いくら貧民街の住人でも四人殺されたのなら重大事件です。ですけど……、犯人を見つけてくれるかは分かりません。家族が殺される理由に、心当たりがないんです。逃げた私を追ってきた人達の顔だってよく覚えてません。こんなことなら、あの時に逃げなければ……」

「いいや、逃げて正解だった。もし逃げずに部屋に行っていたら、ナタリーは確実に殺されていたぞ。後悔しているのかもしれないが、ナタリーは正しい選択をした。殺された家族だって、ナタリーが逃げることを望んだはずだ。顔を見ていないというのは幸運だった。もしも、はっきりと犯人達の顔を見ていたら、ずっと追いかけ回されることになっていただろう。今日は勤め先の酒場に行くんだろう。道中は危険だ。馬車で送っていくよ」

「そ、そんな……！　そこまで、お世話になるわけにはいきません……っ‼」

「昨夜、助けると約束しただろう。俺は約束は守る男だ」

ルキディスの住んでいる屋敷は、貴族街のペタロ地区にある。貧民街からは距離があるので、歩いて帰らせる気はなかった。職場までの距離を考えたら、馬車に乗せてもらうしかないことは、ナタリーだって分かっていた。

「それなら……、申し訳ありません。お言葉に甘えさせてもらいます」

ルキディスは、シェリオンに黒馬車の準備をするように命じる。自前の馬車を本国から取り寄せたのは正解だった。

街を巡回している辻馬車は、運賃を払えば王都のあらゆる場所に運んでくれる。だが、頻繁に利用していると出費が馬鹿にならなくなる。また、辻馬車を利用するのは主に上流階級なので、貴族街で客待ちをしていることが大半だ。平民街や貧民街で客待ちをする辻馬車はいないので、場所によっては捕まえるのに苦労する。

朝食を終えたナタリーは、用意された黒馬車を見て驚く。馬車を牽引する馬は、普通の馬ではなかったからだ。繋がれているのは、青銅製のゴーレムである。馬の形をして、馬の真似をしているが、生命の宿っていない青銅の馬人形だ。

「すごいお馬さんですね」

「借り物だ。俺の物ってわけじゃない」

疲れを知らず、魔物を恐れたりもしない。しかし、魔石を燃料としているので、これはこれで金がかかる代物だった。サピナ小王国からの仕送りがなければ、運用は資金的に難しかっただろう。

ルキディスとナタリーが黒馬車に乗り込むと、御者席に座るシェリオンは、手綱を操り青銅馬《ブロンズ・ホース》を発進させた。

ナタリーの勤めている酒場は、貧民街にしては洒落た雰囲気の店だった。一見した限りでは小綺麗で、場末という印象を感じない。

「ナタリー！」

「おじさんっ！」

「昨晩のことは聞いた。お前だけでも無事で……本当によかった……」

酒場の主人は、ナタリーの母親と旧知だったらしく、まるで妻を亡くしたように悲しんだ。悲しみすぎじゃないかというくらいにナタリーの不幸を嘆いている。体格のいい酒場の主人が、ナタリーを抱きしめて泣きじゃくっている様は、妻に先立たれた不幸を夫と娘が嘆いているように見えた。

やっと気持ちを静めた酒場の主人は、その場でナタリーの後見人となることを宣言した。いきなりの宣言にナタリーは驚いた。しかし、身寄りのない彼女にとって信頼できる相手は、酒場の主人だけだ。この話は悪いものではない。

酒場の主人がどういう人柄であるかをナタリーは知っていた。ルキディスも酒場の主人が信頼できそうな人間だと判断し、雇用主の厚意に甘えたほうがいいとナタリーに助言する。

「ナタリーを助けてくれて、本当にありがとうございました」

酒場の主人は、ルキディスに深々と頭を下げた。ルキディスがナタリーを助けなければ、おそらく彼女はここにはいないだろう。追手に捕まって、今朝あたりに川に浮かんでいるのが発見されていたはずだ。

「お礼を言われるようなことはしていません。人間として、当然のことをしただけですよ」

魔物は善意溢れる好青年の顔を作って、平然と嘘を言い放つ。ナタリーを助けたのは、強姦を終えた直後に、都合のよさそうな雌を手に入れられそうだと思ったからだ。眷族になるか苗床になるかは分からないが、種付けしたいと思うくらいの身体をナタリーは持っている。

サピナ小王国は人材不足だ。人間も足りていないが、魔物も足りていない。苗床は多ければ多いほどいいとサロメから言われている。眷族になってくれれば万々歳だ。

「彼女を一人にさせないようにしたほうがいいでしょう。犯人達はナタリーの顔を知っている。職場だって見つけようと思えば簡単に見つけてしまう。口封じをするかまでは分かりませんが、用心をすべきです」

「分かっているとも。ナタリーにはしばらく厨房で働いてもらおう」

「ナタリーのことは任せました。何かあったら気兼ねなく俺を頼ってほしい。できる限り力になります」

ナタリーに種付けできなかったのは残念なことだ。しかし、善良な人間であることをアピールできたのは大きい。彼らはルキディスのことを、凶悪犯から乙女を救ったヒーローだと宣伝してくれるだろう。風評が高まれば様々な利点がある。

それはサピナ小王国で革命を起こした時に実感していた。

人望は力だ。人間という生き物は、優れた個体に寄り添って生きようとする。いわゆるカリスマに惹かれてしまうのだ。心酔した人間は無垢な子羊のように思い通りに動いてくれる。理想はルキディスの正体が魔物だと知っていても、忠実であり続ける人間を作ることだ。

まだ人間はルキディスの正体が、魔物だとは知らない。しかし、いつかはばれてしまうだろう。その時に、味方となってくれる馬鹿な人間がいてくれると助かるのだ。人間の暴君よりも、魔物の賢君のほうが有益だと証明されれば、愚かな大衆は冥王に付き従ってくれる。

ルキディスは戦争という手段を使わずに、エリュクオン大陸の人類を滅ぼすつもりだ。繁栄と安寧を与えて、少子化という形で、人口を減らしていく。最終的には、眷族用の家畜のみを残して、エリュクオン大陸から人類を一掃する。

(世界征服は小さな一歩から始まる……。ナタリーを助けたのは小さなことだ。しかし、こういった小さなことの積み重ねが、偉業の基礎となる)

なんとか状況を整えてナタリーに種付けすることは可能かもしれない。流れ次第であるが、やれないことはないとルキディスは考える。しかし、単なる人助けで終えてしまうのだって、それはそれでいいと思った。

種付けは、薬を売りさばいている『魔女』を使えばいい。セリーヌ以外にも、薬を売っている女が貧民街にはいるはずだ。彼女達を見つけ出して、犯していけばいい。

（麻薬の売人を犯すのは王都の掃除だ。感謝してくれよ。ラドフィリア王。貴様の国を蝕《むしば》む害虫を、俺が駆除してやっているんだ）

酒場の主人にナタリーを任せて、ルキディスは貧民街の通りに出た。

ずっとルキディスの家に泊まらせてもよかったが、ナタリーの職場とルキディスの家がある貴族街は距離がある。職場に泊まり込んでいたほうが、彼女にとって好ましいと思ったので引き止めはしなかった。

「待たせたな。シェリオン」

酒場の前に、貧民街の風景とは不釣合いな黒馬車が停まっている。馬車を牽引している青銅馬《ブロンズ・ホース》は、そこそこ目立つ造形をしているので、なおさら人目を集めてしまっていた。なぜこんなところに貴族が使うような馬車があるのかと、道行く人々が遠目から眺めている。

「どこに向かわれますか？」

黒馬車の御者席に座っているシェリオンは、主に行き先を尋ねる。勤め先の酒場にナタリーを無事に届け終わった。その後の予定をシェリオンは聞かされていない。夜になったら貧民街で麻薬を売りさばいている魔女を拉致するつもりである。けれど、今は朝方で魔女達は活動していない。

「目立つ馬車を使って、売人探しをするわけにはいかないだろう。売人が次々と消えていけば、麻薬組織は独自に調査をするはずだ。憲兵団や警備兵に捜索願を出すような間抜けなことはしない。しかし、犯罪組織独自の情報網も侮れない」

ルキディスの関心は、ナタリーの家族が殺された事件に移った。

昨夜の凄惨な現場は、脳内に焼き付いている。ナタリーの弟と妹は鋭利な刃物で喉を切り裂かれており、縄の縛り方が素人ではなかった。返り血を浴びた痕が残っていなかったことから、犯人が人を殺す技術を習得しているのは間違いない。

「この教会に向かってくれ」

ルキディスは、シェリオンに一枚の紙切れを手渡した。渡したのは、昨晩シルヴィアに書いてもらった地図である。その地図にはシルヴィアが育った教会の場所が書いてあった。

「平民街の教会ですか？」

「孤児院を運営している古い教会だ。週に数回、その教会は貧民街で炊き出しをしている。貧民街で救貧活動をしている教会の管理者なら、貧民街の現状をよく知っているはずだとシルヴィアが教えてくれた。

その教会はシルヴィアが生まれ育った場所らしい。シルヴィアを育てた修道女はもう亡くなっているが、誰かが跡を継いで教会を運営しているそうだ。今日はその教会の運営者から、貧民街の事情について聞く。酒場の主人から少しだけ話を聞けたが、あまり要領を得なかった。

酒場の主人は、殺されたナタリーの家族とは、深い付き合いだったらしい。貧民街の様子について事細かに聞くような雰囲気じゃなかった。日を改めるしかない。後日、ナタリーの様子を確認するついでに、酒場の主人から麻薬組織について、それとなく話を聞く予定だ」

ルキディスは黒馬車に乗り込んだ。御者席のシェリオンは、青銅馬《ブロンズ・ホース》の手綱を動かして馬車を発進させた。目指すはシルヴィアが育った平民街の教会である。

貧民街は道幅が狭い。馬車が何台も通るような作りをしていなかった。しかも、道路の舗装はところどころ怪しい。

シェリオンは速度を出さないように気を付けながら、青銅馬《ブロンズ・ホース》を低速で走らせる。速度を出せば馬車が大きく揺れかねない。

馬車の窓から見える貧民街の街並みは、貴族街とは大きく違う。特に大きな違いは、一軒屋がほとんど存在しないことだ。数階建ての集合住宅が立ち並んでいる。ほぼ全ての民家が木造で、石造りの建物は酒場などの店舗に限られていた。

風景だけでなく街の空気も異なっている。貴族街はマナ鉱石を燃料にしているので空気が澄んでいた。しかし、貧民街では薪などを燃料にしているので、空気が淀んでいる。貧民街も下水道の整備がされていた。けれど、処理をしていない汚水を川に流す者が多いため、貧民街の川辺は不快な匂いが漂っている。

貴族街や平民街の家屋は、下水道の配管が屋内まで通っているが、貧民街の集合住宅はそうなっていない。貧民街の住民は、桶に溜めた汚水を下水口まで運んでいって、そこに捨てなければならないのだ。下水口まで持っていくのを面倒に思う住民は、近場の川に流してしまったりする。そのせいで川の水質が悪化してしまうのだ。

ラドフィリア王国は、川の水質を気にかけており、水門に浄化術式を施している。川の水が腐らないように対策がされているのは素晴らしいことだ。けれど、汚水が浄化術式の処理能力を超えてしまうと、不快な臭気が発生してしまう。人が集まれば汚水は増える。貧民街は人口が過密であるため、汚水の処理が完璧にできていなかった。

ルキディスを乗せた馬車は、貧民街を抜けて平民街に入った。道幅は馬車が三台すれ違えるくらいの広さになる。

また、石造りの建物が連なる街並みに変化した。街灯の設置されている間隔は貧民街よりも狭くなり、壊れている街灯は一つとしてない。

馬車の中で考えを巡らせていたルキディスは、平民街に響く鐘の音を聞いた。そう遠くない場所で鐘が鳴っている。目指している教会が近い証拠である。この鐘の音は、朝の祈祷が終わったことを知らせる音だ。

「さて、有益な話が聞ければいいが……」

ルキディスは、寄進用の資金を財布の中から取り出す。ただで話を聞くのはあまりにも図々しい。富める者を装っている以上、銀貨を献金する必要がある。銅貨だとケチと思われかねない。

それに今から向かう教会は、シルヴィアが育った教会だ。貴重な眷族を育ててくれた施設に感謝の意味も込めて、金貨を捧げてしまってもいいかもしれないと思った。

「――――いや、さすがに金貨はないな」

迷いに迷った挙句、ルキディスは金貨を財布に戻して、銀貨を五枚だけ取り出した。銀貨五枚だって、平民からすればそこそこの大金だ。貴族からすれば端金であるが、かつて貧乏暮らしをしていたルキディスは、今でも銀貨は大金だと思っていた。

◇◇◇◇◇◇

――教会は、世界最大の宗教組織だ。

創造主グラティアと開闢《かいびゃく》者デウスを信仰している宗教だ。教会を統括しているのは教皇庁であるが、エリュクオン大陸は他の大陸と事情が異なっている。

エリュクオン大陸は、極地大陸と呼ばれていた。

そのように呼ばれる理由は、他の六大陸から離れた場所に存在しているからである。かつては、教皇庁から指名された大司教が副教皇となり、教皇の代理としてエリュクオン大陸の教会を統括していた。当初こそ副教皇に過ぎなかったが、時代が進むにつれてエリュクオン大陸の教会組織は独自色を強めていく。そしてある時、エリュクオン大陸の教会勢力は、教皇庁からの独立を宣言してしまった。

当然、教皇庁は独立を認めなかった。教皇庁はエリュクオン大陸の教会勢力を異端認定し、独立を宣言した副教皇を破門とした。しかし、教皇庁はそれ以上のことができなかった。エリュクオン大陸は世界の辺境にあるため、現地の教会が独立するのはやむを得ない、という意見が教皇庁本部内で強かったからだ。かくして、エリュクオン大陸にもう一人の教皇が誕生した。

もちろん教皇庁の本部は、エリュクオン大陸の教皇を認めていない。だが、エリュクオン大陸の外に進出しないのならば、黙認するという立場をとっていた。

――――エリュクオン大陸の教会は、独自色を強めながら人々の生活に根付いている。

「我が教会にようこそ。私は教会を管理している副司祭のキーラといいます」

ルキディスは教会の礼拝堂で、管理者と面会することができた。急に押しかけてしまったというのに、キーラと名乗った副司祭は快くルキディスを迎え入れてくれた。

「はじめまして。キーラさん。俺はルキディスです。サピナ小王国からやってきた学徒です。サピナ小王国を発展させるために、ラドフィリア王国で様々なことを学んでいる最中です。彼女は従者のシェリオン。どうぞよろしく」

シルヴィアが育った場所は、レンガ造りの小さな教会だった。出迎えてくれたのはキーラという女性である。髪は栗色で、瞳は濃い青色だ。年齢はシルヴィアと同じくらいに見える。副司祭だとしてもかなり若い。妙齢の女性である。

胸は控え目だ。ないわけではないが、シェリオンと比べるとないに等しい。服装が地味な司祭服ということもあって、女性らしい色気は感じられない。創造主に仕える清廉な聖職者といった雰囲気だ。

「失礼な質問ですが、シスターは随分お若いですね」

「よく言われますわ。私は、この教会で育った孤児なのです。養母となって私を育ててくださった修道女様が亡くなられて、この教会は取り潰しになる予定でした。この地区にはもう一つ大きな教会があります。司教様は大きな教会があるのだから、この教会を維持する必要性はないと考えられていたようです。ですが、私は自分が生まれ育ったこの教会がなくなってしまうのが嫌でした。だから、この教会を守るため、私は奮闘したのです」

「司教様の決定を覆すのは大変だったのでは？」

「なんとか説得をしました。市民からの陳情と力を貸してくださった貴族様達のおかげですわ。本当に運がよかったと思います。創造主様が私の祈りを聞き届けてくれたのでしょう。私がこの教会の管理者となったのは特例なのです。特例でなければ、私の年齢で副司祭になることはできなかったでしょう。実際は管理する人間を教会が用意できなかったので、私が引き受けるしかなかったというだけなんですけどね。小さな教会の守り手というのは、出世の道が閉ざされていますから」

「創造主のお計らいでしょう。適材適所に収まったと考えるべきです」

ルキディスは、シルヴィアを連れてこなくてよかったと安心する。キーラはシルヴィアと同じようにこの教会で育ったらしい。だとすれば、二人は面識があるかもしれない。

同時にルキディスは、キーラという女性に興味を抱いた。

シルヴィアが眷族化したなら、同じ環境で育ったキーラにも適性があるのではないかと思ったのだ。市民や貴族を動かして、司教の決定を覆すのは簡単なことではない。謙遜をしているが彼女が副司祭となれたのは、紛れもなく実力によるものだ。

特例だから大したことがないと言うものの、教会のような厳格な戒律を掲げる組織は、特例や特別を嫌う。特例を認めさせたということ自体がすごいことだ。

「ルキディスさんとシェリオンさんは、我が教会にどのようなご用件でいらしたのかしら？　私が任されている教会は、書庫などはありません。礼拝堂と孤児院くらいしかない小さな教会です。学問の知識をお求めなら、もっと大きな教会に行かれたほうがいいかと思いますわ」

「実は貧民街で起こっていることについて、詳しく知りたいのです。シスターは救貧活動で、貧民街によく行かれているそうですね。貧民街の状況や蔓延している麻薬のことなどについて教えていただけないでしょうか？」

「サピナ小王国の方が、なぜそんなことを調べているのですか……？」

キーラは首を傾げる。

「サピナ小王国は、麻薬で酷い目に遭いました。革命後は国が総力をあげて売人を処刑し、麻薬畑を焼き払いました。しかし、まだ地方に麻薬の汚染が残っているかもしれない。もしそうだとするなら、サピナ小王国で製造された薬物がラドフィリア王国に運ばれているということです。それは我が国としては許し難い。麻薬は社会を蝕む病魔そのものです。何としてでも殲滅《せんめつ》しなければなりません」

「なるほど。話が見えてきましたわ。ルキディスさんは、逆から辿って麻薬を絶つおつもりなのですね？」

「はい。販売元から生産地を探し当てたいと考えています。売人は仕入先を知っています。そして、生産地も聞いているはずです。貧民街で『魔女』と呼ばれる売人が、麻薬を売っているのはご存知ですか？」

「ええ。知っていますわ……。幼い少女を使って薬を売っているというのは有名です。薬を買うためだけに、貧民街へ足を運ぶ貴族までいる状況です。最近になってから、色々とおかしくなってきましたわ。昔はこんなことはなかったのですけど……」

「おかしくなったのは、具体的にはいつからですか？」

「ご病気で王様が倒れてからですわ。ちょうどその頃、麻薬撲滅に力を入れていた憲兵長が、亡くなったのです。後任としてやってきた新しい憲兵長は、貴族と付き合いの深い憲兵でした。麻薬が蔓延するようになったのは、取締りの責任者が変わってからです。上のことはよく分かりません。ですが、王様が倒れてから、憲兵の人事に貴族が口を出すようになったそうです。元老院で議席を持つ貴族が、憲兵団の改革に乗り出したと聞いています。麻薬の取締りが緩くなったのは、憲兵団の人事に貴族が干渉するようになってからですわ」

「後任の憲兵は、単に仕事をサボっているだけですか。それとも故意に職務を放棄しているのでしょうか？」

「それは……、口に出して言うことは憚《はばか》られますわ。背後に元老院の貴族がいます。事実がどうであっても私達ではどうにもできません。貧民街の出来事を陳情で知った王様が、王立騎士団を動かしてくれましたが、今に至るまで事態は好転していません。憲兵と警備兵が王立騎士団の捜査に非協力的という噂を私は聞いていますわ」

「麻薬を売っている組織が、どこから原料を仕入れているのか聞いたことはありませんか？」

「いいえ。商人の荷物に紛れ込ませて運んでいると思われるのですけど、どうやって検問を潜り抜けているのかが分かりません。王立騎士団のかたが、抜き打ちで検査をしているのですが、引っ掛からないそうです。憲兵や警備兵の中に、麻薬の運び人がいるのではないかと、王立騎士団は疑っているようですが、そのせいで対立が激しくなっています。本当なら力を合わせて、麻薬組織を壊滅させなければならないというのに……」

悲痛な顔でキーラは、貧民街の現状を嘆く。王立騎士団は動いてはいるものの、ラドフィリア王が望むような成果を上げられていないようだった。

ルキディスは、キーラに昨夜起こった一家惨殺事件のことについて話した。それを聞いたキーラは、さらに表情を曇らせる。どこまで詳細に話すべきかルキディスは迷った。特にナタリーの母親が強姦されていた事実について、口に出すのはどうかと思ったからだ。だが、キーラは包み隠さず全てを教えてほしいと言ってきた。覚悟があるようなので、ルキディスは事件の詳細を語った。

「そうですか。そんなおぞましい事件が……」

「このような事件は過去にもありましたか？　複数人の男が民家に押し入って、住民を皆殺しにするような事件です」

「私の知る限りではありません。貧民街では盗みや喧嘩はよくあります。ですけど、民家に押し入って子供まで殺すような凶悪事件は、聞いたことがありません」

「俺が気になっているのはそこです。犯人達の犯行動機がまったく分かりません。複数人での犯行ですから、強姦目的だったとは思えません。一人は嬲り殺されていました。顔面が潰れるまで滅茶苦茶にです。犯罪集団が関与していると思われるのですが、こういったことをやる反社会的集団に心当たりはありませんか？」

「麻薬を売りさばいている組織なら、ありえるかもしれません」

ちょうどその時、礼拝堂の扉が開く。扉を開けたのは憲兵服を着た若い男性であった。

「気を付けてください。貧民街の麻薬取締をされているレナード憲兵長です」

小さな声でキーラが教えてくれる。教会にやってきたのは、会話に出てきた件《くだん》の憲兵長その人であった。

――――教会の礼拝堂に現れた憲兵長レナードは、軽薄そうな男だった。

ルキディスが今まで見てきた憲兵とは大きく異なる。不良が憲兵長の制服を盗んで着ているような印象を受けてしまった。

年齢は二十代後半といったところで、貧民街を担当する憲兵長としては若すぎる。彼が憲兵団の入団試験を突破し、憲兵長にまで上り詰めたのは、背後にいる貴族達のおかげだ。出世はレナード本来の実力ではない。貴族が憲兵の人事に口出しをするようになってから、レナードは大出世をしていた。

下品な目付きでレナードは、シェリオンを舐めるように見る。レナードにとって、礼拝堂にいる二人は見知らぬ人間であった。司祭と話している黒髪の青年、そして傍らに立っている牛族《シュティア》の女。男のほうはどうでもいい。しかし、女のほうには目を奪われてしまった。

（こんなデカパイは、そうそうお目にかかれないな。眼福ってやつだな。創造主様に感謝感激だ。キーラも悪くない顔だが、胸が貧相だからな。胸だけが女の魅力じゃないが、やっぱりデカイほうが際立つよな。でも……、なんかアレだな。よく分からんが、――――この女はやばい感じがするぞ？）

実力者ではないが、レナードの感覚は常人離れして鋭かった。天性の直感力で、レナードはシェリオンの異常性を微かに感じ取ることができた。説明はできないが、何かがおかしいことに勘付いたのだ。

シェリオンの正体が冥王の眷族で、魔物であることを考えれば、その感覚はまったくもって正しい。レナードが善性の人間で、ラドフィリア王国の真面目な兵士として働いていれば、彼の感覚は冥王にとって脅威となっただろう。眷族の擬態すら見破りかける直感力は、稀有な才能だ。しかし、この後レナードの才能が活かされる機会はなかった。

シェリオンは、レナードの視線には気付いているが反応はしない。置物のように固まっている。眷族である彼女にとっては、不快な視線を送ってくるレナードは、どうでもいい存在だった。シェリオンが意識を集中させている相手はキーラのほうだ。

ルキディスがキーラの眷族化を望むのなら、拉致するのは自分の役割となる。最古参の眷族は、主の情欲がキーラに向けられているのに勘付いていた。

「やあやあ。シスター。ご機嫌うるわしゅう！　無垢な子羊との面会中に邪魔して悪いね」

レナードは大仰に挨拶をしてきた。

「お元気そうで何よりです。人目があるのですから、『憲兵らしく』振る舞ったほうがいいと助言をしておきましょう。憲兵には威厳が必要です。それで、今日は何の御用ですか？」

言葉遣いは丁寧だが強い口調で、憲兵らしく真面目にしろとキーラは言い放った。

「手厳しいな。それでいて、困ったシスターだ。俺を呼んだのはそちらでしょう？　貴方に炊き出しの許可が欲しいと頼まれたので、この俺がわざわざ許可を取り付けてきたんです。もっと褒めてほしいですねえ」

「貴方が来る前は許可が不要でした……。許可が必要になったのは、貴方が来てからですわ。レナードさん」

「はっははは。意地悪じゃありませんよ。衛生上の問題です。それと公道で火を使うのなら許可が必要だ。憲兵は法を遵守する生き物です。前の憲兵長がズボラだったんですよ。俺は真面目だから、融通が利かないんです。ん～？　もしかして、ご不満ですか？　お望みなら、法律の条文を読み聞かせてあげましょうか？　どっちが正しいか分かりますよ」

「結構ですわ」

「やれやれ。俺は苦労して許可証を取ってきたんです。礼の一つぐらいあってもいいでしょう。創造主に仕える聖職者というのは、礼儀を知らんのですか？」

「ありがとうございます。レナードさん。ところで昨晩の事件についてレナードさんは、何か知っていますか？」

「昨晩の事件……？　はてさて、何のことかな？」

「ある一家が襲われて、四人が殺された事件です。凄惨な事件だったと聞いていますよ。被害者の一人は蹴り殺されて顔面が潰れていたと、こちらのルキディスさんから聞きました。稀に見る凶悪事件です。真面目な憲兵なら聞いているのでは、ありませんか？　貴方の担当している地区で起こったことですよ。レナード憲兵長」

「ああ……思い出した！　昨晩、貧民街でそういうことがあったらしいですね。本当に酷い事件だと思いますよ。被害者の気持ちを思うと涙が溢れてくる。酷いことをする人間もいるもんですなぁ。――――まったく『嘆かわしい』世の中だ」

「そちらのルキディスさんとシェリオンさんは、事件について調査をしているそうです。どこかの誰かが仕事をしていないから、住民は不安を感じています。憲兵である貴方が、こんなところで油を売っている暇はないのではありませんか？」

「俺は説教を聞きに来たわけではないので、退散するとしよう。憲兵長は仕事で忙しい。時間をわざわざ作ってやってきたのに、こういう扱いをされるとは思ってもいませんでした。炊き出しの許可証はここに置いていきます。今後も炊き出しは憲兵団の許可が必要ですから、届け出を忘れないようにしてくださいよ。キーラ副司祭」

「ええ。分かっていますわ」

レナードは丸めた羊皮紙を机に置いて、礼拝堂からそそくさと出ていった。

キーラは礼拝堂の扉が閉まると、大きなため息をつく。本当ならあんな男を礼拝堂には入れたくないが、憲兵団の許可がなければ救貧活動ができない。そんな感じの困りきった顔を作るキーラを、聡い魔物は静かに見つめていた。

「彼が例の憲兵長ですか……？　憲兵長の制服を着用しているから信じるしかありませんが、あんな軽い男が憲兵長というのは信じ難い」

「私もレナードさんは、あまり好きじゃありませんわ。レナードさんが来てから、警備兵の人達も変わってしまった気がするんです。信頼できる警備兵はどんどん辞めてしまって……」

「誰かあの憲兵長を止められないのですか？」

「レナードさんは、貴族の庶子です。嫡子ではありませんが、それなりに目をかけられているようで、誰も口を出せません。貴族の後ろ盾がある限りは、我慢するしかありませんわ。王立騎士団には期待していますが、貴族が台頭している今のような時期だと、真っ向から貴族と対立するのは、難しいようです」

「なるほど。貴重なお話、ありがとうございます。キーラさんのおかげで貧民街の事情が掴めてきました」

「お役に立てたようで嬉しいですわ。ところでルキディスさん。先ほどのお話に出ていたナタリーさんですが、身寄りがいないのなら、私の孤児院でお預かりしましょうか？　孤児院の部屋には空きがありますわ」

「勤め先の主人が、ナタリーの後見人となるそうです。職場の仲間が支えるのなら、大丈夫だと思います。職場に住み込みということになりますが、知らない環境に身を置くより、信頼できる人間に囲まれていたほうが、心が休まるかと」

「そうですか。それなら安心です。ですけど、私のことも話しておいてください。創造主グラティア様の教えに従うのが私の使命であり、虐げられた弱者を救うのが教会に与えられた役割です」

「分かりました。ちゃんと伝えておきます。僅かばかりですが寄進です。炊き出しをする際の費用にあててください」

ルキディスはキーラに銀貨を一枚だけ手渡した。

「感謝しますわ」

銀貨を受け取ったキーラは、丁寧な仕草で頭を下げてくれた。レンガ造りの教会は、手入れが行き届いている。古くて小さいが、貧相という印象は受けない。むしろ清貧という雰囲気があって、嫌いではなかった。

貴族街にある豪奢な教会にルキディスは何度か行っていたが、こういう教会のほうが創造主の教えを忠実に守っているような気がした。

――信心深い冥王だからこそ、レナード憲兵長のような人間達は許せなかった。

◇　◇　◇　◇　◇　◇

レナードは、憲兵長の執務室で煙草を吸っていた。普通の煙草ではない。彼が好んでいるのは、麻薬を染み込ませた特別製の煙草だ。染み込んだ薬液は、煙草の美味さを何倍にも増幅させてくれる。

「公務中の一服は最高だな……。盗まれた本を取り戻せなかったのは嘆かわしいが、人形に隠してあった薬のほうは取り戻せた。一時はどうなるかと思ったが、とりあえず商品の供給はなんとかなった。問題なのは本だな……。あの方は、そそっかしい。こそ泥に鞄を盗まれるくらいなら、本だけは俺に運ばせればよかったんだ」

憲兵の格好をしているレナードであれば、麻薬を自由に運ぶことができた。しかし、それは王立騎士団が動く前までの話である。王立騎士団が麻薬組織撲滅に動き出してから、疑いの目は憲兵に向いた。

レナードを中心とした貧民街の憲兵とその配下の警備兵を、王立騎士団が怪しむのは当然だった。麻薬組織はレナードを使うことを避けている。今のレナードが担っている役割は囮だ。王立騎士団はレナードを疑っているが、確固たる物証は掴めていない。

「その煙草、見つかったら不味いと思いますよ。レナード憲兵長」

レナードは、部下の諫言に耳を貸さない。短剣でナタリーの妹と弟を殺害した有能なこの部下を、レナードは気に入っていた。そこそこ頭が良くて、レナードのやっていることを黙認してくれる。

元々は貧民街のゴロツキだったが、レナードの力で警備兵となっていた。昨夜は逃げた娘を取り逃がすという失態をしでかしたが、それでもレナードの下にいる中では使える人間だ。

「ばれなきゃ平気だ。ウーログ。お前もやるか？」

「いえ、結構です。自分は煙草と酒をやらないので」

「貧民街育ちのくせに変わった奴だな。それとも心配症なのか？　この宿舎にいるのは、組織の子飼いだ。俺に逆らおうなんて馬鹿な奴はいない。ああ、そうだ。あれどうなった。えーと、あれだよ、あれ。……昨日の一件はどうなった？」

「あの一家のことですか？　取り逃がした娘なら、貴族街に住んでる物好きな男が保護して、どこかに連れていきましたよ。サピナ小王国の要人と付き合いが深いらしいので、さすがに手が出せませんでした。お人好しとは、ああいう男を言うのかもしれませんね」

「違う、違う！　そっちじゃないぞ。ウーログ。俺が言ってるのは、売り子をしてた魔女がいなくなった件のほうだ。セリーヌとかいう赤髪のガキだ。見つかったか？」

「そっちでしたか。いいえ。それがどこに消えたのかさっぱりです。逃げ込みそうなところを調べてますが、手がかりなしです。足取りは掴めてません。いなくなったばかりなので、まだ分からないことが多いです。ただ、自分の意思でいなくなったとは、考えにくいですね」

「王立騎士団に捕まったのなら、ちょいと不味いぞ。口を割ったところで大した情報は出てこないはずだが、貧民街にいる売人を潰すようになったら本気ってことだ。手段を選ばなくなったら、連中のほうが強い。そこは警戒しておかないとな……。ああ、まったく嘆かわしい」

王立騎士団は、ラドフィリア王直属の精鋭部隊だ。頭こそ鈍いが、その強さは文句のつけようがない。

レナードだって騎士団の強さは認めている。王立騎士団が手段を問わずに麻薬組織を潰そうとしているなら、一時的な休店を考えなければならない。暴力が最強の力であることをレナードは知っていた。まともに戦えば、あっという間に潰されてしまうだろう。

いざとなれば後ろ盾の貴族を使うが、王立騎士団の後ろ盾はラドフィリア王だ。弱っていても王は王である。その権威は計り知れない。騎士としての誇りを捨てて、怪しきを罰するという手段を取れば、いかに貴族の後ろ盾があったとしても麻薬組織は壊滅させられてしまう。

(────王様が死ねば、王立騎士団の後ろ盾はなくなる。それまでの辛抱だ)

レナードほどの悪党でさえ、この願望を口に出しては言えなかった。王が崩御すれば、王立騎士団の後ろ盾は一時的にいなくなる。継承戦が始まると、次の王が即位するまで王立騎士団は動くに動けなくなるのだ。

貴族達が次の王に推している第一王子は無能な男だ。貴族達にとって最高の人材である。レナード達にとっても第一王子が新王に即位することが望ましかった。

第二王子が即位して、貴族の力を制限し、王立騎士団の権限を強めるようなことになったら、組織の商売はやりにくくなる。

「ウーログ。王立騎士団はどこまで掴んでいると思う?」

「分かりかねます。しかし、狙いは分かります。おそらく王立騎士団の狙いは、組織の顧客名簿と会計帳簿です。我々と繋がっている貴族を一網打尽にできる物証を入手できれば、増長している貴族を抑えることができますから……。病床のラドフィリア王と高齢の元老院議長は、いずれ倒れてしまうでしょう。そうなったら、貴族を止める力はなくなります。王と元老院議長がいるうちに、貴族の弱味を握りたいと考えるはずです」

「組織の全貌が分からない間は動くに動けないってか。あいつらも馬鹿だよな。俺が重要書類を持ってると勘違いして、憲兵宿舎を探し回るなんてな。こんなところに重要な物を隠してるはずがないだろ。嘆かわしい頭脳だ」

顧客名簿や会計帳簿などの重要な書類がどこにあるのか知っているのは、組織の上層部だけだ。組織で信用され始めたウーログですら知らない。

「ひょっとして紛失した本は、組織の重要書類だったんですか?」

「あー、あのガキに盗まれたあれな。重要な書類といえば、そうなんだが……、組織の運営に関するもんじゃない。紛失した本は、麻薬の調合レシピが書いてある調合本だ。暗号化してるから一般人には分からないがな。落とし物として届けられてたりしなかったか?」

「いいえ。いくつかの警備兵団支部に確認しましたが、そのような本は届けられてませんでした」

「見つからないとなると、新しい本を作るしかないな」

「作るとは……?」

「特別に嘆かわしい事実を教えてやろう。働き者のウーログ警備兵に功労賞だ。実はな。紛失した本は、邪霊と取引して手に入れた禁書なんだよ。人間の魂を生贄にして邪霊から知識を授けてもらったんだ。複製ができないから、たった一冊しかない禁書だった。しかし、なくなったもんはしょうがない。また儀式をして手に入れるしかないだろう」

「それは……、また儀式で人間を生贄にするということですか？」

「その通りだ。見てる分には面白いぞ。生贄の準備はできている。貧民街の孤児を引き取って育てている教会があるだろ。今朝、俺が行ってきた教会だ。あの教会は潰れるはずだったが、裏から組織が手を回して存続させたんだ。組織はこういう時のために、生贄用の子供を用意していたのさ。孤児院は火事で焼失したことにでもすればいい。近日中に孤児院の子供を使って、儀式をする予定だ。忙しくなるぞ」

――――けらけらと嘲笑うレナードを、ウーログは冷めた目で見ていた。

孤児院の子供が死ぬことに関して、何も思うことはない。昨夜、罪のない子供を二人殺したのと同じ気持ちだ。仕事でやっているに過ぎないウーログは、罪悪感というものが希薄だった。

レナードが語る計画を善いことだとは思わない。しかし、仕事であるなら悪事をこなすのがウーログという人間だった。

◇◇◇◇◇◇

――――冥王は自宅の寝室で、幼い少女に種付けをしていた。

犯されている少女の名はリリエル。貧民街で拉致してきた麻薬組織の売人だ。セリーヌと同じくリリエルも幼い少女である。魔女と呼ばれる麻薬の売人は、基本的に貧民街育ちの少女だった。

種付けの前に、ルキディスはシェリオンに豪華な夕食を用意させた。リリエルが痩せているのは、慢性的な栄養失調によるものだと思ったからだ。

麻薬中毒であることも、彼女の健康状態を悪化させる大きな原因となっている。眷族になるにしろ、苗床になるにしろ、リリエルは人間ではなくなる。最後くらい人間らしい食事をさせてやろうというルキディスの計らいだった。

生意気だったセリーヌと比べて、リリエルは大人しい性格の少女だ。拉致されてきた当初は怯えていたものの、美味な食事を与えてからはとても素直になってくれた。

ルキディスはリリエルの心の隙間に付け込んで、〈誘惑の瞳〉を発動させる。印象操作により、リリエルは『安心感』を与えられた。効果は覿面《てきめん》であった。リリエルは組織の情報をそれとなく話してしまう。

薬を売っている魔女は、麻薬組織の末端に過ぎなかった。組織について詳しいことは知らされておらず、有益な情報を得ることはできなかった。予想通りだったので落胆はしない。それに、いくつかの収穫はあった。

リリエルが言うには、警備兵や憲兵は路地裏で麻薬売買をしている魔女を黙認しているそうだ。貧民街の憲兵や警備兵が売人を取り締まらないのは、組織と憲兵が関わり合いを持っているからだという。

リリエルから聞きたいことを聞けたルキディスは、予定通り種付けを開始する。性体験は年相応らしく、膣を肉棒で貫くと鮮やかな血が流れ出た。膣口に突き刺さった魔物の生殖器は、破瓜の血で朱色に染まる。

破瓜の痛みでリリエルの身体は硬直してしまう。けれど、身体の強張りは最初だけだ。徐々にリリエルの肉体は、性的快楽に飲まれていく。痛みは消えて、心地よさと安心感が心を満たす。僅かに残っていた恐怖心さえも消滅してしまった。

「んぁあっ……！　んぁぁあうぅぅんあぁっ……‼」

冥王の射精を子宮で受け止める。すると、リリエルの肉体に変化が生じた。彼女の瞳は、白く濁り始めたのだ。瞳の白濁化は、眷族化の失敗を意味する。眷族となる器を持っていなかったことが、最初の射精で判明してしまった。

リリエルは、セリーヌと同じように苗床化への道を進むことになるだろう。眷族化しないのは残念なことだが、適性を持つ雌は稀有だ。リリエルが苗床化するのは想定の範囲内だった。苗床であっても子を産んでくれるのだから、それには感謝しなければならない。

ルキディスは雌の年齢を気にしない。子を産むにふさわしい肉体を持っていることだけが重要なのだ。リリエルのような幼い少女であっても、未熟ながら生殖能力を有している。生殖能力があれば、立派な魔物の母となれるのだ。とはいえ、雌としての肉体が完成していないのは見過ごせない点である。

「もう少し育てば、いい感じだったのかもしれないな……」

リリエルの平らな胸を、ルキディスは撫でる。膨らみかけの乳房は、まるで花開く前のつぼみのようだ。青々しい果実にすらなっていない。もう数年経てばもっと魅力的な雌となって、眷族化できたかもしれないと思うと、ここで使い潰すのはもったいない気がした。

内心ではそう思いつつも、ペニスの動きは止めない。リリエルの下腹部は、精液で膨れ上がって、見事な妊婦腹となっている。体躯が小さいから精液でボテ腹を作るのは簡単だった。

リリエルは貧民街の路地裏で犯さなかった。既にセリーヌを誘拐している。末端とはいえ、売人の一人が消えれば、組織は不審に思うはずである。組織の見張りがどこかで、営業中の魔女を見張っているかもしれない。最初からリリエルは、自宅に連れてきて犯すつもりだった。全ては用心のためだ。貧民街の路地裏は人気がないとはいえ、公共の場である。

人払いの魔術結界を張っていても誰かに見られる危険が皆無ということにはならない。ルキディスは気絶させたリリエルを、身体の中に捕らえて自宅まで運んだ。小女の体躯なら、〈変幻変貌《メタモル・フォーゼ》〉で体内に収納できる。魔女が少女達であってくれたから成功する作戦だ。

「きもぢいいぃいぃ……！　おクスリよりチンポのほうが気持ちぃぃぃ……っ‼」

「冥王の快楽と薬物を比べてほしくないな……。真人間には戻してやれないが、魔物の母にはしてやるぞ。俺の子を沢山産ませてやる」

「あっ、んおぉぁぁあ……っ！　こっ、こどもぉ……。あたしィ、まだぁ……、こ、こどもっ、あぁぉぁんんぁ……っ‼」

「今夜からは母親だ。リリエルは立派な人間じゃなかった。だが、今夜からは立派な母親になるんだ。母親といってても魔物の母親だけどな。死ぬまで何百匹と赤子を産むんだ。冥王とリリエルの血を持った、愛らしい魔物がこの世に産まれ落ちる。嬉しいだろう？」

「やったぁっ、あんぅ！　ぅうれしいィ……‼　あたしがぁ、んぁっつ！　お、おかぁさんになっるゅ……、んぁっ、ぁぁんぁあぁぁー‼」

「心地よい声色だぞ。雌らしい啼き声だ」

リリエルの膣壁が、ルキディスのペニスに絡みつく。雌の欲情に応えて、ルキディスはゆっくりとペニスを動かしてやった。冥王の寵愛を受け入れているリリエルは、子宮から送られてくる快楽で絶叫した。冥王とのセックスは、雌の魂が壊れてしまうほど感情が高ぶる。組織に渡された麻薬を吸った時とは比較にならない。快楽の濃さが桁違いだった。

「いぐゅうぅア……んぁあっ！　あたしぃっ、からだがっぁ！　んぁぁああっ！　いひぃぐぅぁぁあああぁっ……‼」

唾液を垂れ流しながら、リリエルは魔物との逢瀬を楽しむ。今までの人生の中で、この瞬間がもっとも幸福だとリリエルは断言できた。至福の瞬間に人として死ねることを、リリエルは受け入れてしまった。

「んぁあぁぁ、んあぁっ……！　ぁんんっ！　あぁんぁあっあっ、ぁあっああっんーっ！」

魂に亀裂が入り、リリエルの人間性が臨界へと達する。

「――――――ぁあ、アッ♥」

リリエルは、人間としての生涯を終えた。膨らんでいた腹がさらに膨張する。リリエルの子宮を占領した精液は、排卵を誘発させていた。卵子の数は有限であり、成長と共に減少していく。未成熟な少女は身体の作りが完成していないが、卵子の数は大人より多い。

冥王の精子は時間をかけて優秀な卵子を選び抜き、魔物の受精卵を作っていくことだろう。

「さてと、今後の予定を立てるとするか……」

ルキディスは、三人の眷族を寝室に呼びつける。寝室のベッドに腰掛けるルキディスは、リリエルとのセックスを続けていた。麻薬を売っていたことは許せないが、終わったことをいつまでも愚痴愚痴と言う気はない。

今はこうして冥王の子を産む繁殖母体となってくれたのだ。産まれてくる赤子のことを思えば、母体を蔑ろにはできない。

ルキディスはリリエルの膣に挿入し、太腿の上に彼女を座らせている。幼女の膣穴はキツキツで、独特の締まり心地があった。しかも、リリエルは初物だったので、膣穴が未開発だった。

もっとも、今は冥王の極太ペニスで貫通されて、生娘だった頃の面影はない。呼吸に合わせて、女陰がヒクつき、魔に汚染された精液を搾り取っている。

「シルヴィアは、キーラという女を知っているか？　おそらくシルヴィアと同じ孤児院出身だ。面識があると思うのだが、覚えているか？」

ルキディスはシルヴィアに質問した。

知りたかったのは、教会の管理者となっていたキーラの人柄だ。ルキディスは何度かキーラと接触して、さらに情報を得る予定だった。同じ孤児院で育ったと思われるシルヴィアの情報は重要である。

「キーラ……？　孤児院の厄介者だったから、よく覚えているわ」

返ってきた答えは意外なものだった。

「ほう。厄介者……？　それは、キーラの素行が悪かったということか？」

主が問い返すと、臣下は頷いて肯定した。シルヴィアの表情から読み取れる感情は、キーラに対する強い嫌悪だ。

「救いようのない馬鹿女としか。キーラは夜の貧民街で遊び回ったりしてたから、いつもシスターに怒られていたわ。店のものを盗んで、騒ぎになったこともあったくらい……」

「シルヴィアの育った教会に行ったが、そのキーラが管理者になってたぞ。教会の副司祭になっていた。孤児院の運営や救貧活動も行っているそうだ。今の彼女は教会の守り手だ。キーラの幼少期がそんなに荒れていたとはな……」

「教会の守り手……？　副司祭……？　信じられないわ。ご主人様、それって本当に……、本当なの……？」

「この俺が嘘を言うわけないだろう。キーラという名前の女が、教会の守り手になっていた。孤児院で育ったと言っていたから、ほぼ間違いなく、シルヴィアの知っているキーラと同一人物のはずだ」

「副司祭って教会の聖職者でしょう……？」

「あくまで補助者ではあるが、聖職者であることに違いはない」

「ありえない。あんな不真面目な女に聖職なんて務まるはずがないわ。清らかな心なんて一欠片も持ってないもの」

「人間だって歳を取れば成長するニャ。真面目に警備兵やってたシルヴィアが、魔物堕ちしてるんだから、ありえなくはないと思うニャ」

ユファは半笑いで、シルヴィアの現状を指摘する。今のシルヴィアは、魔物の形態になっていた。

山羊の二本角と蠍の毒尻尾が生えた、異形の姿である。魔物の肉体に慣れるために、地下の異空間で過ごしている間は、この姿になっていた。

かつて騎士となるために、真面目な警備兵をやっていた女性の成れの果てが、この魔物である。

「それはそうだけど……。孤児院時代のキーラを知っている私としては、とても信じられないわ」

魔物になってしまった自分がいる以上、キーラが改心して聖職者になったことは否定できない。

キーラが心を入れ替えて、清く正しい教会の守り手になることは、ありえなくはないのだ。どれほどの賢者であっても未来を読み切ることはできない。

「シェリオンはキーラをどう思う？」

「ご主人様がお望みなら、今すぐ拉致してきます。あの人間、お気に召しましたか？」

「そうじゃない。シルヴィアと同じ環境で育った女なら、キーラは候補だ。しかし、まだ手を出すべきではない。俺がシェリオンから聞きたいのは、キーラの印象だ。俺と話しているのを、後ろから見ていただろう。その時、何か感じることはなかったか？」

「印象ということでしょうか……？　そうですね。強くはなさそうだと思いました。ほぼ間違いなく、一撃で殺せる相手です。私のほうが強いです」

「シェリオンの一撃をくらったら、誰でも死ぬだろ」

「その一撃を回避できる者もいます」

「つまり、キーラに戦闘能力はなしか？　聖職者であっても、神術師ではないと思っていいのか？」

「簡易的な神術くらいなら、扱えるかもしれません。けれど、正規の修行は積んでいません。神力の気配が微塵《みじん》も感じられませんでした。キーラが聖人級の神術師なら、無能力者を装えますが、さすがにそれはないかと思います」

「……ふむ。そうか。聖職者に殺されかけたことがある俺としては、どうしても警戒してしまうな」

「殺されかけた……？　ご主人様、それはどういうことかしら？」

「シルヴィアは聞いていなかったのか。それも、そうか。シェリオンやユファが話すはずがない。俺としても、語りたい出来事ではない。俺がサピナ小王国で革命を起こす前。シェリオンとユファを連れて、三人でエリュクオン大陸を放浪していた頃の話だ。ある聖職者に俺の正体がばれてしまってな。危うく殺されるところだった……」

その聖職者との死闘は、冥王に大きな影響を与えた。

「――――大聖者ハリーヴァス。敵ながら有能な男だった。女なら間違いなく眷族になっていた。妻子がいなかったというのは残念だ。奴に娘がいたのなら、ぜひとも配下に欲しかった。奴の才能が一代で潰えてしまったのは、大きな損失だ。あれだけの力を持つ人間の血だ。さぞかし優秀な魔物を生み出しただろうに……」

「ご主人様、危うく殺されるところだったのですよ。あのような状況に陥らないためにも、単独行動は避けるべきだと強く進言します。ハリーヴァスのような強者は、大陸に数人しかいないと思われますが、この世には勇者と呼ばれる冥王の宿敵がいます。差し出がましいと思われるかもしれませんが、ご主人様はもっと用心深く立ち回るべきです」

「分かっているとも。しかし、警戒しすぎて動きが鈍くなるのは論外だろう。サピナ小王国に引きこもるような戦略を俺は採用しない。冥王ほど人間に化けるのが上手い魔物はいない。これを活かさないでどうするのだ？　現にシルヴィアという眷族を得たのは、危険を承知でラドフィリア王国に潜入したからだ。虎穴に入らずして虎子を得ずと言うだろう。リスクなしでリターンが得られるほど、この世は甘くない」

忠臣であるシェリオンは、それ以上は言わなかった。ルキディスは、リリエルの膨らんだ腹に手をあてる。精液で膨らんだリリエルの腹は、はち切れそうなくらいの硬さだ。下腹の皮膚が切れる限界まで膨張している。

腹が膨れているといえば、シルヴィアもまだ妊婦腹だった。彼女には赤子を百匹は産ませるつもりであるが、一度に出産するペースが早いので、想定よりもはやく妊婦でなくなるかもしれない。そうなったら今の姿は見納めである。

どうしても妊婦腹が見たいのなら、精液で膨らませてしまうという手がある。昨晩、精液で腹を膨らませたユファのようにすれば、妊婦状態は簡単に作ることができた。慣れた眷族なら子宮内の精液を吸収するのは一瞬だ。今のユファは、通常時の体型に戻っている。朝に会った時は精液ボテだったので、昼間のうちに吸収してしまったようだ。ルキディスの言いつけ通り妊娠はしていないので一安心する。

「明日の予定を決めた。キーラに会いに行く」

◇◇◇◇◇◇

貧民街の一角に、盗品を扱う店がある。殺されたカールがよく利用していた店だ。黒革の鞄もこの店に売却していた。

看板のない店は、常に入り口の扉が施錠されている。常連客以外はそこに店舗があることさえ分からない。入店するには、扉を三回ノックしてから少し間を置いて、さらに二回ノックしなければならない。それを知らない人間は、店舗の場所を知っていても入ることはできなかった。

その日、来店した二人組は客と呼べなかった。ノックはされず、店の扉が開かれた。解錠した覚えはないのに、その二人組は店に侵入してきた。カウンターで驚いている店主をいきなり床に叩き伏せ、一方的な尋問を始める。

「こんな形で邪魔してすまないな。聞きたいことを聞けたらすぐに退店するよ。商売の邪魔をするのは心苦しい」

ルキディスは、床に倒れ伏した盗品店の店主に誠意の篭っていない謝罪をする。盗品店の主に質問しているのは、ここに出入りしていたナタリーの弟カールについてだ。ルキディスの得ている情報によれば、カールはこの店にある物を売り払ったはずだ。そして、予想が正しければ盗品店の主は、カールの情報をある人物に売っている。

「――――それで？　貴様は、その少年の情報を誰に売ったんだ？」

ルキディスはナタリーとの会話で弟のカールが、盗みに手を出していたことを知っていた。一家の中で、もっとも時間をかけて殺されたのはカールだ。カールは顔面を潰されて殺されており、一人だけ猿ぐつわをしていなかった。家族を人質に取られて、尋問をされていた可能性が高い。となれば、一家が死ぬ原因となったのはカールと推測できる。

今日はキーラと会うつもりだったが、炊き出しの時間まで余裕があった。その時間を使って、ルキディスはナタリーのいる酒場に寄った。彼女からカールのやっていた盗みについてもう一度確認して、ルキディスは確信に至った。ナタリーが務めている酒場の主人に、盗品を扱っている店を教えてもらえば、必要な情報は出揃う。

ルキディスの行動は迅速だった。酒場を出てから一時間と経たないうちに、手荒な方法で尋問を始めていた。

「悪いが、こっちにも色々と事情があるんだよ。お若い旦那。いい加減にしてくれ。こんなことされたって喋れるわけないだろ……？」

店主を床に押し付けているのはシェリオンだ。ルキディスでは力負けしてしまう可能性がある。身体能力が秀でている眷族なら、一般人に遅れを取ることはない。シェリオンが本気を出せば、羽虫を潰すのと同じ感覚で店主を圧殺することができた。

「ならば取引といこう。盗品を扱っているとはいえ、貴様も商人の端くれだろう。ここに銀貨が四枚ある。それで口を軽くしてくれ。俺は指の骨を折るだとか、そんな野蛮なことはしない。平和主義者だからな。話し合いで解決したい。それが無理なら乱暴な説得手段を取ることになる。どうだ。この銀貨で少しお喋りになる気になれないか？」

「ちっ……、はぁ……。分かった、分かったよ。いいぜ。喋ればいいんだろ。俺はあのガキのことを売ってないぜ。俺がやったのは捜査協力だからな」

「捜査協力とは……？」

「憲兵だよ。麻薬取締のレナード憲兵長。そいつが部下をわんさか連れて、俺の店に来たんだ」

ルキディスは、その先の話をすぐに察してしまった。

「店を潰されたくなかったら、情報を売れと言われた。そんなところか？」

「ああ、その通りだ。まさかカールの家があんなことになるとは思ってなかったんだ。でも、俺にどうにかできるわけがないだろ？　俺だって家族がいるんだ。あの憲兵に逆らった人間がどうなったか俺は知ってる。どうしようもなかったんだ。カールの盗んだ黒革の鞄はやばい代物だったんだよ」

「鞄の中身は？」

「詳しくは知らねえよ。カールは鞄の中に入ってた人形も買い取ってくれって言ってきたが、金にならないくらいボロい人形だったから断った」

ルキディスは、犯行現場に残されていた人形の残骸を思い出す。引きちぎられた人形がいくつか床に転がっていた。なぜ犯人があのようなことをしたのか疑問だったが、これではっきりする。さしずめ人形の中に大事なものが隠してあったのだろう。

「これで確定だな。十中八九、犯人はレナード憲兵長だ。

貧民街の憲兵と警備兵は、麻薬組織の傀儡となりつつあるということか。憲兵や警備兵に事件を任せていたら、迷宮入りは確実。腐敗はここに極まれりだな。王立騎士団が苦戦するわけだ。店主、貴様には感謝するぞ。特にさっき話してくれた麻薬事情は有益だった。麻薬組織がどこから麻薬を仕入れているか分かったのは大きな収穫だ。まさか南方のヒスベルクから、海路で運んでいるとはな。ご苦労なことだ」

盗品店の店主も、麻薬常習者だった。麻薬畑があるのは、南方にあるヒスベルク地域だと店主は教えてくれた。ルキディスは、サピナ小王国産でないことに安堵する。苦労して国内の麻薬畑を焼き払い、総力を上げて売人を国外へ追放したのだ。あの労力が無駄ではなかったことがとても嬉しかった。

シェリオンは店主の首をへし折ろうとしたが、ルキディスは制止させた。どこで殺人の足が付くかが分からない。口封じで店主を殺してしまうことに意味はあるが、殺人の危険を背負ってまでやることではないと考えた。盗品店の主人は、無傷で解放された。不愉快な思いをしたものの、四枚の銀貨を手に入れたので不満気な表情は見せなかった。

ルキディスが欲しかったのはカールの情報だけだ。この店に盗品を買いに来たわけではない。用が済んだので、二人は何事もなかったような顔をして盗品店を出た。

「どうしますか？」

「どうもしない。麻薬の生産地は南方のヒスベルクだ。サピナ小王国で麻薬畑を耕している馬鹿がいるなら、話は別だったがそうではないようだ。ラドフィリア王国の問題だ。この国の人間が解決すべきだろう」

「麻薬の件ではありません」

「ああ。そっちか……」

ルキディスは、物陰に目を向ける。盗品店に来るまでの道中、下手くそな尾行で付いてきた人間がそこに潜んでいた。

「――――そんなところで、何をしているんだ。ナタリー？」

ルキディスの視線の先、そこに隠れていたのはナタリーだ。酒場から付いてきているのは、分かっていた。盗品店の主を尋問している最中、外で耳をそばだてているのも分かっていた。知っていながら、あえて放置したのだ。

「今日は休みだと聞いていたが、一人で外に出歩くとは聞いていなかった。散歩コースとして、適切ではないな。こういう場所に若い女性が来るべきではない。不幸な事件が起きかねないぞ」

「……さっきの話は本当ですか？」

自分の家族の仇が、憲兵団であるということをナタリーは聞いていた。レナード憲兵長が、真面目な兵士を追い出して、貧民街の兵士を牛耳っていることは有名だった。

「色々と聞き込みをしてみたが、カールが盗んだ黒革の鞄は、おそらく麻薬組織の持ち物だったのだろう。それを取り返すために、カールを家族ごと殺した。人を殺してでも取り戻さなければならない物だったらしい。憲兵長が実行犯だとすると、捕まえるのは難しいだろうな。貧民街の兵団は真面目に活動をしているふりをしているが、実際は憲兵長の支配下にある。そして、憲兵長の背後にいるのが麻薬組織と貴族だとすれば、事件は迷宮入りだ」

「ルキディスさんは、やっぱり調べてくれていたんですね？」

「だから、俺達を追いかけてきたのか？」

「はい……。四人も殺されたのに、憲兵はまともに捜査していないようだったので、いくらなんでもおかしいと思いました。まさか憲兵が実行犯だとは、思いませんでしたけど」

「証拠は何もないぞ」

「ですけど……っ！」

「引ったくりの捜査をしていたと言われてお終いだ。引ったくり程度の事件を憲兵が捜査するはずがないが、背後に麻薬組織や腐敗した貴族がいるのなら、どうとでも言い訳できる。あの店の主人だって自分の暮らしを考えれば、裁判所の法廷で証言はしてくれないだろう。銀貨四枚で懐柔される人間だ。火の粉を被るような真似はしない。ナタリーの考えていることは想像がつく。老婆心で忠告しておこう。やめておけ。せっかく拾った命を投げ捨てるような行為だ」

「泣き寝入りしろって言うんですか⁉　家族をあんな風に殺されて……、忘れられる人間なんてこの世にいません」

「復讐したい気持ちはよく分かる。しかし、ナタリーがどうにかできる相手じゃない。相手は腐っても憲兵長だ。しかも背後には犯罪組織と貴族がいる」

「ルキディスさんなら、どうにかできるんじゃないですか……？」

「俺はサピナ小王国の人間だ。駐在しているアベルト大使とは友人関係だが、この国の貴族と親しいわけじゃない。王直属の王立騎士団でさえ手を焼いている状況だ。背後にいる貴族がどのレベルか分からない以上、迂闊《うかつ》に手出しできない。だから、こうしてナタリーを説得している。復讐に身を任せれば破滅するだけだ。重ねて言おう。やめておいたほうがいい」

◇◇◇◇◇◇

ウーログは、凄腕の短剣使いだ。今まで何人の首を切り裂いてきたか覚えていない。だが、身体は人間の殺し方を覚えている。

感覚が麻痺するのは、家畜の屠殺に慣れきった業者のようなものだ。ウーログは汚れ仕事を進んで行う男であった。そんなウーログをレナード憲兵長はいたく気に入り、憲兵長補佐としてこき使うようになる。ウーログは愚痴一つこぼさずに、レナードの言いなりとなっていた。殺せと言われれば、誰であろうと殺した。

それがウーログの仕事だったからだ。

「――――予定が狂わなければ、儀式が行われるのは明日の夜だ。麻薬組織の運び人は、貧民街で盗みをしていた少年に麻薬と調合書を盗まれた。麻薬は取り戻したが、調合書のほうは紛失してしまった。その調合書というのが、邪霊と取引して手に入れた禁書で、複製できないものだったらしい。新しい調合書を入手するために、組織は孤児院の子供を生贄にして、邪霊を招霊する計画を立てている。満月の夜にしか行えないと言っていたから、明日に行われないのなら来月だ。顧客名簿と会計帳簿の場所は不明。俺はまだレナードのお気に入りでしかない。組織の本部がどこにあるのかさえ、俺には知らされていない」

ウーログが報告をしている相手は、町娘の服装をした女性だ。格好こそ平民であるが、その目付きは一般人と違う。できれば、もっと偽装が得意な人間を寄越してほしかった。彼女の容姿や振る舞いは貧民街では浮いてしまう。礼節を叩き込まれているがゆえに、品位に欠けた仕草が下手くそなのだ。

しかし、彼女はウーログの上司から信頼されている部下であった。重要な情報を運ぶ役なので、絶対に裏切らないであろう彼女を使ったのだろう。

「儀式の場所はどこですか？」

「貧民街の倉庫だ。孤児院から生贄用の子供を、組織の倉庫に運ぶと言っていた。儀式の現場を押さえれば、言い逃れができない。問題なのは組織を統括している人間が、誰なのか分からないことだ。レナードは腹心のようだがトップじゃない。口の軽そうな馬鹿なんだが、意外に頭が回る。直感がいいとでも言うのかね。疑われているわけじゃないが、俺が一番知りたい情報を教えてくれない。わざとやっているのなら、大したもんなんだがな……」

レナードには、眷族の擬態すら見破りかけた天性の超直感があった。主に悪用しかされてこなかったが、レナードが誇れる数少ない才能の一つである。ウーログを信頼しているというのに、レナードは核心的な情報をスパイのウーログに与えなかった。

「それで、どうするんだ……？　場合によっては蜥蜴《とかげ》の尻尾切りになるが、レナードを捕まえて拷問でもすれば、情報を得られるかもしれない。それに賭けて、儀式の夜に踏み込んでみるか？」

「蜥蜴の尻尾切りにはなりません。こちらの追加調査で、麻薬組織の本拠地を突き止めました。貴方のもたらした情報のおかげです」

「おや……、どれが役に立ったんだ？」

「殺されたカールという少年の情報です。彼が盗みを繰り返していた地域で聞き込み調査をしました。苦労しましたが、なんとか黒革の鞄を盗まれた人物を特定して、その人物の足取りから、麻薬の調合をしている場所を見つけ出しました。場所を特定できたおかげで、王立騎士団の検問をすり抜けていた理由が同時に分かりましたよ。顧客名簿と会計帳簿は、そこにあると考えて間違いありません」

「たった数日ですごいな……」

「既に目星は付けていましたから。ともかく最優先すべきは、顧客名簿と会計帳簿です。それさえ手に入れれば、麻薬を嗜《たしな》んでいた愚かな貴族に首輪を嵌《は》めることができます。儀式のほうは、王立騎士団の本隊に動いてもらいましょう。血を流すのは、騎士の役割です」

「くっくくくく。えげつないな。俺達はコソコソといいとこ取りってことか？」

「新聞の一面を飾るのは向こうです。邪術の犠牲になるところだった少年少女を間一髪で救出。素晴らしい見出しになるではありませんか。彼らだって、文句はないでしょう。王立騎士団の名声が高まります。病床の陛下だって喜びますよ。それに、苦労して情報を集めていたのは私達です。我々の掌で踊ってもらいます」

「物は言いようだな。脂臭い職場を離れられるなら万々歳だ。貧民街の兵団宿舎は煙草の匂いが酷すぎる。寿命が五年は減ったぞ？」

「どうせ貴方は天寿を全うできないのだから、五年や十年くらい減ってもいいでしょう」

町娘の格好をした女性は、呆れ顔で言った。失礼な奴だと思ったが、地位的には向こうが格上なので言い返せなかった。雇われ者の辛い点だ。いざという時、強気になれない。

簡単な打ち合わせをして、二人は密会を終えた。ウーログの仕事はほとんど完了したようなものだが、いきなり消えたら怪しまれてしまうので、明日の夜までは悪徳警備兵として過ごさなければならない。

（消えたと言えば、昨晩も魔女が一人消えたな……）

セリーヌという少女に続いて、リリエルという少女も失踪していた。レナードを始めとする組織の人間は、王立騎士団がやったのではないかと疑っているが、そうではないことをウーログは知っていた。王立騎士団は頭が硬いので、そういうことは絶対にしてこない。しかし、自分の意志で消えたようには思えないのも事実だ。誰かが二人の魔女を誘拐した。けれど、誰がやっているのか分からない。

兵団の宿舎に戻ったウーログは、すぐさまレナードに呼び出された。レナードのいる憲兵長執務室は、常に煙草臭いので苦手であったが、これも仕事である。この我慢は明日までだと自分に言い聞かせて、ウーログは執務室に入った。

「ウーログ。今までどこにいた？　兵団宿舎にはいなかっただろ。まさかとは思うが、お前、――――王立騎士団の犬じゃないだろうな？」

「いいえ……。消えた魔女の捜査をしていました。セリーヌに続いて、リリエルという魔女が失踪しています。一人ならともかく、二人目まで出たら真面目に探さないと不味いでしょう」

「くはっははははは！　お前、ちょっと真面目すぎるだろ。さっきのはジョークだ。嘆かわしいほどに、笑いが通じないな」

「かもしれません……」

心臓が止まるようなジョークを言うなとウーログは思った。

疑われているわけではない。だが、このレナードという男は勘が鋭かった。時折、冷や汗が吹き出すようなジョークを言ってくる。当初は分かっていて遊ばれているのではないかと、疑心暗鬼になった。もう少しまともな人格で良識があれば、そこそこ成功していただろうにとウーログは思う。

さっきの発言は大間違いというわけではなかった。実際、ウーログは情報を流し続けているスパイである。

「仕事熱心なのはいいことだが、ウーログにとって嘆かわしいことが起こったぞ」

「と、言いますと？」

「ウーログが取り逃がした……。えーと、あれだ。あれ。くそ、なんて名前だったか……？」

「ナタリーですか？」

「そう！　そいつだ！　上から命令があってな。ナタリーを誘拐してブチ殺すことになった。調合書を紛失した件で、ボスは怒り心頭なんだよ。皆殺しと命じたのに、なんで一人生きているのかとブチ切れられた。失態の尻拭いをさせようと思ったのに、当のウーログは宿舎にいなかったから、適当な部下に命じてしまった。もしやる気があるのなら、狐狩りに参加していいぞ」

「セリーヌとリリエルの行方を調査しているので遠慮しておきます」

「殺すのは駄目だが、犯すのはいいって言われてるんだ。ウーログも参加していいぞ？」

「いいえ。仕事があるので」

「はっははは！　嘆かわしい男だ。女の穴より仕事を選ぶなんてな」

執務室でのやり取りを終えたウーログは短剣を携える。そして、再び貧民街に出た。

全ては仕事だと割り切っている。ナタリーの幼い妹と弟を殺したのはウーログだ。潜入しているから、あの状況下ではやるしかなかった。今回だってナタリーが、どんな目に遭っても気にしない。けれど、明日の夜までナタリーが逃げ切れば、彼女は生き延びることができる。

明日の夜には、組織は潰れる。今までとは違って、助けることができる命だ。

「――――これからやるのは、ちょっとした残業みたいなものだ」

ウーログは自分に言い聞かせる。駄目な時は駄目だと、諦める覚悟を決めた。ここで疑われるわけにはいかない。しかし、助けるチャンスがあるのであれば、それとなく助けてやるつもりだ。

明らかに非合理的な行動だった。ウーログは、己の選択を批判的に評価する。あくまでチャンスがあれば、という前提がある。彼は焦るような早足で貧民街の通りを進んでいった。

◇◇◇◇◇

ルキディスはシェリオンとナタリーを伴って、キーラが救貧活動をしている広場を訪れていた。広場では炊き出しの他に診療所が設置されている。

簡易式の天幕で、医術師が無償で診察を行っているようだ。想像していたよりも規模が大きい。キーラの教会が主催しているようであるが、小さな教会だけでは成り立たない規模だ。おそらく大口の支援者がいるのだろう。

「こんにちは。キーラさん」

青空教室で、キーラは聖典の読み方を孤児達に教えていた。教会の聖典は『神聖文字』で書かれている。戒律でヒュマ文字などに訳すのは禁じられているので、聖典を読むには、神聖文字を取得するか、神聖文字を読める人間に読み聞かせてもらうしかない。

この青空教室では、一般的なヒュマ文字と神聖文字の両方を教えているようだった。

「あら、こんにちは。ルキディスさん」

「近くまで来たので、寄らせてもらいました。炊き出しと言っていたから、小規模なものだとばかり思っていましたが、かなり大規模ですね。医術師はどうやって手配されたのですか?」

この規模の活動をするなら、憲兵団の許可は確かに必要だ。

「知り合いのツテですわ。貧民街では身体を病む人が多いのですけど、医術師の診断を受けることは難しいです。こういう機会を設けなければ、病魔に冒され、手遅れになってしまいます。診療所を設置できるのは、一ヶ月に一度だけですけど、それでもないよりはましですわ」

キーラは、ルキディスの背後で浮かない顔をしているナタリーを見る。

「もしかして、貴方がナタリーさんかしら……?」

「はい」

「ご家族の不幸は聞いています。さぞかし辛かったでしょう。私はミルトン地区の小さな教会を預かっている副司祭のキーラと言います。ナタリーさんの話を聞いた時から、ずっと心配していました」

キーラは、ナタリーを気遣う言葉をかけた。その姿は清らかな聖女のようだ。真摯な眼差しでナタリーの傷心を癒やそうと、優しい励ましをしてくれる。その様子をルキディスとシェリオンは黙って見ていた。本職の説教師というだけあって、良い意味で口が達者だった。気落ちしていたナタリーの表情が少しだけ明るくなる。

ついさっきまで、ルキディスは復讐を諦めるようにナタリーを説得していた。ナタリーが戦おうとしている相手がどれほど危険であるかを事細かに説明し、彼女に勝ち目はないということを理詰めで証明したのだ。

その説得は、ナタリーが望むことではなかった。彼女はルキディスが何でもできるすごい人物であってほしいと願っていたからだ。身分を隠して城下を彷徨《さまよ》っている王族とでも思っていたのかもしれない。

——実際、ルキディスは一国の王ではあったし、その気になればナタリーの復讐を完遂することもできた。けれど、復讐を助ける理由がルキディスになかった。

麻薬は嫌いであるが、麻薬撲滅はラドフィリア王国の行政がやるべきことであって、ルキディスのやるべきことではない。関係のないことに、首を突っ込んでいる余裕はなかった。ナタリーに目をかけているのは、自身の評判を高

めるためだ。貴族と繋がっている憲兵長と戦うのはリスクが高すぎる。

「なんじ……人を、えーと、人を……？」

ルキディスは青空教室で、聖典を読もうと悪戦苦闘している少女を見て微笑む。かつて文字の読み方を、シェリオンとユファに教えてもらった自分のようで、懐かしく感じた。

「――――汝、人を殺めることなかれ。我は人が人を殺めることを禁ずる。人間は人間を傷つけてはならないし、殺してはいけないという意味だ。創造主グラティアの伴侶である開闢者デウスは、人類のために十二条の律法を定めた。十二条の律法を〈三禁《さんきん》、四戒《しかい》、五律《ごりつ》〉という。殺人を禁止する律法は、十二条の中で一番重要だ。当然、立法を破った場合の罪も一番重い」

聖典を指差し、神聖文字で書かれていることを解説してあげた。開闢者の定めた十二条は基本的なことばかりだ。しかし、基本的なことだからこそ守りにくい。

ナタリーの不幸がその典型である。本来、人が人を殺すことは、あってはならない。魔物が人間を殺す、あるいは魔によって狂わされた人間を殺すのは理の範囲内だ。

「……こっちは？」

「――――汝、闇に誘惑されるなかれ。我は人が深き魔と交わることを禁ずる。欲深い人間は深い闇に触れようとする。しかし、それは危険なことだ。魔に深入りすればその身は魔性を宿し、魔に魅入られてしまう。人間であり続けたいのなら、清らかに生きていかなければならない」

ルキディスは少女の求めに応じて、十二条の律法全てを解説する。他の生徒達も何やら賢そうな美青年が、優しい声で聖典を解説してくれるので、耳を向けて聞き入った。聖典の内容を解説するルキディスが魔物であるなど、誰も信じたくないだろう。

「律法を破ると……、どうなるの？」

律法の解説を終えた時、ある少年がルキディスに質問してきた。

「――――必ず罰が下る。すぐには下らないだろう。愚かな人間は、『自分だけは大丈夫』だと思いこんでいるかもしれない。だが、聖典の律法を破れば巡り巡って、自分の身に降りかかる。だから、君達は聖典の律法を遵守しなければならない。この世には恐ろしい魔物や災厄が沢山存在している。同じ人間同士で争っているような余裕はない。創造主と開闢者は恩寵だけではなく、試練も与えてくれた。人間が試練を乗り越え、今のように発展したのは聖典の律法を守って協力してきたからだ。人類は、これからもそうしなければならない」

冥王は聖典の素晴らしさを説くが、それを受け入れてくれたのは『子供達』だけだった。

シェリオンは主の言葉を聞いてはいるものの楽しそうではない。ルキディスは魔物でありながら敬虔《けいけん》な信徒であった。しかし、眷族達は違った。

特にシェリオンとユファは、生まれた環境が最悪だったので、創造主のことを信じていないのだ。信条はそれぞれなので、眷族達に思想を強要したりすることはない。しかし、内心では少し悲しかった。

シェリオンが信じているのは創造主ではなく、手を差し伸べてくれた冥王であった。創造主を信仰する教会や神々を祀る神殿など、多種多様な宗教がこの世界にはあったが、信じるに価するのは冥王のみだと尊信していた。

「さすがは学徒ですわ。お見事です。どこで教会学を学ばれたのですか？」

「独学です。本職の方には敵いません」

「ご謙遜を。ルキディスさんなら、立派な説教師になれますよ」

「キーラさんこそ、俺なんかとは比較にならないくらい努力をされたのでは？　実はキーラさんの幼少期を知人から聞いてしまいました。その知人はとても驚いていましたよ。何度もそれが事実なのか問い返されました」

ルキディスはシルヴィアから聞いた情報を踏まえて、キーラにぶつけてみる。キーラは一瞬だけ驚いた顔を作ってから、言葉を返してくれた。

「本当にお恥ずかしい限りですわ……。当時の私は悪い意味で有名だったので、知っている人は知っています。まさかルキディスさんにまで知られてしまうとは、過去はどんなに頑張っても拭えませんわね」

「すいません。古傷を抉《えぐ》るようなことをしてしまって。本当なのか気になったんです。気を悪くしたのなら謝ります」

「いいえ。ルキディスさんが聞いたことは、全て事実です。隠し立てするのは、過去を反省できていないことになってしまいますわ」

ルキディスはキーラと他愛のない会話を続ける。ナタリーは、その会話を難しい顔で聞いていた。

頭にあるのは殺された家族のことだ。首を切り裂かれた幼い妹と弟。そして、顔面がぐちゃぐちゃになったカール。辱めを受けた母親。

ルキディスが語った聖典の言葉は、ナタリーには届かなかった。

「――――――ご主人様の話は、話半分でよろしいかと」

耳打ちをしたのはシェリオンだった。ルキディスには聞こえない小さな声で、ナタリーに語りかける。

「ご主人様は聖典を信じていますが、私は信じていません。ナタリーさんもそうなのでしょう。私はナタリーさんのお気持ちがよく分かりますよ。私はご主人様と違って、ナタリーさんの復讐を止めません。その資格がありませんから」

「資格がない……？」

「はい。私は復讐心で人を殺したことがあります。貴方と同い年くらいだったでしょうか。復讐は無意味だとご主人様が言っていますが、私はそうは思いません。復讐はとても気分がスッキリします。憎い相手を殺すと寝覚めがいいですよ。私は演技が下手なので、これは紛れもない本心を言っています。ご主人様は本気で止めているようですけど、道を踏み外した先にも道はありますよ。獣道であろうと行きたいところに行くのが重要だと、私は常々思っています」

「どうして、それを私に？」

「幸福を分け与えたいからです。ナタリーさんは、正しい道を歩みたがっているように見えません」

「シェリオンさん。どういう意味です。私を唆《けしか》けているんですか？」

「どうでしょう。私が何を言ってもナタリーさんは足を止めない気がします。大して頭の回らない私でも、それくらいは分かります」

微笑するシェリオンを、初めて見た気がした。


ナタリーは同性であるにもかかわらず、シェリオンの美貌に魅入ってしまう。最初に会った時から、愛想が悪かったわけではないが、ナタリーはシェリオンの感情を初めて垣間見た。

シェリオンの告げた言葉は、毒のようにナタリーの心に残り続ける。復讐は無意味だとルキディスは語った。けれども、復讐を成し遂げたというシェリオンは、大きな意味を見出しているように思えた。

ルキディスは夕暮れまで、青空教室で聖典の読み方を教えることになった。子供達の集中力が途切れた頃合いに、かつて旅をした異国の話を聞かせることにする。好奇心旺盛な子供達は、国外のことに興味津々であった。

普通の人間は国外へ出ることはない。仮に外国に行ったとしても近場の一つや二つだ。諸国を放浪するのは決まった商業ルートを持たない根無しの行商人か、放浪学徒や吟遊詩人くらいなものである。

ルキディスは、脚色のない事実を話した。砂漠の民を悩ませていた悪霊。東の果ての廃城に眠る魔導師。密林で見つけた機械文明時代の遺跡。黒森と白森のエルフ達が作る不思議な指輪。かつて妖精達が暮らしていたと思われる巨木の化石。

旅で見聞きした逸話という体を装ったが、それらの話は全てルキディスの実体験だった。子供達だけでなく、診察を終えた医術師達も天幕を畳む作業を中断して、ルキディスの話に耳を傾けた。大人達でさえ童心に戻って、不可思議な旅話に聞き入った。

「――ほほう。黒肌と白肌のエルフ族が、南方の森林地帯で争っているというのは本当だったのですか」

話を終えた後、医術師団のまとめ役らしき男がルキディスに質問してきた。

「はい。子供達の前だったので詳細はぼかしましたが、かなり険悪な仲です。かつてはフェアリー族が争いを仲裁していたそうですが、彼らはエリュクオン大陸から去ってしまって久しい。エルフ族は排他的な種族なので、俺も詳しいことは分からなかったのですが、古い因縁があるようでした。エルフ族は不老なので、彼らにとってはつい最近の因縁なのかもしれませんが」

「興味深い話を聞けた。そこそこの報酬を貰って診察をしていたんだが、君の話を聞けるのなら私はタダ働きでもよかったな。ぜひ時間があったら我が家を訪ねてくれ。美味しいお茶と茶菓子を用意して待っているよ」

「時間ができたらぜひ。ところで、そこそこの報酬を受け取っていると言われましたが、キーラさんの救貧活動は資金が潤沢のようですね。どこかの商会や貴族が支援をしているのですか？」

「私も名は知らないが、資金力のある貴族が援助をしているそうだよ。キーラちゃんの教会が存続したのも、その貴族のおかげだと聞いている。世の中、まだまだ捨てたもんじゃないよ。はっはははは！」

「なるほど……」

再会の約束をして、医術師のまとめ役と別れた。こういう繋がりは大事にしなければならない。医術師と良好な関係を作れたのは、ちょっとした収穫だ。

「せっかくの休日を使わせてしまって悪かったな。すまない。ナタリー」

付き合わせてしまったことを、ルキディスは謝罪する。

「いいえ。とんでもありません。子供達と遊ぶのはとても楽しかったです。ちょっとだけ気分が軽くなりました」

ルキディスが青空教室で教師役をしている間、ナタリーは幼い子供達の相手をしていた。それは喉元を切り裂かれて殺された下の弟妹と同じ年齢の子供達であった。

カールが生きていたら、ルキディスの話す異国の旅話を目を輝かせて聞き入っていたに違いない。

「本当によろしいのですか？　家族を亡くしたばかりで辛いでしょう。仕事を少しお休みになって、私の教会で過ごしてくださってかまいませんよ？　私の教会は平民街にあります。貧民街に比べて治安はとてもいいですし、大声では言えませんが、貧民街の憲兵や警備兵よりも信用できますわ」

「キーラさんの厚意には感謝しています。休んだほうがいいというのは、他の人からも言われました。ですけど、働いていたほうが気が休まるんです。酒場で働いている時は、日常に戻れたような気がするからだと思います。それに、職場の人はよくしてくれています。私を雇っている酒場の主人は母親の旧友で、今は私の後見人なんです。家族を失った私にとっては、父親のような存在です」

「そうですか。それなら無理にとは言いません。何か困ったことがあったら、私に相談してください」

「清らかな交流をしているところ申し訳ないのだが、もうお開きの時間では？　そろそろ日が暮れる。ナタリーは黙って出てきたんだろ。夜になっても帰ってこなかったら、さすがに心配するぞ」

ルキディスはナタリーを急き立てた。置き手紙は残してきたと言っていたが、さすがに夜になっても帰ってこなかったら心配する。ルキディスが連れ回していたなんてことになると、あの酒場の店主に申し開きができない。

「また会いましょう。ナタリーさん」

ナタリーとキーラを別れさせ、手短に挨拶をしてルキディス達は広場から去った。

残されたキーラは、撤収作業を急がせる。この広場には街灯があるので、太陽が沈んでも灯りに困ることはないが、それでも日暮れ前に終わらせたかった。青空教室に来ていた子供達はもう親元に帰っている。残っているのはキーラの孤児院で暮らしている孤児達だけだ。夜道は危険だから孤児達を連れて先に帰っていいと、医術師団のまとめ役が言ってくれたので、キーラは厚意に甘えることにする。

疲れてしまったのか、孤児達の中には目を擦って欠伸をしている子もいた。

「――――さあ、みんなで家に帰りましょう」

キーラは孤児達を連れて、夕暮れの道を歩いていった。

◇◇◇◇◇

黒馬車の中で、ナタリーは対面に座るルキディスをジッと見ていた。

「……俺の顔に何か付いているか？」

なるべく急げと命じていたので、青銅馬《ブロンズ・ホース》に引かれている黒馬車はいつもより揺れていた。シェリオンが事故を起こしたことは一度もない。安全運転の範囲内ではあるが、路面の悪い貧民街ということもあって、乗り心地がよいとは言えなかった。

「開闢者デウスの律法は、人を殺してはならないと定めている。ルキディスさんはそう言われていましたよね」

「世界の形を創ったのは創造主グラティァア。世界の理を定めたのは開闢者デウス。そして、世界の管理を任されているのは四人の絶対者とされている。創造主・開闢者・絶対者、これらを三位一体と解釈し、信仰しているのが教会だ。エリュクオン大陸の教会は、他の大陸と異なって独自の組織体系と聖典解釈を――」

「話を逸らさないでください！　ルキディスさんは、開闢者の律法を破ったら必ず罰が下ると子供に教えていましたよね。それなら、私の家族を殺した人達に罰が下るのはいつですか……？」

「……はぁ。王立騎士団が動いている。彼らが捕まる日は、そう遠くないだろう。ラドフィリア王は老齢だが賢王として名高い。配下の騎士団も有能なはずだ。近頃、組織は派手に動きすぎている。いずれ捕まって絞首台に送られる」

「本当にそうなると言い切れますか……？」

「俺に八つ当たりされても困る。俺は殺し屋というわけじゃない。今から憲兵団の宿舎に乗り込んで、仇討ちなんてできないぞ。そもそも俺は外国人だ。俺が事件を起こすとサピナ小王国に迷惑がかかる。力になると約束したが、それは生活を立て直すための助力だ。復讐に付き合う義理はない。媚びる目で俺を見たって、俺の言葉は変わらないぞ。復讐はやめておけ。全てを忘れろとは言わない。だが、感情に身を任せれば破滅してしまうぞ」

ルキディスが言っていることは正しい。それはナタリーだって分かっていた。けれど、正しいからといって納得できるかは別である。感情というのは、合理性を排斥する存在だ。

それがどれだけ愚かしく、利のない選択であっても、感情によって選ばざるを得ない時がある。

「酒場に着いたぞ。まずは一人で出歩いたことを、酒場の主人に謝らないといけないな。俺もナタリーを連れ回した件については、頭を下げる必要がありそうだ……」

ルキディスは黒馬車から降りる。黒馬車は酒場の裏口に停まった。周囲には誰もいない。今日は安息日なので、日中でさえ開いている店は少なかった。日暮れになればどこの店も閉店である。こんな日でも営業をしているのは、盗品を扱っているような店くらいだろう。

ルキディスが謝罪の口上を考えている時だった。御者席からシェリオンが降りてきて、ルキディスの肩を掴む。

「どうした……？」

「静かすぎます」

「今日は安息日だ。酒場だって休業だぞ？」

「店内に複数人の人間がいます。私達が来た瞬間に息を潜めました。店内に潜む彼らから、明確な敵意を感じます」

ルキディスは、シェリオンの戦闘感覚を信頼している。シェリオンが警戒しろと言っているのに、警戒をしないというのならば、愚王と罵られても仕方がない。

「ナタリー。馬車から降りるな。それと質問だ。休業日の酒場に誰か来ることはあるか？」

「従業員はいないはずです……」

不穏な空気を感じ取ったナタリーの声は震えていた。

「ということは、今いるのは酒場の主人だけか？」

「はい。そのはずです……」

ナタリーはそう言うが、シェリオンは首を横に振った。

見込みが甘かったことをルキディスは悔いる。判断を誤った。逃げたナタリーを殺すことに意味はない。だが、この世には意味がなくても、人を殺す人間がいる。そのことを、ルキディスは失念していた。

「命令だ。酒場の主人が生きていれば救出しろ。敵は可能な限り殺すな。殺すのはやむを得ない時に限る。情報が欲しい。敵を一人だけ持ち帰るぞ」

「――――仰せのままに」

主の命令を受けたその時だった。鋭い風切り音が鳴る。

ルキディスの顔面に向かって、ボウガンの矢が飛んできたのだ。酒場の窓から放たれた矢は黒色に着色されていて、薄暗い闇夜では視認することが難しい。

「不敬者……」

シェリオンは、飛んできた鉄矢を素手で握りつぶしていた。

冥王が危害を加えられることは、あってはならない。眷族にとって冥王とは、忠愛を捧げる絶対的な存在だ。眷族の冥王に対する忠誠心は、強い愛情が混ざり合い狂信に近いモノとなっていた。

ルキディスは魔術防壁を発動する。

「符陣形成――――三重魔力壁《トロワ・マジック・ウォール》！」

三枚の魔術符が空を舞って円を描く。ナタリーの乗っている馬車を中心にして、防御の魔術符陣が形成された。

「広域展開――――害意索敵《エネミー・サーチ》！」

連続して、索敵の魔術符を発動する。無数の紙人形が魔術符から現れ、周囲に拡散した。紙人形は近くに潜んでいる人間の害意を感じ取り、符術師に敵の人数を教えてくれる。

「敵は五人か？」

効果時間は約十秒、役目を終えた人型の紙切れは灰となって霧散する。

冥王ルキディスは魔物としては最弱だ。そして、魔術師としても強くはない。冥王という特性上、摂取したマナは全て精力に変換されてしまう。つまり、冥王は魔力を出力することができなかった。

魔力を持たない魔術師であるがゆえに、通常形式で魔術を発動することはできない。札に魔術式を刻んで、魔石で魔力を込めるという七面倒な作業をして魔術を使っていた。魔術師としては三流以下であり、戦闘には秀でていない。

その代わり魔道の研究者としては一流である。人外だからこそ、あらゆる邪術に手を出すことが許されていた。

「六人です。一人だけ屋根の上からこちらを窺っています」

ルキディスは屋根に潜む敵を発見できていない。だが、シェリオンの感覚を信じた。魔術師としての冥王は最下級だ。簡単な索敵でさえ、ろくにできない。時間をかけていいのなら完璧な索敵術式を符術で発動できるが、それには半日かかってしまう。

符術の利点は時間をかければかけるほど完成度が上がることである。逆に欠点は準備の時間が足りないと中途半端になってしまうことだ。

一流の魔術師であれば、即席であっても強力な魔術式を発動できるが、ルキディスの場合はそうではない。

「店舗内にいる五人を倒してきます。屋根の敵に警戒してください。一番強いのは屋根に潜んでいる敵です」

シェリオンは、再び店内から射出されたボウガンの鉄矢を、掌打で叩き伏せる。一般人のナタリーでは、シェリオンがどんな動きをしたのかさっぱり分からない。慣れているので顔にこそ出さないが、冥王もシェリオンの動きは速すぎてよく見えていなかった。

（相変わらず、すごい身のこなしだ。俺もこんな風に動ければ……）

冥王は自らの造り主にクレームを出したくなった。眷族が強い代わりに冥王が弱いというのは分かる。そういう存在だから仕方がない。もし冥王が強かったら、それは滅ぼされた魔王の焼き直しでしかない。だが、人間以上の強さがないと、魔物の支配者として示しがつかないのも事実だ。

冥王がそんな悩みを抱えているとは知らない眷族は、嬉々として命令を実行しようとしていた。酒場の裏口を蹴破って店内に入る。

最初に仕掛けてきたのは、裏口にボウガンの照準を合わせていた男だ。入ってきたシェリオンの胴体部に向けて鉄矢を発射する。

シェリオンの右拳が揺らめき、鉄矢は一瞬で粉砕された。

「ば、馬鹿なっ！　ふぐぎぇっ……!?」

鉄矢を三度も拳で防がれれば、もうまぐれではない。これは勝てないと理解した瞬間、ボウガンを構えていた男は、シェリオンの膝蹴りで意識を失った。主の命令があるので殺しはしない。シェリオンにとって、ここにいる敵全てを気絶させることは、至極簡単なことだった。

酒場に潜んでいた敵は、レナード憲兵長に命じられてナタリーを誘拐しに来た警備兵達だ。戦闘の素人ではない。しかし、冥王の誇る最強の眷族の前では、赤子も同然であった。

「くそがぁ……！　獣人の分際で、調子に乗ってんじゃねえぞ……‼」

警備兵の白刃が迫るが、シェリオンにとってそれは脅威にならない。振り下ろされた鋼鉄の剣を拳で砕き折る。まるで急激に耐久度が落ちたかのようであった。硝子が砕け散るかの如く、鉄の刃は粉微塵となる。そして、シェリオンの拳は警備兵をそのまま殴り倒した。

「ぐぁがっ……！」

シェリオンの動きは止まらない。殴った男が倒れきる前に、次の獲物に襲いかかる。

「ひぃぃぃ……！」

胸ぐらを掴まれた瞬間に、その警備兵は意識を失う。シェリオンが眷族としての『能力』を発動させたのだ。しかし、能力を発動せずとも、男は恐怖で失神してしまっていただろう。

「――――外の一人を除けば、残り二人ですね」

気絶させた警備兵を床に投げ捨てる。殺すなと命じられているので、本気で投げ飛ばすことはできなかった。人間を甚振るのは好きであるが、加減をしなければならないのは苦痛だ。とはいえ、主の命令であるから仕方がない。

「く、来るなぁ！　ぎゃがッ、ぐぁぁ‼」

腹部に一発叩き込んで、四人目を気絶させた。

「待て！　話し合おうじゃないか‼　話せば分かる！！こ、こうさんだ‼」

シェリオンは五人目に無言で近づく。歩みを止めない。

「だからぁっ！　俺はこ、こうさんんぎゃぁぁああぁ――――っ‼」

シェリオンの上段蹴りをくらった警備兵は、文字通り吹き飛ぶ。酒場の窓を突き破って路面に転がり出た。

「さすがは雑兵。脆いです。その悲鳴は悪くありませんけれど」

飛び出てきた警備兵は呻き声を上げているので、生きてはいるようだ。屋根の上に潜む敵を警戒しているルキディスは、今日が安息日であることに感謝する。安息日でなければ、裏通りとはいえ多くの人間がいただろう。今のように閑散とはしていない。

時間にして十数秒で、シェリオンは店内の掃除を終わらせる。

魔物の嗅覚は、室内に漂っていた死の香りを嗅ぎつけた。シェリオンは厨房の奥で、死体となった酒場の主人を見つける。肉断ち包丁で抵抗しようとしたようだが、警備兵に刺殺されてしまったようだ。どのような経緯で、彼が警備兵に殺されたのかは分からない。けれども、ナタリーを守るために警備兵に立ち向かおうとしたことは確実であろう。それは人の心を失ったシェリオンであっても分かった。

「────どうだった？」

ルキディスは、酒場から無傷で出てきたシェリオンに尋ねた。

「残念ながら手遅れです。厨房に死体がありました」

「そうか」

予想はできていたが、ナタリーにとっては辛い事実であった。けれども、ナタリーの気持ちを慮っている暇はない。まだ敵は一人残っている。

ルキディスは何もせずにシェリオンを待っていたわけではない。屋根の上に潜む敵の位置を探し当てていた。

「追尾展開────勾人影鎖《シャドウ・チェーン》」

屋根に潜む最後の一人に向かって、魔術符が襲いかかった。


魔術符から無数の鎖が出ている。魔術符に刻まれてあるのは、獲物を捕らえる拘束術式だ。高価な魔石を消費して作った魔術符なので、力自慢の人間であっても一分は拘束できる。

魔術の発動に気付いた敵は、屋根から飛び降りる。それはルキディスにとって予想外の動きだった。ナタリーの働いている酒場は二階建てだ。普通の人間であれば、飛び降りるなんて選択肢はない。けれども、その敵は見事に着地した上、ルキディスの魔術符を短剣で切り伏せた。

「ほう……」

切り払う動きは、剣舞のようであった。店内に潜んでいた雑魚とは別格な動きに、ルキディスは感嘆の声を漏らす。

結論を言えば、ウーログは出遅れてしまった。ナタリーのいる酒場に着いたのは、レナードの部下達よりも遅かった。最悪だったのは、激怒した酒場の店主が包丁を手にして、警備兵に襲いかかったこと。そして、警備兵達は酒場の店主を斬り殺してしまったことである。

幸いだったのは、ナタリーが酒場にいなかったこと。酒場にナタリーがいたのなら、助けることはできなかっただろう。

ナタリーは貴族街に住んでいる青年を追いかけて、どこかに行ってしまったそうだ。ウーログは警備兵達に酒場で待機するように命じて、一人でナタリーを探した。けれども、ウーログはナタリーを見つけることができなかった。

仕方ないので酒場に戻ってくる直前に、ナタリーを逃がすことを目論んだ。予想外だったのは、貴族街の青年とその従者が警備兵を撃退してしまったこと。そして、ウーログまでも敵と認定して攻撃してきたことだ。

攻撃してくるのは、無理からぬ行動であった。相手からすればウーログは敵に見える。

「……っ！」

屋根に隠れていればやり過ごせると思ったが、そう簡単にはいかなかった。

（事情を説明しても信じてもらえないだろう。そもそも、潜入していることを話すわけにはいかない。逃げるしかないわけだが、拳闘士と魔術師が相手なのは辛いな……。この二人は戦い慣れてやがる。一筋縄では行かない相手だ。特に牛族《シュティア》の獣人は気配がヤバすぎる）

「いい短剣を持っているな。警備兵にしては上質な武器だ。刃には儀礼刻印、ミスリル銀でのコーティング……。明らかに一般的な武装ではないぞ。興味深いな」

ウーログの手にあるのは、ミスリル銀の加工が施されたドワーフ製の短剣だ。刃に儀礼刻印があるので、魔術式を切り伏せることができた。

（儀礼刻印の摩耗が少ない。符術に込められた魔力が弱いからだな。警戒は必要だが、魔術師としての水準はそこまで高くなさそうだ。問題なのは獣人の拳闘士。あんな気配を放つ人間は、王立騎士団にだってそうそういないぞ……）

ウーログは警戒と逃走のために、距離をあけようとする。拳闘士の間合いは狭い。短剣使いの戦い方は拳闘士に近いので、通常の剣士よりも理解がある。

「────なッ⁉」

けれども、シェリオンの動きはウーログの理解を超越した。間合いが一瞬で消滅したのである。距離をあけていたはずなのに、まるで空間そのものが失われたかのように、シェリオンとの距離が縮んだ。

並の使い手であれば、この時点で敗北する。しかし、死線を幾度となく潜り抜けたウーログは、咄嗟《とっさ》に身体を沈める。

「くっ……！」

ウーログの頭部があった場所にシェリオンの右拳が、突き立てられていた。

シェリオンは正拳を回避したウーログを逃さない。間髪入れずに、二撃目が放たれる。体勢を崩したウーログに次の攻撃を回避する手段はない。

痛みを覚悟した。しかし、シェリオンの拳はウーログの身体に触れなかった。シェリオンが掴んだのは、ウーログが持っていた短剣だ。刃の部分を素手で掴んで、ウーログから奪い取った。

「は……？」

奪った短剣をシェリオンは、ルキディスに渡した。

ルキディスはウーログの短剣を興味深そうに観察している。

「ほう。この儀礼刻印は素人が施したものではないな。短剣の造り手はドワーフか？　ラドフィリア王国の冶金技術は見事なものだが、ミスリル銀の加工はドワーフ族の専売特許だ。つい最近まで鍛冶職人の組合に出入りしていたから、これが国産品でないことは分かるぞ」

「なぜ、俺を攻撃しない……？」

「俺の害意索敵に貴様はかからなかった。つまり、俺達に対する敵意がない証拠だ。この短剣だって警備兵のものじゃない。麻薬組織の人間であっても、こんな見事な短剣を持っているとは思えない。麻薬組織が入手したとしても、現場の人間には渡さないだろう。使い道なんてないくせに、貴族が持っていたりしそうだ。もう十分だ。シェリオン。返してやれ」

「よろしいのですか？」

「俺が持っていても使い道がない。ユファのオモチャにはなりそうではあるが、敵ではない人間から奪うわけにはいくまい。とても高価な代物だ」

シェリオンは、短剣をウーログに返してやった。

「────今夜、俺達は出会わなかった。異存はあるか？」

「……はっはははは」

ウーログの口から、乾いた笑い声が漏れた。

敵意がない、武装が明らかにおかしい。導かれるウーログの正体は一つである。

「理解が早くて助かる。そうしてくれ。それと、お礼というわけじゃないが有益な情報を与えよう。貴方の保護した娘を明日の夜まで守りきれば、その後は夜道を歩く心配をする必要がなくなる」

「夜道を歩かせるようなことはしないさ。彼女は外国に移住させる。ラドフィリア王国に住むのは危険だ」

「なるほど。それがいいのかもしれないな。それなら『本物の警備兵』が来る前にここから逃げたほうがいい。誤魔化せる範囲で誤魔化しておく」

「あそこに転がっている兵士は死んでいるようだ。こちらで火葬場に持っていっていいか？」

ルキディスが指差したのは、路上まで蹴り飛ばされた警備兵だ。死んでいるとルキディスは言ったが、呻き声を上げていた。もちろん生きている。

「そういうことか、理解した……。あれは誰がどう見ても死んでいるな。たとえ呼吸をしていようと、心臓が動いていようと、あれは死体だ。路上に死体が転がっていると通行の邪魔になる。火葬場に持っていって骨と灰にしておいてくれ。誰も気にしない。好きにしてくれ」

ルキディス達は、路上に転がっていた警備兵を一人だけ連れ去っていった。組織の人間というわけではないし、警備兵という集団に愛着があるわけでもない。それに、連れていかれる男は自業自得だ。酒場の主人を殺した男なので気の毒とは思わない。

組織に買収された悪徳警備兵がどんな目に遭うかは知らないが、ウーログにとってはどうでもいいことだ。らしくないことをしてしまったせいで死にかけた。ルキディスがシェリオンに殺せと命じていれば、ウーログは死んでいただろう。

(俺のことを王立騎士団のスパイとでも思ってくれたのかね。スパイではあるし、王立騎士団にも情報を漏らすつもりだから、間違いってわけでもないけどな……。あの青年はサピナ小王国からやってきたと聞いているが、小国の人間であっても侮れないな。あの状況下で俺を敵じゃないと見抜く洞察力。そして、あの拳闘士の強さ……。

――世界は本当に広いな)

全てが終わったら、長期休暇を貰って修行し直そうとウーログは思った。

◇　◇　◇　◇　◇　◇

ルキディスは、拉致した警備兵から情報を聞き出した。自白剤を用意していたが、そんなものを使うまでもなかった。警備兵は知っていることを事細かに教えてくれたのだ。嘘をついているような素振りはなかったので、自白剤を使わずに済んだ。

自白剤は、かつてシルヴィアに使ったのと同じものだ。なので、男に使うと見苦しいことになってしまう。特殊な訓練を受けているとか、拷問や薬毒耐性がある人間でなければ、情報を確実に吐いてくれる便利な薬ではある。しかし、浣腸というのが難点だ。副作用の体液の異常分泌というのも、いつかは改善したいと思っている。

ルキディスが短剣使いの警備兵について尋ねたところ、ウーログという男がレナード憲兵長の補佐をしていると教えてくれた。

(ウーログ……。王立騎士団のスパイだと思っていたが、今思うとあの雰囲気は騎士っぽくないな。それに、こいつの話によると、ナタリーの家族を殺した現場にもいたらしい。騎士団の密偵があの現場にいて、レナードの凶行を止めないなんてことがありえるのか？）

麻薬組織の人間ではない。しかし、王立騎士団の人間とも思えなくなった。ラドフィリアの王立騎士団は、良くも悪くも清廉潔白な集団だ。潜入捜査であったとして、ナタリーの家族を見捨てるようなことができるであろうか。

（まさか第三勢力……？　そうなると厄介だな。念のために殺しておくべきだったか……。いや、あの状況下ではあれが最善の選択だった。気になるのは、ウーログが言っていた『明日の夜』という情報だ。明日の夜に何が起こる……？　満月の夜に儀式をするらしいが、それと関係があるのか……？　有益な情報だと言っていたが、明日の夜に組織が壊滅するような言いぶりだった）

拉致した警備兵は、明日の夜に組織が儀式をすると聞かされていた。大掛かりな儀式だというが、具体的にどこで何をするのかまでは知らされていなかった。

「はてさて、どうしたものか」

ルキディスは思案する。脳内でいくつかの計画は立案済みであるが、全てはナタリーの選択次第だ。

冥王は普通の魔物と違って人間の心が分かる。けれど、その冥王であっても人間の心を完璧に読み解くのは難しい。頭蓋骨をかち割って、脳を事細かに分析したとしても、人の内心は解明できないのだ。ナタリーがどちらを選ぶかは、彼女にしか分からないことである。

「俺がナタリーに提示できる選択肢は二つある。一つは国を去るという選択肢だ。俺はサピナ小王国の要人と人脈がある。ナタリーをサピナ小王国に移民させることができ、なおかつ、生活保障ができる立場だ。サピナ小王国へ移住すれば、ナタリーは平穏な生活を取り戻して普通の人間として余生を送れる。その代わり、復讐心は永遠に満たされないかもしれない。もう一つは、復讐に身を委ねるというものだ。家族の仇討ちができる。しかし、ナタリー自身も人としての未来を全て失うことになるだろう」

――ルキディスは、ナタリーに選択肢を提示していた。

ナタリーは家族に続いて、後見人になってくれた雇い主まで殺されてしまった。

もはやラドフィリア王国に留まるべきではないとルキディスは考えている。ナタリーが日常を取り戻したいと思うのであれば、ルキディスは彼女を支援するつもりだった。

一方、ルキディスは選択肢をもう一つ与えることができる。それは復讐だ。人間の仮面を被っている時は、復讐を諦めるように説得していた。しかし、魔物としてのルキディスならば、ナタリーの復讐を支援することができる。その気になれば、憲兵長とその背後にいる人間を潰すことは十分に可能だった。

冥王は、復讐心に囚われているナタリーの瞳を見つめる。〈誘惑の瞳〉で精神を操るようなことはしない。ナタリーの自由な意思を尊重して、冥王は言葉だけで語りかけた。

「ナタリーは、どちらを選ぶ？」

「復讐を選びます」

即答だった。少しくらい悩むかと思っていたが、ルキディスの想像以上にナタリーの憎悪は深かった。家族を殺された挙句、親身になってくれた酒場の主人まで失ってしまったのだ。

一種の自暴自棄。怒りで理性的な判断ができないのだろう。

「覚悟があるということか……。それなら、どれほどの覚悟があるのか証明してもらうとしよう。付いてきてくれ。地下室に酒場の主人を殺した警備兵を捕らえてある。尋問は終わったから、あいつはもう用済みだ」

ルキディスは、ナタリーを地下室に案内した。自宅の地下室は、異空間化してあるので無数の部屋がある。拉致した警備兵を捕らえてあるのは拷問部屋だ。拷問部屋の壁には無数の拷問器具が吊り下げてあった。

それらは全てシェリオンのコレクションだ。シェリオンは拷問器具を『楽器』と呼んでいた。彼女は人間の断末魔の苦悶の叫びを聞くのが好きで、最良の状態に人間を加工するために、様々な道具を集め続けている。

拷問部屋にある器具は、人間が美しい声を上げて死ねるようにするための『楽器』であった。

「んんぅぅーっ‼」

拷問部屋の椅子に警備兵が縛り付けられていた。警備兵は喋ることができない。口を魔術符で封じてあるからだ。動くことは許されず、喋ることもできない。ただし耳は塞いでいないので会話を聞くことはできる。

「この警備兵はレナード憲兵長の部下だ。治安維持兵でありながら、麻薬組織に買収されて悪事に加担していた。ナタリーの家族を殺した一件にも関わっている。そして、ナタリーの後見人を殺したのはこいつだ。俺はこの警備兵を殺すつもりはない。もしナタリーが何もしないのであれば、然るべき時期に王立騎士団に引き渡すつもりだ。その後にどのような処罰が下るかは分からない。死刑になるかもしれないし、ならないかもしれない」

ルキディスは一振りの剣を示す。

「この剣はなんですか……？」

「この警備兵が持っていた剣だ。酒場の主人を殺した凶器でもある。この剣を心臓や首に突き立てれば、こいつは死ぬだろう。復讐をするというのなら、まずは自らの手を汚さないといけない。――――最後の警告をしておこう。白い手が一度でも汚れれば、後戻りは許されないぞ。昼間にシェリオンから何か吹き込まれていたようだが、復讐で身を滅ぼすよりも、サピナ小王国で平穏な人生を送ったほうが、ナタリーのためになると俺は考えている。それでも迷わないというのならば、実行するといい。ナタリーの決断を尊重しよう」

「ルキディスさん。その剣を渡してくれますか？」

ナタリーの覚悟は揺るがなかった。

「もう少し考えたらどうだ？　決断が早すぎる。この剣を受け取るということは、俺に魂を売り飛ばすのと同じだぞ」

「考えたところで、決断が変わるとは思えません。私の母は、私達を育てるために身体を売っていました。私達を愛するためにです。私だって家族のためなら魂くらい売れます。人としての道を踏み外しても後悔しません」

根負けしたルキディスは、ナタリーに剣を渡した。

「十分間、部屋の外に出ている。猿ぐつわを外して、そいつの言い訳を聞いてやってもいい。問答無用で斬り殺すのも自由だ。好きなようにするといい。十分経って殺せないようなら復讐を諦めたと見なすからな」

ルキディスは拷問部屋を出た。地下の部屋には扉がない。壁をすり抜けることで別の部屋に移動することができる。十分が過ぎるまでの間、ルキディスは寝室で過ごした。拷問部屋で何が行われているかは不明である。

ナタリーは人殺しをするような人間ではない。しかし、それは家族や恩人を失う前のナタリーだ。今のナタリーは復讐鬼になる素地がある。

「――――賭けでもしますか？」

寝室に控えていたシェリオンが言った。ナタリーが恩人の仇である警備兵を殺せるかどうかを、賭けの対象にしようと持ちかけてきたのだ。

「賭けか……、まったく、シェリオンも懲りないな……。ユファとシルヴィアに負かされて負債塗れになったのを忘れたのか？」

「今回はご主人様が相手でも勝つ自信があります」

「ギャンブルはしない。賭けごとが好きじゃないのは知ってるだろう。その代わり、シェリオンには褒美をやろう。酒場での戦いぶりは見事だった。特に一人も殺さなかったのは偉かったぞ。良い働きをした臣下には、褒美を与えなければならない」

褒美という言葉を聞いて、シェリオンの陰部が疼いた。

「私でよろしいのですか？　今夜はナタリーに種付けする

ものだとばかり思っていました」

「今夜はしない。開発した新薬の実験をしたいから、その準備ができるまでナタリーは肉部屋で保存しておくつもりだ。それに、今夜はシェリオンの胸に顔をうずめながら寝たい気分なんだ」

「喜んで、我が身を捧げます」

今すぐにでもルキディスを押し倒して精を賜りたいと、シェリオンは思った。冥王の色香に反応して、シェリオンが穿いているパンティーが愛液で湿っていく。しかし、節度ある雌として粗暴な行為には走らない。

眷族としての理性で、欲望を抑え込む。

「――――十分経った。どうなったか見に行くとするか」

拷問部屋には、人間が一人しかいなかった。

血塗れのナタリーが狂気を帯びた瞳で、警備兵の死体を見ている。警備兵の顔は形を留めていない。喉は切り裂かれ、傷口から大量の血が流れ出ていた。

極めつけは下半身だ。警備兵の陰部が滅多刺しにされている。世の男達が竦み上がるようなグロテスクな惨殺死体だった。

ルキディスはナタリーを見る。その手には警備兵を殺した凶器が握られていた。

「――――湯船を貸してもらえますか？　返り血で身体が汚れちゃいました」

口調はかつてと変わりないが、もう以前のナタリーではない。憎悪に身を任せて、復讐をしてしまった。人殺しとなったナタリーは、もう以前のように暮らすことはできないだろう。

ルキディスが言っていたように、一度でも手を汚せばもう後戻りはできない。

「シェリオン、死体の後片付けを頼む。掃除を終えたら寝室で待っていろ。俺はナタリーに、ユファとシルヴィアを紹介してくる。ナタリーにこれからのことを説明しておく。

シルヴィアの姿を見せるのが手っ取り早い」

ルキディスは、血塗れのナタリーに首輪を着けた。

「あの、この首輪は……？」

「こんな部屋があるんだ。首輪くらいあっても不思議じゃないだろう？　復讐の代償を支払ってもらおう。全てを捧げてでも、ナタリーは復讐がしたかった。俺はその手伝いをしてやったんだ。この首輪は代償の一つだと思ってくれ」

ナタリーに着けた首輪は、自傷防止の拘束具だ。

ルキディスは血で汚れたナタリーを、ある部屋に連れていく。先ほどまでいた部屋とは違って、医療施設のような部屋だった。四方の壁は真っ白で、床と天井も白色だ。部屋の中央には、妊婦が使う分娩台があって、腹を大きくした女性が力んでいた。

両足を開脚台に乗せて出産しているのはシルヴィアだ。初産を終えてから、シルヴィアは出産を繰り返している。彼女は既に数十匹の血族を産んでいた。

「ううぅあああはぁっん……っ‼　んんぁぁんっ！　んんぁぁぁあああ――――っ♥」

嬌声を上げながら、冥王の子を産み落としている。幼い魔物の子が膣道を這いずり、シルヴィアの膣口から顔を出した。

（人間の赤ちゃんじゃない……っ‼）

シルヴィアが出産している赤子は、角の生えた魔狼の姿をしている。出産の介助をしているのはユファだ。産まれてきた赤子を取り上げ、湯船で汚れを落とし、揺り籠に入れていた。

「あの女性は……？」

目の前の状況が理解できないナタリーは、ルキディスに問いかける。出産をしている女性も、人間の姿をしていなかった。

彼女の頭からは山羊の角が二本生えている。これだけなら獣人ということもありえるが、尾骨からは蠍の毒尻尾らしきものが伸びていた。両手の爪は、鉤爪のように伸びていてまるでキメラのようだ。

「紹介しよう。彼女はシルヴィア。五人目の妻だ。下腹部のところに淫紋が浮かびあがっているだろう。あの紋様の中に古代数字で〈五〉と刻んであるのか分かるか？　人間の夫婦は指輪を与えていたりするそうだが、俺は印を刻むことにしている」

「あの……、その……っ、あれって人間なんですか……？　あの人が産んでいるのは、魔物のように見えるんですけど……」

シルヴィアが産んでいるのは、角の生えた三つ目の魔狼だ。瞳と毛色は母親譲りで、緑の瞳と黄金の毛色である。産まれたばかりの魔物とシルヴィアは臍の緒が繋がっていた。多産なので次々と産まれてくる。ユファは手際よく赤子を取り上げて臍の緒を切っていた。

「んあぁぁはぁんっ！　あぁっ、んふっうっ！　んぁああっあぁあ、あぁくぅうゅう……っ‼」

シルヴィアの腹は丸々と膨れていて、沢山の赤子達が外に出ようと競い合っている。

「立派な魔物だろう。あれが俺とシルヴィアの赤子だ。出産に痛みはない。子を産むのは幸福なことだからな。取り上げているのはユファだ。彼女は二人目の妻。シェリオンと同じくらい付き合いが長い。分からないことがあったら、ユファに聞くといい」

「僕はユファ。赤ちゃん工場の工場長ニャ。君が眷族化できたら、僕が第一子を取り上げてあげるニャ～」

ユファは戯けた顔で自己紹介した。その手には産まれたばかりの魔狼が抱かれている。

「これってどういう……？」

「大切なことを言い忘れていた。実はな、俺は人間じゃない。魔物だ。ナタリーを助けたのは、俺の子を産んでほしかったからだ。途中で予定を変えて、ナタリーの生活を立て直して日常に戻れるように努力をしてきたが、ナタリーはそれを望まなかった。だからこうして、真実を明かすことにしたんだ」

冥王はナタリーの肩を掴む。

「――――――今さら後戻りは許されないぞ。ナタリー」

出産の見学を終えたナタリーは、奇妙な部屋に連れてこられた。その部屋の壁は、まるで生きているかのようであった。四方がピンク色の肉壁で覆われていて、半透明の粘液が滴っている。消化器官の中に迷い込んでしまったかのような場所だった。

「心配するな。この部屋は危害を加えてきたりはしない。この壁は俺の細胞を使って作った特別な部屋だ。種付けをする雌を保存しておくための保管室とでも言うのかな」


殺人をしてしまったことよりも、魔物を産む女性を見てしまったことのほうが、ナタリーにとっては衝撃的であった。孕み腹の女性が喜びの声を上げながら、何匹もの魔物を産んでいたのだ。しかも、ルキディスは同じことをナタリーにしてほしいと言っている。

突然の暴露は、ナタリーを混乱させた。今まで復讐はやめたほうがいいと説得していた青年が、今になって復讐の後押しをしてきたのだ。ルキディスの内心で、どんな心変わりがあったのか、今のナタリーには分かってしまった。

ルキディスには二面性がある。人間としてのルキディスと、魔物としてのルキディス。人間として振る舞っている時は、復讐を止めようとしてくれた。しかし、今のルキディスは魔物としてナタリーと会話している。

「ルキディスさんが魔物っていうのは本当なんですか……？」

ナタリーは、王都から出たことが一度もなかった。王都に暮らしている人間が魔物と遭遇するようなことはありえない。だから、ナタリーは魔物という存在を直接見たことがなかった。

ナタリーの知っている魔物と呼ばれる存在は、人間に襲いかかる恐ろしい怪物だ。目の前にいるような好青年はナタリーの考える魔物のイメージからかけ離れていた。

「本当だとも。俺は冥王。人間に化けるのが上手いというだけで、本性は怪物だ。だが、ナタリーを殺したいわけじゃない。俺は子供を産んでくれる花嫁を探している。ナタリーがそうなれるかは分からない。しかし、期待はしているぞ」

肉壁に向かって、ナタリーは突き飛ばされる。

「きゃっ……!?」

肉壁に背を付けた瞬間、獲物を待っていた食虫植物のように壁が蠢いた。

触手がナタリーの四肢に絡みついて身体を取り込もうとしてくる。恐怖感を覚えたナタリーは抵抗したが、壁は彼女の身体にへばり付いて放そうとしない。

「しばらくの間、この部屋で待っていてくれ。今夜はシェリオンに種付けする予定なんだ。ナタリーのために特別な薬を用意している。準備ができたら孕ませてやる。それじゃあ、おやすみ」

「待ってください!! ルキディスさん!? こんなところに置いていかないでください……!!」

本性を現したルキディスは、ナタリーを残して出ていってしまった。寝室ではシェリオンが首を長くして待っているのだ。焦らしすぎると後が怖いので、ルキディスは早足で寝室に歩いていった。

ナタリーを捉えた肉壁は粘液を使って、彼女の衣類をゆっくりと溶かしていく。手足は肉壁で優しく包まれているので苦痛はない。しかし、力を入れて脱出しようとすると鉄のように固くなって、拘束を強めてくる。

「こ、こないでぇ……っ！」

もがいているうちに、肉壁はナタリーの衣類を溶かしきった。肉壁の触手は裸になったナタリーを丁寧に舐めていく。こびり付いた血液を舐め取って、ナタリーの身体を綺麗にしていった。

「あぅ……っ!!」

肉壁の粘液は人体には無害である。しかし、肢体に絡みつく肉の触手は、あまりにも不気味だった。

「やめてぇ！ そこはだめぇ!!」

触手はナタリーの尻穴を弄り始めた。さらには触手の先が恥丘をなぞって垢を落としていく。腸内や膣内には入ってこないが、女体の恥部を擦って汚れを舐め取る。

「いやぁぁっ！ いやぁ！ あっぁぁぁあぁあ――っ!!」

尿道から黄金色の汁が噴出する。ナタリーは刺激に耐えられず失禁してしまう。その場に誰もいないことだけが救いであった。触手は尿を吸い取って、粘液で陰部を洗い流す。

「あぁっ、いやぁぁぁああ……！」

ナタリーの身体が肉壁に沈み、全身が取り込まれて視界が真っ暗になる。肉壁の中は意外にも快適だった。肉に埋もれているというのに呼吸は可能で、息苦しさはない。肉壁の中で、ナタリーは深い眠りに落ちてしまった。

◇◇◇◇◇◇

シェリオンは寝室で待機していた。着ていたメイド服を綺麗に折り畳んで、部屋の角にある棚に置いておく。身体に汚れが付着していないか、念入りに確認する。警備兵の死体を処理した後だったので、死臭や血液が髪にまとわり付いていないか心配だった。シェリオンは、後ろ髪を鼻先に持ってきて匂いを確かめる。丁寧に湯船で身体を洗って、髪は香水を使ったのでいい香りがした。これなら大丈夫だと安心する。

全裸で待機すること数分、やっとルキディスが寝室にやってくる。

「待たせたな」

寝室に足を踏み入れたルキディスは、ちょっとだけ驚いてしまう。シェリオンは、ベッドの上に全裸で正座していたからだ。

シェリオンの身体は雌牛のように成熟している。超乳でありながら垂れずに張りを失わない胸は実に見事だ。小細工なしの天然物であり、くびれのある腰や豊満な尻と合わさって、より妖美な肉体に見える。

眷族は子を産むだけでなく、冥王を守る兵でもある。両脚は引き締まっていて、腹筋は割れていた。戦闘態勢になれば、シェリオンの肉体は特殊鉄鋼以上の強度となる。しかし、今は夜伽の時間だ。シェリオンは肉体の中に潜む筋肉を緩ませて、皮膚の触感を柔軟に変化させている。

「────腹が減った」

「どうぞ、お召し上がりください」

ルキディスは、〈変幻変貌〉《メタモル・フォーゼ》を発動した。肉体を収縮させて、青年から少年の姿へと形を変える。ただし、生殖器はいつもより肥大化させている。シェリオンに合致したペニスの形を、ルキディスは記憶している。

最強の眷族を陥落させることができる唯一無二の武器だ。無敗を誇るシェリオンであっても眷族である以上、冥王のペニスには勝てない。

「んぅ……っ！」

少年の姿となった冥王は、眷族の乳首から母乳を吸い出す。左右の乳首を中央に寄せて口に収める。両乳首から噴出された白い乳汁が口内を満たした。胃袋に流れ落ちた眷族の母乳は冥王の空腹感を解消していく。

「んんぁぁ……っ！」

ルキディスは小さな手を使って、シェリオンの大きな乳を揉む。貪欲にシェリオンの母乳を求めた。種付けに備えて、シェリオンの母乳を飲んで精力を全快にする。

「――――――ごちそうさま」

ルキディスは少年特有の甘い声でお礼を言う。左右の乳輪を舌先で転がしながら、シェリオンの身体に覆い被さる。両脚を広げさせて、その合間に自らの下半身を挟み込んだ。ちょうどペニスの先がシェリオンの陰部に当たった。

「準備はできております。ご主人様の精を私の中に注いでくださいませ」

太いペニスが、シェリオンの膣に沈む。

「んふっ、んぁぁっ……♥」

愛液が潤滑油となって、ずぶずぶと奥へ入り込んでいく。シェリオンの膣壁は、侵入してきたペニスに絡みつき、適度な締まりでルキディスの性欲を煽り立てた。

「シェリオンの身体は抱き心地いい。こうしていると、とても安心する……」

年上の女性に甘える少年のように、乳房の谷間に顔をうずめた。冥王は弱い魔物である。眷族や血族に守ってもらわなければ、すぐさま人間に殺されてしまう。己の無力を恥じることもある。けれど、冥王は弱い生き物だ。

シェリオンのような強い雌に身を任せていると、本能的に安心する。また、強い雌を孕ませ我が子を産ませることで、征服欲を満たすことができた。魔物だというのに人間を殺すことよりも、こうやって眷族を愛している間のほうがルキディスは幸せだった。

「あぁぁんっ……！　んはぁあぁっん……！　うふうぅぅ……っ、いいぃ……‼」

ゆっくりとであるが力強く腰を動かして、シェリオンの子宮を突き上げた。ペニスを押し込む度に、シェリオンの口から甘い吐息が漏れ出す。ペニスを膣内でさらに膨張させて、馬並みの生殖器へと変貌させた。

普通の人間では受け入れきれない巨根で、シェリオンの膣を貫く。膨張を繰り返すペニスを抑え込もうとシェリオンの膣道は収縮を始めた。雌雄の性器が固く結びつき、お互いを離そうとしない。

「ぁあぁっ……！　あっ、あぁっ‼　んんぁいぃっ！　んあぁぁ――――んっ‼　んぁぁ、あぁぁあぅ――――‼」

シェリオンは雌の声で啼き叫ぶ。仰向けに倒れているシェリオンは、ベッドシーツを掴みながら悦楽の境地で至り、背を弓のように仰け反らせた。眷族の絶頂に同調させて子宮に精液を注ぎ入れる。ルキディスの濃い子種が子宮口から入り込み、内部を満たしていった。

眷族の身体能力は、人間の頃とは比較にならないほど向上する。そして、眷族となった後も、冥王の精を吸収することで強化されていく。眷族が限界まで肉体を鍛えて上限に達しても、冥王の精を吸収することで、能力の限界値を上げることができた。

シェリオンは長年にわたって冥王と逢瀬を重ね、限界値を更新し続けた。身体能力においてシェリオンに勝る眷族はこれからも誕生しないだろう。始祖の眷族は、冥王が最初に見出した雌だ。冥王は眷族を公平に扱おうとしているが、やはり最初の一人は思い入れがある。

ルキディスは、一際高い濃度の魔素が含まれた精子を時間をかけて注いでいく。

（私の子宮が、ご主人様の精子で満たされていぐぅう……っ！）

射精は長時間に及んだ。かつてユファを精液ボテ腹にした時よりも長い射精である。けれど、シェリオンの子宮に入り込んだ精液は、即座に吸収されていくので、子宮が膨らむことはなかった。

「ユファにも言ったが、孕むのは本国に帰ってからだ。……いや、シェリオンは俺の護衛だから、しばらく子を産む役割は任せられないな」

「分かっています。ご主人様の子を産めないのは残念ですが、私の役割は戦うこと。子産みは他の眷族に任せます」

シェリオンの産む子は優秀だ。血族の強さは、母体と妊娠期間が影響している。シェリオンが腹の中で約一年かけて育てた血族は、驚異的な強さを有する。最優の眷族であるシェリオンと、子産みに特化したエリカの産んだ子が、総合的には優れていた。

ユファやサロメが産む子は優れた特性を持つものの、癖が強い。シルヴィアの産む子はまだまだ未知数だ。

「サピナ小王国を安定させたら、眷族達に沢山の子を産んでもらって、魔物の軍を組織する予定だ。今は苗床達に下級の血族を産ませているが、下級血族は自我が希薄で単純な命令しか理解してくれない。軍隊を作るには、優秀な血族を量産する体制を整えなければならない」

ルキディスは、己の野望をシェリオンに語る。今まで多くの苦労を重ねてきた。全ては愛する眷族とその子供達で人類を滅亡させ、この世を支配するためだ。

人類が衰退した世界で、冥王の血を引いた魔物達が平和に暮らす。それこそが魔物の王が目指す理想の楽園だ。

「普通の血族を産むのなら一週間あれば十分ですが、優秀な子を産むには約一年かかってしまいます。しかも、一年かけて産めるのは一匹から二匹です。苗床が優秀な血族を産んでくれれば助かりますが、難しいのですか？」

シェリオンは腰を動かして、繋がっている陰部の位置を調整する。まだルキディスの射精は続いており、流れ込んできた精液をシェリオンは子宮内で消化していた。

「その実験をナタリーでやるつもりだ。もしナタリーが眷族化に失敗して苗床化したら、肉体を改良して優秀な血族を産めるように調整をする。上手くいくかは分からないが、成功すれば苗床が上級の魔物を産むようになってくれる」

小難しい話はシェリオンの専門外である。ルキディスの研究がどのようなものなのか、シェリオンには理解できていない。しかし、シェリオンに知恵を求めていなかった。求めているのは絶対的な強者であることだ。冥王の身を守る最強の兵であること、優秀な子を産むことがシェリオンの役割だ。得手不得手はシェリオン自身がよく理解している。

「一回目の射精はこれで終わりだな……。もう空っぽだ」

長かった射精が終わった。ルキディスはペニスを引き抜く。名残惜しいのか膣の液汁が糸を引いて、ペニスにしがみついている。

「あぁんぁ……っ！　精液、ご、ごちそうさまでしたぁ……♥」

シェリオンの膣から精液は流れ出ない。食べ残しはしない主義だ。注ぎ込まれた精液を一滴も漏らさず、子宮内で消化してしまった。

「蓄えていた精子は使い切ったが、精力はまだ残ってる。まだまだ食い足りないだろう？」

精力を消費し、枯渇してしまった精液を急造する。ルキディスとシェリオンはお互いの位置を入れ替えた。今度はルキディスが仰向けに寝て、シェリオンが身体の上に騎乗する。

「あぁっ……！　んっ、はぁぁん……っ‼」

シェリオンの腰が沈み、膣に再びルキディスの陰茎が突き刺さった。豊満な尻がルキディスの下半身に着地し、シェリオンの体重でベッドが軋む。牛族《シュティア》の獣人は大柄なので体重もそこそこある。けして肥満体ではないが、豊かな胸と尻があるので重みを感じた。牛の尻尾が足に触れて少しくすぐったい。

「んぅう……！　んぁ――っ‼　ご主人さまぁ……っ‼　オチンポのぉ、っんぉ！　ここちぃは、んぁ……！　い、いかァがですか……？　いぐぅんんんぅぁあぁんーっ‼」

シェリオンが身体を上下させると、乳房が大きく揺れた。膣で扱かれているペニスは気持ちいい。けれど、シェリオンの揺れる超乳に目が奪われてしまうのだから、やはり自分は巨乳が好きなのだと再認識する。

「いい締まり具合だ。肉襞《にくひだ》が絡みついてくる」

枯渇した精液が、猛スピードで作られていくのをルキディスは感じていた。冥王と眷族の交尾は、人間同士の性交とは違って長時間に及ぶ。射精の回数や量の桁が違う。二匹の魔物は夜明け近くまで肉欲に身を任せて、セックスを愉しんだ。

翌朝、ルキディスとシェリオンは抱き合ったままベッドにいた。疲れ果てたルキディスが眠りに落ちて、昨晩の狂宴は終わった。沢山の精を与えられたシェリオンは満足気な顔で、眠っているルキディスを見守っている。

少年の姿をしていると寝相まで幼くなってしまうようで、ルキディスはシェリオンの乳首を甘噛みしていた。子牛を守る母牛の気分で、シェリオンは幸せな時間を過ごしている。シェリオンは人間を殺すのが好きだった。人間の断末魔の声を聞くと気持ちが高ぶる。だが、ルキディスを愛でている時は、そういった魔物の本能を忘れ、優しい雌の気持ちになってしまう。

「おはようニャ。夜勤明けの朝は辛いニャ～！」

寝室にやってきたのはユファだ。眷族は睡眠が不要なので、徹夜で働いていても苦にはならない。ユファが言っているのは気分的な意味での辛さだ。

「ユファ。見て分かるでしょう……？　ご主人様がお休み中ですよ。今は静かにしてください。心地よく眠っておられるのに、起きてしまいます」

睡眠欲がある冥王にとって睡眠は欠かせない休息だ。

ルキディスが眠っているのだから、起こさないように気遣うべきであるのに、この時のユファはなぜか声量を落とさなかった。

「僕としても熟睡中のルキディスを起こしたくはないニャ。――――でも、今すぐに『これ』を見せないと後で冥王様に怒られてしまうと思うわ。だから、起こしてくれない？　シェリオンがやりたくないのなら、私の熱い接吻《キス》でルキディスを起こしてしまうけれど、それでいいかしら？」

ユファは真面目な口調で、シェリオンに言い放つ。こういう時のユファは冗談をけして言わない。そのことをシェリオンは知っていた。シェリオンは名残惜しいと思いつつも、肩を揺さぶってルキディスを無理やり覚醒させた。

「んぁ……？　まいったな……もう……昼なのか？」

ルキディスは眠りが足りていないようで、両目を擦っている。それが二度寝できるのならしてしまいたい仕草であることを、古参の眷族二人は知っていた。

「まだ朝。寝不足なのは分かるけど、聞いてほしいことがあったから起きてもらったニャ。ついさっき、王都の伝書飛脚《メッセンジャー》がこれを運んできたニャ。送り主はミルトン地区のキーラ副司祭って言ってたニャ」

ユファはルキディスに手紙と黒硝子《くろがらす》の小瓶を手渡した。

「ああ、なるほど、そう来たか」

――――――その手紙は麻薬組織からの呼び出しだった。

内容を要約すると、キーラ副司祭と孤児達を人質にしている。ルキディス、シェリオン、ナタリーの三人で指定された貧民街の倉庫に、今夜来ること。王立騎士団などに助けを求めたら人質を皆殺しにする。つまりは、典型的な脅迫文だった。

「そっちの瓶には何が入ってた？　この手紙によるとキーラからの贈り物が入っているとあるが？」

「キーラ副司祭の身体の一部を瓶詰めしたらしいニャ。中を開けたら、人間の指が十本と舌が一枚入ってたニャ。脳髄とかが入ってると思ってたのに、拍子抜けしたニャ」

ルキディスは黒硝子の瓶を開けて中をあらためる。ユファの言っていた通りのものが入っていた。切断された人間の指が十本と血塗れの舌が一枚。

ユファのように拍子抜けしたりはしないが、寝覚めで見るものではない。気分が悪くなった。

「人質は教会の孤児達ですか……。助けるのですか？」

「いいや、助けるつもりはない。だが、せっかくの招待だ。夜会には行ってやるさ。指定された場所は、貧民街の倉庫だ。ナタリーと最初に出会った場所の付近だな。日時は今日の夜だ。ということは、その倉庫で儀式をやるつもりなんだろう。ついでに邪魔をした俺達も始末するってところか。まあいいさ。向こうがその気なら潰してやるまでだ。ナタリーの復讐を手助けすると約束してしまったしな。ナタリーに種付けする前に、復讐を完遂するとしよう。……だが、その前にだ」

ルキディスは大きな欠伸をして、シェリオンに寄りかかった。

「――――――眠いから昼まで眠る」

睡魔には勝てなかった。ルキディスはシェリオンのおっぱいに顔をうずめて、二度寝を始めた。

◇　◇　◇　◇　◇

ルキディスは指定された倉庫に向かった。三人で来いと言われたが、ルキディスが連れているのはシェリオンのみである。ナタリーを連れてくる必要はないので、肉部屋で保管したままだ。ユファとシルヴィアは留守番をさせている。家を襲われる可能性がゼロではないからだ。

護衛のシェリオンは武器らしい武器を持っておらず完全な手ぶらであった。武器が扱えないというわけではなく、素手で十分だと判断したから持ってきていないだけだ。

シェリオンが軽装であるのに対し、ルキディスは完全武装で挑む。ありったけの魔術符を携え、さらに十冊の魔導書を宿した指輪を右手に装備していた。

指輪の名はヴァナルガンド。冥王が心血を注いで作り上げた十冊の魔導書が封じられているアーティファクトである。おそらく使うことはないだろうが、念のために持ってきていた。

「————こうして会うのは二度目だな。レナード憲兵長」

倉庫にいるのは、麻薬組織に買収された兵士達だ。兵団に属していない貧民街のゴロツキらしき者達も見受けられる。天井にぶら下がっている結晶灯は、質が悪いらしく倉庫内は薄暗い。

正確な人数を把握するのは難しいが、三十人以上はいるだろう。

麻薬組織の人間とは別に、虚ろな瞳で棒立ちしている孤児達がいた。キーラの教会が保護している子供達である。薬を嗅がされて、意識が混濁しているようだ。子供達の足元には、邪霊を召喚するための儀式陣が描かれている。

「そういえば、お前らとはキーラの教会で一度会ってたな。まあ……、そんなことはどうでもいい。それよりもだ。なぜ二人しかいない？　嘆かわしいぞ。俺は三人で来いと言ったはずだが？」

「諸般の都合だ。こちらにも事情がある。だから、ナタリーは連れてきていない」

ルキディスは、倉庫内にウーログがいないことに気付く。レナード憲兵長の補佐をしていると聞いていたが、今夜に限っては別行動のようだ。ルキディスにとっては好都合である。

ここにウーログがいたのなら、計画を大幅に修正する必要があった。ウーログはどこの勢力に属しているか分からない人間だ。下手に殺すわけにはいかなかった。けれど、ウーログがいないのであれば心配は無用だ。倉庫内にいる人間を、安心して皆殺しにできる。

「おいおい。嘆かわしいなぁ……！　こっちには人質がいるんだぞ。今すぐにナタリーを連れてこい！　さもなきゃ、キーラをブチ殺すぞ？」

レナードは、キーラの喉元に短剣を突きつける。キーラの両手には、血の滲んだ包帯が巻いてあって痛々しい。彼女の顔は苦痛で歪んでいる。

ルキディスは自宅に送りつけられた瓶の中に、切断された十本の指と一枚の舌が入っていたのを思い出す。

「————どうぞ、ご自由に」

どうでもいいと言わんばかりの雑な口調で、ルキディスは言い返した。

「くはっははははは！　お前、俺の言ってることがハッタリだと思ってやがるな？　嘆かわしい男だ。だがいいぞ。そんなに見せしめが必要ならやってやろう。

――ガキを一人殺せ」

レナードは部下に孤児を殺すように命じる。しかし、その前にルキディスが動く。袖《そで》に仕込んでいた魔術符を放った。

「即時展開――爆裂符《マジック・バースト》」

放たれた魔術符は孤児の頭部に貼り付く。呪文宣告と同時に、込められていた魔術式が爆発を生じさせる。

魔術符が形成した爆発は、孤児の頭を破裂させた。小さな頭蓋骨に詰まっていた脳が周囲に飛び散った。

「は……？」

レナードを含め、倉庫内にいる人間達が呆気にとられる。ルキディスが放った魔術符は、敵であるはずの『兵士』ではなく、人質の『孤児』を殺害したのだ。攻撃が誤爆したとしか思えなかった。けれども、ルキディスはまったく動揺していない。堂々とした態度で、子供の死体を眺めている。

「何を驚いている。人間が一匹死んだだけだ。貴様らにとっては大事な人質なんだろうが、俺にとっては価値のない人間だ。さて、レナード憲兵長に質問だ。これでも俺の態度は見せかけだと思うか？」

まるで立場が逆転したかのようだった。ルキディスの魔術符は、誤爆したわけではない。狙って孤児を攻撃したのだ。

「どういうつもりだ……？　お前は孤児を助けに来たんじゃねえのか!?」

「そんなわけあるか。人間を助けるのは人間の仕事だ。俺は人間の味方じゃない。〈聖典律法〉を読んだことくらいあるだろう？　開闢者は、人間が人間を殺すことを禁じた。人間にとって殺人は最大の禁忌だ。しかし、俺は違う。殺人は俺の使命であり、俺にのみ許された特権だ。貴様らには許されないが、俺には許される。しかし、殺人はいいとしても盗みは専門外だ。だから、これを返しに来た」

ルキディスは懐から一冊の本を取り出した。

「――わざわざ持ってきてやったぞ、キーラ副司祭」

分厚い本をキーラの足元に投げ捨てる。それはナタリーの弟カールが盗んだ本だった。

黒革の鞄に入っていた古びた神聖文字の書籍。神聖文字で書かれているので、カールはそれが聖典であることに気付かなかった。しかし、敬虔な信徒であるルキディスは、それが聖典だと一目で分かった。もっとも、聖典のような姿をしているが、それは偽りの姿だ。

「教会の聖典に偽装してあるが、その本は麻薬の調合書だ。最初は気付かなかったが、家に帰って少し調べたらすぐに分かった。邪霊と取引して得たアーティファクトだとな」

ルキディスがカールと出会ったのは、大使館でアベルトと面会した日の午後だった。

石橋の上ですれ違った少年が、川に聖典を投げ捨てようとしたので慌てて止めた。すると、その少年は聖典をルキディスに押し付けて、ものすごい速さで逃げていってしまった。

聖典を捨てるわけにもいかなかったので、ルキディスは押し付けられた本を家に持ち帰ることにした。そして微かな違和感を感じてその本を調べたところ、それが聖典に偽装された麻薬の調合書であることが分かったのだ。

「…………」

終始、キーラは無言だった。レナード憲兵長を始めとする兵士達も、彼女に合わせるように沈黙している。

「無言で押し通す気か……？　それは貴様の持ち物だろう。キーラ副司祭」

ルキディスは不敵に笑った。

――――レナード憲兵長を影から操り、腐敗した貴族と結託し、さらには教会の上層部まで買収して、私腹を肥やしていた麻薬組織の統括者に語りかける。

「俺の家に送りつけてきた指と舌は別人のものだ。貴様は指を切られていないし、舌だって無事なんだろ。そして縛られてもいない。いつまで下手くそな演技を続ける気だ。俺は大根役者の芝居に付き合うほどお人好しじゃないぞ？」

「盲点でした。その本、貴方が持っていたのですね。あのクソガキが誰かに押し付けたとは聞いていましたが、まさか貴方とは思いませんでしたよ。ルキディスさん……」

キーラの声はいつもと比べて低かった。教会の礼拝堂で会話していた時や、広場で救貧活動をしていた時とは、雰囲気がまったく違う。まるで悪魔が乗り移ったかのような不機嫌な声であった。

「石橋の上から聖典を投げ捨てようとしている不届き者がいたから止めたんだ。それに関してはまったくの偶然だ。麻薬の調合書と気付いた時は、それはもう驚いたぞ。恥知らずとは貴様のことを言うのだろうな。聖職者を名乗りながら、麻薬の調合書を聖典に偽装して持ち運んでいた……。それは聖典に対する侮蔑に他ならない。不敬極まる行為だ。許されることではないぞ」

「いつから、私が黒幕だって気付いていたのかしら？」

「最初に会った時だ」

「あら、最初から……？　どうして？」

「俺とシェリオンが貴様の教会を訪ねた時、ナタリーの家族が殺された一件について話してやっただろう。俺は会話の中で、『カールの顔面が潰されてた』としか言わなかった。死体の状況で分かるのはそれだけだ。なのに、貴様はレナードが礼拝堂に入ってきた時『蹴り殺された』と言った。なぜ蹴り殺されたと知っている？　殴り殺されたかもしれない。ひょっとしたら撲殺されたかもしれない。だというのに、貴様は『蹴り殺された』と明言してしまった。

――あの発言は、明らかに不自然だ。死体を見れば死因は分かる。だが、殺した手段や形態は犯人達しか知らない情報だ。蹴り殺したことを知っているのは犯人か、犯人から状況を聞いた人間だけだ。つまり、貴様は俺と会う前に、レナードからナタリーの家族をどんな風に殺したのか聞いていた」

「それだけかしら？」

「レナードとの会話も不自然だった。まがりなりにもレナードは、貧民街の憲兵長だ。もっと高圧的な態度を取れたはずなのに、レナードはそうしなかった。それは貴様のほうが立場的に上だったからだ。調合書を聖典に偽装していたことから考えて、教会関係者が怪しいと俺は考えていた。カールが盗んだ鞄に入っていたのは、古い人形と聖典。

――導かれる結論は一つ。カールに鞄を盗まれた間抜けな運び人は貴様だ。王立騎士団は商人の積荷に麻薬を紛れ込ませていると思っていたようだが、実際は教会の荷物に紛れ込ませていたんだろう。王立騎士団といえども聖職者の荷物を漁るのは難しい。宗教勢力は、王権と常に緊張状態にある。孤児や救貧活動のために輸入している物資の中に麻薬を隠していたといったところか？」

キーラは教会が輸入している物資に麻薬を紛れ込ませて、王都に運び込んでいた。

あの時は、都外の教会から寄付された人形の中に麻薬を隠して、王都の中に持ち込んだのだ。しかし、運悪く持っていた鞄ごと盗まれてしまった。

「幼少期、素行不良だった人間が数年で心変わりしたとは考えにくい。荒れた人格はそう簡単に更生しないし、歪んだ生き方を改善することは至難だ。取り潰されるはずだった教会がなぜか存続して、貴様は特例で副司祭となった。ある意味では貴様の実力といえる。麻薬売買で得た資金を使って、司教を買収したんだろう。教会まで抱き込むとは恐れ入る。商魂たくましいというべきか。しかし、金をばら撒きすぎたな。貴様のやっている救貧活動は、不自然なほど資金が潤沢だった。貧民街での救貧活動を実際に見て全てが繋がったよ。魔女と呼ばれる売人が少女ばかりなのは、ああいう場所で人員を補給していたからだろう。救貧活動の合間に、不良少女を勧誘していたようだな」

ルキディスの推理は全て当たっていた。言い逃れるつもりは毛頭ない。キーラは両手に巻かれていた血染めの包帯を解く。当然、キーラの指は切断されていない。ルキディスの家に送りつけたのは別人の指であった。

「そこまで分かっていながら、貴方はどうしてここに来たのかしら？　子供を助ける気はないのでしょう？」

「ここに来たのは、復讐のためだ。俺はナタリーを娶ることにした。伴侶の恨みは晴らしてやるのがよい夫というものだろう？　それと、キーラには聖典を侮辱した罪を償ってもらおうと思っている」

「罪を償う？　私が……？　あはははははははは！　すごいわ、それって笑える冗談！　貴方はそこそこ強いみたいだけど、王立騎士団に助けを求めなかったのは愚かだったわ。たった二人で、この人数に勝てるはずがないでしょう？」

「俺はともかくとして、この程度の人数でシェリオンを止められるとでも思っているのか？」

ルキディスとキーラは、互いに微笑み合う。そして同時に言い放った。

「「――――殺せ！」」

主の命令を受けて眷族は戦闘態勢に入った。倉庫内にいる兵士とゴロツキ達も一斉に武器を構える。眷族が持つ殺戮衝動が解放され、倉庫内が殺気で満たされていく。武器を構えようが、武器を投げ捨てて逃げようが、もはや全てが遅い。この倉庫に来てしまった時点で手遅れなのだ。

構えられたボウガンの矢が放たれる前に、シェリオンは動いた。

「――――あぎゃぁッ!?」

倉庫内にいる全員がシェリオンの姿を見失った。その瞬間、一人の兵士が絶命する。高速で動くシェリオンを視認することは難しい。シェリオンの拳は常に一撃必殺であり、痛みを感じた時には絶命している。

「――――はぎぃあぁ!?」

胸部に痛烈な掌打をくらった兵士が破裂した。風船が割れるかの如く肉片が四方八方に飛び散った。

「な、何が起きている……!?」

レナードは何をされているのか、理解できなかった。次々と部下が殴り殺されているだけなのだが、シェリオンの移動速度は速すぎて常人の目では追いきれない。爆音に近い風切り音が鳴り響き、自分の手駒が肉塊へと変えられていく。

「お、おい！　お前！　あの女をやめさせろ‼　俺を殺したら、どうなるか分かってるのか⁉　俺は憲兵長だぞ‼　俺には貴族の後ろ盾がいぎぃ……⁉」

シェリオンは、ルキディスに襲いかかろうとした兵士を蹴り上げた。当然、蹴られた兵士は即死である。

兵士の頭部だけが引っこ抜けて、蹴り上げられた頭部は倉庫の天井を突き破った。首なしの死体がレナードの足元に転がる。

「あぁ……ぁぁ……ッ？」

シェリオンの赤い瞳が、レナードを捕捉した。抗いようのない死を感じたレナードは、恐怖のあまり腰を抜かしてしまう。

逃げ出そうとする気配がないので、シェリオンは標的を変えた。皆殺しにしろというのがルキディスの命令だ。優先して殺すべきは、逃げようとする敵である。腰を抜かしているようなら、逃げようにも逃げられない。

「ちょ、ちょっと待て……！　俺を殺すな！　俺には貴族の後ろ盾があるんだぞ……‼　俺を殺せば嘆かわしいことになるぞ‼　嘘じゃない‼」

レナードは、シェリオンを唯一制御できるであろう人物に命乞いを始めた。

「殺すと言ったからには、殺すに決まってるだろう。さらばだ。レナード憲兵長。通常展開――――爆裂符《マジック・バースト》」

レナードの腹部に一枚の魔術符が貼り付く。その魔術符は、先ほど子供の頭を爆散させたものと同じだ。

「まてぇ！　や、やめろぉぉお‼　俺は貴族の後ろ盾があるんだぞぉ‼　まだ、死にたくなぁあぐぎゃぁぁあああ――――っ‼」

魔術符に込められた爆裂術式が起動した。小規模な爆発であるが、常人を爆死させるには十分な威力である。レナードは腹部に詰まっていた臓器を周囲に撒き散らして爆死した。

「何度も何度も同じことをほざくな。おめでたい男だ。貴族の後ろ盾が、この状況下で役に立つわけないだろう。ともかく、仇討ちはこれで終わりだ。約束は果たした。これで心置きなくナタリーに種付けできる」

ルキディスの視線はレナードの死体から、キーラに移る。

「――――次は貴様だ」

「ちっ！　くそがっ……‼」

キーラは舌打ちして、厄介な相手を敵に回したと後悔する。数の優位を誇ったものの、そんなものが通じる相手ではなかった。ルキディスは数の劣勢を考慮した上で呼び出しに応じたのだ。絶対に負けない自信を持ってここに来ている。

シェリオンは逃げ出そうとしている兵士を追いかける。出口に向かって駆けていった兵士の首を、手刀で切り落とした。明らかに人間業ではない。だが、人間ではないので当然といえば当然である。

（これは不味い……っ。あの牛女の動きは、人間離れしている。王立騎士団の騎士長並の強さ……！　あんなのとまともにやりあっていたら命がいくつあっても足りない……っ!!）

キーラは時間稼ぎのために、招霊陣を起動させようとした。新しい調合書を手に入れるために孤児達を生贄にする予定だったが、このような状況になったら、身の安全を最優先に考えなければならない。

生贄召喚で邪霊を呼び出して、ルキディス達にぶつけるしか生き延びる道がないとキーラは判断した。だが、それを許すようなルキディスではない。常に先手を打つのが、冥王の戦い方だ。

「符陣形成――――阻害封域《レヴォルト・フィールド》！」

招霊陣に大量の魔術符が貼り付いて、招霊陣の起動を阻害する。キーラが招霊陣を発動させようとするが、貼り付いた魔術符が生贄術式を阻害しているので、招霊陣は起動しない。

「クソ野郎がっ……!!　しみったれた妨害術式なんて使ってるんじゃねーよ!!」

キーラが口汚い声で叫ぶ。

「言葉遣いが悪いぞ。紛い物であっても聖職者らしく振る舞え。追尾展開――――勾人影鎖《シャドウ・チェーン》！」

ルキディスは追撃を仕掛ける。拘束術式が込められた魔術符が放たれた。

もうキーラを守ってくれる兵士達はいない。我先に逃げようと倉庫の出口に走っていったが、誰一人として逃げ切ることはできず、シェリオンに虐殺されてしまった。追い詰められたキーラは、奥の手を使うしかなかった。

「穢らわしき従僕よ、私を守りなさい――――解放《リベラティオ》！」

キーラは懐に隠し持っていた小瓶を投げ捨てる。解放を宣言した瞬間、小瓶の中に封じられていた使役霊が姿を現した。

「よりにもよって、怨霊の集合体か……」

瓶から解き放たれた怨霊は、ルキディスの魔術符を飲み込む。キーラが持っていた小瓶は悪霊を封じ込める邪術具であり、使役霊を保管しておくことができる。必要な時は瓶から取り出して戦わせることができた。

「たわけ者め。聖職者のくせに、追い詰められたら悪霊に助けを求めるのか？」

ルキディスは、キーラの醜態を嘲り笑う。倉庫内にいた敵を殺し終わったシェリオンは、キーラが召喚した使役霊の前に立ちはだかった。

「私の使役霊に、貴方の貧弱な魔術は効かないわ。そして霊体に物理攻撃は通じない！　その牛女がどんなに力自慢でも、物理攻撃が効かない霊体には傷一つ付けられないわ。むしろ、その女の強靭な肉体は、怨霊の入れ物としてピッタリかもしれないわね。命令よ。あの牛女に取り憑きなさい！」

「命令だ。シェリオン、あの使役霊を滅ぼせ」

使役霊は主人の命令に従って、シェリオンに突撃する。シェリオンもまた、主人の命令に従って、襲いかかる敵を殴殺すべく拳を構えた。

臆することなく飛び掛かってきた使役霊に、シェリオンは拳を叩き込む。本来、霊体である使役霊に物理攻撃は効かない。しかし、シェリオンの拳は使役霊を殴り飛ばした。

「ぇえ……っ⁉」

キーラは素《す》っ頓狂《とんきょう》な声を漏らす。強烈な一撃をくらった使役霊は、殴られた勢いを殺しきれず倉庫の壁に衝突してしまった。ぶつかった衝撃で倉庫全体が揺れて、天井から埃が降ってきた。

「残念だが、シェリオンの攻撃を防ぐことはできない。たとえ霊体であってもご覧の通りだ」

キーラの使役霊は、シェリオンの正拳一発で昇天してしまった。壁に叩きつけられた羽虫のようになって、姿が溶けていっている。

「え？　嘘……？　な、なんで……？　どうして……？」

「くっくくく！　可愛い顔で怯えているから特別に教えてやろう。シェリオンの能力は〈喪失《ロスト》〉だ。触れたもの、周囲にある概念を喪失させる〈概念操作〉能力を持っている。霊体の『物理無効』という特性を喪失させれば、物理で殴れるというわけだ。シェリオンの能力は応用が利く。相手との『距離』を喪失させれば瞬間移動ができる。相手の『意識』を喪失させれば、どんな相手でも気絶する。武具の『強度』や『耐久度』を喪失させればドワーフ製の武具だろうが硝子のように砕けてしまう」

シェリオンは、混乱して逃げることさえ忘れているキーラの首を掴まえた。

「命を喪失させれば、相手は絶命する。触れてさえしまえば、近づくのを許してしまったのならば……、その時点でシェリオンの勝ちだ。今この瞬間に、シェリオンはお前を即死させることができる。しかし、貴様は良質な肉体を持っているからここで殺したりはしない。もったいないからな。死ぬにしても、俺のために役立ってから死んでくれ。シェリオン、キーラを気絶させろ」

ルキディスが命じた瞬間、キーラの意識は途絶える。シェリオンが能力で、キーラの意識を喪失させたのだ。

「逃した敵はいるか？」

「いいえ。命令通り、皆殺しにしました」

「素晴らしい働きぶりだ。さすがはシェリオン」

ルキディスは眷族の働きぶりを褒め称えた。冥王に褒められてシェリオンは子犬のように嬉しそうにしている。だが、こうして照れている暇はない。ルキディスに伝えなければならないことがあった。

「ご主人様。早急に移動したほうがよさそうです」

「どうした……？」

「武装した多数の人間が、向かってきています。かなりの大人数です。倉庫のあるこの地区を包囲しようとしています。規模から考えて数百人。包囲が完成するとこの人間を連れて逃げるのが難しくなります。強行突破するのなら簡単ではありますが、見つからずに逃げたいのなら今すぐ移動しないと駄目です」

「武装した人間が数百人だと……？　おそらく王立騎士団だな。事前に情報を掴んでいたか。それなら証拠隠滅をしておく必要があるな……」

ルキディスは、招霊陣を覆っていた阻害の魔術符を大急ぎで回収する。倉庫の床に刻まれた邪な術式陣は、生きた人間を生贄にして、霊界の魑魅魍魎《ちみもうりょう》を呼び出すものだ。生贄用の孤児達は薬物を嗅がされて虚ろな目で陣の中に立っている。

ルキディスは最初に孤児を一人殺してしまっていたが、招霊陣を発動させるのに十分な人数が揃っていた。

「邪霊を召喚したはいいものの、制御できずに自滅した。麻薬組織が全滅したストーリーとしては悪くないな。王立騎士団の強さなら邪霊を討滅するくらい余裕だろう」

ルキディスはキーラの代わりに、生贄の招霊陣を起動させた。冥王は魔力を持たないが、この招霊陣は生贄が動力源となっている。仕組みを知っていれば誰でも発動させることができるものだ。

孤児達の肉体と魂魄を邪な属性のマナに変換した生贄術式は子供達を食い滅ぼし、身に着けていた衣類だけがその場に残った。

孤児達の命を吸い取った招霊陣は、周囲に害意を撒き散らす邪霊を、霊界から現世へと引き上げることに成功する。

「契約に従い招霊に応じた……。召喚主よ。望みを述べよ」

「そこそこの大物が釣れたな。――――召喚主として命じる。倉庫に入ってきた人間を殺せ」

呼び出した邪霊に命令を与え、ルキディスとシェリオンはキーラを拉致して倉庫から去った。王立騎士団の包囲が完成する前に、倉庫区画から脱出することができた。

王立騎士団と戦うわけにはいかないので、包囲が完成する前に脱出できたのは幸運であった。どうやら入念に下準備をした上で、現場を押さえようとしたわけではなさそうだ。王立騎士団は、どの倉庫に麻薬組織がいたのか把握していないようだった。

ルキディス達が去ってからしばらくして、倉庫に突入した王立騎士団と邪霊との間で、熾烈な戦いが繰り広げられた。負傷者こそ出したものの、王立騎士団は戦死者を出さずに呼び出された邪霊の討滅に成功する。現場に残っていた死体は、麻薬組織に買収されていた兵士の死体と認定された。

邪霊との激闘が終わった後、生贄となった孤児達の衣類を王立騎士団の騎士達が悲しそうな顔をしながら拾っていく。

「くそ……！　守れなかった……！　もう少し早く踏み込んでいれば……!!」

苛立ちをぶつけたいが、その敵は既に死体となっていた。ルキディスの思惑通り王立騎士団は、「麻薬組織は呼び出した邪霊を制御できず自滅したと思われる」という報告を上げることになる。

◇　◇　◇　◇　◇　◇

ルキディスとシェリオンが麻薬組織と戦っていた頃、ウーログはミルトン地区の小さな教会に忍び込んでいた。

キーラが管理していた教会には裏の顔があった。実はこの教会の地下で、麻薬の調合が行われていたのだ。原材料は、南方のヒスベルクから教会の物資輸送ルートで運ばれており、終点は教会の地下にある麻薬加工場であった。

「貧民街へ運ぶ時は、救貧活動の物資に紛れ込ませていたのか……。今まで気付かれないわけだ」

ウーログは、教会内にあるキーラの書斎で麻薬組織の重要書類を見つけ出した。目当ての顧客名簿と会計帳簿だけでなく、麻薬の輸入ルートが記された書類まで見つけてしまった。貴族どころか、教会の上層部まで一枚噛んでいたようだ。

ウーログにとっては嬉しい誤算である。教会を巻き込んだ大スキャンダルの物証を入手できたのだ。

（これを持ち帰ったら、クローラ閣下は大喜びするだろうな。貴族達の弱味を握るためだったが、教会のほうがダメージが大きそうだ。これが暴露されたら大司教は辞任することになる。麻薬組織は思っていた以上に、教会との繋がりが深かったようだ）

ウーログは盗みの痕跡を消すために、キーラの書斎に火を放つ。成果は十分だ。雇い主は間違いなく満足してくれるだろう。これでウーログのスパイ活動は終わった。煙草臭い仕事現場とは、おさらばである。

ウーログという名を使うのは今日までだ。

――短剣使いの男は、王都の闇に消えていった。

◇◇◇◇◇◇

ルキディスは、シェリオンが淹れてくれた紅茶を啜《すす》る。

肌寒い日に飲む温かい紅茶は、いっそう美味に思えた。こういった嗜好品すら眷族は楽しめないのだから、損をしているとルキディスは思う。

「――昨夜、やっと王立騎士団が動きました」

応接間には、アベルトがいた。今日はルキディスの自宅で、貧民街の騒動について情報交換を行っている。普段はルキディスが大使館まで出向くようにしていたが、今日はアベルトがルキディスの自宅を訪れていた。

「貧民街の憲兵団や警備兵団が、麻薬組織に買収されていた大スキャンダルだ。兵団の不正を暴いた王立騎士団の名声はさらに高まったといえよう。しかし、誘拐された子供達を救出できなかったのは残念だ……。孤児院の子供を生贄にして、邪霊を召喚するなんて人間のやることとは思えん。呼び出した連中は、その邪霊を制御できず、皆殺しにされたというのだから、まさに天罰覿面だ」

「まさしく、その通りです。創造主の怒りに触れたのでしょう。子供達が死んでしまったのは残念ですが、麻薬組織の人間が惨たらしく殺されたのは喜ばしいことだと思いますよ。王立騎士団の働きで麻薬組織は壊滅したと聞いています。背後にいた貴族のほうも捕まりそうですか?」

「問題はそこだよ。ルキディス君。王立騎士団は手をこまねいている……。我々が思っていた以上に大きな事件に発展しつつあるようなのだ。教会の上層部が麻薬組織と関わっていたという話が出ているくらいだ。慎重に調べていかなければ、王立騎士団ですら返り討ちに遭いかねない。ラドフィリア王国の内政はしばらく荒れそうだ。王が健在であれば、これほど大きな混乱にはならなかったのだろうが、病床の老王では事態を収拾させることが難しい」

「今のラドフィリア王は、先が長くないと言われています。王子に譲位という話も出ていると聞きました。私の聞いた譲位の話は、信憑性のある話ですか?」

「第一王子を推している貴族の一部が強く主張しているが、元老院の議長が抑え込んでいる。今のラドフィリア王は老いたとはいえ、ラドフィリア王国を発展させた偉大な王だ。

声を大にして譲位を訴える貴族は少ない。ラドフィリア王が承諾しない限り、譲位は実現しないだろう」

情報交換を終えたルキディスは、アベルト大使を見送った。表面上は全てルキディスの計画通りに動いている。しかし、水面下で誰かが暗躍している気配を感じていた。

（アベルト大使によると、王立騎士団は匿名の情報提供があって倉庫に踏み込んだようだ。やはりウーログという短剣使いは、王立騎士団の人間ではなかった。キーラの教会で小火《ぼや》を起こしたのも、ウーログと考えて間違いないだろう。どこの勢力に属しているかは分からないが、麻薬組織の情報を集めていたのは間違いない）

ルキディスは上機嫌だった。気にかかる点はいくつかあるが、麻薬を売りさばく薄汚い組織を一掃できたのは事実だ。麻薬の汚染を除去できたことが純粋に嬉しかった。

（残党はいるだろうが、王立騎士団に任せて大丈夫だろう。王の犬なら、それくらいの働きはしてもらわないと困る）

ルキディスは地下室に続く階段を降りている。地下の肉部屋には、二人の人間が捕らえてあった。肉部屋にいるのは対照的な二人だ。麻薬組織に家族を殺されたナタリーと、麻薬組織を影から支配していたキーラである。

ルキディスは肉部屋を覗いてみる。ナタリーとキーラの二人は、全裸で拘束されていた。両手は天井、両足は床に搦め捕られていて、股を開脚させられている。

「――――さて、どちらを先に孕ませてやるかな」

◇◇◇◇◇

目覚めると、そこは蠢く肉壁で覆われた部屋だった。天井にぶら下がっている結晶灯が、唯一の灯りである。蛇の胃袋に入り込んでしまったかのような場所だった。

「ここは……？」

キーラの手足は肉壁に搦め捕られて、動かすことができない。

両手は天井から伸びている触手に、足は床に飲み込まれてしまっている。服を着ていないことよりも、部屋の異様さに圧倒された。まるで悪夢を見ているかのようだった。

「ここはルキディスさんの家です」

疑問に答えてくれたのは、自分と同じように肉壁に捕らえられているナタリーだった。ナタリーも服を着ておらず恥部を丸出しにした状態で、晒し者にされていた。

キーラは気絶する前の状況を思い出す。ルキディス達を貧民街の倉庫に呼びつけてリンチしようとしたら、返り討ちに遭ったのだ。殺しはしないとルキディスは言っていたが、まさかこんな場所に入れられるとは思ってもいなかった。

「ええっと……、ナタリーさん。貴方は私達がどういう状況なのか把握しているの？　分かっているのなら、教えてほしいわ」

　ナタリーはキーラが麻薬組織の元締めであったことを知らないようだ。キーラは教会の聖職者らしい丁寧な口調で話しかける。しかし、本心ではナタリーが憎くて仕方がなかった。

（この女の弟が私の鞄を盗みさえしなければ、こんなことには……。くそがっ！　だけど、殺されていないのなら、脱出の機会はある。絶対に逃げ切ってみせるわ……！）

　キーラは内心を表に出さないように心がけながら、ナタリーの話に耳を傾ける。

　ナタリーは、ルキディスは人間に化けている魔物で、人間の女に子供を産ませていること、自分達も子供を産むために捕らえられたということを話してくれた。

「それって、本当なの……？」

　あまりに突拍子もない話だったので、信じられなかった。自分と同じように、邪術に手を出しているというのなら理解できる。しかし、魔物が人間に化けて王都で暮らせるはずがない。

　ナタリーと違って、キーラは魔物がどういう存在なのかを知っていた。上位の魔物は人間に化けることができるが、内面までは似せられない。王都で一般人のように振る舞うなんて、できるはずがない。

「分かりません……。いきなりこの部屋に閉じ込められて、気付いたらこうなっていました。目覚めたらキーラさんまで捕らえられていてビックリしました。キーラさんは、ルキディスさんに誘拐されたんですか……？」

「え、ええ……。そうですよ。そんなところです」

　キーラは言葉を濁した。真実を言うのは得策ではない。ここから逃げるのだとしたら、ナタリーを利用すべきだ。ここで本当のことを喋ってしまったら、ナタリーは家族や恩人の仇であるキーラに協力してくれないのは目に見えている。

「――――二人共目覚めたようだな」

　壁の向こうから、ルキディスが現れた。

　その後ろには魔物状態のシルヴィアがいる。出産を終えてはいるが、その腹は妊婦腹のままだ。蠍の毒尻尾があるので、魔物状態の時は服を着ていない。

　魔物となったがシルヴィアの美貌は、失われていなかった。けれど、四肢の先には鉤爪があり、頭部からは山羊の角が生えていて、一目で彼女が人外であることが分かる。

「………？」

キーラはその魔物に見覚えがある気がした。幼少期に仲が悪かった知り合いに似ていたのだ。友人ではない。仲が悪すぎて、一緒の孤児院で育ったのに会話をまったくしていなかった。そのため、名前と容姿しか覚えていない。けれど、その仲が悪かった知り合いは、とても美しい容貌を持っていたので、記憶に強く残っていた。

「やっぱり、ろくでなしはろくでなしだったわね」

魔物の声を聞いて、キーラは驚愕する。

「シルヴィア……？」

「あら、私のことを覚えていたの？　てっきり私のことなんか忘れてると思っていたわ。孤児院を出てからは一度も会っていなかったし、孤児院にいる時だって、親しくしていなかったのに意外ね」

「その姿……どういうこと？」

シルヴィアが王都の警備兵になったとは聞いていた。貧民街の警備兵団に所属していたら、薬物漬けにして肉便器にしてやろうと考えていたが、シルヴィアは優秀だったので、貴族街を担当する警備兵団に所属していた。キーラの勢力圏から遠かったので、シルヴィアに危害を加えるのは諦めていた。

「とっても美しいでしょう。これが、ご主人様が与えてくれた魔物の姿。今は産んだばかりだから空っぽだけど、お腹の中に赤ちゃんだっていたのよ？　キーラは子供を産んだことがある？　私はもう沢山経験したわ。出産ってすごく幸せよ。貴方にも私とご主人様の子供達を見せてあげたいわ」

キーラはナタリーが言っていた与太話を信じる気になった。目の前の魔物化した女は、かつてキーラが嫌悪していたシルヴィアではない。魔に染められ、堕ちきった本物の魔物だ。

「ひぃッ……!?　な、何よ、それ……!?」

シルヴィアの喉奥から黒い蛇が出てきて、キーラの頬を撫でた。喉奥に潜む黒い蛇を、シルヴィアは二枚目の舌と呼んでいる。魔物化したことで得た新しい器官で、毒液を発射したり、吐息を毒に変えることができた。

「シルヴィア。あまり脅かしてやるなよ」

主人に窘められたので、シルヴィアは二枚目の舌を口内に引っ込める。悪ぶっていたかつての悪童が本気で怯えている。その様が愉快でたまらなかった。許しさえ貰えれば、二枚目の舌で脳天を貫いて殺したいくらいだ。

尻尾の毒腺から発射した液で顔面を溶かしたら、どんな叫び声を上げてくれるのか、つい想像してしまう。

「既にナタリーには説明しているが、二人には俺の子を産んでもらう。ぜひとも、シルヴィアのような忠実な従僕となってほしい。幸福を約束しよう。しかし、眷族化する雌は希少だ。大抵は自我を失って、苗床化して繁殖母体になってしまう。色々とこちらでも努力はしているのだがな……」

現在の有力説は、〈好感度〉〈遺伝〉〈才能〉の三要素によって眷族化が左右されるというものだ。色々と試してはいるが、眷族を量産するような手段は確立されていない。ルキディスでさえ、種付けしてみなければ分からないのが現状だ。

魔物の王は二匹の雌を視姦する。ナタリーは貧民街で育った町娘だ。顔はおっとりした美人で、その容姿は母親譲りと聞いている。酒場ではそこそこ人気のある看板娘だったそうだ。年配の男性には受けがよさそうな顔で、あの性格なら可愛がられていたことは容易に想像できた。

処女膜は未貫通で、尻穴が開発済みなんてこともなく、正真正銘の処女だ。肉付きは平凡、特に語ることがない。

キーラは清純な聖職者を装っていたが、中身は不良少女のままだ。孤児院にいた頃、キーラは貧民街に入り浸って小金を稼いでいた。彼女は金に取り憑かれていた女であった。

金だけを信じて生きてきた。成り上がるために麻薬組織を作り上げ、貧民街を牛耳るまでになったのは涙ぐましい努力の成果だ。

当然、使えるものは何でも使った。容姿を整えているのは、色香で男を転ばせるためだ。組織を育てるために、貴族や教会幹部の機嫌伺いをする必要があった。清楚な顔立ちをしており、胸は控え目で貧乳だが、絶妙な締まり具合の膣穴で、多くの男を籠絡してきた。

「ルキディスさん。どうして？　なんで私だけじゃなくて、キーラさんまで手をかけてしまうの……？」

「ん？　ナタリーはキーラの正体を聞いてないのか。その女は貴様の家族を殺した麻薬組織の元締めだぞ。レナード憲兵長を影で操っていたのはその女だ。ちなみにレナード憲兵長は殺しておいたから、安心してくれ。ナタリーの復讐は完遂された」

「え……？　キーラさんが麻薬組織のボス……？」

キーラは、問いかけてくるナタリーと目を合わせなかった。それは肯定しているのと同じ意味にしかならない。

「両方に忠告はしてやった。救貧活動の時に、俺が聖典律法を教えただろう。子供に向けても話していたが、貴様らに向けても話していた。十二条の律法を〈三禁、四戒、五律〉という。三つの禁忌、四つの戒め、五つの規律から構成されている。三禁は十二条の中で、もっとも重い律法だ。

――――汝、人を殺めることなかれ。我は人が人を殺めることを禁ずる。――――――汝、闇に誘惑されるなかれ。我は人が深き魔と交わることを禁ずる。ナタリーとキーラは、どちらも人を殺している。ナタリーは復讐のために警備兵を殺し、キーラはナタリーの家族を殺した。そして、両方が深き闇と交わった。ナタリーは魔物の助けを借り、キーラは邪霊の助けを借りていた。人間としてやってはいけないことをやってしまった。律法を破ったからには、罰を受けなければならない。そういう意味において、貴様らは似た者同士だな」

ルキディスは二本の注射器を見せつける。容器の中は、真紅の薬液で満たされていた。

「二人には実験に協力してほしい。この薬は肉体の抵抗力を底上げして、魔の侵食を緩やかにするものだ。これを二人に投与して、冥王の魔素と瘴気が、どのようにして人間を魔物化させるか観察したい。それと、肉体を変化させる薬も投与するつもりだ。魔素の侵食を遅行化させる薬は、ここにいるシルヴィアの血液から作った。肉体を変化させる薬はシェリオンの血液で作ったものだ。ナタリーとキーラは控え目な肉付きだが、薬を投与し続けることで乳と尻が成長する。まあ、いわゆる肉体改造だな」

ルキディスは、シルヴィアに注射器を渡して二人に注射するように命じる。

「旧知の仲だから、先に射ってあげるわ」

「くそ女が……、地獄に堕ちろ。うぐぅ……っ!!」

キーラはシルヴィアに悪態を吐いた。

「無駄に力むからよ。まったく駄目な子だわ。ご主人様のお役に立てるのだから、もっと喜びなさい」

シルヴィアは注射針をキーラの臍の穴に突き刺し、一気に薬液を押し込んだ。

鋭い痛みを感じたキーラは、顔を歪ませる。注射された薬液は、キーラの体内を駆け巡っていく。続いて、ナタリーの臍にも注射針を刺して薬液を流し入れた。得体の知れない薬を投与された二人は、性格に応じた行動を見せる。

ナタリーは不安そうにルキディスを見て、情けをかけてくれることを期待しているようだ。キーラはきつい目付きでシルヴィアを睨んでいる。

「どちらを先に種付けするか迷っていたが、決めたぞ」

ルキディスは〈変幻変貌《メタモル・フォーゼ》〉で、体表を変身させて全裸となった。

いきり立った極太のペニスを見せつけられて、生娘のナタリーは顔を真っ赤にしている。娼婦の娘だというのにとても純情だ。

キーラのほうは清楚な聖職者を装っていたくせに、冷めた目でルキディスを見ている。男の生殖器なんて見慣れていた。けれど、魔物の生殖器を見るのは初めてだった。

「────へえ、最初は私ってことかしら？」

キーラは余裕を装っている。しかし、声が震えていることにルキディスは気付いた。シルヴィアもキーラの口調が変化したことに気付いて、ニヤニヤと笑っている。

「まずは、初心《うぶ》なナタリーにセックスを見せてやるべきだろう。他人がやられているのを見れば、緊張がほぐれる。俺とキーラで手本を見せてやろうじゃないか」

両手を拘束していた天井の触手が降りてくる。キーラは両足を直立させたまま、上半身を前に折り曲げ、尻を突き出す姿勢にさせられた。

「────っ！」

恥辱のあまり、キーラは唇を噛む。ナタリーに見られるのはともかく、シルヴィアが眺めているのが許せなかった。かつての天敵は、黒蛇の舌を出してキーラの無様な姿を嘲笑っている。

「種付けする前にだ。キーラはナタリーに謝る必要があるよな。キーラはナタリーの家族を殺した。勤め先の主人までも殺めている。どちらも貴様の指示だったのだろう。創造主の聖典を貶めたことに関しても贖罪が必要だ。シルヴィア。悪いことをした時、貴様の育った孤児院ではどうしていた？」

「古典的なお仕置きをしていたわ。お尻を叩くの」

「では、それに倣うとしよう。ちゃんと反省するんだぞ。キーラ副司祭」

ルキディスはキーラの小ぶりな尻に平手を添える。

「ほんと、いい趣味してるわ……んぃっ!!」

パァンっ！　と心地よい音が響いた。キーラの尻をルキディスが引っ叩いたのだ。痛みが臀部《でんぶ》に伝わり、鋭い痺れを感じる。激痛とまでは言わないが、目に涙が滲むくらいの痛みだった。

「貧民街で麻薬を売りさばいて、社会に迷惑をかけた。それも罪だ。本来であれば縛り首だというのに、こうして尻叩きで済ませてやってるんだ。ものすごく温情的な処分だぞ」

「んふゅ……っ!!」

さらに、ルキディスはキーラの尻を叩く。罰とは言うものの、ルキディスのスパキングは絶妙な加減でなされており、快楽性があった。男に叩かれて喜びを得るような女であったつもりはなかったが、キーラの体温は少しずつ上がっていく。尻が仄かに赤く染まる頃には、頬も赤味を帯びていた。

「キーラ。姿勢が悪いぞ。ちゃんと腰を上げろ」

「はぁ、はぁ……っ。んっ、ぁはあぁ……!!」

ルキディスは、キーラの膣穴に指を突っ込んで尻を持ち上げた。

「まだまだ罰が必要だな。シルヴィア、例のものを頼む」

「承知しました。ご主人様」

シルヴィアは、キーラの首に首輪を着けた。ナタリーとお揃いのもので、かつてシルヴィアも着けていた懐かしの首輪だった。キーラに与えられる装飾品は首輪だけではない。

「ちょ、ちょっと、やめて！　――――――おい！　やめろ‼　ふざけんな‼　くそ女‼」

必死の抵抗を試みるが、両手は肉壁の触手に搦め捕られていて、上半身を動かすことはできなかった。シルヴィアの手にあるのは、鉄輪のピアスだ。彼女は慎重にキーラの乳首に穴を開け、微乳に鉄輪のニプルピアスを装着させる。

「口調が乱れているわよ。くすくす……、お望みなら鼻輪もしてあげましょうか？」

「くぅ……っ！」

キーラは歯ぎしりをして、眼前の魔物を威迫する。

孤児院にいた頃とは、立場が入れ替わっていた。敗北者であるキーラは恥辱に耐えるしかなかった。

本当に仲が悪かったのだなと思いながら、ルキディスは膣穴の塩梅を確認していた。キーラに反省してもらいたいが、苦痛だけを与えるようなことはしない。苦痛を上回る快楽を与えてやるつもりだ。種付けは冥王の歪んだ愛情表現であった。

「挿れるぞ、キーラ」

ルキディスの極太ペニスが、キーラの膣内に侵入する。

その様子をナタリーは見せつけられていた。

ルキディスの大きな男性器がキーラの小さな女性器に収まる。キーラが息を吐き出す度に、乳首に付けられた鉄輪のピアスが揺れた。

「なんというか……教会の聖職者を犯している気分になれないな。清楚な顔をしているくせに、貴様の穴はかなり使い込まれている。まあ、それはそれで悪くないが、こんなにも経験が豊富だとギャップを感じてしまうな」

「私がこうなったのは、お前みたいな変態野郎が多いせいだ……！」

「はっはははは。本音が出たな。だが、キーラはそういう男達に身体を売って成り上がってきたんだろう？　同情の余地はないな。そもそも魔物に同情を求めるのは間違っている。冥王は特殊な魔物だから、人間を嬲り殺すようなことはしない。特にキーラのような若い雌を殺すのは論外だ。雌の価値は、子供を産むことだと俺は思っている。子供は宝だ。種の繁栄は、未来を担う子供にかかっている。

こうして貴様に種付けするのは、産んでくれる赤子に期待しているからだ」

ルキディスは荒々しく腰を動かし始めた。子宮口に亀頭が突き立てられ、キーラは苦しそうな吐息を漏らす。

キーラにとって不快だったのは、喘ぐ様子を見ている者が二人いることだ。ルキディスが自分を犯している様を、嫌悪な仲であったシルヴィアと、こうなる原因を作ったナタリーが眺めている。

「んぉっ……!!　くそ……っ！　んぁっ、あんっ！　ばか！　やめぇ……っ！　もっと、ゅ、ゆぅっくぃっ！　あぁんん――っ!!」

冥王との交尾で得られる快楽は、麻薬で得られる快楽を軽く凌駕《りょうが》する。忍耐で凌げるような生易しい悦楽ではない。ペニスで奥を突かれる度に、キーラの身体は喜びの声を叫ぶ。

「んあぁぁっ！　んっぁうぁあぁぅ……！　やぇ、やめろぉ……！　んぉあぁぁぁ――っ！！」

ルキディスはキーラの髪を掴んで、性欲に酔いしれる雌の顔をナタリーに見せつけてやった。

清らかな聖職者ではないし、麻薬組織を牛耳る悪女の顔でもない。雄のペニスに支配されている情けない雌の顔だ。

「ひぃぐぅぅ！　あぁんぁうぅあっんん――っ!!　ちんぽぉ、ぬいでぇ……っ!!　まっ○こぉっ、がこわぁれるゅぅうあぅぅあ！！！　んぁぁぁあああ――っ！　あぁっ、ぁぁあんっ！　ひぎぃ、いぃあっんんゅぅうあっ、んんぁあああ――っ!!」

冥王の瘴気を皮膚から吸収してしまったキーラは、性的な感覚が敏感になっている。子宮で作り出された性的快楽は、キーラの理性を破壊していく。涎と涙を撒き散らしながら、盛った雌の顔で絶叫した。

「……キ、キーラさん」

ナタリーには何もできない。壊されていくキーラを見ているしかなかった。無抵抗な警備兵を殺めた時の復讐心は、どこかに吹き飛んでいた。ルキディスの言っていることが正しいのなら、キーラは家族の仇だ。後見人となってくれた酒場の主人までも殺した極悪人である。直接手を下してはいないが、憎むべき麻薬組織の首魁だ。

「ひぎぃぃぃ……っ！　うぐぅぁんぁぁあぁ、ぁ……！　い、いぐぅ、いぐぅぅ……!!」

ルキディスとキーラの激しい性交は続いた。魔物のペニスが突き刺さっている膣からは、大量の愛液が湧き出ている。

瘴気にあてられたナタリーの膣からも、愛液が湧き出し始めていた。キーラが終われば次はナタリーの番だ。キーラを貫いている凶悪な極太ペニスが、ナタリーの処女膜を貫くことになる。

「あっ、あっ、ぁぁあっ！　ぁあっ、あぁぁっ、あぁぁぁあぁ、んぁあああぁぁあああ――――！！！」

甲高い叫びを上げながら、キーラは絶頂を迎えた。ルキディスは、キーラの子宮に中出しする。魔素を含んだ冥王の精液がキーラの胎内に解き放たれた。

冥王の精液は子宮内の細胞に取り付いて、雌の身体を魔物の子を受胎できるように改造する。

「ぁあぇ？　んんぐぁっ⁉　なんでぇ……⁉　おっぱいがあぅ、ぁつい……んんっぁんぁあぁ――っ‼」

キーラは冥王が開発した新薬を注射されていた。魔素を身に宿したことにより、薬効が覚醒してキーラの肉体が変化し始める。

「いぐぃいぁっ‼　おぁ、おっぱいぁいぁぁぁあぁぁ‼　とけちゃううぅぅぅんぁぁっ！　おしぃりがふくれるゅぅ……っ‼　あぁ、あつぃぁいぁぐぅああ‼」

キーラの胸部がみるみる肥大化して、小さな二つの山を作った。ほとんど贅肉が付いていなかった尻も膨張していく。彼女の膣にペニスを突き刺していたルキディスは、尻の成長を膣圧で感じ取った。

「思ったよりも早く変化が生じたな……」


キーラとナタリーに投与した薬は、二つの効果がある。一つは魔素の侵食速度を遅くする効果。シルヴィアの血液から作った魔素抵抗を底上げする薬だ。かつて人妻のカトリーナに投与したものを、さらに強化したものである。これを投与された人間は、魔素の侵食が緩やかになるので、細胞変異の過程をゆっくりと観察できる。

二つ目はシェリオンの血液から作った成長を促進する薬だ。具体的な効果は試してみなければ分からなかったが、最初の被験者であるキーラが結果を示してくれた。

「んんぁんっ……♥」

ルキディスは、キーラの乳首に付いている鉄輪のピアスを引っ張った。微乳だったキーラのバストは、普乳サイズまで成長していた。乳房だけでなく、尻のほうも膨らみが確認できる。急に大きくなったせいで、胸と尻の皮膚が張っているようだ。

「効果は上々だ。しかし、これ以上魔素を与えて成長させると皮膚が裂けてしまうかもしれないな。名残惜しいが今回はここまでだな」

「んぁっ、あぁんんっ……！」

ルキディスは、キーラの膣からペニスを引き抜いた。

胸と尻が膨らんだ副作用なのか、キーラはぐったりとしている。ペニスを抜かれるとそのまま白目を剥いて気絶し

てしまった。

「意識を失ったのか……?」

キーラの身体は、肉部屋の触手に両手を支えられて吊り下げられている。ルキディスは気絶したキーラの尻を思いっきり叩いた。パンっ！　と大きな肉音が響いた。けれど、キーラは微かに呻くのみで意識は戻らなかった。

「気が強い割には体力がない。仕方ない。シルヴィア。キーラの介抱をしてやれ」

ルキディスは、シルヴィアにキーラの相手を任せる。そして、ついにナタリーのほうへ寄ってきた。足元の触手が解けて、ナタリーの両足が自由になった。

「さて、ナタリーを抱く前に感想を聞いておこう。復讐は成し遂げられたわけだが、気分はどうかな?　貴様の家族を破滅させた女は見ての通りだ」

ナタリーは、陵辱されて意識を失ったキーラのほうを見た。お仕置きで叩かれた尻は赤々と腫れ上がり、膣口からは白い精液と愛液が混ざり合った汁が垂れ流れている。涎と涙で汚れたキーラの顔を、シルヴィアが魔物の舌を使って拭っていた。

「……私もああなるのですか?」

ナタリーの胸は人並みだ。大きくはないが、小さすぎるわけでもない。貧乳だったキーラの胸が急成長したということは、同じ薬を投与されたナタリーも同じように胸が肥大化するはずである。

「────人を呪わば穴二つ。その意味は人を呪い殺すのなら、相手と自分の墓穴を掘っておけという意味だ。呪いの本質は憎悪だ。相手を破滅させれば、自分も破滅する。破滅する覚悟があるから、魔物に助力を願い、復讐を果たそうとした。そうだな?」

ルキディスは、ナタリーの背後に回った。怯えているナタリーの尻を優しく撫でながら、男を知らない膣に指を入れる。

「今さら後悔したって遅い」

ルキディスの極太ペニスが、ナタリーに向けられる。

冥王はナタリーの願いを叶えてくれた。ナタリーの復讐は魔物によって成し遂げられたのだ。家族を惨殺し、後見人となってくれた酒場の主人までも殺めた麻薬組織の首魁が、無様な格好で横たわっている。

ルキディスによってキーラは破滅した。けれど、ナタリーの心は晴れない。返しきれない多額の借金をしてしまった心地だ。

思い出すのは犯されていたキーラの姿と、妊婦腹となって魔物を産んでいたシルヴィアの姿だ。セックスというのは快楽性を伴うが、本来の目的は子作りだ。人間は性的欲求を満たすためだけにセックスをすることもあるが、獣は違う。人外である冥王のセックスも獣と同様だ。強い快楽を与えるが、目的は子作りと眷族化である。子を産ませるために雌の身体を強く求めてくる。

「――――緊張しなくていい。一度入ってさえしまえば、すぐに馴染む。処女膜を破る時に痛みがあるが、苦痛は最初だけだ」

男性器の先端が、ナタリーの股に触れた。突き出した尻をルキディスの手が撫でている。無防備な恥部を異性に晒すのは羞恥の極みであった。酒場で働いていた時に、悪質な客が尻を触ってくることがあったが、それ以上の経験をしたことはない。

言いよってくる男は少なからずいたが、家族のために働いていたナタリーは、色恋に時間を割く時間がなかった。初恋があったとしたなら、その相手はルキディスであろう。家族が殺された日、悪漢に追われている自分を救ってくれたルキディスに乙女心が刺激された。

窮地を救ってくれた黒髪の青年は、異様なほど親切であった。親切にしてくれた理由は、正体を知ってしまった今ならよく分かる。

「はぅ……っ‼」

亀頭が小陰唇《しょういんしん》を押し広げて、膣口に押し入る。魔物の極太ペニスが、純潔の証である処女膜を突き破った。

関門を強行突破したペニスは、ナタリーの中にゆっくりと入り込む。ルキディスのペニスが膣道を進んでいくのを肉襞で感じ取る。ずるずると進んだペニスの先が子宮口に達する。

「痛いぃぁ……。いやぁ……んんぁんっ……！」

ナタリーは苦しそうな吐息と共に、苦悶の声を吐き出した。

破瓜の血が滴って、ルキディスの男性器を鮮やかな赤色で染める。ルキディスはナタリーの膣内でペニスをヒクつかせる。無理やり押したり引いたりはせず、擦るように優しく突き上げた。

「っ……、んぁっ！　あぁっんんっ！　んぁぁっ‼」

悶える声が大きくなるにつれて、勢いが激しくなっていく。破瓜の痛みはたちまち悦楽で上書きされ、陰部から湧き出した愛液は破瓜の血を洗い流した。互いの性器が混じり合って、卑猥な音楽を奏でる。

「んんっ！　んぁぁあっぁあっぁっあっんんっ！」

「――――初めてのセックスはどうだ？」

ルキディスはナタリーの胸を鷲掴みにしながら、膣奥にペニスを突き立てる。

「んぐぅんっ！　いぁあああんん……っ！　ひぐぅう！

いぐぎゅ……っ!!　気持ちいぃぃ……!!　おなかぁんんぁ、きゅんきゅんするゅ……っ!!」

ナタリーが絶頂するのと同時に、ルキディスは射精する。溜め込んでいた大量の精液が、ナタリーの子宮口に飛び込む。入り込んだ精液は瞬時に吸収されて、ナタリーの肉体に変化を生じさせた。

鷲掴みにされていたナタリーの乳房が肥大化していく。キーラの時よりも薬の効果は大きかった。

「んぁぁぁっ！　あぁぁっ、ぁぁあああぁぁあぁァァ……!!　おっぱいがあつぃぃぁぁぁふくれるうぅっ！　やぶれちゃぁうぅぁぁんんぁぁぁぁああああ！！！」

ルキディスの手に収まっていたナタリーの乳房が、大きく膨れ上がって倍の大きさになった。急激に成長した乳腺から、白い汁が噴出する。

「んぁぁんんぁぁっ！　おっぱいぃ、もまないでぇぁぁ、出るゅ!!　出ちゃうぅんんっぁぁあ!!」

母乳を撒き散らしながら、ナタリーは二度目の絶頂を迎える。射精を終えたばかりであるが、ルキディスはまだまだナタリーを犯し続けるつもりだ。

ペニスを使ってナタリーの膣穴を、冥王専用の淫らな穴に仕上げていく。体力のなかったキーラはたった一回の種付けで果ててしまった。しかし、貧民街の労働者だったナタリーは、キーラに比べて体力に余裕があり、まだまだ冥王の魔素を受け入れることができそうであった。

――――その時だった。

肉部屋の壁が蠢き、シェリオンが小走りで入ってきた。シルヴィアは首を傾げる。なぜシェリオンがここに来たのか分からなかったからだ。部屋にやってきたシェリオンは、自分の因子を植え付けられた二匹の雌を見る。

キーラは乳房と尻はそこそこ成長しており、ナタリーに至っては今まさに肥大化している最中だ。年齢の若いナタリーのほうが薬効が強めに現れたようで、普乳から巨乳といえる最低限の大きさになっている。爆乳のシェリオンや巨乳のシルヴィアほどではないが、ルキディス好みに肉体が変貌していた。

「どうしたの？　シェリオン」

シルヴィアが用件を問う。

ルキディスはナタリーを犯すのに夢中だ。シェリオンが入ってきたのは気付いているが、対応はシルヴィアに任せるつもりのようだった。けれど、シェリオンはシルヴィアを素通りして、ルキディスに近づく。

「ご主人様、申し訳ありません。大至急、ご主人様にお伝えしなければならないことがあります」

盛り上がってきたところに水を差されて、ルキディスは不満気な顔を作った。

「一体どうした……？」

腰の動きを緩めつつ、シェリオンに問いを投げる。

「先ほど、大使館から使者がやってきました。アベルト大使からの使いです。ご主人様との会談を望んでいます。直接、大使館まで来てほしいとのことです。青銅馬《ブロンズ・ホース》の準備はできています」

「アベルト大使……？　どういうことだ。ついさっき情報交換をして、別れたばかりだぞ。なぜ、わざわざ俺を大使館に呼びつける……？」

「使者の話によると、ラドフィリア王城で大きな動きがあったそうです。未確定の情報とのことですが、ラドフィリア王が崩御した可能性が高いと言っています。元老院が緊急集会を開くため、元老院議員を王城に招集しているとも……」

「なんだと……？」

ルキディスは、ナタリーに対する興味を一瞬で失った。

冥王が密かに征服済みの小さな国家、サピナ小王国の命運は、宗主国であるラドフィリア王国の方針にかかっている。

ラドフィリア王の死去は、サピナ小王国にとって一大事だ。ルキディスが革命に成功したのは、ラドフィリア王国が旧王政を見限ってくれたおかげである。

ラドフィリア王国の政治体制が変わるのなら、サピナ小王国は友好関係を維持すべく、速やかに行動しなければならない。旧王政の勢力は抑え込んでいるが、革命政権の政治に強い不満を抱いているのは明らかだ。

旧王政を懐かしむサピナの貴族が、ラドフィリア王国の新政権と友好関係を結ぶようなことは、絶対にあってはならない。サピナ小王国の将来を左右するのは、ラドフィリア王国の胸三寸であった。

「老王の先は長くないと聞いていた。しかし、よりにもよって今日死ぬとは……。まさしく緊急事態だな。とはいえ、起こってしまったことには対処するしかない。不意打ちではあったが、アベルト大使のおかげで比較的早期に情報を掴めた。アベルトをラドフィリア王国の大使に任官したのは正解だったな。常日頃から元老院議員の動きに目を光らせていたのだろう。やはり、あの人間は有能だ」

「ご主人様。どう動くのですか？」

「そうだな。ともかく大使館に行って今後の方針をアベルト大使と話し合うとしよう。そういうわけでシルヴィア。悪いがキーラとナタリーの世話を頼む。俺はシェリオンと大使館に行ってくる。情報収集と今後の動きについて、話し合ってくる。サピナ小王国としても、冥王としても重要な局面だ。下手を打つと、今まで苦労して築き上げたものが瓦解《がかい》してしまう」

ルキディスは、ナタリーの膣から男性器を乱暴に引き抜き、〈変幻変貌《メタモル・フォーゼ》〉で服装を整えた。

国家の一大事である。ナタリーに種付けしているような時間的余裕はない。小国にとって、大国の政変は恐ろしい。ラドフィリア王国の動きに連動して、もう一つの大国エヴァンズが蠢動《しゅんどう》することが十分に考えられる。

大国の狭間に生きるサピナ小王国は、常に大国の動静を把握しておかねばならない。

「次のラドフィリア王が誰なのか、俺はまったく聞いてないぞ。一波乱あるかもな。火の粉がこちらに来ないことを祈るばかりだが……」

慣例通りなら、第一王子が王位継承者である。しかし、ラドフィリア王国の第一王子は正妃の子供ではなかった。母方の血筋が悪く、当人の資質も疑われており、官僚からの印象も悪い。

一方で第二王子は正妃の子供であり、文句のつけようがない完璧な王子だ。官僚や王立騎士団は第二王子を強く推している。噂によれば現王も第二王子を後継者として望んでいるという。

本来であれば、第一王子を廃嫡して第二王子が王位を継ぐ。だが、話はそう簡単にはいかない。第一王子は、貴族や民衆から圧倒的な支持を得ていたからだ。第二王子は優秀ゆえに、一部の貴族からは嫌われていた。今以上に王権が強くなることを、貴族達は恐れたのだ。

さらに、庶子である第一王子は、民衆から愛されていた。何もかも完璧な第二王子はまさしくエリートであり、平民からは親しみを持たれていなかった。第一王子は資質にこそ問題があったが、逆にそれが民衆から好まれる要素になっていた。

優秀で大人びた子供より、少し知恵足らずな子供のほうが、愛らしく見えるのと同じだ。

いつかはラドフィリア王が決断を下して、その決定に従うことになるとルキディスは考えていた。しかし、ラドフィリア王が継承者を指名したという話は聞かない。

遺言があればいいが、もし遺言がなかったとしたなら、七面倒なことになるのは目に見えている。

――――ラドフィリア王国の政治は、大きく動こうとしていた。

特別編　冥王の足跡

冥王がサピナ小王国を支配する遥か以前。付き従う眷族が、シェリオンとユファの二人しかいなかった頃、冥王は正体を隠しながら、エリュクオン大陸の各国を放浪し、見識を深めていた。

用心深い冥王は、派手に動くことを嫌っていた。この時点における冥王の配下は二人。シェリオンとユファのみ。戦力の整っていない状態で、大国や勇者などに発見されることを、恐れていたからだ。

サピナ小王国に出現した冥王は、始祖の眷族から人間についての知識を学んだ。そして、悪政を極めていたサピナ小王国を見て、社会の腐敗についての知識を得た。

賢明な魔物の王は、サピナ小王国を滅ぼすようなことはせず、まずは敵を知ることに決めた。諸国を遊歴し、人類と戦う方法を模索したのである。旅を終えた冥王は、サピナ小王国を革命で支配することになるが、それは後の話である。

知識のみならず、眷族を見出すことも目的としていた。冥王と眷族の大陸旅行は、『未解決の失踪事件』という形で足跡を残した。眷族化を試みては、苗床化の失敗を繰り返す。その都度、世の中から人間が消えた。

各国で起こった失踪事件を、関連付けて考える者は当時存在しなかった。しかし、人類とて愚かではない。冥王の足跡を辿る者は現れた。

――追跡者が着目したのは、二つの事件。

ロレンキン王国の開拓村が、一夜にして魔物に滅ぼされた事件。滅ぼされたのは小規模な村であったが、生存者が一人もおらず、死体すら発見されなかった。

もう一つは貴族令嬢の連続失踪事件だ。アミクス帝国の都で、若い貴族令嬢が相次いで姿を消した。当時の帝国は威信を懸けて、失踪事件の捜査にあたった。しかし、全貌は明らかとならず、犯人は捕まらなかった。

真相の一部が明らかとなったのは三百年後、アミクス帝国が本格的な調査を始めてからのことだ。皇帝が冥王の存在に勘付き、調査を命じなければ、事件は忘れ去られていた可能性が高い。

アミクス帝国の調査隊は開拓村の近くに生じていた魔窟を捜索し、二体のミイラを発見する。『リッセント魔窟の枯骸《こがい》』と名付けられた三百年前の遺物は、後に冥王の存在を立証する重要な証拠となった。

これから語られるのは、ロレンキン王国領リッセント村で起こった事件の真相である。

◇　◇　◇　◇　◇　◇

「厄介なことになった。これは魔窟だぞ……」

魔狩人の長、モーガストは洞窟の奥を睨み付けた。

古来より、人類は魔物の駆除に苦心してきた。既に安全を確立している大都市は別であるが、未開拓地に作られた開拓村や、魔物の生息圏と接する辺境地において、人間を襲う魔物は脅威であった。

深い暗闇で満たされた洞窟は、獲物を待ち構える食虫植物のように大きな口を開けて、生暖かい息を吐き出している。

本来、洞窟内の気温は一定であり、外気に比べて夏は涼しく、冬は暖かく感じられる。洞窟の特性を活用し、穀物や酒類を保存したり、軍事拠点として採用することもある。けれど、この洞窟が送り出す空気は、忌まわしい生物が吐き出す息のようだ。

ねっとりとした湿気が肌にまとわり付き、不快な心地を抱かせる。こうして前に立っていると、洞窟が生きているのではないかと錯覚してしまう。

「魔物が住み着いたのは確実だわ。被害が出る前に討滅するべきだと思う。リッセント村から距離はあるけれど、ここが巣窟になって、魔物が溢れかえるような事態になったら、大きな脅威になるわ。そうなる前に、私達が手早く片付けてしまいましょう」

「村の安全を考えてのことだとは思うが、猪突猛進な提案だ。ハーマリアらしい意見ではあるがね」

自身の提案を猪の突進に例えられ、ハーマリアはむっとした顔を作った。普段のモーガストなら、当たり障りのないことしか言わない。しかし、どういうわけか、この日に限って、皮肉屋の側面が現れていた。

「モーガスト団長。それは、どういう意味なのかしら？」

凄味を含んだ微笑みを浮かべる。ハーマリアの口元は和やかなままだ。けれども、その視線は氷のように冷たく感じられた。

「おっと、勘違いするなよ。方向性は俺だって同意する。魔物が巣くっているのなら、村のために駆除すべきだ。しかし、事を急ぎすぎるのはよくない。洞窟に潜んでいる魔物の正体を、俺達は把握してないんだ。兵は拙速《せっそく》を尊ぶというが、俺達は兵士じゃない。魔物を退治する魔狩人だ。リッセント村の安全を第一に考えて行動すべきだ」

エリュクオン大陸の西方、ロレンキン王国の辺境にリッセント村は存在する。

リッセント村はロレンキン王国とアミクス帝国の国境付近にある開拓村だ。人里離れたピレル大山脈の麓《ふもと》に、リッセント村が開かれたのは、今から三年前のことである。辺境地に新たな村落を作る場合、魔物から開拓民を守るための防衛措置が必須となる。

大抵の場合、村は魔狩人を雇う。

魔狩人は魔物退治の専門家であり、魔狩人達が結成するクランは猟団と呼ばれている。金銭で雇われる傭兵の一種であるが、魔狩人は一般的な兵士と違って対人を想定しておらず、対魔物に特化した武装集団だ。

無論、軍事権を握る国主や領主は、自由に動かせる私兵を保有している。魔狩人を雇わず、自分の軍兵に魔物退治を命じることもできた。しかし、兵士を派遣できないケースも中にはある。

リッセント村はアミクス帝国との国境付近に位置し、ロレンキン王国に属する兵士を派遣することはできなかった。過剰な軍事力を配置すれば、アミクス帝国を刺激してしまう。国境付近に新たな村を作り、兵士の拠点を配置したとなれば、国境地帯に軍事拠点を新造したと見なすのは至極当然だ。

こうした状況下では、魔狩人が役に立つ。兵士や通常の傭兵と違って、魔狩人は中立の存在である。魔狩人の武力は魔物に対してのみ行使される。魔狩人の誓いを立てた者は、国家間の戦争に関与できない。

その代わり、様々な特権が認められ、正当な理由があれば、魔狩人は無許可での越境すら許されていた。万が一、魔狩人が無許可で帝国領に足を踏み入れることになっても、魔物狩りを目的とした領土侵犯であれば、外交問題にならない。

「モーガスト団長、いくら何でも対応が悠長だわ。リッセント村を開いた最初の年に、この洞窟を探索したから知っているのだけど、この洞窟は分かれ道のない一本道だし、そんなに深くない。数分も歩けば、最深部に到達できるわ」

「ハーマリアの言う通りだ。ここにいる全員で狩りをすれば、奥に潜んでいる魔物を今日中に駆除できる」

「わざわざ全員を集めた意味がないじゃないか。村に戻って、作戦を立てる必要があるのかね？　団長殿」

大半の魔狩人は猟団を結成し、複数人で魔物狩りを行っている。その際、猟団の決定や指揮は、団長に一任するのが慣例となっていた。

リッセント村を守衛する十一人の魔狩人。猟団を束ねるのは、団長職を預かるモーガストの役割だ。団長の方針に異を唱えるのは、褒められた行為ではない。

「これはまいった。一応、団長の決定なんだが……」

生来、強情な気質のハーマリアは、自身の意見を曲げた例しがない。彼女は猟団の紅一点で、艶やかな薄緑色の髪が、目を引く美女だ。しかし、奥ゆかしさとは無縁で、内面は無骨な女武人だった。

「私は魔物退治をするものだと思って、完全武装でここに来たわ。まさかとは思うけど、団長は下見をするためだけに、猟団のメンバー全員に招集をかけたっていうの？」

闘志を昂らせるハーマリアは、愛用している武器の柄《つか》を撫でる。彼女が腰に帯びているのは、神官に祝福された聖銀のレイピアだ。聖銀の清らかな力は、魔物に激しい痛みを与える効果を持つ。

「そうは言うが下見は重要だぞ。どうやら猟団の皆はそう思っていなかったようだが……」

モーガストを除き、猟団の魔狩人達は完全武装で、いつでも戦える状態だ。血気盛んな魔狩人達は、魔物退治の準備を整えて洞窟前に集結していたのである。

猟団のメンバーは、全員が豊富な経験を積んだ魔狩人である。女武人を侮る男は多い。だが、猟団の中にハーマリアを軽んじる者はいない。

むしろ、彼女は敬意の対象であった。十一人いる魔狩人の中で、もっとも強いのはハーマリアだ。単純な筋力や体力なら、男性陣に軍配が上がる。しかし、それは基礎的な能力値でしかない。道具や術式で身体能力を強化すれば、性差など簡単にひっくり返せる。加えてハーマリアは、男女の肉体差を技量で補えるだけの剣術を会得していた。

神殿騎士時代に体得した剣捌きは、熟練の剣士さえも翻弄《ほんろう》する。ハーマリアが繰り出すレイピアの連撃は、聖光の乱反射が起こり、稲妻のような斬撃となるのだ。

「情けない俺でも、皆のリーダーだ。ここにいる魔狩人の実力はよく知っている。だが、巣穴で待ち構えている魔物は危険なんだ。魔物の強さを、世界の誰よりも俺は知っているつもりだ」

「世界の誰よりも魔物を知っているっていうのは、自信過剰じゃないかしら？　まるで魔物博士みたいな言い振りだわ」

「茶々を入れずに、俺の話を聞いて欲しい。この三年間、俺達はピレル大山脈から下りてくる魔物を狩ってきた。その多くは小粒の魔物だった。開拓民にとっては危険だが、魔狩人にとっては楽勝な相手だ。緩んでいく気持ちは俺にもある。しかし、慢心するのは危険だ」

モーガストは真剣な目付きで、仲間達に説明を続ける。経験豊富な魔狩人の言葉は、説得力に溢れていた。

「弱い魔物を全滅させると、決まって強い魔物が現れる。

これは古くから知られている経験則だ。強敵が出現するのは、魔物を狩り始めてから三年目が多い。開拓村が放棄される時期についての統計を、皆は知っているか。入植から三年目、十年目、百年目に集中しているんだ。これは確固たるデータで証明されている傾向だ」

続けて、理路整然と仲間に知識を披露する。

「三年目は雑魚が狩り尽くされ、強い魔物と接敵する時期だ。雑魚を潰し終わると、一番強い魔物が出現する。開拓民にとっては最初の難関だ。十年目は空白地帯となった場所に、縄張りを広げようとする魔物が侵入してくる。魔狩人との守衛契約が切れて、無防備になった村を魔物が蹂躙、あっけなく村が潰された。そんなことも多い」

長い説明を終えたモーガストは苦笑いを見せた。こんなに饒舌な団長を見たことがなかったため、ハーマリアを含め、猟団の面々は目を丸くした。

猟団の長を務めるモーガストが、愚鈍な男でないことは知っている。しかし、理詰めで物事を語ることは、少なかった。特にハーマリアと意見が衝突する状況では、必ずモーガストが折れていた。しかし、今日は違った。

「それで、百年目は何があるのかしら？」

ハーマリアは、ちょっとした違和感を覚えていた。

普段のモーガストは、ちょっと頼りない雰囲気のある男だ。しかし、今のモーガストは自信に満ち溢れている。今までとは見違えるほどに、団長の風格が現れていた。

「百年目は、村の自然消滅だよ。開拓から百年目になっても、周辺環境が過酷なら、環境が改善されることはまずない。環境に耐えかねて、人が離れていき、廃村になってしまうんだ。その場所に人が住む価値があるかどうかは、百年目でやっと分かるってことさ。おっと……、言い出したのは俺だが、妙な方向に話が逸れてしまった。洞窟に住み着いた魔物をどうするかを決めないとな」

「言っておくけど、私は意見を変えたりしないわ。さっさと魔物を駆除して、日暮れまでに村に戻りましょう。仕事は定時で終えたいわ」

「魔物を退治するのは同意見。だが、俺も意見は変えないぞ。考えて欲しい。リッセント村を守る魔狩人は、たったの十一人なんだ」

一人欠けるだけでも、村の防衛体制は維持が難しくなる。正体不明の敵に挑むのは危険なことである。しかし、モーガストは団長だからといって、自分の意見を押し通す気はなかった。

「俺を除いて、この場には十人の優秀な魔狩人がいる。各々が一流の技量を持つ魔狩人だ。俺は団員の意思を最大限尊重したい。後腐れなく、多数決で決めよう。ハーマリアの意見に賛成する者は手を上げてくれ」

挙手をした魔狩人は全員であった。要するにモーガストを除く全員が、ハーマリアに賛同した。

「全員がハーマリア側なのか？　なんてこった……。一人くらい俺の味方がいたっていいじゃないか？　リックベート、同郷の馴染みだろ。こういう時くらいは、情けで俺に味方してくれてもいいんじゃないか？」

「は……？　たくっ、勘弁してくれよ、団長。俺の名前はリッグベルトだぜ。同郷だっていうのに名前を忘れるなんて、これはもう団長の座をハーマリアに明け渡すべきだな。さては昨晩の酒が残ってるのか？　はっははははは!!」

「今のは言い間違いだ。酔ってなんかいないぞ。あーもう……。これじゃあ、団長の威厳なんてあったもんじゃないな。しかも、俺の賛同者は一人もいないなんて……。団長の座をハーマリアに渡すってのが、冗談にならなくなってきた」

がっくりと気落ちするモーガストであるが、結果は分かりきっていたことだ。本気で落ち込んでいるわけではなさそうだった。

モーガストは猟団のメンバーを調整するタイプのリーダーだ。モーガストの口癖は、「そろそろ団長を明け渡したほうがいいかもしれない」だ。三年前からずっと言い続けているが、猟団のメンバーはモーガストの解任を望んでいない。まとめ役としての能力を、メンバー全員が認めているからだ。

多数決の結果、方針は全員一致となった。

魔狩人達は、魔物が潜む洞窟に足を踏み入れる。松明の灯りで足下を照らし、足音を最小に抑えながら、慎重に最奥に進んでいった。

魔物が住み着いているせいか、洞窟の天井に蝙蝠《こうもり》の姿はなかった。普通の野生動物にとっても魔物は危険だ。人間ほどではないが、魔物は動物にも襲いかかる。魔物が住み着くと、野生動物はいち早くその環境から逃げ出す。余談であるが、野生動物の数で、魔物の生息域を把握する手法もあった。

「ほへー。思ったよりも広いじゃないか……」

先頭を進む魔狩人が呟く。洞窟は奥に進むにつれ、徐々に広がる構造になっていた。洞窟を訪れたことが一度もなければ、想定外の広さに驚くのは、無理からぬことであった。

「大きな声を出すな。俺達は先頭なんだぞ。岩陰から魔物が出てきても知らんからな」

「わりぃ」

洞窟は枝分かれして、地の底まで伸びているかのような雰囲気があった。けれど、ここを一度探索したことがあるハーマリアは知っていた。

天井の崩落によって、洞窟は途中で行き止まりとなっているのだ。人が通れるような大きさの横穴はない。洞窟は一本道で終わっており、絶対に迷ったりしない単純な構造だ。

「ねえ。団長……。ちょっと聞いていいかしら？」

「さっきのことなら気にしてない。多数決の結果だ。終わった後で、不平不満を言うような器量の小さい男じゃない」

朗らかに笑うモーガストを無視して、ハーマリアは問いかける。

「ここに入りたくなかった理由って、ひょっとして私のせいだったりするのかしら……？」

「ん？　えーと、それは……」

モーガストは困惑した。ハーマリアが何を伝えたいのか、今の彼には理解できなかったからだ。

「すまない。それはどういう意味かな……？」

「それって、はぐらかし？　リッセント村ができたばかりの頃、ここを探索したのは私と団長だったわ。あの時、団長が私に言ったこと、忘れたとでも思ってるわけ？」

「あの時……、三年前だよな。ああ、なんとなく覚えている気がする」

「あっ！　その顔……っ！　ひょっとしてまったく覚えてないの⁉　信じられないわ！　なんで忘れることができるのよ⁉」

「すまん……。ど忘れした」

モーガストの頬からは、冷や汗が流れている。

「自分から言っておきながら……、呆れちゃうわ。恥ずかしくて、記憶から消し去ったというのなら、思い出させてあげる。三年前に団長はここで、私に求婚したのよ。『俺と結婚してくれ』って。この暗がりでも分かるくらいに顔を真っ赤にしながらのプロポーズ。これで思い出してくれたかしら……？　覚えてるでしょ？」

モーガストの表情は硬直している。助けを求める目線を、洞窟の壁に向ける有様だ。

「壁に助けを求めるのはやめたら……？」

視線の先には何もいない。少なくともハーマリアには、洞窟の岩壁しか見えていなかった。

「――――――猫の手を借りたい状況だが、頑張ってみるとしよう」

「はい……？　どういう意味で言ってるのよ、それ？」

「すまない。やっぱり昨晩の酒が残っているのかも。三年前にそんなこともあった気がする……」

「気がするじゃなくて、実際にあったわ。そして、私は貴方の求婚を拒絶した」

「それはなかったんじゃないか……？　というか、なかったことにしないか……？　俺としては、そうして欲しい」

「まったくもう……。今日の団長は、いつもとちょっと違うと思ったのに……っ！　私の勘違いだったみたい。さっきまでの格好良さが吹き飛んでしまったわ」

「俺に格好良さがあるとは、新発見だ。それに、今日のハーマリアだって、ハーマリアらしくないぞ」

「それは私だって、自覚してる。どうかしてると思うわ。だけど、こうして三年後に同じ場所に来ることになったのは、ちょっとした運命を感じてしまうの」

「まさか、三年越しに返事をくれるっていうのか……っ⁉」

「声が大きい……。反響するんだから、もっと小さな声で喋りなさいよ。前にいるリッグベルトに聞こえてしまうわ」

気恥ずかしいのか、ハーマリアは肩肘でモーガストを小突いた。

三年前に求婚を断られたモーガストは、ハーマリアへの恋心をひた隠しにしていたし、ハーマリアも告白されたことを黙っていた。

二人だけは秘密が維持されていると疑っていない。だが、団員達が二人の内心を察するのに、三年もかからなかった。

つまりは公然の秘密だ。団員どころか村人にも気付かれているのに、当人達だけが気付いていなかった。

「す、すまん……。予想してないことばかり起こっているせいで、かなり動揺している」

モーガストがハーマリアに告白したのは、リッセント村にやってきてから間もない頃であった。

リッセント村から離れ、洞窟で二人っきりになった時、ハーマリアはモーガストが不埒なことをしてくるのではないかと警戒していた。

ハーマリアは自らの美貌を自覚している。もちろん、それは自惚れではない。客観的に自分の容姿が、面倒を招くことがあると理解していたのだ。

猟団に入団したのは、モーガストの人柄が信用できると思っていたからだ。寄せていた信頼を裏切られた。そう思ったハーマリアは、心底がっかりした。

「三年前はそっけなく断ってしまったけれど、実は誤解もあったのよ。私は、その……、まだ団長の、モーガストのことをよく知らなかったから……」

ハーマリアの悪い予想は裏切られた。モーガストは思っていた通り、誠実な人物だった。

告白を誰にも聞かれたくなかったモーガストは、二人きりになれる状況を必死に考えた末に、洞窟の探索を思いついた。しかし、洞窟に連れていくまでの挙動が、あまりにも不審すぎたため、誤解を招いてしまった。モーガストにとっては、大きな誤算だった。

「それに……、当時は娘のこともあったわ。父親が死んでから、たった一年しか経ってなかった。やっと父親の死を受け入れつつあるルミリィの前に、新しい父親を連れていくことなんて、私にはできなかったわ。私とルミリィには、まだ『あの人』との記憶が色濃く残ってた……」

魔狩人になる前、ハーマリアは神殿騎士だった。

宗教国家であるロレンキン王国では、神々に仕える神殿騎士の地位は高い。ハーマリアは、不自由のない生活を送っていた。

それればかりか、ハーマリアは夫にも恵まれた。

親同士が決めた結婚だったが、ハーマリアは良い結婚であったと断言できる。愛娘のルミリィを授かり、何もかも順調な人生だった。しかし、ハーマリアの幸せは長くは続かなかった。

夫が派閥争いに巻き込まれ、濡れ衣を着せられてしまったのだ。裁判となれば、妻子も巻き込んでしまう。妻子に危害が及ぶことを恐れた夫は、毒酒を手を伸ばし、この世を去った。

妻のハーマリアと娘のルミリィを守るために夫は自殺した。しかし、下劣な者達はハーマリアが夫を追い詰めたと糾弾した。無実であるにもかかわらず、夫を信じずに責め立てた卑しい妻であると根も葉もない噂をばらまいた。

「王都で私とルミリィを拾ってくれたことは、本当に感謝しているわ。多分、あのまま王都に残っていたら、本当に酷いことになっていたと思う。心から感謝しているわ」

状況はどんどん悪化していった。だが、誰に頼ればいいのかハーマリアには分からなかった。遠方に逃げる方法を必死に模索していると、魔狩人の組合長がモーガストを紹介してくれたのだ。

辺境地のリッセント村で魔狩人として生きるのなら、王都での権力争いとも無縁になる。ハーマリアは提案に飛び付いた。

こうしてハーマリアは、神殿騎士の称号を捨てて魔狩人になり、モーガストの猟団に加入したのである。

魔狩人になった者は、絶対的な中立を誓わなければならず、人間同士の争いに関わることを禁じられる。その代わり、魔狩人は武器の携帯や国境の自由通過権など、一般人は得られない特権と保護を得る。

国主といえど、魔狩人を軽々しく罰することはできない。魔物は人類共通の敵だ。その魔物を狩る者達を罰するのは、人類に対する裏切りと見なされるからである。

「昨日の夜、ルミリィと話し合ったわ。それで結論が出たの」

モーガストに告白されてからの三年間、ハーマリアは誰にも相談せず一人で悩み続けた。夫のことは今でも愛している。妻と娘のために命を絶った夫を、すぐ忘れられるような薄情者ではない。

モーガストの告白を受け入れるのは、夫の愛を裏切ることになるのかもしれないと思った。けれど、時間が過ぎていくにつれ、過去は薄れていくものだ。

時の流れは、内面だけでなく、外面にも変化を起こす。過去三十半ばを過ぎれば、ヒュマ族の容貌は衰えていく。過去にどれだけの美貌を持っていようと、失ってしまうのがヒュマ族の定めだ。

再婚するとしたら、これが最後の機会だとハーマリアは分かっていた。幼かった娘は、女らしく磨かれ、自分は緩やかに輝きを失って霞んでいく。老いれば自慢の剣術も失うだろう。

そうなったら、ハーマリアの手元には何も残らない。

「正直な話をすると、ルミリィとはちょっと拗れたわ……。でも、あの子だってもう大人よ。私が騎士として叙勲されたのは、あのくらいの年齢だったわ。時間が経てばきっと分かってくれる。三年前は断ったけれど、あのプロポーズはまだ有効かしら？」

「えっと……、それは……、まいった。何を言えばいいのか分からない。とても嬉しいが……、どうしたらいいのか混乱している。てっきり俺はハーマリアに嫌われていると思っていた」

「もし、あの告白が時効で無効になっているなら、私のほうから、モーガストに結婚を申し込むわ。私と結婚してくれる？」

告白されたモーガストは、視線を合わせない。

前方を注視している。ハーマリアはそれをモーガストの照れ隠しだと思った。しかし、自分達が洞窟に入っている理由を思い出し、ハーマリアは活を入れた。暢気《のんき》な会話をしていたが、この洞窟には魔物が潜んでいる。

自分達は魔物狩りをしているのだ。魔物が待ち構えているであろう洞窟の最深部に、猟団は到着していた。

「返事は魔物退治が終わってからでいいわ！」

松明の灯りが弱いせいでよく見えない。だが、洞窟の壁が蠢いている。魔物が壁にへばり付いているのだとハーマリアは理解した。

先頭を進んでいた魔狩人が、松明を投げ捨てる。松明が転がり、火花が床に散っていく。松明を掲げていては、片手が塞がってしまう。かといって、この暗闇の中で戦うのは難しい。光源は絶対に必要である。

魔狩人は発光結晶の粉塵をばらまいた。発光結晶は新鮮な空気に触れると、光を発する性質を有する。そこそこの値段であるが、暗所での戦闘においては必須の道具だ。

「えぇ……？」

暗闇が暴かれ、蠢いていたモノの正体を魔狩人達が知ってしまう。洞窟の最奥で目にしたのは魔物ではなく、彼らがよく知っている人物であった。

「だ、団長なのか……？　え？　はっ？　なっ、何やってるんだよ⁉　どうなってるんだよ！　モーガスト団長‼」

驚愕というよりは、混乱に近い反応だ。最後尾でハーマリアと一緒にいるはずのモーガストが、洞窟の最深部に囚われていた。

猟団のメンバーは、一斉に振り返った。ハーマリアの隣には、モーガストの姿をした人物が立っていた。

洞窟の蠢く壁に取り込まれているモーガストと同一人物だ。どちらも偽者と思えない。洞窟内に、二人のモーガストが存在していた。しかし、同じ人物が二人存在するなんてありえない。片方は偽物である。

もはや、どちらが偽物であるかを語る必要はない。

「にぃ、逃げろ……。俺に構わず、逃げてくれぇ……。これは、ごほぉっ……‼　まっ、魔物の罠だ……っ！　俺のことはいい！　立ち止まるなぁ……！　お願いだから、走って、逃げろぉおっ……‼　早くするんだっ……！　洞窟から逃げないと全員がぁぃぁあんごぁぁぁぁあぁぇ……っ‼」

囚われているモーガストは、蠢く壁の奥に取り込まれながらも、必死に叫んだ。けれど、この状況下に陥っても、十人の魔狩人達はこの現実を把握できていなかった。

洞窟の奥に囚われていたモーガストは本物だ。

それなら、今までモーガストと思っていた人物は何なのか。魔窟の前に団員を集合させ、ハーマリアと談笑していた男の正体。

「敗因を教示してやろう」

魔物の王はゆっくりと口を開いた。

「一つ。提案の内容ではなく、提案者が誰であるかで、全体の方針を決めた。どう考えても、あの状況で洞窟に突っ込むのは愚策だ。せっかく忠告をしてやったというのに、貴様らは聞く耳を持たなかった」

特に、仲良く全員で入ったのは最悪だ。崩落が起きて閉じ込められたら、誰も助けてくれない。今のような想定外の出来事が起こった場合においても、同じことが言えた。洞窟に入るのなら、外に何人か待機させておくのが最善策である。

「二つ。俺に違和感を覚えていながら、その理由を探ろうとしなかった。会話が噛み合っていないにもかかわらず、ハーマリアは気にしなかった。これに関してはまったく擁護できない」

誰かに成り代わる際、ルキディスは本人から可能な限り情報を聞き出している。誕生日や家族構成は当然として、猟団の構成員や村人のことまで、事細かく聞き出す。しかし、ルキディスはモーガストから、聞き出せていなかったことがあった。

「ハーマリア、貴様のことをモーガストは喋らなかった。一人だけ気難しい女がいるとしか、モーガストは言っていなかったぞ。恋仲とは盲点だった」

ルキディスはモーガストに敬意を抱いた。ハーマリアと会話するまで、魔狩人の長にしては取り柄のない凡庸な魔狩人だと考えていた。

「無駄な足掻きだったが、ハーマリアが気付いていたら危なかったな……」

シェリオンの拷問でモーガストは、仲間の情報を暴露した。しかし、モーガストは強い人間であった。重要な情報を魔物に売り渡さなかったのである。しかも、猟団のメンバーで、一人だけ間違った名前を教えられた。言い間違いということで誤魔化したが、下手をすれば、あの時に偽物と見破られていたかもしれない。

特にハーマリアの罪は重い。本人なら絶対に覚えている出来事を、偽者は知らなかったのだ。会話を深掘りすれば、すぐに破綻して正体を見破れたはずである。

魔物に捕らえられたモーガストの抵抗を、猟団のメンバーは尽《ことごと》く踏み潰した。敵側としては喜ばしい。しかし、これではモーガストが不憫だ。それに、己の失敗が敵側の無能で救われたというのは、不愉快でもあった。

「加減を間違えて殺すなよ。儀式には、生きている人間が必要だ。半死半生も駄目だぞ。健康な人間が望ましい」

冥王はモーガストの姿を捨てる。その面貌のみならず、表皮をも擬態させ、魔狩人の服装を再現していた。

〈変幻変貌《メタモル・フォーゼ》〉により冥王の姿は一瞬で変わる。黒髪の美青年ルキディスの姿になった冥王は、黄金色の瞳をハーマリアに向けた。

獲物を手に入れた時、いつも胸部に目線が向かってしまう。度々ユファに茶化されているが、やはり自分は巨乳が好きなのだと自覚させられる。

「ハーマリアは、夫に先立たれて寂しいのか……？　近頃は若い雌ばかり相手にしていた。だが、ハーマリアのような熟れた雌も趣がある」

ルキディスはハーマリアの髪に触れた。癖のない美しい緑髪を指先で愛でる。魅力的な雌の魔狩人を前にして、魔物の王は興奮していた。

「悪くない身体をしているぞ。貴様が眷族となる器を持つ者なら、俺が永遠の愛を与えてやろうか？」

人間の形をしている。だが、人間ではないことをハーマリアは理解した。聖銀のレイピアに手を伸ばしたのは、意識的な行動ではない。防衛本能による瞬間的な攻撃行為だ。

亡き夫から贈られた聖銀レイピアは、魔物を討ち滅ぼす祝福が授けられている。だが、冥王に剣を向けることを、シェリオンが許すはずがない。何の前触れもなく、ハーマリアの意識が〈喪失《ロスト》〉していった。

「そういうキザな台詞を、僕にも言って欲しかったニャ！」

「遊んでいないで、そっちの岩陰に逃げた人間を捕まえてください。その人間で最後です」

「生け捕りは苦手～。僕の能力が活かせないニャ」

リッセント村を守護する魔狩人は一流だ。しかし、魔物の王を守護する眷族の強さは圧倒的だ。

「冥王の愛は永遠だが、与える愛情は働きに比例するかもしれないぞ。シェリオンに任せていないで、ユファもちゃんと働くように」

「にゃんとっ⁉　それなら、ご褒美のために頑張るニャ。そこの人間、さっさと出てくるのニャ！　とってもチャーミングな猫耳美少女のお願いニャン♥」

視界が薄れゆく中、ハーマリアは魔物達の間抜けなやりとりを聞いていた。一方、洞窟内では魔狩人の呻き声が反響している。

猟団の魔狩人達はそれなりに抵抗したが、戦闘は発生しなかった。ほぼ全員がシェリオンの手刀一撃でやられてしまった。猟団で最強のハーマリアが、一瞬で戦闘不能にされたのだ。他の魔狩人が、あっさり負けてしまうのは致し方ないことであった。

「これでリッセント村を滅ぼす下準備ができた。村を滅ぼすために、ハーマリアには沢山の子供を産んでもらわないとな」

気絶しているハーマリアの乳房を撫で回す。猟団の美しい花は、冥王の手中に収まった。

加齢で美貌に陰りが出たとハーマリア自身は思っている。けれど、それは当人の思い込みが強い。むしろ青臭い小娘より、こちらのほうが好みだという者もいるだろう。絶妙な具合に成熟した雌は、独特の魅力がある。

「ルミリィという娘がいると言っていたが、そちらはどうしたものかな……」

革鎧を緩めて作った隙間に手を差し入れ、下着越しに柔らかな乳房を揉む。

「そんな目で睨むな。魔狩人の猟団長」

蠢く壁に収監されているモーガストは、冥王を鬼のような形相で睨み付けていた。口を封じられていなければ、薄汚い言葉でルキディスを罵ったに違いない。

「魔物と魔狩人は殺し殺される関係だ。俺は勝った。貴様らは負けた。勝者が奪い、敗者は奪われる。この腹に俺の子が宿る様を、貴様に見せてやろう」

ハーマリアの下腹部に触れながら、魔物の王は勝ち誇った顔で敗北者に言い放った。岩陰で抵抗していた最後の一人もユファに引きずり出され、気絶させられた。魔狩人は次々と蠢く壁に放り込まれていく。

――いつの世も、敗北した魔狩人が辿り着く末路は悲惨である。

◇◇◇◇◇

リッセント村を守護する魔狩人達を仕留め、ハーマリアを手中に収めたルキディスは、魔窟のダンジョン化を進めていた。洞窟内を拡張し、空間そのものを押し広げる。ルキディスは地脈を流れるマナを汲み上げて、ダンジョンを紡いでいく。

「ふむ……。これ以上の拡張は難しいか。生け贄となる人柱は用意しているが、雑に空間を積み上げたら、崩壊してしまう……。先に心臓部との接続を構築したほうがよさそうだ」

ダンジョン構築には、精密な設計が必要不可欠だ。基礎に一つでも欠陥があれば、苦労して組み立てた異空間が崩れてしまう。

「猫の手が必要なら、言って欲しいのニャ。お力になるニャン♪」

「心配は無用だ。この洞窟は環境がいい。幸いにも、ピレル大山脈から下ってくる地脈を捕まえることができた。魔力を持たない身だが、これだけ豊潤なマナがあれば、多少の無理は押し通せる。強引に解決できそうだ」

「余計なお節介かもしれないけど、時間流を弄くるのは、ちょっと難度が高いと思う。地脈から吸い上げたマナを魔力炉に変換するのだって、土台がちゃんとしてないと不味いことになるニャ。ダンジョンを立ち上げるのなら、土台となる基礎が重要なのニャ」

「その通り。さすがだ」

ルキディスは魔道書を片手に持ちながら、魔術陣を操作する。いつものユファならば、発情した猫のように身体を擦り付けて、誘惑をしてくる場面だ。けれど、ユファは一歩離れた場所でルキディスを見守っていた。

冥王の知能は人間を遥かに凌駕している。術式を運用する際に重要となる演算能力に限れば、冥王は大魔術師と名乗れる。

（同時構築している複雑な魔術式を、たった一瞬で読み解いてしまうのか。ユファが敵対者であったなら、さぞ恐ろしい敵になったことだろう。戦闘面ではシェリオンに劣るが、ユファはあらゆる面に優れた才能を持ち、万能に近い）

眷族化する前のユファはシェリオン以上に生真面目だったが、今は見る影もない。才能は失われていないが、性格が反転してしまったのは、ルキディスも不可解だと首を傾げていた。

（敵だったら恐ろしいのは、シェリオンも同じか。戦闘能力が飛び抜けている。文句の付けようがない戦闘の天才だ。というか、シェリオンの場合、眷族となる前ですらアレだったからな……）

冥王は世界を知れば知るほど、自分がどれだけ弱いのかを思い知らされた。そして、自分の従えている二人の眷族が、底知れぬ強者であることも理解させられた。

（二人とも人間時代から片鱗はあったはず。獣人という身分さえなければ……、あるいは獣人に偏見のない国で生まれていたら……。こういうことは考えたくないし、考えるべきでもないな）

心の内ですら、言葉にはしなかった。冥王は邪悪だが、それは人間に対してだ。自らを王とし、眷族を臣下としている。二人の人間時代が不幸であったことを喜ぶのは、王としての品格を害する。実直なルキディスは、そう思ってしまう。

「ご主人様。簡易なものではありますが、寝床の準備が整いました」

眷族は眠らないので、寝床を必要としない。しかし、冥王には休眠が不可欠だ。シェリオンが用意してくれた寝床は、枯れ葉の山に、大熊の毛皮を被せたものだ。

上質な寝台とまでは言えないものの、地面や岩の上に横になるのと比べれば、寝心地が大違いである。

「ありがとう、シェリオン。こちらのほうもやっと準備が整った。長く待たされて、魔狩人達も壁の中で、退屈している頃合いだ。ハーマリアも待ちきれないようだしな。儀式を始めるとしよう」

ダンジョンの構築を終え、ルキディスは寝床で待たされているハーマリアに目を向けた。

手足を縛り上げられた女魔狩人は、三匹の魔物を威迫していた。口も縛られているので、罵声を浴びせることができない。しかし、無言であろうとハーマリアの強い殺意は感じ取れた。

「恐ろしい目付きだ。猛獣に勝る凄味がある。魔物は呪い殺せないはずだが、美女に睨み殺されることはあるかもしれない。そう思わせてくれる反抗的な目付きだ」

「ご不快でしたら、抉り取りましょうか？」

「それはやめておこう……」

シェリオンの提案を聞いたルキディスは、苦笑いの表情を作った。

「縄抜けを試みているようだが、それは無駄な足掻きだ。体力の無駄だからやめておけ。関節を外すか、引き千切りでもしない限り、抜け出せない縛り方をしている」

仮に拘束を解いたところで、シェリオンとユファがいるのなら、再び気絶させられてしまう。ハーマリアの足掻きは、一種の自己満足としか言い表せない。

「仲間の心配とは心優しいことだ。言葉にせずとも、それくらいは表情で分かるぞ。再婚しようとしていた男もいたのだから当然か……。十人の魔狩人。生殺与奪権は俺が握っている。そこで、取引を持ちかけたい」

ハーマリアは疑念を深める。魔狩人の敗北は確定した。勝者が敗者と取引をする理由がない。ルキディスは全てを奪える。今さら取引をする意味が分からなかった。

「ただし、全員が死ぬこともありえる。全てはハーマリアの手に委ねられる。口の縄を外すぞ。叫んだり、舌を噛んだりしたら、仲間を助ける機会が永久に失われる。理解したな？」

ハーマリアの口を縛っていた縄を解き、歯に噛ませていた手拭いを抜き取る。ハーマリアは一瞬の隙を突いて、ルキディスの指を噛み切ってやろうかと考えた。けれど、シェリオンが向けた威圧とユファの鋭い眼光のせいで、身体が硬直してしまった。

「賢明な選択だ。実行していたら、両目を抉られる程度で済まなかった。貴様の仲間達も含めてな」

犬を躾けるような口ぶりで言われ、ハーマリアは苛立った。ルキディスは大らかだが、シェリオンとユファの視線は冷たい。

「よく聞け、ハーマリア。貴様の仲間はちゃんと生きている。洞窟の壁に取り込まれているだけで、大怪我をした者もいない。俺が化けていたモーガスト団長殿も元気にしている」

「壁の中に囚われている点を除けば、でしょう？」

「生命力を吸い取られているが、ちょっとしたことだ。俺はこの洞窟にダンジョンを構築している。ハーマリアには、その手助けをして欲しい」

「手助け？　意図が分からないわ。私は術師じゃない。ダンジョンを作る手助けなんて、できるはずがないわ」

「おおよその構造は組み立ててある。ご覧の通り洞窟内にダンジョンが展開されているのだが、本格的な起動ができていない。儀式が必要だ。ハーマリアには儀式の触媒をお願いしたい」

「私が協力したとして、仲間を助けてくれる保証はあるのかしら？　そもそも貴方達は何？　人間のように見えるけど、人間らしさを感じないわ」

「褒め言葉と受け取ろう。だが、質問は禁止だ。やるかやらないかを答えてもらいたい。十人の魔狩人は人柱だ。まだ生きているが、儀式の最中に条件を満たすと、肉体と魂をダンジョンに吸い取られてしまう」

「……条件って？」

「条件は『絶頂』だ。俺とのセックスで、ハーマリアが絶頂を迎えると、仲間の一人が死ぬ。正確にはダンジョンと一体化して人柱となり、死ぬよりも悲惨なことになる。一度も絶頂に至らず、儀式を終えることができれば、全員を助けることができる。夜明けまで耐えれば儀式は終わる。小難しい説明をしたが、これはゲームみたいなものだ。夜明けまで興奮を抑え込む。簡単だろう」

「……分かったわ。仲間を助けてくれるというのなら、私の身体を好きに弄びなさい。夜明けまで辱めに耐えればいいんでしょう」

「即答か。潔い決断だ。覚悟は決めたほうがいいぞ。約束は守るが、十回の絶頂で仲間は全滅だ。それは理解しているのだな？」

「絶対に貴方なんかの思い通りにはいかないから。私は貴方に抱かれても、気持ちよくなったりしない。貴方なんか絶対負けたりしないわ！」

「威勢の良さは認めよう」

ルキディスは手足を縛っていた縄を解き、ハーマリアに服を脱ぐよう命じた。女魔狩人は顔色を変えず、魔物の望みを叶えた。恥じらいは見せない。犬に裸を見せるのと一緒だ。羞恥は異性として相手を認めることになる。気丈なハーマリアは手早く下着をも脱ぎ捨てた。

「私とセックスしたいんでしょう。貴方も粗末なモノを出したら？　のんびりしていたら、日が昇ってしまうわ。それとも恥ずかしいのかしら？」

「その虚勢が維持できるかは見物だ」

〈変幻変貌《メタモル・フォーゼ》〉の擬態を解除し、表皮で作った服を内側に引っ込める。隠していた魔物の生殖器を露出させ、裸のハーマリアと向き合った。

ハーマリアは心を落ち着かせる。怪物だとしても、容貌は年下の美青年だ。神殿の聖歌隊にも、これほどの美青年はいなかった。

「────手合わせ願おうか」

ルキディスはハーマリアを押し倒す。枯れ草の上に敷かれた大熊の毛皮は、横たわった二人の身体を受け止めた。憎み合う二人が、これから愛し合う。

（ごめんなさい。皆を助けるにはこうするしかないの。どうか許して……）

謝る相手は亡き夫か、それともモーガストなのか。おそらくは両方だ。ルキディスの亀頭が、陰唇の裂け目を探り当て、亡き夫にしか許してこなかった領域に入り込もうとする。

「夫以外とセックスしたことは、なさそうだな。美人とはいえ、未亡人に言い寄る男は少なかったか。セックスに慣れていない雌の穴だ」

「ぁぁんっ、んぃ……っ！　約束は守りなさいよっ！　私が夜明けまで耐えたら、仲間を解放しなさいっ！」

「無論だ。約束は守る。ただし、ハーマリアが絶頂を迎えなかったらの話だ。口で言うのと、実際にやってみるのでは大きく違う」

ルキディスの指摘は正鵠《せいこう》を射ていた。膣から愛液が滲み、心臓の鼓動は高鳴る。愛している男ではない。しかし、こうして繋がっていると、身体は強い興奮を得た。

荒々しいセックスを予想していたが、ルキディスは優しくハーマリアを抱いた。太い肉棒を飲み込んだ膣穴を、ゆっくりとした腰使いで口説いていく。獣の如き粗暴性は欠片もない。

（あっ、これ……、ちょっと不味いかも……っ！）

ハーマリアはルキディスと唇を重ねる。だが、接吻だけでは満足しない。口を開かせ、互いの舌を絡ませる。唾液が混ざり合い、ハーマリアは冥王の唾液を堪能する。うっすらと甘い唾液をたっぷりと味わい、口内を舐め回される。

ルキディスは唇を逃がさない。情熱的な口吸いを行いながら、女陰を陰茎で刺激する。包み込んだ生殖器から子種を搾ろうと膣口が締まる。

（えっ。嘘でしょ？　ちょっ、まっ……っ♥）

ハーマリアの身体は穏やかに絶頂に達した。身体を反らせ、強張らせていた神経が弛緩する。子宮から悦楽が放出され、身体を駆け巡る。嬌声は上がらない。ルキディスの接吻が、ハーマリアの声を飲み込んだ。

「っふぅ……。もう少し焦らせてやろうと思ったが、ハーマリアの子宮は素直だった」

「はぁあっ……、んっ、はぁ、はぁ……♥　何、言ってるのよ？　まさか、さっきので私がイかされたとでも思ってるのかしら……っ？」

「嘘は無意味だ。ハーマリアの心は悦楽で達した。これで残りは九回だ。向こうの壁を見れば分かる」

ルキディスの指差した先には、魔窟の壁と一体化した仲間の姿があった。

「リッグベルト……っ！」

「呼びかけても無駄だ。一本目の人柱となってくれた。触媒のハーマリアが、絶頂を遂げた証拠だ。褒美に子種を注いでやろう」

ハーマリアの膣内が、魔素を含んだ精液で穢される。しかし、彼女は種付けされたことよりも、仲間の死を受け入れることができなかった。

「嘘よ。騙したわね！　耐えれば仲間は殺さないって言ったのに……っ！　私は耐えてたわ‼　貴方の粗末なモノなんかに負けたりしてなぁっ、いぃひぃぎぃ♥　ちょ、ちょっとぉ、待ちなぁさっ、んぃふうぅぃいぃ……っ♥」

ルキディスが腰の動きを再開すると、ハーマリアの本心が暴き出された。ハーマリアの尻肉を掴みながら、肉棒で膣穴を突き貫く。接吻で口を塞がれていないので、喘ぎ声が漏れ出すのを止められない。

「この調子だと夜明けまで持ちそうもないな。お望みならキスをしてやるぞ。ハーマリア」

眷族の他にも、二人のセックスを観戦している者がいた。壁に取り込まれた魔狩人の頭部が、外に突き出る。生け贄は、触媒の絶頂を見届けなければならない。

「ご愁傷様。君の命は長くないニャ」

「くっ、やめろ。あんなの見たくない。いっそ、このまま殺してくれ……」

哀れな生け贄は、眷族に情けを乞う。

「ご主人様に種付けされる様子を見てくださいな。あんなに幸せそうに、セックスを愉しんでいるではありませんか。貴方の命が潰えるとしても、それが彼女の幸せです。そして、それはご主人様の幸せでもあります」

眷族は無慈悲だ。元人間であろうと、彼女達は人間に対して哀れみを持たない。

「んふうぅっ♥　んぁ♥　あんっ、あんっ♥　だめぇっ！　そこはだめぇっ♥　らめなのぉ……♥　はあぁんっ、んぁあぁっ、あぁぁっ！　またっ、おちんぽぉ……、なかでふくらんでるぅ、もうぅ、むりぃい♥　だめぇ、いぃひっ、いあっ、んぁあああああああああああ――――っ♥」

二本目の人柱は、二回目の絶頂に達したハーマリアを見ながら絶命した。屈辱と憤怒で顔を歪ませた魔狩人は、その魂を魔窟に喰われる。ハーマリアは仲間の死を理解しながらも、快楽には抗えなかった。

◇　◇　◇　◇　◇　◇

――――――ルキディスとハーマリアが交わり始めてから一時間が経った。

「んぁあぁぁあっ。んふぅーぅうーぅ……っ！　んんぁぁあっ……♥　だめぇ、だめぇええっ!!　そんなに突いちゃ駄目だってばぁぁぁああっ！　ふぅうっ、ううぅっ　んふぅぁっ、ぃあぁん……っ！　やめぇ、らめぇなのぉ♥　んぁっ!!」

女狩人の瞳に宿っていた強い意志は砕け散り、洞窟内で雌のイキ声が反響していた。敷かれている大熊の毛皮に、膣から漏れた愛液が飛散する。頬は紅潮し、薄緑色の髪は汗で濡れている。ハーマリアは両手で口元を押さえ、己の嬌声を封じ込めようと必死だ。

「次でハーマリアの絶頂は何回目ですか？」

「もう九回目。最初は耐えてたけど、四回目あたりの絶頂で、もう駄目駄目だったニャ。語るに落ちてるのニャ」

「ご主人様とセックスしているのですから、当然のことでは……？　ご主人様の子種をいただき、子を孕むことができるのですから、これ以上の幸福はありません。人間を殺すことで、幸せにしていただけるのなら、私は百万人だろうと殺してみせます」

「あれだけ大見得を切っておきながら、この乱れっぷりはもうギャグとしか言えないニャ。そうだ！　モーガスト団長に男の魔狩人が気の毒ニャ。一時間で完落ちはさすがに意見も聞いてみたいニャ！」

ユファは岩壁から、顔だけが出ているモーガストに今の感想を求めた。

「十回目の絶頂はそろそろだから、思ってることを言わないと、永遠に言いそびれちゃうよ？　結婚できたかもしれないハーマリアちゃんが、他の雄に種付けされてるのを見て、どんな気持ちになってるニャ？」

この性儀式では人柱となる魔狩人が、犯されているハーマリアを見届けなければいけない。ハーマリアが絶頂するのを見た瞬間、魔狩人はダンジョンの人柱と化す。

既に九人の魔狩人が、情事を見せつけられ、ハーマリアの絶頂と同時に絶命している。連続アクメでは三人の魔狩人が生け贄になった。

「ぁあっ、ぜっ、絶対にっ、だめめぇぇぇ……ッ♥　らめぇ……っ、やぁっ！　やめてぇ、ゆるじいてえっ！　やだっ、いぎだぐぅないぃぃいっ♥　いっちゃぁだぁ……っ!!」

乱れっぷりは、気高い魔狩人とは程遠い。全裸となったハーマリアは、乳房を揺らしながら、背面騎乗の体位でルキディスに突き上げられていた。

娼婦顔負けの喘ぎ声を上げ、全身で快楽を受け止めている。噴火寸前の性衝動を必死に抑える。だが、誰の目から見ても、夜明けまで耐えきれないのは明白だ。

「あひぃぃ……っ♥　見ないで……っ。お願いだからぁ……っ、はっぁぁんっっ!!　見ちゃだめぇ……。やめっ、もーがぁすぅ……あっ♥　ああ……っ♥　ああんんぅうっ♥」

涙を流してハーマリアは懇願する。だが、彼女の頬を伝う涙は興奮と高揚による雫だ。後悔だとか謝罪の念から、沸き起こった涙ではない。子宮の悦楽が、感情を司る脳を洗脳し始めていた。

ハーマリアは家庭を作り、愛情を娘に注いだ。夫を失ってからは、新しい恋にも勇気をもって答えようとした。欠陥がある人間ではなかったと断言できる。しかし、冥王との交わりで、彼女の人格は崩壊してしまった。

「ひぃぃっ♥　あんんあっ、ひぃっ、ぃぃいっ♥　極太ちんぽぉおぉ、すごぃっぃい……♥　せっくぅすが、ぎぃ、ぎもぢよすぎるぅう……っ！　子宮ぅうがっ、こっ、こわれちゃうのぉぉお♥」

ルキディスはハーマリアの陰核を摘まみ上げ、結合部をモーガストに見せつける。亀頭を膨張させて膣襞を擦り上げ、雌の顔を作らせる。

「…………っ！」

愛していた女性の膣が、雄の陰茎を根本まで飲み込んでいる。信じられないような淫乱な表情を作って、ハーマリアは乱れていた。こんなものを直視させられても、モーガストは何も言えなかった。

モーガストは圧倒的な敗北感を味わう。悔しいのに、文句を言えない。淫楽に酔っているハーマリアを罵倒することもできない。

モーガストという男は、ハーマリアを心から愛していた。結婚したら連れ子のルミリィも迎え入れ、三人で幸せな家庭を作りたいと夢見ていた。惚れ込んだハーマリアを幸せにしたい。その思いで動いてきた。

「ごめんなさい。もぉ、もう！　我慢できなぃ！　私っ、無理ィ……っ!!」

ハーマリアは十回目の絶頂を受け入れてしまった。子宮の奥に濃厚な精液が、濁流となって流れ込んでくるのを感じた。

「んぁあっ、あぁぁぁああ……っ♥　中に出されてゅぅうっ♥　いくぅうっ！　きもぢぃいぃからぁ、わたしぃ、あふぅっ、またぁっ、おちんぽぉにぃ、いかされちゃぅうぅうのぉぉおぉおぉおっ♥」

冥王の子種は、ハーマリアに新しい生命を授ける。

「んぅおっ、おおっ……♥　せぇーしぃ、出てる……っ♥　こんなに出されたらぁ、できちゃぅ、赤ちゃんできちゃぅぅぅぅぅぅ――っ♥」

一方で種付けを見届けたモーガストは、己が生命をダンジョンに捧げようとしていた。

「抵抗もせず、絶望のまま逝ったか。諦めの良い男だ。惚れた女を奪われたというのに……。ハーマリアも浅い男に惚れ込まれたな。だが、貴様も貴様だな。夜明けまで耐えると言っていたくせに、もう十回も絶頂してしまった。そんなに俺とのセックスは気持ちよかったか？」

頬を掴んで、ハーマリアの唇に接吻する。守るべきものを、失ったハーマリアは脆かった。舌を口内に入れられても、身を任せていた。

（とっても、気持ちいい……っ。すごく……、満たされてしまうわ……♥　今までやってきたことを、全て捨ててでもぉ……、仲間を捧げてるのに、最低なのに……っ！　感じたことのない幸せを感じちゃう♥　なんでぇ？　ねえ、なんでなの……♥）

感極まったハーマリアは、尿道が緩んで自然に失禁してしまう。みっともない醜態を晒しているのに、憤怒の感情は湧かない。

「礼を言うぞ、ハーマリア。貴様が儀式の触媒となり、十人の魔狩人がダンジョンの人柱となった。俺が構築したダンジョンは、内部と外部で時間流の速度を変えるものだ」

ダンジョンが完璧に機能すれば、洞窟の最深部では時間が早く進む。洞窟内で六日過ごしても、外では一日しか経たない。そういう環境が出来上がる。

「本当に感謝している。生け贄を捧げるためには、絶望した子羊を捧げる用意もしなければならなかった」

時間の流れに干渉するには、歪みを生じさせなければならない。十人の魂を人柱とすれば、時間流の歪みを固定化できる。

「魔物の子供を産ませてやる。ハーマリアが腹を痛めて産んだ子供が、リッセント村を滅ぼす。今宵から貴様は我が妻となり、魔物の母となる」

「はぁうぅぅぁ♥　お願いします。お願いですから……。娘だけは殺さないでぇ……」

「この状況で娘の命乞いか……。恐れ入った。仲間が死んだ直後に、大胆なことをする。こういうのも色仕掛けというのかな……」

人差し指でハーマリアの陰核を弾くと、膣が痙攣して、挿入中の陰茎を締め上げた。

「淫乱な雌穴だ。まあ、いいだろう。そんなに娘が大切か……？」

「はいっ。娘だけはぁぁん……っ♥」

「娘を殺せば、もっと気持ちよくしてやると言ったらどうする……？」

ゆっくりと亀頭で膣を突き上げた。

「ふぇ……っ♥」

ルキディスは優しい手つきで、ハーマリアの下腹を摩った。さらに乳房を持ち上げてみたり、髪を撫でて匂いも堪能する。

「俺ならハーマリアをもっと幸せにしてやることもできるぞ？」

魔物は囁く。ハーマリアは亡き夫との間にできたたった一人の娘と、魔物が与えてくれるという幸福を天秤にかけてしまう。

「本当はもっと幸せになりたいのだろう。人間だとか、化け物だとか、仲間だとか、家族だとか、そんなのはどうでもいいじゃないか。俺に身を委ねれば、貴様は幸福だ」

ルキディスは黄金の眼光で、ハーマリアの心を誘惑した。

「はいっ♥　気持ちよくして……っ♥　もっと、もっと、幸せになれるなら……、気持ちよくなれるならぁ、他は何もいらないからぁあっ、んふぅぁあぁああぁ……っ♥」

ハーマリアは誘惑に負けてしまった。モーガストを捧げたように、ルミリィも魔に捧げる。


「そうか。そうなるだろうな。分かりきったことだった」

ルキディスは、ハーマリアの瞳が濁るのを確認した。落胆は隠せない。瞳の濁りは魂の濁りだ。冥王の眷族にはなり得ず、遠からず苗床化する。

「ユファ。リッセント村からルミリィを連れ去ってこい。ルミリィにも俺の子を産ませる。いや、待てよ……、今すぐではなく、外の時間で一ヶ月が経ったらだ」

娘に変わり果てた母を見せつけてやるのも、面白いと考えた。

「外の時間で一ヶ月。ダンジョン内では六ヶ月だ。どこまで仕上げられるか、一夜目から励むとしようか」

不敵に笑うとルキディスは、体位を変えてセックスを再開する。押し倒されたハーマリアは、正常位で陰茎を受け入れた。十回の絶頂を迎えてもなお、ハーマリアの肉欲は満たされず、むしろ欲求が増大していた。

魔狩人から、魔物の情婦に一日で心変わりした自覚を、ハーマリアは持っていない。

仲間を失い、娘を売り飛ばした以上、もう何も残っていないのだ。ハーマリアはどこまでも堕ちていける。深淵の底まで、魂は沈んでいった。

◇　◇　◇　◇　◇　◇

リッセント村を守護していた十一人の魔狩人が、失踪してから一ヶ月。村の大人達は村の中央にある広場に集まって、これからの方針について話し合いを行っていた。

一週間後に結論を出すと決めたというのに、結局二週間となり、三週間目を越え、一ヶ月が経過してしまった。そして、未だに方針を決めることができていなかった。

「だからっ、俺は何度も言ってるだろ！　さっさと村を放棄して、街に退避するべきだ!!」

「猟団の魔狩人が全滅している現状、リッセント村は危機的な状況に陥っている。このままでは全員が魔物の餌食となるのでは……？　脱出をするなら早いほうがいい。村長、貴方の決断に全員の命がかかっていますよ」

「ちょっと、待てよっ！　決断を急ぎすぎだ。まだ被害は出てないだろ？　奇妙な魔物が山から下りてきているのは聞いたさ。しかし、人間を恐れて、山に逃げ帰ったそうじゃないか。そこまで気にすることはあるのか？　村までは来ないと俺は思うぜ」

「それよりも魔狩人の捜索を考えるべきだ。遭難して山中を迷っているのかもしれねえだろ」

「はぁ……っ!?　それは絶対にやばいだろ。反対だね。魔物を村に呼び寄せるかもしれねえだろ。そもそも魔狩人が道に迷って、遭難なんかするかよ。全員殺されちまったんだ！」

「そんなはずあるか……っ！　新参者のてめえは知らねえだろうが、リッセント村の魔狩人は三年間、俺達を守り続けたんだぞっ!!　魔物なんかに、やられるはずがねえ！」

「馬鹿ばっかりですね。これでは会議ではなく、単なる言い争いですよ……」

「やってきたばかりの連中には、分からんだろうが、リッセント村は三年かけて、俺達が築き上げた村なんだ！　簡単に捨てられるか！　今さら、街に戻ったところで……、どうするってんだよ」

「街に居場所がないから、開拓村にやってきたんだぞ。おいら達は……」

「そうは言ってもよぉ……。魔狩人がいなければ、遠からず魔物にやられちまうぜ。魔物に殺されて死ぬよりは、街に逃げるべきじゃねえの」

今日も結論は出ず、妙案は誰も持っていない。

逃げたい人間だけ逃げればいいという意見もあった。しかし、リッセント村で飼育している馬の処遇が火種となって、話し合いは今日も怒鳴り合いの様相を呈した。

逃げたい者からすれば、馬は家財を運ぶ上でも必要不可欠だ。しかし、馬はリッセント村の共有資産である。村の資産を持ち逃げすることを許さないと声を上げた者は多かった。

パニック状態に陥ったリッセント村では、誰もが自分のことを最優先に考えるようになった。余裕がなくなれば、我が身を優先するのは当たり前だ。混乱時に発動する人間の生存本能とは、そういうものである。

リッセント村の人々が、ルミリィが村から消えているのに気付くまで、一週間以上の時間がかかった。魔狩人ハーマリアの一人娘ルミリィは、母親に似て気丈で強い少女だった。消息を絶った母親を探すために、単身で村を出ていったのだと村人達は考えた。

実際、ルミリィは母親を探す準備をしていたし、一人で消えた魔狩人達を捜し当てる気でいた。母親が家に残していった予備の武装を身に着け、村を飛び出した。だが、ルミリィの冒険は村をたった一歩出たところで、終わっていた。

「――――見つけたニャ」

ルミリィを連れてこいと命じられていたユファが、村の外で待ち構えていたのだ。

「えっ……？　貴方だれ……？　村の人じゃないでしょ。街からやってきたの……？」

見知らぬ猫族《フェリス》の少女は、男の情欲を煽る格好をしている。己の美貌と肉体美をひけらかしていた。同性のルミリィですら、心が落ち着かなくなる。

母譲りの美しさを持つルミリィは村で一番の美少女だ。しかし、ユファの端麗な顔立ちは、どこか人間離れしているように感じた。

「自己紹介はしてあげない。僕のご主人様が君を孕ませたいって言ってるから、君を拉致しに来たの。母親と同じ髪色だから、分かりやすかったニャ。しかも、わざわざ村の外に出てくれたおかげで、手間が省けるニャ」

「はらませる……？　え？」

聞き慣れない単語が飛び出て、ルミリィは困惑している。

「まずは小手調べをするニャ。味わうがいいニャ！　電光石火にして一撃必殺の秘技！　僕が三日と十二時間の歳月を費やして考案した最終奥義！　零式猫パンチの餌食になるがいいニャ!!」

ユファは右手を丸めて、ファイティングポーズを取る。悪ふざけにしか見えないので、ルミリィは武器を構えなかった。

「え……っ？　よく分からないけれど面白い子……。格好もちょっと奇妙だし……」

ルミリィは眼前にいる猫耳の美少女が、とてつもなく危険な魔物であると分かっていなかった。

「流行に疎い田舎娘はこれだから困るニャ。格好はファッションなのニャ」

大半の人間は、見た目で印象を決めてしまう。愛らしい仕草と、悪意を秘匿するユファの美貌は、瞳の奥底に潜む悪意を覆い隠してしまう。

「ひょっとして、貴方は旅芸人？　そうだとしたら申し訳ないけど、貴方に構ってる暇がないわ。今のリッセント村は、魔狩人がいなくなって、大変なことにな……」

「村の心配より、自分の心配をすべきニャ。魔物が目の前にいるのに、武器も構えないなんて、僕を嘗めてるニャ。先制攻撃はいただきニャ！　必殺、零式猫パンチ！」

「────あぎぃっ⁉」

鳩尾に手刀を叩き込まれたルミリィは、その場で昏倒してしまった。ユファにとっては軽い一撃である。手を抜いていたし、ふざけてもいた。しかし、少女の意識を吹き飛ばすのに、十分な威力だった。

「………惰弱な人間」

ユファは倒れ込んだルミリィを真顔で見下ろしていた。殺さないように加減はしたが、気絶までさせる気はなかった。

ルミリィがあまりにも弱かったので、ユファは普段の演技を忘れ、素顔でため息を吐いてしまった。冥王が望んでいるとはいえ、低質な女を捧げるべきか迷ってしまう。冥王の子を産むに相応しいとは思えない。

（こんなにも貧弱で、賢くもない低劣な雌が、冥王の子種を授かり、子を孕むなんて……。私とシェリオンはずっと我慢しているのに……。いっそ、ここで殺してしまえば……）

嫉妬心が生じたが、ユファは魔物の殺戮衝動を抑え込む。冥王の望みを叶えるのが、眷族の存在意義だ。

「あの一撃でダウンするなんて、信じられないくらい脆弱ニャ……。かなりの期待外れ。眷族化の見込みはなさそうだけど……、まあ、いいのニャ。ルキディスが指名してるから、持ち帰ってあげるニャ。繁殖母体にはなるだろうし、今は質より数ニャ。親子で頑張れば、生産効率は二倍なのニャ！」

道化を演じる心を取り戻したユファは、気絶したルミリィを担ぎ上げ、ルキディスと変わり果てたハーマリアが待つ洞窟に駆けていった。

◇　◇　◇　◇　◇　◇

ユファに拉致され、洞窟で母と再会した娘は、真の絶望を味わうことになった。ルミリィが見たのは魔を受胎し、魔物との情交を繰り返す淫乱な雌獣だ。尊敬する母、かつての神殿騎士で魔狩人のハーマリア、その面影はない。別存在とさえ表現できる。堕落した母親を直視してしまったルミリィは、言い知れぬ恐怖を感じた。

「ひぃ……っ！」

何よりも恐ろしかったのは、母の身体に起こった変化だ。鍛えていたはずの筋肉質の身体が失われ、雌の体つきになっていた。精神も同様で、リッセント村で誰よりも雄々しかった母ではなかった。

「んんふぅうぁぁ……っ♥」

色っぽい声を奏で、ハーマリアは孕み腹に詰め込まれている緑色の卵を膣道からひねり出す。冥王の子種で孕まされたハーマリアは、洞窟の最奥で卵を産み続けていた。産んだ卵は数日で孵化し、瞬く間に成長する。

「紹介しよう。これらがルミリィの妹達だ。冥王の子供は雌しか生まれない。だから、ここにいるのは全て、ハーマリアが産んでくれた貴様の妹だ。血縁上は種違いの妹にあたる。天井で遊んでいるのが、卵から孵化した成体だ」

天井にぶら下がっているのは、巨大な蟹と蟷螂《かまきり》を融合させたような魔物だった。人間的な要素は皆無であるが、母体からの遺伝があった。それは体毛だ。

ルミリィはハーマリアと同じ髪色を受け継いだ。同様に魔物達の身体を覆っている体毛も、ハーマリアと同じだった。自分と同一の特徴を魔物達が有しているのを知って、ルミリィは発狂しかけた。

「おっと……、せっかく目覚めさせたのに、また気絶するのは勘弁してくれ。貴様もハーマリアと同じように、冥王の子を孕む。母親は駄目だったが娘なら、可能性はあるかもしれない」

穢れを知らない乙女の処女膜は、魔物の凶悪な一物によって散らされた。

「やだぁっ！　いたぃっからやめっ！　そんなのぉ、汚いから、そこに入れたら駄目だってばぁっ！　お母さん……っ！　助けてぇ！　お母さん！　聞こえてるんでしょ！　どうしてぇ！　なんで、なんでっ！　何も言わないのよ！　お母さんってばぁっ‼」

暴れるルミリィをねじ伏せ、亀頭をねじ込み、締まりのきつい膣内に何度も射精した。破瓜の痛みを呻くルミリィは、何度もハーマリアに助けを求めた。けれど、苗床化が進んだハーマリアは、何もしなかった。苗床は冥王の子を産む繁殖母体。卵を産む役割に専念している。

「聞こえてるんでしょ！　ねえ！　どうして！　お母さん！　貴方達も見てないで、助けてよ！　同じ女の子でしょ！　なんでこんな男に協力してるのよ！」

「あーもう、文句の多い人間なのニャ……。代われるのなら、喜んで代わってあげるニャ!! ここ最近はハーマリアばっかり抱いてるから、僕らは欲求不満にゃのにっ！」

「妬ましいです……。私も乱暴に犯されたい。ご主人様が私の身体を嬲りながら、極太のチンポで、私の膣をぐちゃぐちゃに破壊する……。張り裂けそうなくらい太いチンポが私の膣口を押し広げ……。髪を掴んで引っ張り上げながら……、畜牛を扱うが如くぞんざいに……、ああ、なんて素晴らしい……っ♥」

ダンジョン内時間では六ヶ月近く、二人はお預けをくらっている。偶に相手をしてもらっていたが、欲求は溜まっていく一方だった。シェリオンに至っては、妄想でプレイを語り始める始末だ。

「ユファとシェリオンの二人は少し待っていろ。ルミリィを孕ませたら、ちゃんと相手をしてやる」

ルキディスは眷族に対して申し訳ないと思いつつ、ルミリィへの種付けを続行した。

「ちゃんと腰を下ろせ。締まりは強いが、収まりが悪い」

「やだぁぁあっ……！ 抜いてっ！ こんなの無理ぃ！ 股が裂けちゃうっ、抜きなさいよぉ……っ!!」

「おい、離れようとするな。膣内に出すぞ。もっと尻を押しつけろ」

立ちバックでルミリィを犯すルキディスは、逃げようとするルミリィの身体を引き寄せる。

「はぁ……っ!? わっ、いぃつっ！ 髪の毛を引っ張らないで！ やめなさいよ！ 私に何する気っ!? 出すって、何を出すの……っ!?」

「説明するより、感じるのが早い」

「あっ！ んんぁゅぁぁぁっ!? なっ、何!? いややあっぁぁあっ！ 私の中にっ……、変なのはっ、入ってきてるわぁぁあぁ……っ！ ぁん……っ♥」

「感じ取れたか。これが雄と雌の子作りだ。俺の精子をルミリィの子宮にばらまいた。後はルミリィの卵子と精子が結びつき、腹の中に魔を宿す。これで貴様も母親と同じようになれる」

「んぅふぇぇ♥ ぁぁぁあん……っ♥」

大量に出された精液が、ルミリィの下腹を膨らませた。こうしてルミリィは母親の前で強姦され、魔物を身籠もった。ルミリィの瞳から光が失われ、魂が自壊していく。強い魔素は強い快楽性と毒性を兼ね備えている。

「あぁぁぁあっ……♥」

愛娘が魔物に壊され、種付けされる様子をハーマリアは黙って見ていた。苗床化した雌は言葉を作れず、自我が失われているので感情も希薄だ。けれど、ハーマリアの目から一滴の涙が流れた。

◇◇◇◇◇◇

リッセント村で二ヶ月の時間が流れると、ダンジョン内では一年の時間が経過する。母と娘は仄暗い魔窟の奥底で、魔物の卵を産み落としていた。

腹を丸々と膨らませた二匹の苗床は、昼夜を問わず産卵を続ける。洞窟の地面は、整然と並べられた緑色の卵で占領されており、孵化を終えた血族が、天井や壁を移動していた。

魔物の巣窟と化し、二人が産んだ魔物が蠢きひしめき合っている。この光景は、地獄としか言い表せない。何も知らない人間が、こんな場所に迷い込んだら狂ってしまうことだろう。

「あぁ……っ♥」

かつて魔狩人ハーマリアと呼ばれていた生物は、ダンジョンを通じて生命力を受け取り、自身の繁殖能力を向上させる。さらに、ダンジョンの時間を加速させることで、短期間で妊娠と産卵を繰り返し、冥王の子供を産んでいた。

「はぃっ、いっひぃいぃ……っ♥」

洞窟内に甲高い嬌声が反響する。ハーマリアは、一日に最低五回の産卵を行う。身体にかかる負荷は大きい。ダンジョンと一体化しなければできない芸当だ。

ハーマリアの傍らには、もう一匹の苗床がいた。ルミリィである。魔狩人に憧れ、母親を尊敬していた半人前の娘は、一人前の繁殖母体に成長させられていた。

「ぁあぁっ、んっあぁぁあっぁ――っ♥」

若い身体を持っていたルミリィの繁殖能力は、母親よりも格段に上であった。血族の数がここまで増えたのは、一日に八回以上の産卵を行うルミリィの貢献が大きい。

苗床に堕ちた二人は、生前のような知性がない。人格は失われ、肉体の全機能が冥王の子を産むことに使われている。考える能力が欠如しているのは幸いなことかもしれない。苗床に成り果てた己の姿を、嘆き悲しむことはないのだから。

「はひっ……♥　あヒィっ♥」

狂気を匂わせる満面の笑みを浮かべ、ルミリィは両脚を開いた。胎内で温めた卵が、子宮口を突破して、膣道を降っていく。ざらつく卵の表面で、膣襞を刺激され、ルミリィは甘い音色の声で啼いた。

「ぁあぁぁあぁっ♥　膣にぃいくるぅゅッ♥　たっ、たまごぉっ、いぃぐっぁあ、あはぁっ……、んあぁーっ♥」

体液に包まれた緑卵が膣口から産まれた。魔物を産む快楽に溺れ、人間である限り絶対に得られないであろう幸福に包まれながら、ルミリィは緩やかに死んでいくのだ。

死の間際、あるいは死の瞬間を迎えた時であっても、ハーマリアとルミリィは恍惚に包まれたままであろう。

「苗床の体格は小さいが、一度に産む卵の数は多い。これだけの個体数があれば、リッセント村を潰すことは簡単だろう」

ルキディスは、ルミリィが産み落としたばかりの卵を手に取った。ダンジョンの外では二ヶ月が経っている。だが、時間の流れが早いダンジョンの内部では一年が経過していた。

「いくつかの実験も成功した。親子間でなら卵子や受精卵の移植が可能と分かった」

ルミリィの子宮から採取した卵子や受精卵は、ハーマリアの子宮でも機能していた。苗床の寿命はおよそ一年。本来なら、卵子が枯渇したハーマリアは、役目を終えて衰弱死するはずだ。しかし、ルミリィから卵子を与えたことにより、苗床としての寿命が延びた。これは新しい発見だった。

眷族は無限の卵細胞を持っている。しかし、苗床は人間と同じく、有限の卵細胞しか持たない。どちらも繁殖母体であるが、産める数に違いがある。そして苗床は産めなくなった時点で、衰弱死してしまうのだ。

「リッセント村を滅ぼした後は、どうされるのですか？」

今後について、シェリオンが尋ねた。

「当初の予定通り、アミクス帝国に向かう。エリュクオン大陸で、もっとも繁栄した国家だ。宗教色の強かったロレンキン王国と違って、アミクス帝国は徹底した世俗主義だ。機械文明の技術を復活させたとも聞いている」

「そのことで、神殿や教会と喧嘩してるって聞いたニャ」

「最初にアミクス帝国を陥落させてしまうのも、いいかもしれない。聖職者と仲違いしているのなら、俺達魔物が暮らしやすい国だ。向かうなら帝都だな。可能なら貴族の娘を誘惑して、家ごと乗っ取ってしまえばいい。道中は若い貴族令嬢を籠絡する方法を考えるとしよう」

ルキディスは二匹の苗床に向き直った。ハーマリアとルミリィの産卵は近々終わる。ハーマリアの寿命が延びた分、ルミリィの寿命は減っている。計算上、二匹の苗床が死ぬのは同時期だ。

「看取ってやることはできないが、産まれた子供達は置いておく。寂しくはないだろう？」

苗床を残して去ってしまうことに、ちょっとした罪悪感を抱いてしまう。だから、ルキディスは苗床の側に血族を置いておくことにしていた。

「我が子達に命じる。リッセント村を滅ぼせ。その後は洞窟から離れず、母親達を守り続けろ」

冥王は血族に命じる。下級の魔物であっても、単純な命令は理解できた。

ルキディスが洞窟を去り、ハーマリアとルミリィが死に絶えた後も、彼女らが産み落とした冥王の血族は洞窟を守り続ける。

◇◇◇◇◇◇

魔狩人達が魔窟に飲み込まれてから約二ヶ月後。リッセント村は、魔窟から溢れ出た魔物の大群によって襲撃された。

魔狩人を失ったリッセント村は抵抗虚しく、一夜にして滅ぼされてしまった。村に押し寄せた魔物達は、ハーマリアとルミリィが、腹を痛めて産んだ冥王の子供達だ。

開拓村が壊滅したことは、近くを通りかかった三人の旅人によって、近隣の街に伝えられた。

領主は熟練の魔狩人に調査を依頼。現地を訪れた魔狩人の調査報告書によれば、生存者どころか死体すら発見することはできなかったという。廃村に残された痕跡から、魔物の襲撃は事実と認められたため、領主はリッセント村の放棄を決定した。

ロレンキン王国の人々は、リッセント村の悲劇を自然なものだと信じ込んだ。魔物による被害は自然災害の一種と見なされている。予断が入り込み、死体が発見されないという不自然な点が見過ごされ、悪意の介在を見抜いた者はいなかった。

人類が本格的な真相解明に乗り出したのは、約三百年の年月が流れた後、アミクス帝国で調査隊が発足してからであった。

「――――これは惨い」

杖を握った若年の魔術師は、人間が埋め込まれたかのように見える岩壁を睨み付けた。

苦悶の顔が刻まれている魔窟の壁は、一見すると水と風が創り上げた悪趣味な芸術品とも思える。だが、マナを操る魔術師は騙されない。帝国の学院で知識を学び、軍属となってからは実地で経験を積んだ。道を踏み外した邪術師を討伐した経験もある。

魔術師は一目で、秘匿された邪な痕跡を看破する。

「なんと哀れな……」

憐憫《れんびん》の情を抱き、無意識に言葉を紡いでしまった。犠牲者の悲痛を考えると、怒気がこみ上げる。

「彼らは生きたまま贄にされてしまったのだな。岩壁や風化から分析するに、邪術が行われたのは三百年前といったところか。やはり年代が一致している……」

洞窟内に広がっているダンジョンは、人間を生け贄にして構築されていた。

簡易な迷宮であるが、質は悪くない。構築されてから三百年が経っても、綻びが生じていなかった。

自身が誕生する遥か以前、この洞窟で惨劇が起こった。同じ場所に自分が立っていると考えると、大昔の出来事であったとしても気分が悪くなる。この洞窟で行われた邪な儀式を想像し、全身に怖気が走った。

「魔術師長殿！　洞窟内に住み着いていた魔物どもの掃討が終わりました‼」

洞窟の深部から戻ってきた帝国の騎士は、精美な姿勢で魔術師に敬礼した。

報告を上げた騎士は、魔物との激しい戦闘を終えたばかりだ。その証拠に全身を包む鋼の鎧には、魔物の返り血が付着している。しかし、騎士の表情に疲労の色は現れていない。

「ご苦労だった。どれほどの損害が出た？」

「負傷者は三名です。軽傷でしたので、携帯の治癒薬で治療を終えております。洞窟内に潜んでいたのは、数だけの雑魚でした。深層部に大物が潜んでいるということもなく、下級魔物の群れです」

「……警戒を怠らないように。掠り傷が致命傷となることもある」

騎士の楽観的な報告を聞いても、魔術師は警戒心を緩めなかった。

冥王が残した強烈な魔素は、洞窟内を汚染している。マナの気配に敏感な魔術師であるからこそ、この魔窟が途方もない危険を孕んでいると理解していた。

「この洞窟は瘴気の吹き溜まりになっている。邪悪な存在が造り上げた穢れたダンジョンだ。魔物の気配は消えても、絶対に油断してはならない。肝に銘じよ。我々が調べているこの洞窟は、魑魅魍魎の巣穴。何が起こるか誰にも分からない」

「はっ！　大変失礼いたしました！　軽率な発言でありました。以後、気を引き締めて任務にあたります‼」

「分隊長、私は叱責しているのではない。魔術師として警告を与えているだけだ。緩んでいるとは思っていない。そう改まらないでくれ」

リッセント村があった地域は、現在もロレンキン王国領である。しかし、調査をしている魔術師と騎士は、アミクス帝国の軍属だった。

他国の軍隊が無許可で国境を越え、調査を行うのは明らかな主権侵害だ。意図がどうであれ、行為は侵略に他ならず、外交問題どころか戦争勃発の原因ともなる。

「国境侵犯してまで、調べる価値はないと考えていた。しかし、私は間違えていた。陛下の懸念は正しかった」

当初、調査を命じられた魔術師は強硬に反対した。アミクス帝国とロレンキン王国の間柄は、けして友好国と呼べるものではない。仮に友好国であっても、軍隊による国境侵犯は良好な外交関係に亀裂を生じさせるものだ。

常識に従えば愚行だ。事実、大多数の臣下は皇帝に諫言を行った。けれども、アミクス帝国の皇帝は意志を曲げなかった。そればかりかロレンキン王国を滅ぼしてでも調査を行えと厳命した。

「この岩壁に残された邪術の痕跡を見ると、リッセント村の壊滅を伝えた三人の旅人は相当きな臭い……。手際よく村を滅ぼした邪術師が、現場を目撃した旅人を生かして帰すはずがない。三百年前、領主に報告をした旅人達は、村を滅ぼした元凶と考えるのが自然だ」

洞窟の壁面に囚われている人間の数は、リッセント村の人口と一致する。帝国が入手した記録によれば、リッセント村では死体が発見されていない。答え合わせをするまでもない。村人は魔窟に喰われたのだ。

「風化によって、邪術の痕跡が解読できない。ロレンキン王国に密入国をしてまでやってきたというのに、邪術式の複写は難しそうだ。しかし、何かしら手がかりは残っているはず。注意しながら洞窟内を捜索して欲しい」

術式の構築は術師によって癖がある。筆跡と同じで術式構造を分析することにより、術式を構築した人間を特定することが可能だ。しかし、数百年の時間が、術式の痕跡を洗い流していた。

「魔術師長殿！　分隊長！」

下っ端の騎士が、上官を呼び止める。魔窟の最深部で何かを見つけたようだった。

「報告であります！　洞窟の最深部で、死体らしきものを発見しました!!」

「死体らしきもの……？　なぜ言葉を濁すのかね？　死体とは人間か？　それとも人外か？　死体の数は？」

魔術師は報告にやってきた騎士に問う。軍人は曖昧な言葉を嫌う。あえて誤魔化すような表現を使うことはない。

「……それは、その……っ。おそらく……、人間の死体だと思われるのですが……、我々では、なんと言いますか、判断がしかねる状態でして……」

報告する騎士は、あからさまに動揺していた。

「おい、貴様。それで魔術師長殿に報告しているつもりなのか？」

部下の醜態を見て、分隊長の眉間に皺が寄る。下っ端の騎士とはいえ、精鋭部隊の一員だ。要領を得ない報告は、情報共有に支障を生じさせ、調査隊の安全を脅かす。上官の叱責は免れない。

「申し訳ありません……っ！」

「新兵どころか、訓練兵以下の報告だ。栄えあるアミクス帝国の騎士であるというのなら、目にしたことを明瞭に報告しろ‼」

「よしたまえ……、分隊長。君の部下はこの環境下で、困惑しているのだ。魔物の巣穴に入り込んでいるのだから無理もない。叩き上げの君と違って、帝都で育った騎士は、魔物退治の経験が浅いのだ。知識は教わっていても、実地で経験を積んでいない。けれど、経験不足は彼の怠慢ではない。機会の不足だ。学ぶ機会を与えられなかったのだから、非を咎めるのは理不尽というもの。無知を隠すために、虚偽を報告されても困る」

騎士に知識を提供し、道を切り開くのが魔術師の仕事だ。優しい声で魔術師は言う。

「重ねて言おう。分からぬことを恥じる必要はない。不用意に近づいて、怪我をされても困る。今は勇気よりも、慎重さが求められる。『死体らしきもの』は、私と分隊長で確認しよう。発見した場所に案内をしたまえ」

魔術師は洞窟の最深部で発見された死体を見て、血の気が引いてしまった。床に転がっていたのは、二体のミイラだ。洞窟で先頭を進んでいた騎士が言うには、洞窟内の魔物は、このミイラを守っているように思えたそうだ。ミイラの周囲には、騎士によって倒された魔物の死体が、転がっている。

「魔物の死骸でありますな。珍しく、この魔物は人体に近い形状です。人間の姿に擬態できる魔物がいると聞いたことがあります。なぜミイラになっているのかは分かりませんが……」

「違うぞ、分隊長……。これは人間の死体だ」

「人間……？　これがですか……？」

分隊長は両目を細める。分隊長は魔狩人だった経歴を持ち、魔物に関する知識は豊富だった。人間に化ける魔物は珍しい。だが、存在はしていた。ミイラは朽ちていて、生前の原形を残していないが、人間とはかけ離れている。印象としては、人間と魔物の中間だ。

「これが人間の死体とは思えません。腹部の膨らみが大きすぎます。五つ子を孕んだ妊婦だって、こんな腹にはなりませんよ」

「このミイラは魔物と人間、両方の気質を帯びている。腹部の奇形化は、魔素汚染による変異だ」

「邪術の失敗作ってことですか？　まさかとは思いますが、人間が魔物になっていたと……？」

「魔物と人間。どちらも半分なのだ。つまり、完全な転生を遂げていない。どのような方法を使ったかまでは知らないが、人間が魔物になろうとしている途上だ。私は実物を見たことはないが、事例を聞いたことがある。今より約三百年前、水の大聖者ハリーヴァスが何者かと戦って死亡する怪事件が起こった。ハリーヴァスは死の直前に、『人間を魔物化させている邪術師』についての報告書を、帝国に提出している。当時の宮廷神術師は、ハリーヴァスを毛嫌いしていたため、御前会議に報告書は上程されなかった。私の師匠が発見し、皇帝陛下の目に留まるまで、分厚い埃を被っていたと聞いている」

「三百年も放置されていた資料でありますか。それで、ハリーヴァスの報告書には、何が書かれていたのですか？」

「当時、帝都を騒がせていた貴族令嬢の連続失踪事件。ハリーヴァスは行方不明になった令嬢達を捜索していた。詳細は省くが、ハリーヴァスは帝都の地下水道で、令嬢の死体を発見したそうだ。その死体は腹部が奇形化し、大きく膨らんでいた。そして、内部から食い破られていた死体もあったと記述してある」

「貴族令嬢の連続失踪事件……。都市伝説で有名な奴ですか？　それなら、若い頃に酒場でよく聞きました。あれは作り話では？」

「作り話と思っている者も少なくない。しかし、貴族令嬢の失踪は、三百年前の帝都で実際に起こった未解決事件だ。今も事件の真相は闇の中だ。犯人どころか、行方不明になった令嬢達も見つかっていない。ハリーヴァスは死体を発見したが、持ち帰ることはできなかった」

「自分が酒場で聞いた話ですと、地下水道に食人鬼がいて、大聖者ハリーヴァスが誘拐された令嬢を一人だけ救出した。そう聞いてますよ」

「年代記に記述された正式な記録によれば、ハリーヴァスは令嬢を一人だけ救出している。それ以外の記録は残されていない。しかし、ハリーヴァスの報告書によれば、地下水道で、失踪した令嬢達を発見したらしい」

令嬢を一人だけ救出したハリーヴァスは帝国兵を率いて、再び地下水道に戻った。ところが、地下水道に戻ると誰もいなかった。捕らえられていた貴族令嬢達は影も形もなく消え、あらゆる痕跡が消えていたのである。この事件に関し、帝国とハリーヴァスの意見は、真っ向から対立している。

「ハリーヴァスは人間を魔物化させている邪術師がいると主張した。しかし、帝国がハリーヴァスの主張を認めることはなかった……。報告を黙殺されたハリーヴァスは、邪術師を追うと言い残し、メルキヌ盆地で怪死を遂げた」

「関係が悪化したアミクス帝国に暗殺された。そんな話もありますよね？」

「ハリーヴァスを殺したのが、帝国だというのなら記録が残っている。我が国は醜聞や暗部も含めて、必ず記録を残す国柄だ。ハリーヴァスの死に、帝国は関与していない。そもそもハリーヴァスと戦えば、帝国といえども損害を被る。帝国はハリーヴァスと仲違いをしていたが、殺す理由はない」

「真相は闇の中ですか」

「分からないから、我々がこうして調べている。邪悪な力を持つ者が暗躍していたのは明らかだ。三百年前の足跡が、こうして残っている。そして、足跡を辿った先には……………」

「足跡を辿った先には一体何が……？　我々は今回の任務について、何も知らされていません。無論、帝国に忠誠を誓った身ですから、情報が与えられずとも、任務は実行する覚悟はあります。機密でないのなら、教えていただけませんか？」

「機密指定されていなければ、とっくに話しているよ。魔術師は口達者で、口が軽いのだぞ。先ほどの思わせぶりな言葉は忘れて欲しい。深い意味はない」

「承知しました。洞窟内の調査は終わったと考えていいでしょう。どうします。調査の範囲を洞窟の外にも広げますか？」

「いや、本国に引き上げよう。ロレンキン王国の兵士に発見されたら、それこそ大事だ。ミイラは二体とも持ち帰り、本国で詳細な調査を行う。それと殺した魔物も何匹かはサンプルとして回収したい。魔物達がミイラを守っていたというのが気になる」


――――時代を遡ること約三百年。


リッセント村の不自然な滅び、迷宮入りした貴族令嬢の連続失踪事件。多くの出来事が見過ごされていた。

アミクス帝国の調査隊によって、回収されたハーマリアとルミリィの死体は、『リッセント魔窟の枯骸』と名付けられ、徹底的に調べ上げられることになる。水の大聖者ハリーヴァスの怪死を端緒に、人類は冥王の足跡を辿り始めていた。

あとがき

拙作『冥王の征服録』を手に取っていただき、誠にありがとうございます。作者の三紋昨夏《さんもんさっか》と申します。

まずはイラストを担当してくださった須影《すかげ》先生、お世話になったKTC社の皆様、ノクターンノベルズで支援をいただいた読者の方々に、心からの感謝を申し上げます。

私事ではありますが、社会人になってからは、執筆に全ての時間を注ぐことが難しくなってまいりました。実を言いますと、書籍化を決意した切っ掛けは、「書籍」という形を作って、己の背に鞭を打つ必要があると感じたからです。今は仕事と創作の両立を目標としています。

さて、私事はこれで終わりにするとしまして、本書のコンセプトについて軽く述べさせていただきます。本作のコンセプトは「妊娠エンドで終わらない」を掲げています。

無論、どんな物語であれ、結末は必要です。陵辱物の小説では、攻略ヒロインが妊娠して終わることがあります。いわゆる妊娠エンドと呼ばれるものですが、その先を読みたいと思われた方が、いるのではないでしょうか？

本作では「妊娠エンド」ならぬ「妊娠スタート」です。魔物にヒロインが孕まされてから、物語が始まります。悪堕ちをチラ見させて終わりにはしません。悪堕ちしてからが本番なのです。

異種妊娠、悪堕ち、寝取り、精神崩壊、魔物化……。私はもっともっと語りたいのに、ここに記すには残りの余白が狭すぎるようです。

冥王の征服録
レコード・オブ・ザ・モンスター

2018年11月7日　初版発行

【小説】
三紋昨夏

【イラスト】
須影

【発行人】
岡田英健

【編集】
田中由帆

【装丁】
マイクロハウス

【印刷所】
図書印刷株式会社

【発行】
株式会社キルタイムコミュニケーション
〒104-0041　東京都中央区新富1-3-7ヨドコウビル
編集部　TEL03-3551-6147／FAX03-3551-6146
販売部　TEL03-3555-3431／FAX03-3551-1208

禁無断転載　ISBN978-4-7992-1186-1　C0093

本書は小説投稿サイト「ノクターンノベルズ」(http://noc.syosetu.com/) に掲載されていたものを、
加筆の上書籍化したものです。